H
10-2-82

35404

CENTRAL PARK

STEPHEN PETERS

CENTRAL PARK

roman

traduit de l'anglais par
SERGE GRÜNBERG

Albin Michel

Les personnages de ce livre relèvent de la fiction,
et toute ressemblance avec des personnes réelles,
vivantes ou disparues, serait pure coïncidence.

Cartes des pages 302-303
dessinées par André Leroux

Édition originale américaine

THE PARK IS MINE

© Stephen Peters, 1981
Doubleday & Company, Inc.
Garden City, New York

© Éditions Albin Michel, 1982.
22, rue Huyghens, 75014 Paris.

ISBN 2-226-01404-7

A ma mère et à mon père

1

Harris

Il descendit du métro I.R.T. de Broadway à la station Columbus Circle et marcha d'un pas vif vers l'escalier de sortie. Le sac, sur son épaule, était lourd; il dut s'arrêter pour mieux en disposer la charge. Un air humide et malsain planait sur le quai. De grands arcs de lumière crépitaient dans les tunnels et il perçut le hurlement du métal et des machines. L'express rugit derrière lui et il suivit des yeux le train qui le dépassait à toute vitesse avec les formes sombres des passagers qui se tenaient aux vitres. Un vent chaud lui balaya le visage et il monta quatre à quatre les escaliers jusqu'à la rue.

Il traversa la Huitième Avenue à la hauteur de Broadway, croisa les épaves qui occupaient les marches du Maine Monument et entra dans Central Park. Il suivit la West Drive jusqu'à la hauteur de la 65ᵉ rue, puis traversa l'allée cavalière pour aboutir au vaste espace de la Sheep Meadow. Il y avait encore des gens qui jouaient au softball et qui se mêlaient aux footballeurs, aux cyclistes et aux adeptes du jogging. Il continua son chemin, dépassa des marchands ambulants, puis un homme aux mains noires et boursouflées qui fouillait dans une poubelle; il s'arrêta finalement sous des arbres, non loin des stands qui se trouvent à l'extrémité nord de la Sheep Meadow.

Il déposa son sac et passa les mains sous son pull pour essuyer une couche de transpiration. Son regard balaya les gratte-ciel du West Side et le sud de Central Park. Le soleil se couchait sur New Jersey; au-dessus des immeubles, le ciel s'était fait rouge et brumeux. Au sommet du Mony building, sur la 57ᵉ rue, l'énorme horloge digitale indiquait une température de 23 degrés. Les chiffres disparurent et d'autres se formèrent aussitôt. Il était 20:23.

Il reposa le sac sur son épaule et se mit en marche vers le haut de Manhattan, traversa la transversale de la 72ᵉ rue en suivant un chemin bordé d'arbres jusqu'à la Fontaine. il y avait des vendeurs de drogue sous les arbres; ils lui parlèrent :

« Tu veux fumer?

– Hé! j'ai de la super herbe.

– J'ai des poppers et des barbis, mec! »

11

Les promeneurs commençaient à se diriger vers la sortie la plus proche qui se trouvait au croisement de la 72ᵉ rue et de Central Park West. D'autres sortaient leurs chiens en remontant la colline le long de l'allée cavalière. Les chiens allaient renifler des poubelles renversées et des petits tas de crottin. Il commençait à faire sombre et les gens rentraient vers les immeubles résidentiels en pierre sombre du West Side.

Il arriva à la Terrasse, un vieux bâtiment en granit et grès jaune et se posta devant le parapet qui surplombait la Fontaine et le lac. Il y avait encore une petite foule près de la Fontaine; on écoutait des lecteurs de cassettes en jouant du coude avec les ivrognes et les revendeurs de drogue. Mais quand la partie de bonneteau s'arrêta, la foule commença de se disperser et remonta le Mall ou disparut dans les allées qui bordent le lac.

La berge du lac était entourée de hauts arbres luxuriants et l'on pouvait voir, dans le lointain, des barques qui flottaient près de l'embarcadère du hangar à bateaux; des employés les halaient pour les aligner le long d'une clôture. Il vérifia l'heure sur son bracelet-montre. Il était huit heures quarante. Il y avait des cabines téléphoniques près du hangar et il devait se tenir prêt à appeler à 8:55. Il descendit les escaliers au petit trot et suivit la rive du lac jusqu'à une route pavée qui traversait un bois et qui aboutissait à la Trefoil Arch (l'arcade du Trèfle).

L'arcade se trouvait juste au-dessous de l'East Drive; il se cacha dans le tunnel obscur pour surveiller le chemin qui conduisait au hangar à bateaux. Les lampadaires du parc s'étaient éclairés dans le crépuscule, mais il n'y avait personne pour jouir du spectacle des allées désertes et silencieuses. Il entendit le bruit d'un moteur qu'on mettait en marche et une voiture du Département des Parcs s'éloigna du hangar. Il attendit encore une minute afin d'être sûr que tout le personnel du hangar était parti, puis il sortit de l'arcade et se dirigea vers les cabines téléphoniques. Il posa son sac à terre et vérifia encore une fois le parking qui se trouvait au nord des buvettes. Il n'était pas rare que des chauffeurs de taxi viennent se garer là pour faire un petit somme ou pour discuter avec un collègue. Pourtant, il ne pensait pas que quelqu'un serait assez inconscient pour venir en ces lieux, de nuit, et cela lui fut aussitôt confirmé – le parking était vide.

Il revint aux cabines, mit dix cents dans la fente et composa un numéro. Un homme lui répondit.

« Mairie de New York, inspecteur Bellis. »

Il consulta sa montre dans la lumière.

« Écoutez-moi attentivement. Vous allez transmettre un message à la ville. Dans cinq minutes, il sera 21 heures. A partir de cette heure,

Central Park est à moi. Toute personne qui se trouvera à l'intérieur du parc après 21 heures sera en danger de mort. »

L'inspecteur lui coupa la parole. Il prit le ton grossier de quelqu'un qui n'avait pas que ça à faire.

« A qui voulez-vous parler? Vous voulez le Département des Jardins publics? Rappelez demain matin à 9 heures. » L'inspecteur raccrocha.

« Bon Dieu! » jura-t-il à voix haute; il mit une autre pièce et composa le même numéro.

« Mairie de New York, inspecteur Bellis.

– C'est bien à vous que je viens de parler de Central Park?

– Et c'est bien à vous que j'ai dit de prendre contact avec le Département des Jardins publics?

– Écoutez, faites très attention. Je possède un armement redoutable et je suis un spécialiste de la guérilla. Je suis prêt à combattre n'importe quel type d'ennemi. Central Park est à moi et à moi seulement. Je me charge de vous prouver que je ne plaisante pas, alors écoutez-moi très attentivement. Le commissariat du vingt-deuxième secteur se trouve sur la transversale de la 85ᵉ rue dans Central Park. A 21:15 je le fais sauter. C'est dans dix-huit minutes. Ceux qui resteraient à l'intérieur mourront. Vous avez compris? »

L'inspecteur garda le silence quelques secondes. Il répondit ensuite d'un ton respectueux : « Oui, monsieur.

– Je sais que tous les appels que vous recevez sont enregistrés. Si vous ne vous en souvenez pas bien après que j'aurai raccroché, repassez la bande. »

Il raccrocha, saisit son sac et fit le tour jusqu'au nord du hangar, là où se trouvaient d'épais sous-bois et des rochers qui affleuraient un peu au-dessus du lac. Il se mit à genoux et entreprit de nettoyer la terre et les feuilles autour du tronc d'un arbuste.

Il y avait, caché sous le réseau des racines un sac-poubelle en plastique contenant un fusil automatique AK-47, un casque de combat et un battle-dress en tissu camouflé conçu pour la jungle. Il déposa son sac d'épaule sur le sol et l'ouvrit. Il était bourré de chargeurs-bananes – ces chargeurs courbés dont on se sert pour ce type d'arme automatique. Il en sortit un et le mit en place d'un mouvement sec.

Il ôta ses vêtements, les plaça dans le sac qu'il referma; puis il le déposa dans le trou et l'enterra. Le treillis camouflé était juste à sa taille et il s'y sentait parfaitement à l'aise malgré le fait qu'il s'était mis à transpirer immédiatement. Il vérifia le sol une deuxième fois, hissa le sac de munitions et le AK-47 sur ses épaules et mit le casque sur lequel étaient tracées des lettres rouge sang : PLAN B.

D'un pas vif, il abandonna les affleurements de rochers et contourna le lac par l'ouest en suivant un chemin. Il y avait un bout de tissu cousu sur son battle-dress qui attira son attention et le fit s'arrêter sous un lampadaire. C'était un nom, au-dessus de sa poche droite.

Il éclata de rire. Il se souvint que, plusieurs années auparavant, il avait lui-même décousu ce nom de sa chemise militaire vert olive pour le mettre fièrement sur sa tenue camouflée. Il avait pris l'habitude de la porter normalement, que ce soit pour aller chez des amis ou à un match de football. Ça remontait au milieu des années soixante-dix, quand les treillis militaires étaient soudain devenus à la mode.

Il hocha la tête et lut le nom à haute voix.

« Harris. »

Il déchira le bout de tissu, le roula en boule et l'enfouit dans un trou du lampadaire.

« Au revoir, Harris! » dit-il.

Il courut vers le bois, le fusil pointé devant lui. Il suivait une route parallèle à l'allée, se déplaçant sans bruit, habilement, invisible dans le noir.

La camionnette de Weaver et Richie fonçait vers le haut de Manhattan par Amsterdam Avenue. Les feux étaient synchronisés pour des véhicules roulant à cinquante kilomètres/heure mais Weaver grillait systématiquement tous les feux rouges. Richie, qui avait été chauffeur de poids lourds, ne s'en était pas inquiété outre mesure jusque-là, mais à présent, Weaver ne faisait même pas mine de ralentir quand elle voyait le feu passer au rouge à un bloc de distance. L'expérience lui avait enseigné qu'un conducteur pouvait ainsi pousser sa chance quelque temps, mais qu'un jour ou l'autre, fatalement, ça finissait en accident. Dans ce cas, c'était un sale coup pour le patron ou pour celui qui payait l'assurance. Mais quand il pensait que Weaver trimbalait pour cinquante mille dollars d'équipement vidéo dans cette camionnette, l'idée d'un accident lui faisait froid dans le dos. Qu'elle se paye un camion à un croisement, et il n'y aurait personne pour la sortir de tôle; sans compter qu'elle pourrait tirer la chasse d'eau une fois pour toutes sur son agence d'actualités.

Weaver exécuta un slalom pour éviter un bus et tourna brusquement à droite dans la 96ᵉ rue. « T'as entendu ça, Richie? C'est un dix soixante-quinze. »

Ils étaient en train d'écouter la fréquence des pompiers sur l'un des nombreux postes de radio de la camionnette. Grâce aux radios et en particulier au scanner de C.B. Bearcat 250, Weaver et Richie pouvaient capter toutes les communications d'urgence dans la région new-yorkaise : pompiers, police, l'E.M.S. (le service des urgences des hôpitaux), police de la route, le S.O.D. (la Division des Opérations spéciales), les pompiers de Newark et surtout, les concurrents de Weaver, les trois autres agences indépendantes d'actualités télévisées qui opéraient sur Manhattan.

Weaver connaissait tous les codes : un appel dix soixante-quinze indiquait que toutes les unités de pompiers disponibles devaient se rendre sur les lieux du sinistre (dans ce cas, la 134ᵉ rue) avec tous les véhicules possibles et une unité de soins intensifs. Il ne faisait aucun doute que l'immeuble en feu était habité et donc que l'événement pouvait avoir un intérêt télévisuel.

Weaver savait « lire » les messages radio; elle décelait immédiatement, dans l'inextricable jungle sonore des appels, ceux qui risquaient d'être sanglants ou spectaculaires et qui pouvaient lui donner l'occasion de faire un « scoop » vidéo, secondée par Richie. Les directeurs des informations des chaînes télévisées locales aimaient ce type de reportage et étaient prêts à les acheter au prix fort. Il fallait, pour cela, parcourir la ville, la nuit tout spécialement, quand les équipes de reporters syndiqués ne travaillaient plus; une seule nécessité : écouter les appels radio. C'était une chose familière à Richie; il en avait pris l'habitude quand il conduisait son poids lourd et il était devenu capable de reconnaître les accents les plus subtils dans la voix des opérateurs. Mais Richie admettait volontiers que Weaver le dépassait de cent coudées; elle aurait été capable d'écouter les appels radio dans son sommeil. Un quart d'heure plus tôt, par exemple, elle avait capté la réponse d'une unité d'urgence hospitalière qui se rendait sur le pont de Manhattan. C'était un homme qui voulait se suicider. Les « sauteurs » pouvaient donner lieu à un bon reportage (quand ils sautaient, en tout cas) et Weaver était déjà arrivée au milieu du pont quand l'appel de la 134ᵉ rue attira toute son attention. Rien de spécial, pourtant – une première alarme – mais Weaver eut une intuition. On laissait tomber le « sauteur ».

Quand ils furent dans Central Park West, à la hauteur de la 108ᵉ rue, à deux pâtés de maisons de la limite de Harlem, ils captèrent un second dix soixante-quinze et une alerte à toutes les unités de pompiers de la ville.

« Je t'avais dit que ça allait être un sacré feu! J'espère qu'on trouvera encore quelque chose quand on arrivera. » Weaver donna un grand coup de volant pour éviter un nid de poule et quitta la route des yeux.

« Fais gaffe au type! » Richie venait d'apercevoir un homme, caché par un bus, qui sortait d'un taxi par la portière côté circulation. Weaver réussit à frôler la tête de l'imprudent d'une dizaine de centimètres.

« Je l'avais vu!

– Tu parles! »

Trois mois auparavant, quand Weaver avait démarré son agence, Weaver avait engagé Richie comme chauffeur et assistant caméraman, mais il essayait d'apprendre les rudiments du métier de producteur d'émissions télévisées. Il avait vingt-deux ans et ne comptait pas conduire des semi-remorques toute sa vie. La télé l'attirait beaucoup plus. Weaver avait donc dû se remettre à conduire, mais la compétition restait intense entre eux deux. Ils étaient tous deux originaires de Brooklyn, mais Richie avait un peu peur de Weaver. Elle était plus âgée que lui, vingt-cinq ans, et avait fait des études supérieures. C'était surtout son allure qui lui en imposait. Si on lui avait demandé de qualifier son physique, il l'aurait défini comme « plantureux »; selon les circonstances, ses mouvements pouvaient aller de la grâce la plus féminine à la plus virile brusquerie. Le résultat était à la fois déroutant et séduisant. Elle avait un visage d'une beauté très naturelle qu'aucun maquillage ne venait troubler (à l'exception d'un peu de fond de teint pour pallier le manque de bronzage des New-Yorkais). Elle portait ses cheveux bruns en longues vagues floues. Son regard était sombre, ses yeux ne connaissaient jamais le repos et défiaient l'interlocuteur. Mais le trait le plus remarquable de Weaver se trouvait justement au-dessus des yeux : des sourcils noirs et touffus qui lui conféraient parfois une sorte de masque démoniaque ou une expression mutine de petite fille. Quand on voyait passer Weaver dans une foule, on pouvait la prendre simplement pour une belle fille très sexy; mais si on la voyait se mouvoir et surtout, si l'on avait la chance de se trouver face à elle et de confronter ces remarquables sourcils qui changeaient tout le temps, on devait bien se rendre à l'évidence, évidence que Richie avait eu amplement le temps de découvrir en passant dix heures chaque nuit à côté de Weaver : c'était une des plus jolies filles qu'il ait rencontrées.

Il allait sans dire que Richie n'en avait jamais rien dit à Weaver. Le rôle qu'il avait accepté de jouer auprès d'elle était un peu celui du jeune frère – il se contentait de lui tenir tête de temps en temps. Il n'essayait plus de la comprendre. Il ne quittait pas la route des yeux et ne se permettait que les plus inoffensifs phantasmes sexuels. Leur travail ne lui permettait guère plus.

Weaver savait qu'elle pouvait compter sur Richie et avait appris de lui quelques trucs utiles à la conduite en ville. Quand elle était vraiment fatiguée, c'était Richie qui prenait le volant; mais elle restait plus rapide que lui. C'était grâce à ce désir d'aller sans cesse plus vite qu'ils avaient pu battre leurs concurrents dans les quinze derniers jours. Et en fait, rien d'autre ne comptait. Elle était devenue si experte

16

à ce jeu qu'il n'était pas rare qu'elle arrive sur les lieux d'un crime avant la police.

Dès qu'ils arrivèrent sur Lenox Avenue, en venant de la 110ᵉ rue, Weaver et Richie aperçurent de la fumée. Une ambulance les dépassa en faisant hurler sa sirène. Weaver lui fit la course jusqu'à la 134ᵉ rue. Le bloc d'immeubles était assiégé de voitures de pompiers et de police; elle gara la camionnette sur un trottoir. Elle enfonça un panneau de sens interdit dans le mouvement. Un clignotant avant se brisa sur le béton. Weaver vérifia que sa carte de presse était bien affichée sur le pare-brise.

Weaver et Richie sautèrent hors du véhicule et coururent à l'arrière chercher leur matériel; au passage, Weaver remarqua qu'elle avait éraflé la peinture de son logo « Non-stop-News » qui ornait la portière, côté conducteur. Richie ouvrit la lunette arrière et Weaver rentra sa chemise dans son pantalon. Elle aimait porter des vêtements amples pendant le travail afin de ne pas attirer l'attention sur son corps, mais il faisait si chaud, cette nuit-là, qu'elle s'était mis un T-shirt très serré, quitte à avoir à supporter commentaires grivois et plaisanteries douteuses.

Ils passèrent leurs ceintures cartouchières, bardées de batteries. Weaver ajusta la caméra couleur Ikegani HL-79 sur son épaule et Richie brancha le câble BNC de la caméra au tuner Sony BVU-50 VTR. Il enclencha une cassette dans le magnétoscope. Il passa le câble de la VTR portable sur son épaule et la souleva en poussant un han. C'était l'une des raisons pour lesquelles Weaver appréciait Richie : il pouvait porter le matériel professionnel le plus lourd quand il le fallait.

Weaver mit en marche la caméra et observa la minuscule image TV qui se formait dans le viseur. Une fumée noire s'élevait d'un immeuble de rapport de cinq étages, au beau milieu du pâté de maisons. Dans le tintamarre des appels radio et des sirènes provoqué par les ambulances et les voitures de pompiers, il lui fallait hurler pour se faire entendre.

« Je connais cette odeur par cœur!

— Pas difficile! C'est le coup classique du taudis qui pourra être rénové avec l'argent de l'assurance!

— Combien de morts, Richie? Cinq? Non, attends! » Weaver huma l'air. « Six. Il y en a un autre dans les chiottes.

— Dans la salle de bains! dit Richie dans un grand rire. C'est là qu'ils se planquent – dans la douche.

— C'est ce que je ferais. Tu te mets dans la baignoire et t'ouvres l'eau.

— Et tu pries! »

17

Ils traversèrent la rue. Des tuyaux s'enchevêtraient sur les trottoirs et des ruisseaux coulaient dans les caniveaux. Des grappes humaines, dont beaucoup d'habitants de l'immeuble en flamme, jouaient du coude avec les policiers. Weaver et Richie se frayèrent un chemin à travers un groupe de badauds, puis contournèrent une compagnie de pompiers qui servait une grande échelle garée juste devant la façade de l'immeuble. Dans l'épaisse fumée, ils se mirent à pleurnicher.

« Comme c'est chouette, Richie! » Des flammes sortaient de chaque fenêtre. Weaver était aux anges. Le ciel s'obscurcissait et, avec un bon arrière-plan, la façade en feu serait vraiment sensationnelle en couleur. Elle progressa le long du trottoir, vers la droite, pour avoir le meilleur angle possible. Au-dessus d'elle, une fenêtre explosa; les fragments de verre leur atterrirent en pluie sur le crâne. Weaver fit un zoom sur la porte et mit au point.

« Allume et roule! »

Richie appuya sur la touche « marche » et alluma son projecteur. La façade fut soudain illuminée d'une lueur aveuglante qui estompa les ombres et fit ressortir les détails. Il mit en place le micro d'ambiance de la vidéo pour saisir tous les sons.

« On tourne! »

Weaver enregistra la scène en faisant un panoramique sur une grande flamme orange qui se détachait contre le ciel bleu nuit. Une compagnie de pompiers s'était mise en position sur le toit de l'immeuble. Elle mit au point et prit une belle vue des jets d'eau qui tombaient sur la fumée d'un jaune noirâtre. Elle fit descendre l'objectif en un panoramique sur la façade de l'immeuble jusqu'à la porte d'entrée. Elle était sur le point d'arrêter la bande quand Richie aperçut quelque chose. Richie, outre qu'il s'occupait du magnétoscope, de l'éclairage et du niveau sonore, servait en plus d'« yeux » pour Weaver. Elle ne pouvait voir que ce qui était dans le viseur de la caméra et, dans le feu de l'action, c'était à Richie que revenait la responsabilité de la guider vers les événements les plus marquants.

« Panoramique gauche, Weav! »

Un homme sortit en titubant d'une fenêtre du rez-de-chaussée et tomba sur le dos dans un entassement de boîtes à ordures. Il tenait serrée contre lui une télévision couleur grand écran. Il étouffait et avait du mal à respirer, mais rien n'aurait pu lui faire lâcher son poste de télé. Il rampait sur le trottoir tandis que Weaver le suivait de sa caméra. Finalement, il se redressa et posa la télé à ses pieds.

« Putain! Quelle merde, là-dedans! » Il se mit à se frotter les yeux violemment. Weaver zooma pour faire un gros plan. L'homme parut soudain sortir de son état semi-comateux. Il se prit la tête à deux mains.

« Oh! mon Dieu! Mes gosses! Mes gosses sont restés à l'intérieur! » Il sortit brusquement du champ de Weaver et essaya de monter l'escalier principal, juste devant la porte d'entrée. Weaver le recadra tandis que deux pompiers le saisissaient pour l'empêcher de retourner dans le brasier. Un policier vint à la rescousse; ils arrivèrent à le pousser loin sur le trottoir. Un des pompiers s'approcha de lui et lui remit le poste de télé.

« Stop! » Richie enfonça immédiatement le bouton « arrêt ». « On a un truc super, Richie! » Un groupe de pompiers tiraient des tuyaux vers l'endroit où se trouvait Weaver. Un jeune garçon portant un blouson en jean sur lequel se détachait un blason « Monsters », sortit de la foule et se dirigea vers elle.

« Hé! C'est les actualités télé? Hé, les mecs, j'ai tout vu. Vous me faites passer à la télé? »

Weaver fit signe à Richie et ils dégagèrent la voie pour les pompiers. Le jeune homme les suivit à la droite de la porte d'entrée. On entendit des cris et des bruits dans le hall. Deux pompiers surgirent, des haches à la main.

« Tourne!

– Ça tourne! »

Weaver prit un plan général de l'escalier avec les deux pompiers qui le dévalaient. L'un deux, au bord de la suffocation, s'écroula aux pieds de Weaver. Richie dirigea son sunlight sur lui tandis que Weaver le cadrait aussi près que possible. Un gradé de la police intervint.

« Allons! Vous connaissez le règlement. Allez vous mettre derrière les tuyaux.

– Stop! » Weaver fit un petit signe de tête au gradé et elle s'éloigna du pompier, suivie de Richie. Ils se postèrent entre une auto-pompe et une ambulance; Richie vérifia les cassettes. Le jeune garçon était toujours là.

« Hé, mec. J't' ai dit que j'ai vu c'qui s'est passé. Eh, allez, on fait un truc? »

Des hurlements s'élevèrent d'un côté de l'immeuble et plusieurs badauds maladroits s'emmêlèrent les pieds dans les tuyaux qui jonchaient le sol. Weaver et Richie s'enfoncèrent dans la foule.

« C'est l'équipe de secours? Quelle bande de cons! Viens avec moi, Richie! » Weaver contourna un groupe qui stationnait sur la chaussée et arriva sur le côté de la maison. Une compagnie de secours essayait d'atteindre des locataires immobilisés au 4e étage. Weaver n'arrivait pas à obtenir le plan qu'elle voulait. Elle traîna Richie derrière elle, fit le tour d'un camion et tomba sur une autre équipe de télé qui surgissait d'une camionnette parquée de l'autre côté de la rue. Le caméraman n'était autre que Marty Gold qui avec son assistant Tom étaient considérés comme les deux meilleurs professionnels de la ville; la compagnie de Marty, Action TV News, avait été la première agence indépendante à connaître un réel succès. Il possédait aujourd'hui tout une flottille de camionnettes, plusieurs équipes, un bureau central avec un desk qui fonctionnait vingt-quatre heures sur vingt-quatre et qui pouvait, grâce à un équipement sophistiqué, capter toutes sortes de messages radio et un véritable mur de magnétoscopes et de caméras. Son agence opérait à présent sur Washington et Chicago et la rumeur voulait qu'il soit milliardaire. Pour lui, un incendie comme celui de la 134ᵉ rue était un divertissement.

« Salut, Weaver! Personne ne t'a encore vidée?

— Tu viens juste d'arriver, Marty?

— Du calme, Weaver. C'est pas être là en premier qui compte; tu devrais le savoir, à force.

— Je te parie dix sacs qu'on vendra plus de bande que toi, sur ce coup, répliqua Weaver. »

Marty se tourna vers Tom et brancha sa caméra sur son V.T.R. Il dit avec un grand sourire : « Peut-être, mais moi, au moins, j'aurais des images nettes. » Tom s'esclaffa et fit un grand clin d'œil à Weaver.

Ils furent coupés net par de grands cris qui s'échappaient de la foule. Richie entraîna Weaver vers le coin de l'immeuble et ils rasèrent tous deux le mur. La foule commençait à exhorter l'équipe de secours à se presser. Plusieurs des locataires du 4ᵉ étage se penchaient aux fenêtres et l'on voyait des flammes et de la fumée derrière eux. Un homme tenait un matelas devant lui et semblait être sur le point de sauter. La compagnie de secours n'était pas, elle, vraiment prête. Les pompiers criaient à l'homme d'attendre encore une petite minute. La grande échelle n'était plus qu'à quelques mètres des fenêtres du 4ᵉ. Un pompier l'escaladait et l'on était en train de tendre un filet.

Weaver avait son plan. « Roule! »

« Ça roule. »

Une femme et un enfant apparurent à une fenêtre. Des flammes semblaient lécher les deux personnages et elle grimpa à moitié sur le rebord.

L'échelle de secours montait très doucement. Weaver fit un zoom ralenti sur la scène. Et soudain, l'homme au matelas glissa ou sauta, les vêtements en feu et tomba de quatre étages sur la chaussée. Il y eut un bruit mou et un hurlement de terreur dans la foule. Weaver fit un panoramique qui accompagna l'homme dans sa chute et l'eut parfaitement dans son champ quand il s'écrasa sur le sol.

« Panoramique en haut! » Weaver élargit son champ et revint aux fenêtres. Le pompier sur l'échelle avait réussi à faire sortir la femme et l'enfant du brasier et les passait, non sans mal, aux autres membres de l'équipe de secours qui se tenaient un peu plus bas. Un pan entier du toit qui oscillait dans le vide se mit à s'écrouler. Weaver balaya les cendres de ses cheveux tandis que des braises se mettaient à pleuvoir autour d'eux. Elle entendit des cris qui venaient de la droite. Un coin de la toiture se brisa et resta suspendu au-dessus de leurs têtes pendant quelques secondes. Richie tira Weaver vers lui et d'autres débris vinrent s'écraser dans la rue. Weaver parvint à filmer les derniers quinze mètres de la chute, mais sa caméra n'avait pas été aussi stable qu'elle l'aurait voulu. Elle dit à Richie d'arrêter la bande. Il y eut un bruit de craquement et levant la tête, ils virent un bout de la corniche en béton qui se détachait du toit. Ils se ruèrent vers le trottoir et la corniche s'écrasa à quelques pas d'eux.

Ils firent une prudente retraite derrière les voitures de secours, au milieu de la rue. Leurs vêtements étaient entièrement recouverts d'une pellicule noire de cendres. Ils se regardèrent, yeux écarquillés, respirant violemment. Weaver était toute ragaillardie.

« Ça c'est du quatre étoiles, hein, Richie? Une bonne giclée d'adrénaline, non? »

Richie tripota le magnétoscope. Il fit mine de prendre un air horrifié. « Je crois que j'étais sur " pause ".

– Quoi? » Weaver s'évanouit presque. « C'est pas possible?

– C'est juste une blague, Weaver. » Elle s'appuya sur une voiture de police et tenta de reprendre sa respiration. Richie détourna la tête pour qu'elle ne le voie pas rire. Au cours de leur premier boulot ensemble (un type qui voulait sauter du pont de Grand Central), Weaver lui avait dit de mettre le magnéto sur « enregistrement » et ensuite sur « pause ». Ainsi, au cas où l'homme aurait sauté brusquement, elle pouvait enregistrer immédiatement sans attendre que la bande prenne de la vitesse. L'attente dura vingt longues minutes et le type se décida enfin à sauter. Richie était tellement ému qu'il en oublia ce qu'il devait faire; il appuya sur « pause » et, croyant s'être trompé, réappuya. Weaver prit un plan magnifique de l'homme qui s'écrasait dans la 42e rue, mais, quand ils visionnèrent la bande, elle s'avéra être vierge. Weaver s'empara de la carte de presse de Richie et la jeta furieusement dans les toilettes des femmes de la W.C.B.S. Sur le moment, Richie s'était dit que sa carrière à la télé était finie et qu'il allait devoir redevenir chauffeur de poids lourds, mais Weaver lui avait pardonné et depuis, tout s'était bien passé entre eux.

Weaver rééquilibra le poids de la caméra sur son épaule et essuya la transpiration qui s'était accumulée sous la lanière. « On en est à combien, pour la bande? »

Richie jeta un coup d'œil à la cassette et décida de la retourner. Le

21

jeune homme au blouson « Monsters » sortit, comme par enchantement, de sous un vélum, à côté d'une voiture de police.

« Eh, la nana! J'ai l'histoire toute prête. T'as qu'à me filmer. »

Weaver ignora la remarque. Dès qu'il se passait quelque chose, crime ou catastrophe, il y avait toujours quelqu'un qui prétendait en avoir été témoin. Ils étaient prêts à tout pour qu'on les voie à la télé. Il se pouvait bien qu'à l'occasion, l'un d'eux réussisse à convaincre un reporter d'une grande chaîne et qu'il finisse sur l'écran; mais Weaver n'en avait cure. Ce n'était pas pour des interviews que les chaînes la payaient. Ils voulaient des bandes sensationnelles que leurs propres équipes n'avaient pas pu enregistrer.

Le gosse dit quelque chose, mais ses paroles furent submergées par le hurlement d'une sirène d'ambulance qui tentait de se frayer un passage dans la foule jusqu'à l'immeuble. Les flics criaient des ordres pour chasser les badauds des alentours. Weaver et Richie en profitèrent pour se ruer de l'autre côté de la chaussée.

Deux pompiers étaient en train de sortir une petite fille évanouie à bout de bras du hall de l'immeuble. Elle était toute molle et tournait au bleu; l'un des pompiers essayait de la ranimer au bouche-à-bouche. Une femme jaillit de la foule en poussant des sanglots hystériques et tenta de prendre la fillette dans ses bras. Deux policiers la retinrent, mais elle se mit à hurler en les griffant.

Weaver et Richie réussirent à passer derrière l'ambulance. Des infirmiers prirent le relais et mirent la petite fille sous masque à oxygène.

« Mets la lumière et on tourne! » Weaver fit une vue générale et s'approcha ensuite.

La femme en pleurs n'était pas dans le champ; Weaver fit un zoom pour qu'elle y soit aussi. Et quand des gens en pyjamas qui semblaient être des voisins la tirèrent vers eux, Weaver se rua derrière elle.

« Allez, Richie, éclaire-la, bon Dieu! » La femme tomba dans les pommes et Weaver la filma encore pendant de longues secondes. « O.K. On arrête! » Richie coupa son spot et ils s'occupèrent alors de l'ambulance. Un homme aux cheveux gris, torse nu, saisit Weaver par un bras et commença à la secouer.

« Qu'est-ce que tu fous, espèce de salope? Et si c'était ta mère, hein? Pour qui tu te prends? Tu vas arrêter tes conneries, tu m'entends? »

Weaver perdit toute contenance. L'homme la regardait droit dans les yeux. Elle essaya de se dégager, mais il ne lâchait pas prise. Elle ne savait plus quoi dire.

« Je suis désolée. C'est notre boulot.

– Ton boulot? De la merde, oui! Tout ce qui compte c'est ta putain de télé. »

Richie essaya de s'interposer, mais il avait les mains prises et le magnétoscope le gênait. L'homme voulut attraper la caméra de Weaver qui en profita pour s'enfuir. Un pompier, témoin de l'altercation fit rempart de son corps, mais l'homme donnait des coups de poing pour casser l'objectif. Finalement un flic intervint et poussa rudement le mauvais coucheur dans la foule. Le pompier regarda Weaver droit dans les yeux.

« Feriez mieux de faire votre boulot autre part jusqu'à ce que ça se calme, ici. »

Elle voulut lui répondre quelque chose, mais il se mit à tousser. Des mucosités noirâtres se mirent à couler de ses narines et il se moucha violemment dans la rue. Il lui tourna finalement le dos pour retourner à l'immeuble en flammes.

Weaver et Richie traversèrent la rue jusqu'à leur camionnette. Ils entendirent une voix familière derrière eux.

« Eh! la fille, où c'est que tu vas? Tu veux pas que je te raconte mon histoire. Vas-y, filme-moi, d'accord? »

Weaver ne se donna même pas la peine de se retourner. Elle consulta sa montre; il était presque 9 heures. « Allez, Richie; on fonce dans le centre. On aura le temps de vendre notre came à Channel Five ou à P.I.X. pour le journal de 10 heures.

– Sûr! On a des super-trucs en boîte, Weav. A mon avis, les mecs de Channel Five vont se régaler, surtout la scène de la bonne femme qui chiale.

– Est-ce que Marty tournait quand le mec a sauté? » Weaver espérait de toute son âme qu'elle en avait eu l'exclusivité.

« Sais pas. Je l'ai pas vu. Tu te souviens, y avait ces trucs qui me tombaient sur le crâne. »

Ils ouvrirent la porte de la camionnette et entassèrent leur équipement dans le fond.

Richie sortit la cassette et la glissa dans un sac de vinyl. Le gosse se pencha au-dessus de l'épaule de Richie et son visage prit une expression sauvage.

« Fais pas ça, mon pote. Bon Dieu, je sais ce qui est arrivé. Fais-moi juste passer sur ta putain de télé. J'te dis que j'ai vu qui avait mis le feu. »

Bien que déjà assise au volant, Weaver, en entendant cette remarque, redescendit de la camionnette. Elle aperçut un officier de police en train de parler avec du personnel de secours et lui cria :

« Sergent! J'ai un citoyen qui veut faire son devoir, à côté de moi. » Le policier ne répondit pas. « Il dit savoir qui a mis le feu. »

Le sergent se retourna et fixa immédiatement le gosse. « Ah ouais? Et c'est qui? » Le jeune homme perdit à la seconde l'air dur qu'il affichait. Il se mit à marcher à reculons dans l'obscurité. Ses pieds raclèrent du verre brisé, mais le bruit fut couvert par la multitude des appels radio. Des éclairs de lumières rouges illuminaient sa silhouette. Ses yeux se réduisirent à une fente et son cou se rida, à hauteur de ses mâchoires qu'il serrait. Il jeta un regard mauvais à Weaver :

« Merde alors. Pourquoi vous dites ça? J'ai rien vu! »

Il disparut dans les ténèbres et le sergent dans la foule. Weaver et Richie échangèrent un sourire complice et montèrent dans la fourgonnette. Elle tourna sur-le-champ le bouton de la C.B. et démarra.

Il y avait une chose qui étonna Harris dans Central Park : la façon dont cet immense jardin public changeait de nature après le coucher du soleil. Il était certain qu'il y avait peu d'endroits sur la planète qui changeaient de façon si spectaculaire entre le jour et la nuit. Dans la journée, le parc était plein de gens qui profitaient à fond d'un environnement naturel très séduisant. Mais dès la nuit venue, Central Park se transformait en une zone ténébreuse et menaçante, une sorte de no man's land qui cachait des légions de voyous, de pervers, des hordes d'assassins et de maniaques – tout cela était-il vrai ou imaginaire...?

Il y avait bien des activités nocturnes tout à fait officielles : quelques concerts de rock au Wollman Rink, les concerts classiques du Philarmonic sur le gazon de la Sheep Meadow, des pièces de théâtre au Delacorte Theater. Le public qui assistait à ces représentations se comptait par milliers, mais dès le baisser de rideau, tout le monde se dirigeait vers les rues environnantes. Pour les New-Yorkais, la nuit à Central Park était entourée d'un mystère sinistre et effrayant. Et c'était justement ce facteur qui était vital pour le plan qu'Harris avait conçu.

D'ailleurs, Harris aimait bien Central Park. Il était incollable sur le sujet. Le plan original de Frederick Law Olmsted et Calvert Vaux, qui datait de 1858, avait été respecté jusqu'à nos jours et l'espace qu'ils avaient imaginé existait toujours dans sa merveilleuse diversité. Le paysage combinait savamment des excroissances rocheuses naturelles et des lacs artificiels, de larges prairies et même des chutes d'eau; on avait soigneusement sélectionné d'innombrables variétés d'arbres et de plantes, à la fois selon des critères esthétiques et fonctionnels, pour border des centaines de chemins et former des tonnelles calmes et de petites forêts touffues. Au cours des années, on avait adjoint au plan original des terrains de sport et de jeu ainsi que deux zoos. Le promeneur pouvait à sa guise faire de la barque sur le lac, emmener ses enfants sur les chevaux de bois du manège, jouer au tennis ou galoper sur les huit kilomètres d'allées cavalières. Il y avait d'autres distractions plus simples, également – une partie d'échecs, un pique-nique sur l'herbe, òu une paisible promenade autour des grands plans d'eau.

Central Park était, en soi, un petit monde de rêves où les citadins pouvaient, en faisant toute une série de petites découvertes, oublier leurs soucis. Harris était persuadé que tel avait été le souhait d'Olmsted et Vaux. Un jour, au sommet de Burlington House, un gratte-ciel de soixante étages, Harris avait contemplé ce parc qui s'étendait devant lui comme une carte verdoyante et il avait eu la certitude que Central Park était un petit royaume d'une totale incongruité dont les frontières se résumaient en ces minuscules parapets et ces bosquets d'arbres et que la seule défense qu'il pouvait opposer à l'irrésistible avancée des monstrueuses tours d'acier était précisément le caractère presque déplacé et unique de sa beauté.

Harris aimait cette image parce qu'elle lui rappelait un autre petit pays où tout, lui y compris, semblait également incongru. Mais surtout, plus il étudiait Central Park, plus il comprenait que l'endroit conviendrait parfaitement à son projet.

Harris avait un plan. Un plan fou.

Il commença de le réaliser une nuit de novembre; il faisait froid, il pleuvait. Harris était devenu las d'attendre.

Il était seul, dans le bas de Manhattan, ce matin-là, pour faire l'inspection de l'énorme arsenal qui couvrait intégralement les murs et le sol de son appartement. Ce fut froidement, avec un sens tout tactique de l'analyse, qu'il choisit les armes et les munitions de première nécessité, celles qu'il considérait essentielles au premier coup qu'il comptait porter. Harris voulait stocker son matériel dans Central Park en suivant son plan chronologiquement, afin de pouvoir coordonner non seulement les problèmes de terrains, mais aussi les différentes phases de son action. Ce ne serait qu'après qu'il aurait à s'occuper de la partie purement logistique de son plan de bataille : l'intendance et le réapprovisionnement.

Harris bourra un grand sac de toile de près de soixante-quinze kilos de matériel. Il contempla la pluie. Il avait déjà effectué quelques patrouilles de reconnaissance dans le parc dans les semaines précédentes pour vérifier qu'il n'y avait pas d'activités nocturnes imprévisibles et en l'occurrence, le mauvais temps lui rendait un fier service. Cela réduirait encore ses chances de rencontrer qui que ce soit.

A 2 heures du matin, la pluie tombait drue. Harris, malgré sa réticence, dut prendre un taxi pour remonter Manhattan. Il y avait toujours un risque que le chauffeur se souvienne de lui des mois plus tard, quand la chose pourrait avoir de l'importance – mais il ne pouvait vraiment pas couvrir une telle distance avec un sac aussi lourd et il y avait trop de flics dans le métro.

Harris demanda au chauffeur de le laisser devant un immeuble résidentiel de la 76e rue ouest. Il entra dans le hall, attendit le départ du taxi et sortit en se dirigeant vers le parc. La rue était déserte et il se sentait un peu suspect avec ce gros sac qu'il trimballait. Il remonta Central Park West en longeant le muséum d'Histoire naturelle et arriva à hauteur de la Hunter's Gate.

Harris était étonné de sa propre nervosité. Il essaya de se dire que tout ce qu'il avait à faire était de pénétrer dans le parc sans se faire voir par un policier; après, il pourrait faire tout ce qu'il désirait. Quand il arriva à une trentaine de mètres de la 81e rue, il aperçut les phares de plusieurs voitures qui attendaient le feu vert. Il tombait des cordes; personne n'aurait pu le voir, mais ses nerfs lâchèrent. Il se hissa en haut du mur et fit un saut de trois mètres dans les buissons.

Harris était trempé; il s'était écorché sur des épines et le sac lui avait à moitié brisé les reins, mais il était entré. Il sortit des fourrés et suivit un sentier qui redescendait vers le lac. Il n'arrêtait pas de faire des zigzags, d'entrer et de sortir des sous-bois et il n'utilisa pas une seule fois sa torche, mais, bien entendu, il ne rencontra pas âme qui vive. Quand il arriva au lac, la pluie avait cessé. L'eau lisse reflétait les lumières de l'allée qui borde la Fontaine, au loin. Harris se sentait mieux. Il se dit que la prochaine fois, ça irait mieux. Il savait, à présent, qu'il pourrait venir nuit après nuit dans le parc sans craindre d'être découvert. Plus tard, quand il lui arrivait de croiser des gens – des homosexuels aux alentours de la 66e rue, un clochard ou même un promeneur particulièrement courageux – personne ne fit attention à lui. Celui qui était assez inconscient pour se hasarder dans Central Park à 3 heures du matin ne posait jamais de questions.

Harris travailla dans le parc pendant l'automne, l'hiver et le printemps. Il enterra ses munitions de première nécessité avant que le sol ne gèle. Il sélectionna plusieurs aires de combat, refit d'innombrables reconnaissances de terrain et mit au point plusieurs options tactiques. Durant l'hiver, il n'arrêta pas de répéter et de minuter chacun des gestes qu'il aurait à accomplir. Il passa des heures à explorer le système de canalisation et les différents tunnels du parc. Quand il avait besoin de faire des recherches livresques, il se déguisait et demandait les informations nécessaires au cadastre ou dans d'autres départements municipaux.

Quand le printemps arriva, Harris alla vérifier toutes ses caches de munitions et s'occupa des armes antipersonnel les plus vicieuses. Il avait dû enterrer plus d'une tonne d'équipement, de munitions et d'outils et les camoufler pour que personne ne tombe dessus, par hasard, dans les mois suivants. Harris devait se montrer d'une très grande prudence, et cela prenait beaucoup de temps : il lui fallait sans cesse s'arrêter, repartir et être absolument sûr que personne ne le voyait.

C'était un travail exténuant. Tout devait être stocké en petites quantités transportables à pied jusque dans le parc. Il fallait en outre être capable de rassembler tout le matériel en quelques heures et en une seule nuit. La nuit en question, le jour J était déjà prévu : le 21 juillet.

Ce 21 juillet, après la tombée de la nuit, comme toutes les nuits, Central Park n'était plus qu'un inquiétant trou noir au cœur même de la ville. Les promeneurs ne marchaient qu'à l'extérieur de ses limites, sur des trottoirs bien éclairés qui le longeaient. Les hôtels, les immeubles résidentiels et les bureaux qui se trouvaient sur les avenues adjacentes constituaient d'énormes murs de lumière. Les taxis traversaient le parc par les transversales qui se situent sur les 65°, 79°, 85° et 97° rues. La 72° et les routes Est et Ouest étaient fermées pendant le week-end pour permettre aux cyclistes et aux joggeurs d'en avoir la pleine jouissance. Ce soir-là, il n'y avait ni concert ni pièce de théâtre – rien en fait. C'était dimanche.

Harris était approximativement au centre de Central Park, sous des arbres épais qui entouraient le lac. Il était à genou au bord d'un trou assez profond qui avait été camouflé par une couche de terre, de feuilles mortes et de contreplaqué. Sur le sol, à portée de main, gisaient son AK-47, un sac de combat et une pelle téléscopique. Il se jeta dans le trou et en sortit deux caisses. L'une contenait un lance-grenades M-79 et l'autre des grenades explosives renforcées de 40 minutes et des engins incendiaires que le M-79 pouvait lancer.

Harris se hissa hors du trou et déballa le lance-engins. Il ouvrit le panneau qui se trouve en haut de la surface de l'arme et y enfourna des grenades incendiaires. Le M-79 et les grenades de 40 minutes étaient un peu humides, mais malgré leur long séjour dans ce trou depuis le mois de novembre, en bon état de marche. C'était d'ailleurs la première cache de munitions que Harris avait aménagée.

Harris reposa avec précaution la planche de contreplaqué sur le trou. Ça pourrait toujours faire illusion, encore que la chose fût, à présent, d'un intérêt beaucoup moindre. Il prit un carnet de cartes d'état-major dans son sac et braqua sa torche électrique sur la première d'entre elles. C'était une carte très détaillée d'une partie du parc qui comprenait le lac, la Fontaine et la West Drive. Harris avait porté sur la carte des annotations et des symboles qui indiquaient ses caches d'armes et de munitions, les distances entre les différents sites, les accidents de terrain et autres choses essentielles. Chaque page était remplie de ces symboles. Harris fit une croix à côté du symbole qui désignait sa première cache et ne put s'empêcher de sourire. Il ne l'aurait jamais cru, si on le lui avait dit avant, mais il trouvait, ce soir-là, la logistique passionnante.

Il se mit le AK-47 sur l'épaule et ramassa le sac en toile qu'il bourra de grenades et de chargeurs-bananes de rechange. Il fixa le lanceur M-79 sur un holster de ceinture et y ajouta une ribambelle de grenades incendiaires. Il tourna la page, consulta la deuxième carte et se mit en marche en suivant la berge du lac.

Ses rangers s'enfonçaient dans l'eau et la boue. Il monta sur une petite colline jusqu'à ce qu'il puisse apercevoir l'énorme horloge digitale du Mony à travers les arbres, qui clignotait à près d'un kilomètre et demi dans le bas de Manhattan. Il était content qu'il ne pleuve pas, ce soir. Il n'avait vraiment pas besoin d'une mauvaise visibilité et de tous les problèmes que cela aurait pu lui créer. L'horloge indiquait 21°. Il faisait toujours très chaud et les gens réagissent lentement, quand il fait chaud.

Harris attendait patiemment que les chiffres changent. Il était 21:04. Il vérifia une fois de plus sa montre. Il lui restait exactement 11 minutes jusqu'à 21:15 pour son rendez-vous au poste de police du 22ᵉ Precinct de la 85ᵉ rue.

Weaver se souvint que sa mère était terrifiée par les appels téléphoniques nocturnes, ou par la sonnette de la porte après minuit. Et peu importait qu'il s'agisse d'un faux numéro ou de gosses du voisinage qui faisaient des blagues dans le hall. Elle était tellement émue qu'elle ne pouvait plus se rendormir et passait le reste de la nuit à regarder la télé en fumant cigarette sur cigarette. A l'époque, Weaver n'avait que cinq ans et le comportement de sa mère lui paraissait étrange – jusqu'à ce qu'elle assiste à l'enterrement d'un pompier au journal télévisé. On voyait sur l'écran une longue procession d'hommes en uniforme, un cercueil drapé d'une bannière américaine, une femme en pleurs et un petit garçon endimanché. Pour une petite fille très éveillée qui dévorait tous les programmes télévisés et dont le père était devenu pompier de la ville de New York deux jours avant son cinquième anniversaire, il n'était pas très difficile d'imaginer ce qu'un coup de téléphone ou le timbre de la sonnette pouvait signifier : son père pouvait être dans un lit d'hôpital, brûlé au dernier degré. Ou pire.

Mais son père rentrait tous les soirs. Il arrivait bien qu'il revienne avec les mains bandées ou qu'il tousse à en perdre la voix, mais dans les premiers mois, il était en bien meilleure forme que son épouse qui était toujours fatiguée, angoissée et qui fumait deux paquets de cigarettes par jour. Et un jour, un samedi où il ne travaillait pas, son père revint d'un magasin d'équipement électronique avec une radio qui était capable de capter les fréquences de la police et des pompiers. Il le posa lourdement sur la table de la cuisine et dit à sa femme : « Tiens, vas-y! Tu pourras veiller toute la nuit et savoir tout ce qui se passe. Tu entendras les appels de détresse, tu sauras quand ma compagnie fait une sortie, tu sauras si c'est grave ou non et même si quelqu'un est blessé; comme ça, t'auras plus besoin de passer ta nuit debout dans ton nuage de fumée à rater un battement cardiaque à chaque fois que le téléphone sonne. Ça te va? »

La mère de Weaver ne toucha pas une seule fois à la radio. Elle la rangea dans un placard et réussit à faire une espèce de contrat affectif avec elle-même : depuis ce jour elle dormit normalement durant les vingt années de service de son mari dans les sapeurs-pompiers de la ville de New York.

A l'âge de huit ans, Weaver redécouvrit la radio en fouillant dans les placards. Elle la prit dans sa chambre. En deux mois, elle fut capable de comprendre tous les codes utilisés par la police et tous les mots caractéristiques du jargon que se parlent les gens qui travaillent dans les urgences; cela faisait au bout du compte un volume énorme de transmissions radio dans la région métropolitaine. Elle était littéralement médusée par les étranges dialogues radio qui faisaient surgir tout un monde de drames, de mélos, de souffrances et de mort. Certains de ces mondes commençaient par un simple 10-13 (policier demande assistance) et continuaient à prendre forme en un cauchemar de quatre heures avec ses otages, ses fusillades, ses cadavres et ses arrestations. C'était parfois un monde qui apparaissait et disparaissait en l'espace de dix secondes : « Adam six, dirigez-vous sur Broadway et 70ᵉ. Individu armé. » « Centrale, sommes sur les lieux, individu est D.O.A. Adam six. » Vie et mort. Weaver, elle, était assise sur son lit et imaginait les visages et les revolvers ou les immeubles en feu qui s'écroulaient. Quand elle entendait la compagnie où était son père répondre à un appel, elle essayait de se le représenter, luttant contre le feu et la fumée, afin d'aller sauver un enfant prisonnier d'une chambre. Depuis qu'elle écoutait la radio, elle ne s'étonnait plus qu'il revienne le matin, exténué et blême, mais quand même trop énervé pour dormir.

Pour son neuvième anniversaire, ses parents offrirent une bicyclette à Weaver, dans l'espoir de la voir quitter sa chambre de temps en temps pour en faire. Et Weaver répondit à leurs vœux. Elle surgissait de sa chambre comme une folle, descendait les escaliers quatre à quatre, ôtait le cadenas de son vélo, non sans leur avoir expliqué qu'elle déjeunerait plus tard, après avoir été sur les lieux d'un incendie à Court Street ou d'une alerte à la bombe à Brooklyn Heights. Brooklyn était son territoire. Elle avait essayé d'utiliser le métro, mais c'était trop lent. Elle faisait des économies sur son argent de poche et le dépensait secrètement en courses de taxi pour aller assister à des sinistres ou des meurtres qui se déroulaient trop loin pour qu'elle y aille à vélo.

Mais cette forme de liberté ne dura pas longtemps. Un de ses instituteurs fit un rapport selon lequel Weaver était distraite et ne tenait pas en place et qu'en outre, elle semblait incapable de se faire des amis à l'école. Weaver, qui à l'époque avait neuf ans, ne comprit rien à cette analyse de son comportement. Pour elle les choses étaient simples : l'école l'ennuyait profondément. Comment aurait-elle pu prendre plaisir à écouter ses camarades papoter sur ce qu'ils avaient vu la veille à la télé, ou l'instit raconter les drames de l'histoire universelle, quand chaque nuit, Weaver pouvait soit entendre, soit même assister directement à des spectacles terrifiants ou des crimes mystérieux. En fin de compte, la mère de Weaver craqua. Elle fut interdite de radio, sauf un soir par semaine et les expéditions sur les lieux des crimes furent formellement prohibées (ce qui n'empêcha pas la fillette d'en faire quelques-unes dans la plus grande clandestinité).

Mais, comme le disait le père de Weaver, ces choses se règlent d'elles-mêmes. Et il avait raison. Pour un temps, au moins. Quand Weaver eut treize ans, elle se mit à soigner son apparence et à attirer l'attention des garçons. Ils la trouvaient tellement attirante que ses étonnantes passions ne constituaient pas un obstacle. Weaver ne se départit jamais de la fascination qu'elle éprouvait envers le monde du crime et de la violence, car il était impossible qu'elle l'oubliât tout à fait. Mais elle aimait bien les garçons et le lycée lui donna l'occasion de connaître d'autres brèves passions. Pourtant, il n'était pas rare qu'elle parvienne à expliquer à un garçon qu'un homme qui sautait du Brooklyn Bridge pouvait mieux pimenter une soirée qu'un film dans un drive-in de Long Island.

Quand Weaver obtint son diplôme de fin d'études secondaires, ses grands-parents lui offrirent une voiture dans laquelle elle installa immédiatement une C.B. Une voiture et une C.B. – tels étaient les outils dont elle avait besoin pour que les drames de la métropole lui deviennent encore mieux accessibles. Et, bien que ne sachant pas ce qu'elle voulait faire en sortant du lycée, elle était sûre d'une chose – elle voulait faire partie de ce monde qui l'avait attirée depuis toujours.

Il était un autre outil dont elle avait besoin; mais lequel? Elle pensa un moment s'inscrire à l'école de police, mais malgré ce que disaient les publicités de recrutement, un policier femme ne pouvait guère aller très loin. Et de toute façon, quand il était dans la rue, le flic devait s'en tenir à ce qu'on lui demandait de faire. Son père avait beaucoup de copains flics, et elle les avait souvent entendus se plaindre de la routine et de la lassitude qu'ils éprouvaient à passer d'interminables journées dans la paperasserie.

Weaver décida donc d'entrer dans un collège du Queens. Elle passa ses deux premières années à tenter de rester éveillée. Enfin, elle découvrit qu'il y avait un département de production télévisuelle. Instinctivement, elle comprit qu'il y avait, quelque part dans la technologie télévisuelle, l'outil qui lui manquait, non seulement pour trouver un boulot au sortir de l'école, mais surtout pour rester dans les rues new-yorkaises, branchée sur l'énorme énergie que dégageait la cité et sur les sensations fortes qu'elle recherchait avec une avidité toujours aussi vive.

Weaver et Richie roulaient vers le bas de la ville dans leur camionnette sur Central Park West, à la hauteur de la 106ᵉ rue.

« Dix-quatre, unité de secours trois.

– Quelle est votre position, un-trois-un, K?

– Vingt-quatre Charlie à Central, K.

– Quelle est votre position, un-trois-un, K?

– EMS sur quatre-quatre, individu inconscient à six un Ouest 73ᵉ rue. Passer par Columbus.

– Quelle est votre position, un-trois-un?

– Vingt-trois dix, toutes les unités d'alerte recevront un R & R dès leur retour au Q.G.

– Quelle est votre position, un-trois-un, K?

– Vingt-trois dix, dix deux.

– Vous avez la position de un-trois-un, K?

– Bon Dieu! hurla Weaver, il est mort! »

Weaver avait souvent rêvé de pouvoir répondre aux opérateurs. Il y avait des milliers de blagues à faire. « Il est mort! » Que pouvait-on dire d'autre de ce chauffeur de l'ambulance un-trois-un qui en avait eu assez de s'occuper des cardiaques, des grands blessés et des asthmatiques nuit après nuit et qui se contentait de garer son ambulance dans quelque coin sombre pour fumer une cigarette en essayant de penser à autre chose.

Tous ceux qui travaillaient dans les rues la nuit avaient besoin de rire de temps à autre pour se détendre, et Richie et elle se permettaient ce genre de décompressions aussi souvent que possible. Il arrivait que les messages qu'ils captaient soient si absurdes, qu'ils finissaient littéralement par se tordre de rire sur leurs sièges. L'anecdote favorite de Weaver était celle où Richie et elle revenant du lieu d'un homicide à Brooklyn, passèrent devant un grave accident de voitures qui avait eu lieu sur le pont de Brooklyn. Weaver appela le 911 (police-secours) sur le téléphone de la camionnette; depuis ce jour, elle sut qu'on pouvait être un parfait imbécile et travailler au standard du 911.

Quand l'opérateur lui répondit, Weaver lui dit qu'elle travaillait pour Non-stop-News et qu'elle avait vu un accident de circulation sur le Brooklyn Bridge, dans la direction de Brooklyn, au niveau de la première colonne. L'opérateur lui demanda : « Pouvez-vous me redire où vous avez vu cet accident?

— Sur Brooklyn Bridge.

— Pouvez-vous me l'épeler, s'il vous plaît?

— Voyons!

— Dans quelle direction, s'il vous plaît?

— Brooklyn.

— Où ça exactement?

— Au niveau de la première colonne.

— Dans quelle direction?

— Brooklyn.

— En venant du Queens?

— Mais non, bon Dieu, de Manhattan.

— Pouvez-vous me répéter le lieu, s'il vous plaît?

— Sur le Brooklyn Bridge, niveau de la première colonne!

— Qu'est-ce que vous entendez par " colonne "?

— Mais c'est pas vrai!

— Je n'arrive pas à voir Brooklyn Bridge sur l'ordinateur, vous pouvez me dire où c'est? »

Weaver aimait beaucoup cette histoire. Les commentateurs pouvaient parler de la ville nuit après nuit pendant un an, ils n'auraient jamais une image aussi claire que celle qu'on pouvait se faire en n'écoutant la radio qu'une seule nuit.

Elle riait tout haut au souvenir de ce cocasse incident quand elle dut freiner à un feu rouge au coin de Central Park West et de la 110ᵉ rue. Richie se pencha sur le pare-brise avec emphase et déclara :

« Félicitations! Tu t'es arrêtée au rouge. »

Weaver jeta un coup d'œil au parc en attendant le vert. Elle pensa prendre la 96ᵉ rue pour couper vers l'East Side aux studios de Channel 5. Mais rien ne pressait. S'ils donnaient la bande aux producteurs de WNEW à 9 : 30, ils auraient encore amplement le temps de la monter pour le bulletin de dix heures.

Le feu passa au vert. Richie sortit la cassette de l'incendie de Harlem et se mit à écrire sur l'étiquette.

« Qu'est-ce que tu mets, Rich?

– Sauteur. Des masses de flammes.

– Crise d'hystérie d'une victime. Effondrement d'immeuble. Ajoute ça, hein? »

Le téléphone qui se trouvait entre les sièges avant sonna. Weaver répondit.

« Salut, les news, c'est T.C.! » T.C. était un jeune Porto-Ricain du Bronx, âgé de vingt-trois ans, le troisième larron de l'équipe de Non Stop News, Inc. Il les appelait de l'appartement de Weaver.

T.C. aimait dire qu'il était responsable du « desk »; ses fonctions s'approchaient en effet beaucoup du travail des producteurs des grandes chaînes. Il restait assis devant tout un arsenal de radios et de téléphones, comme dans la camionnette, avec, en plus, deux postes de télévision de part et d'autre du lit de Weaver. S'il captait un message qui lui semblait digne de mériter un reportage, il appelait Weaver sur le téléphone du van pour s'assurer qu'elle était au courant. C'était un bon système. T.C. avait également pour mission de visionner tous les bulletins d'information pour voir les bandes filmées par Non-stop-News. Weawer aimait savoir ce que les producteurs des grandes chaînes avaient choisi dans ce qu'elle leur offrait – et ce, non seulement pour sa satisfaction personnelle, mais surtout pour connaître les préférences des rédactions. Elle ne voulait surtout pas qu'il y ait de malentendus quand l'heure venait de régler la note.

T.C. appelait pour savoir comment Weaver et Richie s'en étaient tirés dans l'incendie de la 134e rue.

« Ça a bien marché, Weav? »

Weaver ralentit un peu pour laisser passer une voiture de police qui fonçait, toutes sirènes hurlantes, vers le bas de l'île.

« Tu peux le dire, T.C., du beau boulot.

– J'aimerais bien boire une bière, Weaver.

– T'as regardé dans le frigo?

– Y a même pas de glaçons, dans ton frigo. Je peux sortir une minute?

– O.K., tu mettras ça sur tes dépenses. » Weaver s'arrêta à un nouveau feu rouge à la 98e rue. « Au fait, ça me rappelle un truc. Il y a quelques billets pour moi, j'espère? Tu te souviens, les paris d'hier? »

Richie donna un grand coup de poing sur le tableau de bord. « Tu vas pas me dire que tu as compté le type qui est tombé du pont? Il remuait encore!

– Allez, ne chipotez pas, il était bon pour, la morgue! »

Sans que Weaver puisse l'entendre, T.C. était en train de chercher un bout de papier sous le lit. Il était couvert des paris de l'équipe sur le premier quartier de New York où on signalerait un mort dans la soirée. « Attends un peu, dit-il, c'était à Manhattan.

– C'est vrai dit Weaver en passant au niveau de la 97e rue, c'est moi qui avait Manhattan et c'est là que le mec s'est foutu en l'air.

– C'est moi qui avait Manhattan, répondit T.C. qui ne trouvait toujours pas le papier.

– Menteur! Tu avais pris le Bronx. Tu prends toujours le Bronx, chauvin comme tu es. »

Une voiture déboîta soudain et Weaver dut freiner de toutes ses forces pour éviter la collision. Elle laissa rageusement sa main sur le klaxon. " Non mais t'as vu ça? Une plaque du New Jersey. Incroyable! A Jersey, si t'as deux mains et deux jambes, on te donne le permis. »

Mais elle se tut aussitôt. Elle venait d'entendre un message radio qui n'avait pas échappé à l'oreille de T.C.

« Tu as entendu, Weav?

– Oui. Attends un peu. » Elle se tourna vers Richie. « Sors-moi la liste des fréquences de la boîte à gants. Il faut foncer là-bas.

– Le 22e Precinct? » demanda Richie. Il vérifia la liste et donna le code à son associée. Weaver programma son poste pour obtenir le 22e Precinct; en fait, le premier appel venait de la brigade criminelle qui avait, en son sein, une équipe spécialisée dans les bombes. Il y avait de la bombe dans l'air, et ça risquait d'être très intéressant.

« Le 22e commissariat, c'est Central Park, non?

– Si, mais d'après ce que j'ai compris, l'équipe antiterroriste répondait à l'appel du commissariat lui-même.

– Impossible! » répondit Weaver. Elle reprit le téléphone. « T.C., tu peux me dire comment tu as lu cette prétendue alerte à la bombe? »

T.C. était également en train de composer un code sur la radio qui se trouvait près du lit. « Je programme un peu partout, Weav, et j'écoute ce qui se dit, mais le service médical d'urgence est en train d'envoyer des unités au commissariat qui se trouve dans le parc.

– Sans blagues! Attends un peu! » Richie et elle se concentrèrent sur un message.

« EMS un-deux-un. Répondez, s'il vous plaît, au commissariat vingt-deux. L'équipe antiterroriste est en standby. Vous connaissez les lieux, K?

– Affirmatif, K.

– O.K. Il est 21 : 10, votre numéro est 927-642, opérateur 2251. »

Weaver sentait quelque chose d'énorme qui se préparait. « Richie, j'ai l'impression qu'ils sont très sérieux. » Elle prit note mentalement de la rue qu'ils étaient en train de dépasser. C'était la 94ᵉ. « On est tout près.

– Et qu'est-ce qu'on fait de la bande? »

Avant que Weaver puisse répondre, la voix de T.C. l'interrompit.

« Weav, je suis sur la fréquence de nos concurrents. Ils viennent de recevoir un appel de WABC; je crois bien que c'était pour vérifier qu'ils avaient entendu le truc de la bombe. »

Weaver enfonça l'accélérateur au plancher et déboîta pour doubler toute une file de voitures qui attendait le vert au coin de la 92ᵉ. Elle brûla le feu en faisant une queue de poisson à un taxi.

« T. C., on va aller voir ce qui se passe. Écoute bien ce que tu dois faire. Appelle la directrice du journal de nuit de Channel Five – comment elle s'appelle, déjà, – oui Loïs. Dis-lui qu'on a fait une bande sur cet incendie à Harlem. Tu lui fais bien le numéro pour vendre la salade, mais tu lui fais bien comprendre que c'est pas triste. Immeuble en feu bondé, on a un type qui tombe, le bruit du même s'écrasant sur le trottoir, tout, quoi! C'est si bon qu'elle peut s'en servir pour le générique. On lui apporte la bande dès qu'on a fini ce truc. Et dors pas dans mon lit, hein? C'est pas pour ça que je te paye.

– De toute façon, dit Richie, ça va être un dix – quatre-vingt dix. Qui pourrait faire sauter un commissariat?

– E.M.S. un-deux-un, vous êtes averti que la circulation est interdite sur la transversale de la 85ᵉ dans la direction de l'est. »

Weaver entendit le son des sirènes et jeta un coup d'œil dans son rétroviseur. Des gyrophares rouges se rapprochaient d'eux en clignotant à toute vitesse. « C'est un-deux-un qui nous dépasse. » Elle essaya d'accélérer, mais elle se faisait déjà distancer d'un bloc d'immeubles toutes les cinq secondes. Elle laissa l'ambulance s'éloigner. « Je sentais que quelque chose de dingue allait arriver ce soir. Moi, je suis prête à n'importe quoi. »

Elle brûla le feu à la 88ᵉ rue, juste en suivant la trace d'EMS un-deux-un, enfonça les touches d'une autre fréquence sur son scanner et fit sauter la camionnette sur un nid de poule. Elle sauta de son siège et perdit un chapeau de roue qui franchit le virage à toute allure pour aller se perdre dans les buissons obscurs de Central Park. Elle hurla à Richie, au-dessus du bruit des sirènes :

« Rappelle-moi qu'il faut que je téléphone à Avis pour leur dire que la bagnole est un peu fatiguée. »

Harris se déplaçait très rapidement le long d'une piste qui longeait la Great Lawn. Il vira brusquement dans un bouquet d'arbres qui couvraient une colline surplombant les terrains de base-ball jusqu'à la West Drive. Il s'arrêta et prit note précisément de l'endroit sur sa carte. C'était un point de ravitaillement : Colline 250, 7/21, 21:10. Il était à l'heure – à peu près cent mètres au sud-ouest du poste de police de la transversale de la 85e rue.

Harris trouva le trou qu'il avait creusé à la base d'un des arbres et en sortit des jumelles militaires utilisables jour et nuit, une boîte d'amphétamines et un automatique de calibre .45 avec holster et munitions. Il fourra une boîte de munitions dans la poche de son battle-dress ainsi que des chargeurs pour sa deuxième arme et passa les jumelles autour de son cou. Après avoir vérifié que le .45 était en condition il passa le holster autour de sa taille. Il espérait ne pas avoir à faire face à une situation de combat rapproché, mais il lui fallait être prêt à toutes les hypothèses.

Il ouvrit le flacon de gélules et en renifla quelques-unes. Elles avaient l'air en parfait état de conservation ; il prit donc le flacon et escalada la colline en courant vers la Great Lawn. Sur cette immense pelouse, on jouait au base-ball en été et au football en hiver. Harris se souvint que, pendant la saison, il y avait des ambulances garées à proximité, prêtes à transporter les blessés.

Harris s'arrêta juste là où commençait le gazon et étudia le terrain. Il faisait très noir, sauf un halo de lumière diffuse qui planait au-dessus de la cime des arbres. Il décida de couper directement par la pelouse afin de gagner quelques secondes. Il lui était arrivé de voir des gosses qui jouait au basket-ball dans le noir sur des terrains qui se trouvaient à l'extrémité nord de la pelouse. Les terrains de jeux n'étaient pas très éloignés du poste de police et, bien qu'Harris ne s'attende pas à des réactions immédiates juste après l'explosion, il voulait s'assurer qu'il n'y aurait pas de mômes qui se retrouveraient piégés au milieu d'un échange de tirs.

Harris se mit donc à traverser la Great Lawn. Tout cet équipement commençait à peser lourd sur ses épaules, aussi prit-il le AK-47 à la main. En courant, il regardait le bas de la ville, admirant les lumières qui resplendissaient dans le ciel. C'était la dernière fois qu'il pourrait ainsi s'exposer en terrain découvert, loin de la protection des arbres et des sous-bois. Dans quelques minutes, Harris cesserait de n'être qu'une vague menace – il deviendrait une cible vivante.

Il n'y avait personne sur les terrains de basket; Harris alla donc se placer à une dizaine de mètres derrière le poste de police. Le bruit de klaxons et de cris arrivait jusqu'au parc, venant de derrière les immeubles. Il était 9:12. Harris en conclut que la brigade anti-terroriste était en train de fouiller le poste. S'ils avaient eu une heure devant eux, ils auraient certainement pu trouver l'engin explosif qu'il avait caché, mais le temps qui leur restait, depuis le coup de téléphone à la mairie, ne leur laissait qu'une faible marge, tout juste suffisante pour faire procéder à l'évacuation. Quand l'explosion aurait lieu, la plupart des débris seraient projetés vers le haut et retomberait sur la Great Lawn. D'après ses calculs, rien de mortel ne retomberait sur la transversale. C'est ce qu'il espérait, au moins. En fait, il n'était pas expert en démolition.

Harris porta les jumelles à ses yeux et inspecta le terrain. Un homme portant l'équipement de la brigade de déminage courait le long du poste de police; il disparut de son champ de vision. Un autre se laissait tirer par un chien dans des buissons qui bordaient le parking. Le chien était à sept mètres de la bombe.

Harris baissa les jumelles et vérifia son matériel: lance-grenades, munitions, grenades; cartes, lampe, pilules. Tout était en ordre et il était prêt à passer à l'action. Il leva les yeux vers le ciel et ce halo qui luisait autour des arbres. Il aimait beaucoup le parc quand il faisait nuit. C'était tellement agréable quand on n'avait pas à craindre quelque chose d'imprévu. Harris enleva la sécurité du AK-47 et la mit en position automatique.

Quand Weaver et Richie arrivèrent à la 86ᵉ rue, la transversale qui traversait le parc en direction de l'est était complètement embouteil-lée. Les ambulances de l'E.M.S., sirènes hurlantes, prenaient les files en sens interdit. Weaver essaya de les imiter, mais un flic en uniforme qui se tenait planté devant une voiture de patrouille lui interdisait de faire entrer la camionnette dans le parc. Elle sortit sa carte de presse, mais sans succès; elle alla se garer en double file sur Central Park West. Ils ouvrirent le hayon arrière et se mirent à sortir leur équipement.

« T'es sûre que tu veux filmer tout ça, Weav? Il va falloir qu'on traverse la moitié du parc à pied. »

Weaver mit la caméra sur ses épaules. «Un peu que je veux. Regarde ce bordel! Des flics et la foule – la Télé adore ça. On pourra toujours faire une bande qui nous resservira.»

Richie sortit le V.T.R. et le projecteur portable. Il s'était résigné à passer une nuit chaude. Il aurait aimé respirer un peu après cet incendie, mais Weaver semblait gonflée à bloc et ça voulait dire qu'ils allaient traverser la ville toute la nuit, de haut en bas et d'est en ouest.

Quand la caméra et la bande furent prêtes, ils réussirent à passer l'obstacle du flic au carrefour et à courir vers l'est, en direction du parc.

La file de voitures s'étendait sur toute la longueur du tunnel sous la West Drive, dépassait la boutique du Département des Jardins publics jusqu'à peu près quinze mètres de l'entrée du poste de police. La plupart des voitures étaient des taxis. Certains chauffeurs étaient sortis sur la chaussée et discutaient ferme avec des policiers débordés qui tentaient en vain de les faire rentrer dans leurs véhicules. L'ambulance de l'E.M.S. s'était garée près de plusieurs officiers et de deux hommes portant menottes qui avaient été placés sous des arbres au nord de la transversale. Weaver se dit que les deux hommes devaient être des types qui avaient commis une agression dans le parc et qui se trouvaient dans une cellule du poste avant l'évacuation.

Elle sortit des arbres et pu constater qu'on refoulait les voitures qui venaient de l'autre côté du poste vers la Cinquième Avenue. Il y avait plusieurs voitures de patrouille et une camionnette qui roulaient doucement autour du parking du petit poste de police à un étage. Il commençait à régner un incroyable vacarme. Dans la chaleur, les gens devenaient impatients et se mettaient à klaxonner sans raison.

Weaver et Richie arrivèrent à la hauteur du bâtiment, mais un officier de police avec un porte-voix les arrêta. Il était en train de hurler vers un chauffeur de taxi qui avait tenté de sortir de la file de voitures. Il était jeune et lança à Weaver un regard assassin et définitif.

« Désolé, mademoiselle, mais vous devez faire demi-tour. Ne dépassez pas la ligne des arbres.»

Weaver acquiesça et, Richie à ses trousses, se dirigea vers le groupe de policiers qui entourait les deux voyous. Weaver n'avait pas encore aperçu le camion de l'équipe de déminage, ce qui n'était guère étonnant, puisque l'on ne le faisait presque jamais venir sur les lieux avant qu'on ait pu localiser la bombe. Elle aimait beaucoup le filmer. Le camion ressemblait à un immense poumon d'acier orange. Pourtant, il y avait des membres de l'équipe de déminage et elle pensa qu'elle pouvait au moins en filmer quelques-uns.

« Richie, braque ta lumière sur la porte d'entrée que je voie à quoi ça ressemble. »

Les flics étaient en train de se raconter des blagues et de fumer. Personne ne semblait prendre la chose trop sérieusement. Ils regardèrent Weaver avec amusement. L'un d'entre eux s'adressa à elle en montrant Richie du doigt.

« Dites donc, mademoiselle, vous avez un bien gros singe avec vous. Il va nous jouer quelque chose?

– On tourne!

– Pause. » Richie dirigea sa lumière. « On y va. »

Weaver fit un panoramique sur toute la scène du drame en filmant au passage les taxis et en terminant sur la foule qui se pressait sur la route. Certains des flics essayèrent de se mettre dans le champ. L'un d'eux fit de grands gestes devant la caméra.

« Bonjour, maman. »

Richie braqua le projecteur sur lui; tout le monde dut cligner des yeux.

« Hé, tu vas arrêter cette sacrée lumière! Tu veux qu'on t'apprenne les bonnes manières? »

Weaver ricana derrière sa caméra et recula jusqu'à la rue où elle fit une prise des arbres et de la lumière qui les surplombait. Le flic au porte-voix se mit à hurler :

« Où vous allez, comme ça ? Revenez vous mettre dans la file. » Un chauffeur de taxi s'adressa au flic.

« Eh, monsieur l'agent, qu'est-ce qui se passe, une alerte à la bombe?

– Mais non, vous n'avez pas compris? On est en train de tuer des cafards. Allez, retournez dans votre voiture! »

Il y eut un grand cri qui venait du poste de police et Richie demanda à Weaver de faire un panoramique vers la gauche. Deux officiers de l'équipe de déminage firent leur apparition dans l'encadrement de la porte fortement éclairée. L'un d'eux se mit à crier quelque chose dans un walkie-talkie et, en moins de deux secondes, deux autres policiers sortirent à toute vitesse du parc de stationnement. L'un tenait un chien en laisse et ils traversèrent la rue en passant devant la camionnette (et dans le champ de la caméra de Weaver); ils s'arrêtèrent enfin sous les arbres.

« Trouvé quelque chose? demanda l'un d'eux.

– Négatif.

– Quelle heure est-il? » Un policier consulta sa montre.

« Presque 9 : 15. Cinq secondes.

– On attend encore deux minutes, puis on enverra un dix-quatre-vingt-dix. Je crois pas que nous trouverons l'engin ici.

– T'es sûr? »

L'homme au chien voulait ajouter quelque chose à cette conversation, mais le chronomètre de la bombe qu'avait posée Harris avançait quelque peu et le poste de police explosa trois secondes avant l'heure prévue. Le souffle balaya les policiers qui se retrouvèrent couchés sur la voie. Le chien, la queue entre les jambes, partit au petit trot en direction de la Cinquième Avenue.

Harris courait vers l'est. Il traversa l'East Drive et se jeta à plat ventre dans un bouquet d'arbres, derrière le Metropolitan Museum of Art. Il se passa le fusil automatique sur l'épaule et sortit le M-79 de son étui. Il entendait les sirènes hurler, ce qui lui fit faire le tour du bâtiment, jusqu'à ce qu'il se trouve suffisamment près de la route pour contrôler le carrefour de la transversale et de la Cinquième Avenue, à une quinzaine de mètres en contrebas.

Avant d'arriver à l'avenue, la route se divisait en deux. Une des branches sortait du parc et conduisait dans la Cinquième Avenue, à travers la 84ᵉ rue; l'autre branche allait vers l'ouest et était en sens unique. Elle permettait aux automobilistes venant de l'East Side de traverser le Parc. La bretelle de l'ouest était congestionnée sur une longueur de plus de huit cents mètres à partir du poste de police. C'est sur cela qu'Harris avait compté. Cela voulait dire que tous les véhicules d'urgence venant de l'East Side devraient utiliser la bretelle de l'ouest pour accéder au parc et qu'ainsi, ils passeraient tout près de sa position.

Harris observait et écoutait les piétons sur le trottoir; le bruit des sirènes s'amplifiait sans cesse. Beaucoup de gens s'arrêtaient pour regarder dans la direction de l'explosion. Il perçut la lueur de gyrophares quand une motrice des pompiers arriva presque au carrefour. C'était la motrice 22 de la compagnie de la 85ᵉ rue est, près de Madison Avenue; elle venait donc de la caserne la plus proche du poste de police de la 22ᵉ division. Comme Harris l'avait prévu, elle avait immédiatement répondu à l'appel de détresse.

La motrice ralentit et se mit à faire du slalom entre les voitures qui encombraient la bretelle est. Harris prit son lance-grenades et envoya deux engins fumigènes dans la rue, juste devant la motrice. Il y eut une grande explosion et la transversale se retrouva instantanément obscurcie par un véritable mur de fumée verte. Le chauffeur pila et la voiture de police qui le suivait à quelques mètres dut exécuter un virage brusque et s'écrasa contre un panneau de stationnement, sur le trottoir du musée.

Harris fit quelques pas afin de voir la motrice, derrière le rideau de fumée avec, comme toile de fond, le parc et toutes ces voitures prises dans un gigantesque embouteillage. Il ne voulait pas de piétons dans sa ligne de tir. Il pointa l'AK-47, visa et pria le Bon Dieu d'être encore un tireur d'élite.

Un pompier se mit à descendre de la cabine; Harris ouvrit le feu juste devant la motrice. Les phares volèrent en éclats et une volée de balles fit exploser les pneus. Les pompiers se jetèrent sur la chaussée et se mirent à ramper jusqu'à la Cinquième Avenue. Harris mitrailla le pare-brise et tira ensuite sur l'épave de la voiture de police, juste après

40

que les deux flics en furent sortis. L'AK-47 était une arme sérieuse, un fusil d'assaut. Il ne lui fallut que quelques secondes pour mettre en pièces l'avant de la voiture de patrouille. Harris était un bon tireur et personne ne fut blessé, ni policiers ni badauds.

Un officier se jeta dans la voiture. Harris cessa le feu. Il pouvait l'entendre hurler dans son émetteur de radio :

« Charlie Dix à Central! Dix-treize! Cinquième Avenue et 85e! Dix-treize! »

Il y avait une trace de panique dans la voix du policier. Harris fut très heureux de le constater. Il était parfaitement conscient que le type d'actions qu'il allait exécuter dans la prochaine demi-heure (et peut-être dans les jours qui suivraient) serait complètement inattendu dans une zone urbaine, même aussi complexe et bien équipée que New York. C'était justement sur cette incongruité qu'il comptait pour terrifier ses adversaires et créer un mouvement de panique. Cet élément était indispensable à la stratégie que Harris avait mise au point. Il regardait à présent les policiers et les piétons courir se mettre à l'abri. Il chargea le lance-grenades et balança un nouvel engin incendiaire sur la Cinquième Avenue; il y eut une explosion suivie de cris de terreur et des formes vagues qui fuyaient dans la fumée pourpre. Il saisit l'AK-47 et fit demi-tour vers le parc. Il était dans les temps et le carrefour se trouvait exactement dans l'état où il avait voulu le mettre : hors service.

A 9 : 26, Harris traversa l'East Drive et coupa par la Great Lawn. Devant lui, vers la droite, il y avait une lueur orange et un nuage de fumée noire qui s'élevait dans l'obscurité. Il s'arrêta devant un lampadaire entouré de buissons et prit une note sur une carte. Juste au moment où il plongeait la main dans une de ses poches pour y trouver des clés, il sentit une main sur son épaule.

Son cœur eut une réaction qu'il avait oubliée depuis bien long-temps : une drôle de petite palpitation arythmique. Son esprit enregistra immédiatement que le manque de chance allait mettre en l'air tout son plan, à peine onze minutes après qu'il eut commencé.

Il fit un quart de tour et se trouva face à face avec un homme. « Salut! J'm'appelle Harry et j'aime le pinard. »

Harry était d'une crasse épouvantable, il sentait l'urine et titubait dangereusement. Il tendit sa main et essaya de mieux voir son interlocuteur. Harris resta absolument immobile. Il attendait que son cœur cesse de rater des battements. Finalement, il s'éclaircit la gorge et leva l'AK-47 jusqu'à ce que son canon se trouve à cinq centimètres du front de l'épave humaine. Harris fit un grand sourire. « Salut, Harry! Fous le camp d'ici. L'endroit n'est pas sûr. Surtout pour des immondices dans ton genre. »

41

Harry était quand même en état de reconnaître un fusil et entreprit une prudente retraite. Il trébucha et se mit à courir; quand il fut à distance respectable, Harris l'entendit hurler des imprécations contre les fumiers et les fous qu'il faudrait mieux enfermer.

Harris essuya la sueur qui s'était concentrée sous son casque et entra dans le fourré, derrière le lampadaire. Il sortit des clés de sa poche et ouvrit le cadenas d'une Yamaha XT 500 cc qui était enchaînée au poteau. Le samedi soir précédent, il avait conduit cette moto sur la Sixième Avenue, puis dans l'East Drive. Quand il était arrivé à la hauteur du musée, il avait fait mine d'avoir des problèmes mécaniques et s'était garé sur le trottoir. Quand le flot des voitures s'était enfin tari, il avait poussé sa machine à la main sur un sentier, au-delà de la Great Lawn et l'avait enchaînée à un poteau qu'il avait marqué sur sa carte. Selon toute probabilité, il y avait peu de chance qu'on y fasse attention durant les douze heures de jour jusqu'à dimanche. Et Harris ne s'était pas trompé.

Il essuya quelques crottes de pigeons sur le siège et enleva la lourde chaîne. Il avait du mal à voir sa machine dans l'obscurité. Elle était dépourvue de tout accessoire chromé et peinte en noir mat sur toute sa surface. Il attacha le gros sac de toile sur le porte-bagages, enfourcha sa moto et mit le contact. Elle ne faisait pratiquement aucun bruit; un mois plus tôt, il s'était rendu à Philadelphie, sous un déguisement, et avait acheté des pots d'échappement super-silencieux dans une boutique de pièces détachées. Le vendeur lui avait promis que les pots rempliraient parfaitement leur fonction, et c'était vrai. Harris donnait de temps en temps quelques coups d'accélérateur et le moteur ne faisait pas plus de bruit qu'un réfrigérateur neuf.

Après s'être mis l'AK-47 à l'épaule, il braqua sa lampe-torche sur sa montre. Il avait perdu une minute avec le clodo. Il enclencha la première et sortit des fourrés. Après avoir bien localisé le nuage de fumée orange, il accéléra, passa devant l'Obélisque et continua par un petit sentier jusqu'à la Great Lawn, son treillis claquant au vent.

« T'as réussi à l'avoir? » Ce fut la première phrase que Richie fut capable de sortir dans les secondes qui suivirent l'explosion. Weaver hurla que oui, elle l'avait eu, mais également qu'elle pensait avoir bougé. En fait, elle était tombée à la renverse. Il ne devait se trouver sur la bande qu'une énorme explosion et trente secondes du ciel new-yorkais. Cela n'avait pas beaucoup d'importance. Le peu qu'ils avaient serait déjà assez sensationnel.

Weaver continuait à tourner, essayant d'enregistrer tout ce qu'elle pouvait dans le tohu-bohu qui agitait la transversale. Le poste de police s'était transformé en une colonne de fumée et de flammes. La façade était restée en place, comme un décor de cinéma, mais tout le reste du bâtiment avait été pratiquement soufflé. Weaver prit une vue en angle fermé des débris en flammes, continua en panoramique sur le poste de police avec son immense vague de fumée. Elle termina sur l'épave de la voiture renversée en pleine rue.

Elle entendit des policiers hurler pour que voitures et taxis fassent demi-tour et s'en aillent du parc.

« Où je suis, Richie?

— On apporte les blessés! » Richie braqua son projecteur sur un policier qui traînait un collègue à travers la rue. Le visage de l'homme était en sang; son uniforme également était maculé. « Panoramique à gauche, prends la tête! »

Weaver réussit à bouger sa caméra à temps pour faire un gros plan du policier. Elle n'interrompit pas sa prise, le laissant traverser le champ, puis fit le point sur l'arrière-plan. Richie s'était bien placé sur le plan. Il éclairait un groupe de flics et de chauffeurs de taxi qui étaient encore visiblement sous le choc. Ils étaient pâles et inexpressifs; une lueur orange jouait dans leurs yeux écarquillés. C'était une scène de toute beauté et Weaver zooma jusqu'à ce que son image ne soit plus composée que de visages.

« Stop! » Richie appuya sur la touche arrêt du V.T.R. et éteignit son projecteur. Weaver baissa les yeux de sa caméra et se mit à étudier les alentours. Une voiture de police, tous feux allumés, emboutit un muret sous le pont en essayant d'éviter un groupe de voitures à l'arrêt et un autre qui faisait demi-tour pour repartir vers l'ouest. L'officier dans la voiture hurlait et jurait dans son haut-parleur.

« Super, Richie! Essayons d'aller plus près, vers le poste. Je suis sûr qu'il va s'écrouler et je veux être là avant que les pompiers viennent foutre leur merde.

— Mais où sont-ils ceux-là, d'ailleurs? Ça fait longtemps qu'ils devraient être arrivés. »

Weaver n'en savait rien; c'était le cadet de ses soucis. « Allez, viens! Et ne marche pas sur un clou, c'est un vrai bordel, ici! »

Ils allaient vers l'est au petit trot quand un flic sortit des arbres pour leur hurler dessus.

« Eh vous! Donnez un peu de votre lumière par ici! »

Weaver et Richie s'arrêtèrent et découvrirent un membre de l'équipe de déminage étendu sous les arbres, dans l'obscurité. Un médecin était penché sur lui; il lui mettait la main dans la bouche.

« D'accord! » Richie se dirigea immédiatement vers les arbres et braqua sa lumière. Weaver fit le point et parla tout bas dans l'oreille de Richie.

« Tiens-toi prêt à faire tourner, juste au cas où ça deviendrait juteux. »

Richie acquiesça d'un léger signe de tête. Weaver était en train de regarder dans son viseur, quand deux grenades fumigènes explosèrent sur la transversale. Il y eut une vingtaine de personnes qui se mirent à crier en même temps et tout le monde se jeta à plat ventre. Presque tous les flics dégainèrent. Weaver er Richie s'accroupirent autant que le permettait leur lourd matériel et entreprirent de longer les arbres sans trop se faire remarquer. Mais ils furent aussitôt aveuglés par une fumée verte et Weaver trébucha sur le médecin. L'officier qui les avait accostés braqua son revolver sous le nez de la jeune fille. Deux autres engins fumigènes explosèrent devant les voitures et on entendit les cris de terreur des passagers et des chauffeurs. C'est alors que le policier entendit un son qui le glaça de frayeur; c'était une chose qu'il n'avait jamais entendue de sa vie : un tir d'arme automatique. Les balles étaient en train de déchiqueter les arbres à cinq mètres au-dessus de leurs têtes.

Weaver ne pouvait rien voir, dans la fumée, mais elle entendait clairement la panique monter. Des petits incendies prenaient, mais ce n'était rien comparé au crépitement continu du fusil automatique. Richie rampa jusqu'à Weaver, le souffle court. Les balles sifflaient et Weaver pensa même voir des traînées lumineuses dans le ciel. Elle se retourna et donna un grand coup de caméra dans la tête de Richie.

« Bordel!

— Vas-y, Richie! Tourne!

— Pause. Ah! bon Dieu! » Richie venait de se tromper. « Ça roule! »

Weaver fit une vue générale de la route. Elle vit une clairière sous une couche de fumée; ils avancèrent lentement. Elle s'arrêta et prêta l'oreille aux bruits de mitraille. Richie jura et la poussa en avant.

« Ça vient d'où, Rich? » Elle essayait désespérément de localiser la provenance du son avec sa caméra. « Bon sang, mais d'où ça vient?

— C'est un fusil, Weaver! Tu comprends, un fusil!

— Stop! » Quand une autre grenade fumigène explosa, ils coururent tous deux dans le souterrain et se retrouvèrent à l'abri, dans Central Park West.

Deux minutes après le début de son action au poste de police de la

44

22e section, Harris fonçait vers le sud, sur la West Drive. Il avait poussé la Yamaha à 110 kilomètres/heure pour descendre la transversale n° 2. Quand il fut à une trentaine de mètres de l'entrée du parc, il décéléra et exécuta son virage sous des arbres. Il s'arrêta sous le grand mur de Central Park West et rejoignit à pied une position qui lui donnait une vue générale du croisement de la 81e rue et de la Hunter's Gate.

Le feu était au vert et les voitures rentraient dans le parc, se dirigeant vers l'est. Harris chargea son lance-grenades et attendit que le feu tourne au rouge. Quand la file de voitures qui traversait Manhattan s'arrêta et que celle qui prenait Central Park West pour aller du nord au sud s'ébranla, il balança quatre engins fumigènes au centre du carrefour et remit le lance-grenades dans son étui. Il mit un chargeur neuf dans son AK-47. Il entendit un son de freins et le vacarme d'une collision, mais ne put rien voir à l'exception d'un mur de fumée. Il pointa son fusil dans la direction des arbres qui bordent une allée près du muséum d'Histoire naturelle et vida son chargeur, ce qui provoqua des cris de panique chez les piétons invisibles.

La Yamaha tournait presque silencieusement; Harris l'enfourcha et remit un chargeur-banane qu'il sortit de son sac. Il conserva le chargeur vide. Celui qu'il avait sorti était peint en jaune, ce qui voulait dire qu'il contenait des balles à blanc. Mais tandis qu'il tenait l'AK entre ses jambes et qu'il inspectait la moto, il ressentit un tremblement sous ses pieds. Un son réussit à percer le tumulte des klaxons et des sirènes qui venait de la rue. Le son devint plus fort et Harris commença à perdre un peu son sang-froid. Alors qu'il agrippait son fusil, le son se transforma en rugissement, de plus en plus proche, éclatant dans ses oreilles. Le sol vibra; il perdit le contrôle de ses nerfs et il eut l'irrépressible impulsion de s'enterrer dans la poussière en attendant que d'énormes explosions aient raison de lui. Il se tordit sur son siège, la sueur lui tombait dans les yeux. Il réalisa, à la dernière seconde, que c'était le métro express I.N.D. qui traversait le sous-sol du parc en direction de Harlem et du Bronx.

Harris écouta calmement le vacarme du train qui diminuait. Il sourit en humectant ses commissures sèches. Il était en plein dedans, à présent. Les sensations et les sentiments les plus divers s'emparaient de lui en transformant l'espace et en créant des territoires à la fois étranges et familiers.

Il kicka la moto et sortit à toute vitesse des sous-bois sur la West Drive. Il vit plusieurs voitures et taxis qui allaient vers l'ouest, sur la transversale. Elles ralentissaient, pour s'arrêter enfin à l'énorme embouteillage qui s'était formé à l'extérieur du parc, au croisement de la 81e rue. Harris ralentit, lui aussi, attendit de pouvoir se glisser dans la circulation et roula de plus en plus près, jusqu'à avoir une vue dégagée sur l'est de la voie. Il n'y avait plus de voitures en vue, aussi prit-il la transversale. Il passa assez près d'un taxi pour voir la tête d'une femme installée à l'arrière.

Harris continua son chemin vers le sud de la West Drive et prit la bretelle droite, celle qui menait à la Women's Gate, au niveau de la 72ᵉ rue. Il allait devoir passer très près de la rue, à une quinzaine de mètres seulement de l'immense façade du Dakota – le célèbre immeuble résidentiel. De toutes les manœuvres qu'il avait effectuées, c'était certainement l'une des plus dangereuses, mais il fallait absolument qu'il s'occupât de cette zone, car elle constituait l'une des principales entrées du parc. Il n'y avait pas de circulation; la 72ᵉ rue était fermée le dimanche. Mais il y avait quelque chose de plus inquiétant. Il y avait toujours beaucoup de monde qui se concentrait près de la porte, pendant les nuits d'été; on s'asseyait sur les bancs pour boire du vin ou pour acheter de la drogue ou encore pour lever un type. Harris voulait terrifier ces gens et les renvoyer à leurs rues avec un message de peur.

Il arrêta la moto au sommet d'un escarpement et contempla une rangée de bancs. Il y avait deux hommes, à six ou sept mètres de là où il se tenait; ils n'entendirent pas Harris s'approcher. Il vit deux homosexuels qui remontaient l'allée et qui disparurent dans un sous-bois. Harris était un peu inquiet de cet état de choses, encore qu'il sût que beaucoup d'homosexuels se donnaient rendez-vous dans la partie ouest du parc comprise entre les 72ᵉ et 66ᵉ rues. Il décida de les enfumer afin de les faire sortir de leurs cachettes.

Le lance-grenades M-79 avait une portée de quatre cents mètres et Harris était expert dans son maniement. Sans quitter sa selle, il balança deux engins incendiaires sur le croisement et deux autres dans l'atmosphère, juste au-dessus du mur d'enceinte du parc. Les deux hommes qui étaient le plus près de lui se retournèrent au bruit de son arme; Harris fut forcé de laisser sa moto rouler quelques mètres dans les buissons. Les engins explosèrent et il pointa immédiatement l'AK-47 sur les deux hommes et appuya sur la détente. Les balles à blanc crépitèrent en lançant de longues flammes. Un des deux hommes s'évanouit tandis que l'autre se jeta à terre en protégeant sa tête de ses mains.

Harris lâcha l'embrayage et conduisit sa moto sur la route, tirant des rafales d'AK-47 en passant devant la rangée de bancs. La plupart des promeneurs furent glacés de terreur, bouches béantes devant ce spectacle incompréhensible : une arme automatique qui semblait avancer toute seule et qui leur tirait dessus. Plusieurs personnes n'eurent aucune réaction : elles étaient persuadées d'être mortes.

Harris descendit la colline jusqu'à l'allée pour se perdre finalement dans l'obscurité du parc. Il sortit le chargeur à blanc et rechargea au-dessus de son épaule. Les gens couraient en poussant des cris hystériques à travers Central Park West, vers le mur de fumée. Harris espéra que personne ne se ferait renverser par les voitures qui venaient en sens inverse.

Il fit passer le fusil sur son épaule et, en prenant un virage, frôla un banc. Une clocharde avec un sac à provision le regarda passer. Harris ralentit et fit demi-tour. Il ne s'était toujours pas arrêté quand il sortit son .45 automatique et qu'il tira trois balles aux pieds de la vieille. La femme se leva, soulevant ses énormes cabas bourrés de bric et de broc et lui cria :

« Va te faire foutre, salopard! » Elle escalada péniblement la colline en direction du rideau de fumée.

Harris arriva au croisement de la transversale et de la 65e rue. Il se posta sur le petit pont et jeta des grenades fumigènes dans la file des voitures. Un taxi déchira le mur de fumée et entra dans l'allée. Harris poussa un chargeur dans son fusil et fit éclater les pneus et les phares. Le taxi dérapa et vint s'écraser sur le pont. Il était juste en train de se pencher pour constater les dégâts quand quelque chose attira son regard.

Harris entendit un bruit sourd et découvrit deux policiers accroupis derrière une voiture de patrouille. Ils avaient été arrêtés par la fumée et lui n'avait pas pu voir le gyrophare qui tournait au sommet de la voiture. Les flics lui tiraient dessus. Harris plongea derrière le muret de pierre. Il se demanda pourquoi il y avait toujours cet instant d'étonnement, d'hébétude, quand on vous tirait dessus pour la première fois. Ce n'était qu'au moment où l'on comprenait vraiment que quelqu'un essayait de vous tuer (et cela prenait généralement quelques secondes) que la nausée bien particulière montait et que le flux d'adrénaline se mettait à circuler. Il le sentait, à présent, et son corps tout entier trembla quand il se pencha sur la balustrade.

Il ne voulait pas répondre au feu nourri de ses adversaires, car il ne pouvait pas voir la voiture très distinctement et encore moins la rue qui était derrière eux. Des phares percèrent la fumée : c'était une autre voiture de patrouille qui se garait sur un trottoir. Celle-là, Harris la voyait parfaitement. Il attendit que les deux flics en soient sortis pour envoyer une rafale dans le coffre arrière. Le réservoir d'essence explosa et les deux policiers exécutèrent une prudente retraite sur l'avenue.

La fumée revenait vers le parc, aussi Harris abandonna-t-il sa position sur le petit pont pour venir se perdre dans les buissons. Les branches lui éraflaient le visage et frappaient son casque. Il s'arrêta pour reprendre son souffle. Il réussit à distinguer, à travers l'épais brouillard, les lumières scintillantes de la Tavern on the Green. Le restaurant se trouvait à une trentaine de mètres, de l'autre côté de la transversale. Tout n'était que glaces, plantes et chromes brillants. Harris eut alors une impulsion. Il chargea une grenade fumigène et la lança dans l'air, au-dessus du restaurant. Elle explosa sur le toit et tomba dans la grande salle à manger.

Harris renfourcha la Yamaha et vérifia l'heure. Il ne pouvait se permettre, malgré son excitation, de se laisser aller à des impulsions irraisonnées. Il roula un peu et surveilla la transversale. Un taxi ralentissait en arrivant au niveau de la Tavern on the Green, essayant de ne pas écraser les clients qui sortaient en courant du parking. On entendait dans le lointain un ululement continu de sirènes.

Il accéléra, mais restait dans les arbustes qui bordent la route. Il traversa l'allée cavalière, glissant un peu dans la boue et passa sous un tunnel. Harris roulait à soixante-dix à l'heure quand il arriva près du Carrousel et qu'il sauta au-dessus d'un trottoir. Il avait dépassé le centre du parc et se dirigeait à toute vitesse vers la Cinquième Avenue et l'East Side. Il en avait fini avec le West Side.

Au carrefour de la Cinquième Avenue et de la 66e rue, la circulation se faisait normalement, mais rien ne venait, à un pâté de maisons de distance, à la hauteur de la 65e rue. Pas une personne qui déambulait sur les trottoirs, pas un des occupants des élégants immeubles résidentiels n'était au courant de cela. Le tintamarre des sirènes aurait certes dû les affoler un peu, mais à New York, les sirènes font partie du décor sonore quotidien. On avait entendu une forte explosion qui venait de quelque part en haut de Manhattan, mais les explosions ne sont pas rares dans la grande ville, et si elle présentait un quelconque caractère de gravité, ils ne manqueraient pas d'en entendre parler aux nouvelles.

En fait, rien ne sortait de l'ordinaire jusqu'à ce que les pneus d'un taxi éclatent – juste avant d'entrer dans le parc – et que le véhicule vienne s'écraser sur un arbre. Le chauffeur et le passager eurent juste le temps de s'enfuir avant qu'une rafale de mitraillette fasse éclater le pare-brise.

En l'espace de deux minutes, le carrefour Cinquième Avenue/66e rue était couvert d'une épaisse fumée et de véhicules à l'arrêt. Les piétons et les policiers étaient couchés à plat ventre derrière les immeubles et dans les grands halls des beaux immeubles. Personne ne bougeait, la circulation s'était arrêtée et les conducteurs fuyaient leurs voitures dans une indescriptible panique. Les gens se criaient qu'il y avait un tireur isolé sur un toit ou que des terroristes s'attaquaient à l'un des grands hôtels. Les policiers ne savaient pas quelle attitude prendre; une chose était sûre pourtant, c'était des armes automatiques que l'on entendait et c'était justement le genre de choses qu'ils n'étaient pas préparés à affronter.

Les opérateurs de la police étaient assaillis d'appels d'urgence et de rapports incroyablement nombreux sur des tirs d'armes automatiques et des explosions dans le secteur des rues et des avenues qui bordaient Central Park. Trois minutes plus tard, il y eut un appel enjoignant toutes les voitures de police à se rendre dans les environs de la 66e rue et Cinquième Avenue; un autre appel fit état d'une attaque à la mitraillette sur l'entrée du parc de la 79e rue. Des rafales d'armes automatiques et des engins fumigènes avaient stoppé le trafic; deux véhicules avaient explosé et étaient en train de brûler. Les piétons s'étaient réfugiés dans le grand hall du Stanhope Hotel et sur les marches du Metropolitan Museum.

A la suite de l'attaque de la 79e rue, un capitaine de police qui supervisait les opérations à la 20e division demanda à toutes les unités disponibles de se rendre aux deux entrées est et ouest de la 96e rue, sur la transversale numéro quatre. Il ne disposait que d'informations éparses et quelque peu confuses (quand elles n'étaient pas franchement hystériques), mais d'après ce qu'il avait cru comprendre, il semblait que les attaques se concentraient sur les voies d'accès à Central Park et les entrées de la 96e rue étaient les seules où rien ne s'était encore passé. S'il s'avérait que, suite à un plan bien chronométré, ces entrées soient les prochaines à subir une attaque, il voulait que ses hommes y arrivent avant les malfaiteurs, dans l'espoir, qui sait, de les appréhender. Et au moins, les officiers pourraient bloquer la circulation et épargner aux civils d'inutiles dangers. Il espérait avoir réagi à temps.

La première voiture-radio à arriver au carrefour 96e rue / Cinquième Avenue vint de la 110e rue, juste à la bordure de Harlem. Les deux policiers virent un bouchon se développer, surtout à cause des voitures qui faisaient demi-tour de la 86e rue. La radio leur apprit qu'une voiture de pompiers avait été mise hors d'état et brûlait; elle avait répondu à un appel suite à l'explosion qui avait eu lieu à Central Park. Pourtant, il y avait toujours des voitures qui rentraient dans le parc, par la transversale de la 96e rue. Par bonheur, c'était le dimanche soir et le trafic était assez fluide dans les deux sens.

Les policiers garèrent leur voiture sur un trottoir et prirent position de chaque côté de la transversale. Une autre voiture-radio arriva qui bloqua la circulation au carrefour. Deux policiers à pied traversèrent la Cinquième Avenue en courant et prirent un petit chemin, au nord de la transversale. Ils avaient des lampes-torches à la main et inspectèrent bien le parc jusqu'à avoir une vue aussi bonne que possible de la transversale et du terrain environnant. Ils ne virent personne jusqu'à ce que des lumières en provenance du West Side s'approchent d'eux; c'était une voiture de patrouille qui braqua immédiatement son puissant projecteur dans les fourrés. Les deux policiers qui se trouvaient dans les buissons envoyèrent par radio leur position à la voiture, pour éviter une mauvaise surprise. Mais comme ils avaient des difficultés à obtenir la transmission, l'un des deux hommes sortit sur la transversale, sa torche à la main, pour se faire connaître de la voiture-radio.

Il entendit un bruit. C'était un bruit à peine audible, comme le cliquetis d'un verrou qu'on ferme. Il fut ensuite littéralement poussé vers l'avant par une explosion. La force de la déflagration fut telle que la voiture de patrouille tangua et que son pare-brise vola en éclats. Le conducteur perdit le contrôle de son véhicule qui vint s'écraser contre le mur d'enceinte. Ils entendirent un long craquement. Une ombre énorme planait au-dessus d'eux. Ils eurent juste le temps de se jeter dans les buissons avant qu'un orme centenaire tombe lentement sur la voiture. Ils essayèrent d'éviter la ligne où l'arbre allait tomber, mais il dépassa sur la transversale et ils furent enterrés sous les branches.

La Cinquième Avenue était constellée de débris. Un officier qui se trouvait près de l'entrée du parc courut dans la rue et tomba à genoux, le visage ruisselant de sang. Les conducteurs et les piétons étaient tous couchés sur le trottoir. Un autre policier sortit du parc en tirant son collègue par le col. Il le posa sur un banc, près du virage; il se retourna ensuite, prêt à repartir vers le parc, quand quelque chose qui tombait manqua de lui emporter la tête à quelques centimètres près. La chose tomba sur le trottoir en faisant un son métallique. L'officier se baissa pour voir. C'était un bout de métal, en effet, jaune, avec des chiffres et des lettres. On pouvait y lire : 96ᵉ rue.

Harris était sur la rive du lac, sous les arbres touffus du Ramble, la zone la plus densément boisée de Central Park. Il essayait de percevoir un son bien particulier, celui qui pourrait s'élever au-dessus du bourdonnement des sirènes et du doux ronronnement du moteur de la Yamaha en train de refroidir. La moto était rangée derrière lui avec les sacs de munitions et l'AK-47 empilés contre la roue arrière.

Un poisson vint trouer la surface du lac et envoya des rides vers la rive. Harris retira son casque et s'essuya le front. Il y eut une explosion, quelque part en haut de Manhatan. Harris eut un sourire en regardant sa montre. 9 : 43. Il y avait eu vingt-huit minutes entre la première détonation au poste de police jusqu'aux actions aux différentes entrées des transversales et à la bombe jetée sous les arbres à la 96ᵉ rue. L'opération suivait son cours.

Harris décida de prendre une minute de repos et s'assit sur la terre meuble à quelque pas de l'eau. Il était plus fatigué qu'il ne s'y serait attendu. Les dernières vingt-quatre heures l'avaient forcé à pousser ses capacités de concentration et d'énergie jusqu'à leur dernière limite. Harris avait été dans le parc depuis samedi soir jusqu'à l'aube de dimanche matin, mettant en marche les deux bombes et préparant des caches pour ses munitions, s'assurant en outre qu'elles seraient rapidement et facilement accessibles. Il savait que la tâche serait harassante. Quand il était revenu chez lui, tôt dans la matinée de dimanche, il était tellement épuisé qu'il avait essayé de dormir un peu, mais l'énervement et l'obsession d'avoir oublié un détail l'en avaient empêché. A présent, la fatigue se faisait sentir. Il prit une amphétamine dans le flacon de sa poche de poitrine.

Harris avala la pilule et braqua sa lampe-torche sur son carnet de notes. Il consulta une carte : il allait à présent se mouvoir de ses principaux points de ravitaillement à d'autres points très précis selon un angle qui, dans ce cas précis, représentait l'entièreté du rectangle de Central Park. Harris avait à présent ce qu'il appelait un temps indéterminé pour mettre en place autant que possible son arsenal; mais il lui fallait faire vite et procéder de façon très méthodique. Il ne pouvait plus, désormais, se fier à un quelconque horaire. A partir de maintenant, ses actions se borneraient à être des représailles aux contre-attaques des forces extérieures. Il était impossible de mettre au point un horaire pour la police ou de savoir ce qu'allaient être leurs premières mesures. Tout ce que pouvait faire Harris, c'était de se tenir prêt, de parer au plus pressé et de suivre ses plans d'urgence.

Il se tourna vers la moto, attacha son carnet à une petite bride spéciale qu'il avait mise sous la selle et rangea son fusil et ses sacs. Il monta, démarra et partit en glissant à travers la boue et l'eau du lac, direction le nord, par le Ramble. L'air frais lui balayait agréablement le visage et il sentait déjà les amphétamines qui accéléraient ses battements cardiaques. Il espérait que la police serait en pleine confusion et qu'elle prendrait son temps. Et plus ils attendraient, plus il lui fallait s'enterrer.

La camionnette des Non-stop-News était prisonnière d'un mur jaune de taxis. Richie était en train de ranger l'équipement par le hayon arrière et Weaver se trouvait en plein milieu de Central Park West, debout sur le pare-choc d'un taxi, essayant de voir ce qui se passait en bas de la ville. Tout ce qu'elle put voir, à travers un fin rideau de fumée, fut un énorme embouteillage et des gyrophares qui tournaient dans le lointain. Rien ne bougeait. Derrière elle, des voitures de police étaient garées en travers du carrefour de la 86e rue, bloquant l'accès au parc. Les officiers de police n'arrêtaient pas de pousser des badauds et de forcer des automobilistes en colère à rentrer dans leurs voitures; les ordres étaient de faire avancer tout le monde dans les rues adjacentes ou au moins de les faire rentrer dans les immeubles. La police montée essayait de dégager deux voitures de pompiers d'un bouchon.

Richie cria quelque chose à Weaver ce qui la fit revenir tout de suite à la camionnette. Il était à l'intérieur, écoutant les diverses radios.

« Tu entends, Weav, ils ne laissent plus entrer une seule voiture de police ou de pompiers dans le parc. Un tireur isolé a vidé son chargeur sur la motrice de la caserne de l'East Side. Je viens de l'entendre; les opérateurs sont en train de devenir dingues. »

Weaver mit sa tête dans l'encoignure de la portière et écouta les transmissions. Même pour elle, il était difficile de comprendre quelque chose à tout ce fatras d'appels au secours, d'ordres et de contrordres. En une minute et demie seulement, elle entendit au moins vingt dix-treize. Un dix-treize était toujours un appel prioritaire; les opérateurs du standard envoyaient d'autres unités, déjà sur les lieux de situations urgentes, pour faire face à une situation très grave.

En général, ça voulait dire : catastrophe, et quand il y avait une catastrophe, on pouvait très bien se retrouver en train de se faire assassiner en pleine rue sans qu'un seul flic se dérange. Weaver savait à présent que quelque chose d'absolument extraordinaire se passait.

Le téléphone de bord sonna. Weaver prit l'appel.

« Allô?

– Weaver? C'est J.T. Où es-tu?

– Je suis morte, dans l'eau.

– Et où ça, précisément?

– Central Park West et 86e.

– Pas de bobos, tous les deux?

– Non rien de sérieux, on s'est fait tirer dessus à la mitraillette.

– Tu déconnes?

– C'était dément. Attends un peu de voir ça. Mais écoute-moi, J.T., pas possible de bouger. Ça nous a pris vingt-cinq minutes pour revenir à cette putain de camionnette. Je voudrais retourner voir ce qui se passe, mais j'ai bien l'impression que ça va être à pied. Alors, il faut qu'on décide ce qu'on va faire, sur quoi on va se concentrer.

– Si j'étais toi, j'oublierais. D'après ce que j'ai entendu, ils ont tout bloqué autour du parc.

52

– Quoi? » Les sirènes continuaient leur tintamarre ininterrompu et Weaver avait du mal à comprendre.

« Qu'est-ce qu'il dit?

– Il dit qu'il y a d'autres trucs qui se passent et qu'on les aura pas. » Elle reprit le téléphone. « J.T., tu m'entends?

– Ouais.

– On a entendu une nouvelle explosion, il y a cinq minutes de ça.

– Ça devait être celle de la 96ᵉ rue. Ils ont envoyé toute une tripotée de flics là-bas.

– Et depuis, quelque chose d'autre?

– Je crois pas. J'arrête pas d'entendre de drôles de trucs – la moitié est complètement inventée, de toute façon.

– O.K. Il faut que j'y aille. Reste où tu es. On reste en contact. Salut! »

Elle raccrocha et s'essuya le front avec la manche de son T-shirt. Elle laissa une grande tache noire sur le tissu. Elle regarda à la portière et vit des lumières vives qui se déplaçaient sur le trottoir en face de Central Park. C'étaient des spots très puissants qu'utilisaient une équipe et un caméraman qu'elle connaissait.

« Rich, c'est W.C.B.S.! » Elle contempla l'équipe qui se plaçait et qui commençait à faire l'interview d'un flic et des gens dans la foule. Les gosses se pressaient contre le reporter et faisaient des grimaces devant la caméra en agitant les bras. Leur vacarme couvrait presque le bruit des sirènes. Weaver rit de bon cœur.

« L'homme de la rue. Interroge ces putains de badauds, ils savent toujours tout.

– J'aimerais bien savoir si c'est en direct. C'est peut-être le journal. Si seulement on avait une télé dans la camionnette! On a tout le reste, de toute façon.

– Rappelle J.T. et demande-lui.

– Oh! merde, on n'a pas le temps! » Weaver récapitula très rapidement les événements. Elle ne pouvait avoir aucune certitude, mais il semblait bien que toutes les attaques aient visé les points d'accès à Central Park. W.C.B.S. avait envoyé une équipe à la 86ᵉ rue, mais elle était prête à parier qu'ils ne l'avaient fait qu'après l'explosion du poste de police et que les types s'étaient retrouvés là, faute de pouvoir aller plus loin.

Weaver avait pensé à la possibilité de descendre Central Park West à pied avec sa caméra et d'enregistrer tout ce qui, dans ce chaos, pouvait paraître intéressant. Mais à quoi tout cela pourrait-il bien servir à présent, si les grandes chaînes s'en mêlaient? Elle ne voulait pour rien au monde rater une autre fusillade, mais il semblait bien que tout s'était arrêté, à présent. Et de toute façon, avec ce bordel, comment aurait-elle pu accéder aux lieux? En plus, elle avait déjà sur bande des tas de choses que les autres n'avaient pas et que tous auraient aimé avoir. Elle se tourna vers Richie.

« Je vais te dire ce que nous allons faire. Je vais aller porter la bande que nous avons faite à la W.A.B.C. Il est à peu près 10 heures moins 10; autant dire que nous pouvons dire adieu aux chaînes indépendantes. Si j'arrive à placer ça quelque part pour le bulletin de 11 heures, je pourrais m'estimer heureuse. Toi, tu restes ici avec la caméra. Si tu vois que la circulation va un peu mieux, tu bouges. Ramène la camionnette à l'appartement; de toute façon, tu préviens T.C. de ce que tu fais. Je te trouverai. Il faut que nous restions mobiles, c'est tout.

– D'accord Weav! Comment tu vas à la 66ᵉ? Tu y vas à pied?

– Non, répondit Weaver après avoir hésité quelques secondes, ça a l'air trop cinglé. Je vais prendre le métro. » Elle prit les deux cassettes et se regarda dans un miroir. « Je suis vraiment dégueulasse. » Richie désigna la rue du doigt. L'équipe de la W.C.B.S. était en train d'interviewer un pompier; derrière lui se trouvait un agent de la police montée. Son cheval avait levé sa queue qui formait un arc de cercle parfait dans le ciel; l'animal était en train de faire tomber d'énormes tas de crottin sur la chaussée. Richie et Weaver échangèrent un regard.

« Je crois bien que ce sera ce que la W.C.B.S. enregistrera de mieux, ce soir. » Weaver mit un peu d'ordre dans ses cheveux et sauta de la camionnette. Richie la regarda courir vers la 86ᵉ rue où se trouvait l'entrée de la ligne de l'I.N.D. Il se mit à la place du conducteur. Il eut tout de suite l'idée d'appeler J.T. pour lui dire à quoi ça ressemblait d'entendre des balles siffler au-dessus de sa tête.

Quand Weaver mit le pied sur la première marche des escaliers, elle entendit le bruit d'un train qui venait d'en dessous. Elle descendit les marches quatre à quatre, jurant, certaine d'avoir raté sa rame et d'être forcée d'attendre le suivant vingt bonnes minutes. Les rails étaient vides, mais on entendait encore l'écho de la rame qui s'éloignait dans le tunnel. Elle acheta un jeton et demanda à l'employé dans sa cabine si elle avait manqué le « local ». Il ne lui accorda qu'un coup d'œil à travers le mur de plexiglass.

« Il en vient tout le temps, ma petite dame. Moi, j'ai rien à voir avec tout ça. »

Weaver eut un sourire sarcastique : « Prochain arrêt : Oubli... c'est ça? » L'homme l'ignora franchement. Elle mit son jeton dans la porte tournante et se dirigea vers le bout du quai, afin de monter dans le dernier wagon. Il n'y avait que deux ou trois personnes qui attendaient sur le quai, dont l'un était un jeune homme installé devant un banc. Weaver commença à lui parler.

« Je suppose que ce n'était pas le " local ", sinon vous ne seriez pas ici... »

Le jeune homme paraissait étonné que qui que ce soit lui adresse la parole. Quand il se tourna vers Weaver, elle sut tout de suite, rien qu'à voir son complet chic et son attaché-case en cuir, qu'il n'était pas tout à fait à sa place dans le métro. Il était très séduisant et Weaver eut immédiatement honte de son apparence. Le jeune homme lui sourit gentiment et desserra sa cravate.

« Je crois que c'était l'express. Je déteste ce foutu métro. On croirait vraiment un voyage en enfer.

– Je suis d'accord avec vous, dit Weaver en souriant.

– C'est incroyable ce qui se passe dehors. Je suis resté assis vingt minutes dans un taxi sans bouger. Finalement, j'ai laissé tomber.

– Et à présent, vous attendez ici depuis un quart d'heure. »

Le jeune homme fit oui de la tête. Il montra du doigt la carte de presse défraîchie qui pendait au cou de Weaver, attachée à une chaînette. « Vous êtes journaliste?

– Pas exactement. » Weaver regarda elle aussi la carte de presse, les cassettes. Elle sentait qu'il était en train de l'examiner.

« Vous savez ce qui se passe? lui demanda-t-il.

– Je ne peux pas vous en dire beaucoup. Il y a eu des bombes et un tireur fou. J'ai tout filmé.

– Vraiment? Et pour qui travaillez-vous, une des chaînes de télévision?

– Non, je suis indépendante. On fait des bandes vidéo pour les actualités.

– Ah! oui, j'ai lu un article là-dessus. On vous appelle la brigade sanglante. »

Weaver fit la grimace. « Ouais, c'est comme ça qu'on nous appelle. » Elle vit que le jeune homme regrettait ce qu'il avait dit.

« Vous n'aimez pas ce nom, hein? »

Weaver secoua la tête. Cinq ans plus tôt, sa compagnie n'existait pas; c'était à cette époque qu'un pigiste du *New York Magazine* avait trouvé le terme « brigade sanglante », mais c'était une simplification abusive. Son métier allait quand même plus loin que la simple chasse aux ambulances.

Elle entendit un grondement et s'en servit comme prétexte pour s'éloigner et jeter un coup d'œil dans le couloir. Les rails luisaient dans le lointain et elle distingua deux phares qui approchaient. Elle voulait parler à ce type avant l'arrivée du train; elle voulait absolument remettre les choses en place.

Pourquoi, d'ailleurs? Sans doute parce que c'était la deuxième fois dans la soirée qu'on lui faisait une remarque désobligeante sur son boulot. Elle repensa à l'homme qui, pendant l'incendie, l'avait empoignée pour casser sa caméra. Weaver comprenait sa fureur, mais rien ne pourrait changer ce qu'elle lui avait dit – c'était son boulot. Ça lui fit penser aux manifestations d'homosexuels qu'elle avait couvertes, avec Richie, dans le Village, il y avait un mois. Elle savait que le seul fait de pointer une caméra sur des manifestants allait provoquer des réactions, qu'ils allaient sans doute essayer de se venger sur les journalistes; ce qu'ils firent. On essaya de casser sa caméra; c'était une scène assez violente et la bande n'en fut que meilleure. Mais ça, c'était quelque chose qui ne dépendait que d'elle : raconter une histoire et essayer de la rendre aussi intéressante que possible. Faire l'actualité imposait de se servir de la laideur et de la tragédie. Si elle avait eu le temps de parler un peu avec le type de l'incendie, elle lui aurait expliqué les choses : c'est la tragédie qui paie.

Weaver recula du bord du quai. Elle regarda à la dérobée le jeune homme en costume qui l'examinait toujours. Elle se fichait de ce qu'il pouvait penser d'elle et de son boulot – en fait elle se fichait pas mal de ce que qui que ce soit pouvait bien penser. Elle possédait sa propre compagnie; elle ne dépendait de personne. La brigade sanglante. Eh merde! C'était super. On éprouvait une grande satisfaction à savoir que dix millions de gens regardaient ce qu'on avait filmé. Et si c'était irrationnel et que ça sentait le sang coagulé...? C'était passionnant et c'était de ça qu'était faite l'actualité. Et l'actualité, c'était la seule chose qui l'intéressait.

Elle tourna le dos au type, mais le bruit du train était vraiment trop fort. Un vent chaud et puant balaya ses cheveux et le A.A. local entra dans la station. Les portes s'ouvrirent et le type avança un peu sur le quai et prit une autre voiture. Weaver pénétra dans le wagon qui était en face d'elle; une voix résonna dans les haut-parleurs qui demandait de « faire attention à la fermeture des portes ».

Quand les portes furent fermées, Weaver s'appuya contre elles. Elle tripotait sans cesse ses cassettes. Elle fut parcourue d'un frisson. Peut-être le reverrait-elle. Ils pourraient peut-être devenir amis. Mais elle n'allait pas se raconter des histoires. Elle connaissait New York. Même s'il n'était que dans le wagon d'à côté, c'était comme s'il avait été dans un autre pays.

Le métro s'ébranla et continua, en trépidant, son voyage vers le bas de la ville.

Weaver descendit du A.A. local à Colombus Circle. Elle songea à changer de ligne, à prendre l'I.R.T. jusqu'à la 66e rue, mais cela prendrait trop de temps. Elle sortit donc dans la rue. Central Park West était dans un drôle d'état; les policiers tentaient de dérouter les voitures sur Broadway et les Neuvième et Dixième Avenues. Weaver fit le tour du building de la Gulf & Western et remonta par Broadway, jusqu'à la 66e rue. Les studios de la W.A.B.C. étaient au milieu du pâté de maisons, entre Broadway et Central Park et la rue était bloquée à ses deux extrémités par des voitures de police.

Weaver entra dans l'immeuble. Le garde vérifia sa carte de presse et elle se hâta de descendre à la salle des actualités. L'activité qui régnait là lui parut encore plus débridée qu'au cours de ses visites précédentes. Les responsables des reportages hurlaient dans des téléphones qui n'arrêtaient pas de sonner. Les assistants de production couraient entre les bureaux et entraient ou sortaient par toutes les portes comprises dans le périmètre de la salle. Le speaker des nouvelles de 11 heures se tenait au fond de la pièce, surveillant une télé en couleurs qui diffusait les programmes de W.A.B.C. en mangeant un sandwich. Weaver remarqua un producteur qu'elle connaissait et se dirigea vers son bureau. Il était au téléphone, ce qui ne l'empêcha pas de lui parler.

« Est-ce que Roger Stein est ici? »

L'homme leva les yeux et reconnu Weaver. Il mit la main sur le téléphone et laissa traîner son nez près de son bras. « T'as une drôle d'odeur. Comment ça va?

– Terrible. Stein est en bas?

– Ouais; il est derrière. » Sur ces mots, il retourna à sa conversation téléphonique.

Weaver vit Stein qui sortait de son bureau et se dirigea vers lui. Stein était le rédacteur en chef des actualités de W.A.B.C.; quand Weaver voulait vendre une bande à la station, c'était Stein qui prenait une décision. Il était jeune, trente-cinq ans selon Weaver et s'était toujours fait l'ardent défenseur des reporters indépendants. Les syndicats n'appréciaient pas toujours, mais Stein ne voulait rien négliger et s'il y avait un reportage sensationnel, il ne voulait surtout pas le rater. Les équipes syndiquées n'étaient pas toujours capables de couvrir toute l'actualité, surtout parce qu'en général elles ne travaillaient pas la nuit et que les heures supplémentaires coûtaient une fortune. Weaver et ses concurrents touchaient un billet de cent dollars pour toute bande utilisée dans une émission et ce, quelle que soit la longueur du document utilisé, une seconde ou un quart d'heure. Stein considérait que c'était l'intérêt de la station de procéder ainsi et ne se souciait pas trop des récriminations des syndicats. Tant que les indépendants couvraient des nouvelles de dernière minute (ce qui constituait une aire réservée qui dépendait du temps libre entre les grandes lignes du journal) et que ce n'étaient pas ses rédacteurs-adjoints qui les envoyaient filmer, personne ne violait les conventions collectives. Stein savait que ses propres équipes trichaient un peu, surtout pendant la nuit, et qu'ils envoyaient eux-mêmes des reporters afin d'être sûrs de ne rien manquer d'important, mais personne ne discutait ses méthodes. Les nouvelles de Channel 5 étaient classées numéro 1 dans une zone dont le public approchait les vingt millions de téléspectateurs.

Stein regardait Weaver qui s'approchait de sa table. Ses yeux bougeaient sans cesse et parcouraient la pièce; elle avait l'air de vibrer sous sa peau. Ces mômes qui font la rue, pensa-t-il, ils sont tous si inquiets et si indisciplinés, mais c'était aussi ce qui les rendait si efficaces.

« Bonsoir, Weaver, dit-il en se penchant sur elle. Qu'est-ce que tu sens?

– La fumée, la poudre, tout ce que tu veux. C'est complètement dingue, dehors.

– C'est ce qu'on m'a dit. Raconte-moi un peu ce qui se passe.

– Je sais pas trop, mais c'est super. Essaye d'imaginer : j'ai dû garer ma bagnole et laisser mon assistant à la 86ᵉ rue. Tu sais que la 66ᵉ est complètement bloquée par les flics?

– Bordel! Je me sens mieux, comme ça. » Un rédacteur adjoint cria quelque chose à Stein qui répliqua : « Dis-lui que je ne peux pas lui parler tout de suite. » Il reporta son attention sur Weaver. « Bon, qu'est-ce que tu as?

– De quoi décrocher un Pulitzer. » Elle lui tendit les cassettes et il lut les étiquettes.

« Tu as eu la bombe en train d'exploser?

– Je dois avouer que j'ai un peu bougé, mais tout est là.

– La fusillade?

– C'était dingue. Un vrai film de John Wayne. Je crois qu'on en a à à peu près une minute.

– La fusillade, ça, c'est super. Et ça, qu'est-ce que c'est?

– Cet incendie à Harlem. »

Stein lut les notes de Richie. « Nom de Dieu, Weaver, tu as vraiment fait du bon boulot. Je vais voir ce qu'on peut passer.

– J'aimerais que tu me fasses des copies très vite. Je voudrais montrer ces trucs à C.B.S. et N.B.C. au plus tôt.

– D'accord. » Les indépendants avaient parfaitement le droit de vendre leurs reportages plusieurs fois, puisqu'il n'existe pas de copyright sur les bandes d'actualité. Stein était content qu'elle lui ait apporté les bandes en premier, il expédia donc la bande et signifia son congé à Weaver. Il appela un assistant.

« Bobby, fais-moi immédiatement des copies. » Les bandes disparurent et Stein rentra dans son bureau, claquant la porte au nez de Weaver. Mais comme elle n'avait pas fini de lui parler, elle le suivit à l'intérieur. Il y avait, sur une table basse face à un sofa, une télé couleur branchée sur W.A.B.C. On passait un film et Weaver baissa le son. Stein s'assit à sa table et essaya d'oublier Weaver et les téléphones qui n'arrêtaient pas de sonner.

« Tu as envoyé des équipes à toi dehors, Roger? »

Roger haussa les épaules. « Tous ceux sur qui on a pu mettre la main dans la dernière demi-heure. Ce soir, ça va être la fête pour les indépendants.

— On se débrouillera. Écoute. Pourquoi tu ne dirais pas aux types du desk de nous refiler un coup de temps en temps? Et surtout ne me dis pas que c'est interdit. »

Stein, ne voulant pas répondre, répondit au téléphone. Il était en train de passer un savon à celui qui était à l'autre bout de la ligne. « Pas possible maintenant. On n'a plus que soixante secondes avant le journal. Débrouille-toi autrement. » Il raccrocha et regarda Weaver. « Tu es toujours là?

— Allez, Roger. Un de tes producteurs de nuit a appelé un de mes concurrents pour cette histoire de bombe au poste de police.

— Bon Dieu, mais vous savez tout! » Il étudia le visage de Weaver. Ses sourcils étaient tordus, ce qui lui donnait un air plutôt sinistre. Stein voulait la voir partir, plus que jamais. « Écoute, Weaver, tu dois te souvenir que tu es la petite nouvelle, dans cette boîte. Ça fait plus de deux ans, à présent, qu'on traite avec les autres indépendants. Si tu avais un bon dossier, ça aiderait à te faire connaître.

— Si je suis pas mise sur la paille avant.

— Je sais que c'est dur d'être à son compte.

— C'est surtout mon compte en banque qui m'inquiète.

— T'en fais pas. Ce sont pas les chiens écrasés qui manquent dans cette putain de ville. Et malgré toutes les technologies nouvelles, on pourra jamais être sûr de tout couvrir. »

Stein ouvrit un tiroir et en sortit un formulaire que Weaver devait signer.

« D'accord, Roger. Mais crois-moi, ça va être difficile de faire mieux que ce que je t'ai apporté ce soir. Que ce soit Marty ou un autre. »

Le film s'arrêta. Il y eut une publicité suivie du petit dessin qui indiquait les nouvelles. Stein fit un signe à Weaver.

« Signe-moi ça. Et remonte-moi le son, nom de Dieu! » Elle tourna le bouton et entendit la voix du speaker qui se détachait, sur l'écran, sur un fond de podium et de micros.

« ... une conférence de presse, ici, dans la salle de réunion de la 20ᵉ section. Nous attendons une déclaration sur les attentats qui ont eu lieu ce soir, dans et autour de Central Park, il y a juste une heure. »

Weaver s'installa au bureau de Stein. « C'est les caméras de W.A.B.C.?

– Non. C'est une ligne groupée pour toutes les stations. Le bureau du Maire ne nous a prévenus qu'une dizaine de minutes avant. »

Sur l'écran, une femme s'avança devant les micros. Weaver tourna le dos à l'écran, tout en essayant d'écouter la conférence de presse, mais en signant la décharge, quelque chose détourna son attention. Sa signature n'était pas la même que d'habitude. Les lettres étaient plus grandes, plus longues et un peu tordues. Weaver s'arrêta d'écrire. Elle regarda sa main. Ses doigts tremblaient. Elle regarda Stein pour voir s'il avait remarqué quelque chose, mais il fixait l'écran avec une curieuse expression sur le visage. Weaver jeta un coup d'œil à l'écran, puis se tourna vers Stein.

« Roger, qu'est-ce qu'il a dit? »

Il se rua sur son téléphone. « Ils ont fermé Central Park. »

Harris fonçait en faisant des zigzags sur son périmètre de surveillance du Parc quand il découvrit des voitures de police qui bloquaient les principaux carrefours; en outre il n'y avait plus aucune circulation sur les transversales. C'était exactement ce qu'il avait prévu; à présent, il pouvait compter sur une relative liberté de mouvement pour une période indéterminée. Il revint immédiatement à son principal point d'approvisionnement, près de la transversale n° 2, dans un aqueduc abandonné qui courait sous la surface de Central Park.

Harris avait découvert ce vieil ouvrage d'art (qui était en réalité un égout de trois mètres de haut avec toute une série de conduits annexes d'un diamètre d'un mètre vingt, sur un diagramme de l'ancien système de canalisation du parc) en se faisant passer pour un étudiant en architecture au cadastre du Queens. Durant plusieurs nuits d'automne, Harris avait essayé de retrouver l'aqueduc en question, creusant la terre sur plusieurs mètres, jusqu'à ce qu'il tombe sur le mur de maçonnerie. Il avait pu percer la pierre sans difficulté et s'était retrouvé, à sa plus grande joie, dans un énorme tunnel où il pouvait se tenir debout et qui s'étendait sur une cinquantaine de mètres dans les deux directions. Les deux extrémités étaient bouchées par du sable et la seule voie d'accès était ce trou minuscule qu'il avait percé lui-même et aussitôt recouvert. Plus tard, Harris avait pratiqué plusieurs autres excavations et retrouvé de vieux égouts abandonnés qui pouvaient servir d'aires de stockage parfaites et, si nécessaire, de cachettes. Le plus intéressant, c'était que certains plans du réseau d'égouts primitif s'étaient avérés incorrects et qu'il n'avait pas pu tous les retrouver, mais il y avait un double aspect à ce contretemps. Harris avait découvert une longue canalisation de deux mètres quarante de large qu'il pouvait pénétrer par une entrée minuscule et qui lui permettait de ressortir à deux endroits différents, distants de cent mètres. Et toutes ces canalisations ne figuraient nulle part sur les plans du cadastre municipal.

Et ce 21 juillet, après avoir constaté le lock-out du parc, Harris pouvait s'employer à extraire les plusieurs tonnes de munitions et d'armes qu'il avait entassées dans le vieil aqueduc.

Son objectif numéro un était l'installation d'engins anti-personnel pour se défendre immédiatement contre toute tentative d'attaque en masse par les forces ennemies : des mines claymores, des mines à fragmentation, du fil de fer barbelé et ses « attrape-nigauds », des pièges ultra-sophistiqués. Harris avait stocké et rangé toutes ses armes et munitions dans un ordre précis qu'il avait vérifié, revérifié et mémorisé de façon assidue afin de pouvoir les retrouver, si besoin dans l'obscurité totale. Capable de manipuler son matériel avec une telle célérité, il avait pu, en quelques minutes, enterrer ses mines claymore tout autour de l'entrée de son arsenal souterrain.

Harris aimait beaucoup les mines claymores. Elles ressemblaient à une boîte rectangulaire courbée d'à peu près trente centimètres de long qui était posée sur des pieds métalliques pliants d'une vingtaine de centimètres de haut. La base était faite en polystyrène et en fibre de verre. Il y avait, dans la matrice en avant de la base, sept cents fragments d'acier. Derrière la matrice se trouvait une charge explosive. Quand elle explosait les fragments d'acier chauffés à blanc se dispersaient sur un seul plan, dans un angle de soixante degrés entre trente centimètres et un mètre cinquante au-dessus du sol; la portée où la mine était mortelle était de deux cent cinquante mètres. On installait cette mine de deux kilos en dépliant les pieds et en mettant l'engin au-dessus du sol; on pointait horizontalement la face convexe dans la direction où l'on s'attendait à ce que l'ennemi attaque. On pouvait actionner la mine à distance en tirant un fil attaché à la base ou en laissant traîner ce fil sur un chemin ou une route où tout mouvement déclenchait automatiquement l'explosion. La claymore convenait parfaitement à la sécurité d'une position de mitrailleuse, par exemple, ou à une embuscade, puisqu'on pouvait l'actionner à distance et qu'elle couvrait une étendue précise. Pour Harris la claymore avait une double valeur : il pouvait placer des claymores tout au long du périmètre du parc, près des murs, sans craindre que les fragments se perdent dans une rue adjacente si un intrus déclenchait le mécanisme. Ensuite, quand elles seraient mises en place autour de son aire de ravitaillement, même si le pire devait avoir lieu dans les quelques heures à venir et que Harris soit forcé de se cacher sous terre, il pourrait défendre sa position et, probablement, tendre une embuscade et éliminer une force ennemie assez importante – après, bien entendu, l'avoir attirée dans son champ de mines.

Harris mit plus d'une heure à terminer l'installation de ses claymores (cela comprenait le temps qu'il avait déjà passé après l'explosion de la 96e rue et les fréquentes interruptions qu'occasionnaient de nombreuses petites reconnaissances, pour plus de sécurité). Harris nota soigneusement les emplacements des mines sur ses cartes. Il se rendit compte qu'il aurait pu passer plus de temps à disposer d'autres engins, mais il avait des tâches plus urgentes à réaliser. Son matériel, utilisé dans certaines zones bien spécifiques, lui donnerait la maîtrise du terrain et lui permettrait d'imposer sa tactique. Il lui fallait trois éléments pour cela : le fil de fer barbelé, les mines à fragmentation et les *booby traps*, ses fameux pièges que les GI's appelaient « attrape-nigauds ».

Son idée de base était simple : utiliser le fil de fer barbelé pour bloquer la plupart des sentiers et ouvrir certains espaces afin de créer des « couloirs » que les assaillants seraient forcés, bon gré mal gré, d'emprunter pour exécuter un mouvement qui puisse avoir un sens. C'était un peu la tactique qu'emploient les boxeurs qui poussent leur adversaire dans les cordes et les forcent à prendre des coups.

La mise en place des barbelés était le premier pas qui permette la création de ces mortels couloirs. Harris avait passé deux fois huit heures, en juin, à faire venir par une camionnette de location, les gros paquets plats. Il lui avait fallu creuser un trou assez large pour faire descendre les rouleaux dans son égout désaffecté. Puis, deux nuits auparavant, il les avait hissés hors de leur cachette et les avait éparpillés dans diverses caches. A la fin, n'en pouvant plus, il avait jeté les rouleaux restants dans des sous-bois, sans même prendre la peine de les recouvrir. Si quelqu'un les trouvait, il penserait sûrement qu'il s'agissait du matériel des jardiniers.

Harris commença donc à dérouler en grandes cueilles, selon le schéma arrêté sur sa carte. Il mit tout particulièrement l'attention sur le secteur qui se trouvait au sud de la transversale de la 79e rue et qui incluait le lac et le Ramble, de même que celui qui se trouvait à l'est de la Sheep Meadow et du Mall. Cette zone très fournie en sous-bois et aux accidents de terrain variés semblait être la plus favorable à l'engagement initial des forces de l'extérieur.

Harris se servit de sa moto comme d'un cheval pour dérouler de longues lignes de barbelés à travers bois et buissons. A moins de s'y attendre, presque toutes ces lignes étaient invisibles dans le noir, sauf quand on avait le nez dessus. Harris essaya de tirer le meilleur parti de ce fait partout où ce fut possible, mais c'était un travail harassant et, après soixante minutes, il n'avait pu poser que quatre-vingts pour cent de son fil de fer barbelé. Il était néanmoins très satisfait de l'avantage stratégique considérable que lui donnait son réseau de barbelés sur tout mouvement terrestre dans ce secteur.

Harris revint ensuite à divers endroits qui bordaient ces barrières métalliques où, dans les jours et les semaines précédentes, il avait enfoui des conteneurs de mines à fragmentation M-16 A1. L'engin, qui pesait ses huit livres, pouvait être activé soit par un fil, soit par pression directe; l'effet était terrifiant : la mine chargée par un ressort explosait à un mètre du sol et avait une portée mortelle dans un rayon de dix mètres.

Harris, travaillant aussi vite qu'il pouvait, sortit les mines de leurs caisses et les cacha selon un axe qui prenait la tangente de ses rouleaux de barbelés. Il lui fallait suivre un plan soigneusement dessiné sur ses cartes; en effet, il devait éviter de marcher sur une de ses propres mines, mais il fallait surtout qu'il ne puisse pas se retrouver dans une situation telle qu'il soit prisonnier d'un de ses propres couloirs. Le plan en était relativement simple et se déployait autour de sites bien visibles, afin qu'il puisse se dégager d'une zone dangereuse sans trop avoir à réfléchir.

Harris consacra quarante-cinq minutes de travail épuisant aux mines à fragmentation, en sacrifiant une manipulation précaution- neuse à la vitesse. Il ajouta une paire de claymores pour faire bonne mesure. Quand il eut terminé, le nombre des engins enterrés lui sembla encore pitoyablement petit, mais c'était vraiment tout ce qu'il pouvait humainement faire. Il commençait à se sentir nerveux et décida d'aller un peu voir ce qui se passait dans la rue, aux abords du périmètre du parc.

Harris remonta très vite l'East Side et redescendit le West Side; sa Yamaha frôlait le mur du parc, parfois à moins de sept mètres de la rue. Il remarqua que la circulation sur la Cinquième Avenue et Central Park West se faisait encore difficilement. Les policiers semblaient réduire leur activité à faire circuler les voitures et à empêcher les piétons de rester sur les trottoirs qui longeaient le parc; mais il y avait vraiment beaucoup de voitures de police au croisement de la transversale de la 86° rue et de Central Park West. Harris s'arrêta un moment. Il semblait que les policiers voulaient fermer Central Park West à partir d'un point situé quelque part au nord. Pourtant, rien n'indiquait que la situation soit devenue menaçante. Harris voyait bien que la force publique connaissait quelque difficulté à faire le vide dans les rues avoisinantes et à mettre un peu d'ordre au chaos qui prévalait. Deux heures avaient passé depuis la dernière explosion à la 96ᵉ rue. Harris était bougrement ravi d'avoir le temps.

Il retourna dans le secteur de la 79ᵉ rue et se mit à agencer ses pièges. La plupart des engins avaient été préparés à l'avance, mais tous n'étaient pas également prêts à fonctionner. Néanmoins, il ne faudrait pas longtemps pour les rendre opérationnels. Harris se rendait à moto ou à pied aux endroits marqués d'une croix sur ses cartes; là il déroulait des fils déclencheurs, enfouissait d'étranges objets et mettait en marche des mécanismes ultra-sensibles. Il fit un essai sur l'un de ses engins et le résultat s'avéra particulièrement redoutable.

Harris mettait de grands espoirs dans ses pièges, et ce, pour deux raisons principales : une fois leur présence décelée (ce qui se passait très mal, d'ordinaire), ses pièges diaboliques rendaient nécessaire une évacuation des blessés et ralentissaient la marche de l'ennemi. La deuxième raison était d'ordre psychologique. Quand un homme voit, à côté de lui, un camarade affreusement mutilé, empalé ou éventré par une « chose » silencieuse et invisible, il commence à douter de l'efficacité de sa mission. C'était aussi simple que ça : les pièges terrifiaient absolument tout le monde!

Harris arma à peu près une quinzaine d'engins. Cette phase de l'opération lui prit encore quarante minutes, y compris quelques patrouilles de surveillance du périmètre du parc; à la fin, Harris se retrouva pantelant dans un trou qu'il avait creusé près du mur, le visage inondé de sueur. Le trou se trouvait à proximité d'un sentier qui longeait la West Drive. Le sentier était coupé et bloqué par un long rouleau de fil de fer barbelé qui obliquait dans les fourrés et remontait la colline boisée qui mène à Central Park West. Quiconque approcherait cette position n'aurait que trois choix : battre en retraite et essayer de venir par un autre chemin; tenter de couper les barbelés, ce qui demandait un outillage adéquat et forçait à rester pendant de longs moments en terrain découvert, à la manière d'une cible vivante; la troisième solution, enfin, consistait à quitter le sentier et à suivre l'allée tracée par les barbelés, à droite ou à gauche, dans les sous-bois. C'était bien entendu sur ce dernier choix que Harris comptait quand il avait creusé la fosse quelques moments auparavant – mais l'équipement nécessaire à terminer son traquenard ne se trouvait pas dans la cache secondaire de matériel à proximité.. En réalité, il découvrit qu'il n'y avait même pas de cache du tout.

Harris se leva et courut vers la moto qu'il avait garée non loin de là. Il s'en voulait beaucoup. Où était donc ce putain de trou? Il tira vivement son carnet de notes de dessous la selle et fit tourner les pages rageusement. Des gouttes de sueur tombèrent sur les pages. Il s'arrêta, disposa les cartes sur la selle et prit une goulée d'eau du bidon qui pendait à sa ceinture. Il crut bon de faire une petite pause ou peut-être de reprendre ses patrouilles de surveillance pour une vingtaine de minutes; en tout cas, il fallait qu'il retrouve son calme; bientôt, il aurait besoin de toute son énergie. Pour l'instant, il se sentait exténué et déshydraté.

Harris vida le bidon d'eau et prit mentalement note d'aller le remplir dès que possible à la fontaine qui se trouvait près des pistes de bowling. Il reprit la carte et essaya de se rappeler où pouvait bien se trouver ce sacré trou. Et il trouva. Il allait pouvoir piéger les deux côtés du sentier; en fait, le trou devait probablement être à l'est, pas à l'ouest.

Il décida de ne plus s'occuper de ses cartes pour l'instant et braqua sa lampe-torche derrière deux grands arbres qui se dressaient à cinq ou six mètres du sentier. La cache était là, bourrée de tiges de bambou de cinq mètres de long taillées en pointe. Les bambous étaient empilés sur un bout de tissu; Harris le plia et sortit le lourd paquet du trou. Il enfouit les bambous dans le sol, donnant naissance à une sorte de forêt miniature au fond du puits et fit de même dans l'autre trou. Il les recouvrit d'une couche assez mince de feuillages et de brindilles. Harris se pencha et admira son œuvre. Ils étaient là, les bons vieux *punji-sticks* du temps jadis. Et maintenant, que quelqu'un s'aventure sur cette barrière de barbelés et décide de faire un petit détour!

Harris rit tout haut et se mit sur ses pieds. Ses jambes étaient devenues toutes faibles. Ici prenait fin sa mise en place tactique du secteur de la 79e rue. Il avait besoin d'un peu de repos. Il ne pouvait pas escompter d'autres moments de calme avant que ceux de l'extérieur fassent leur première incursion dans son territoire.

Harris nettoya le terrain, rangea une pelle et d'autres outils dans l'une des caches et prit, sur sa Yamaha, un chemin sûr qui menait au sud et qui évitait les mauvaises surprises de ses fameux « couloirs ». Il s'arrêta au bowling et alla chercher une de ses rations C. Il but un peu d'eau et avala des pastilles de sel et des vitamines, puis mangea un sandwich qui lui parut abominable. Il décida ensuite de se rendre directement à la 86e rue.

Harris contourna la Great Lawn et roula lentement devant les décombres fumants du poste de police de la 22e section. La transversale était déserte, aussi Harris continua-t-il sa route par l'ouest, en longeant les sentiers et la traversa. Il se sentait détendu et un peu engourdi, mais quand il repassa par le carrefour de la 86e rue et Central Park West, il retrouva tous ses esprits. Un énorme projecteur placé en haut du mur du parc balaya le sol à moins d'un mètre de sa roue avant. Il fut contraint de virer brusquement dans les arbres, rentra dans un gros caillou, pour atterrir en vol plané dans les buissons. La moto s'arrêta toute seule et Harris se releva.

Il retint sa respiration, gara l'engin et se dirigea d'un pas vif vers Summit Rock, le second point le plus élevé du parc, à quarante-six mètres au-dessus du niveau de la mer. Cette haute colline lui donnait une vision parfaite de Mariner's Gate, des 85ᵉ et 86ᵉ rues et de l'avenue. La première personne qu'Harris aperçut dans ses jumelles fut un homme qui arpentait la rue, habillé d'un treillis vert olive et qui portait un fusil automatique M-16. La rue était déserte; il aperçut les barrières de la police qui bloquaient les rues perpendiculaires à l'avenue. Il examina le paysage en montant vers le haut de la ville et repéra deux gros camions de la police et une chose qu'il n'avait jamais vue auparavant. C'était un énorme camion, très brillant qui ressemblait un peu à une maison mobile avec plusieurs antennes sur le toit et pas de vitres. Sur le côté, il déchiffra les lettres N.Y.P.D. (New York Police Department). Autour du camion, il y avait une bonne dizaine d'hommes en tenues de combat avec des armes automatiques. Certains braquaient des lampes-torches dans le parc dont les rayons balayaient les arbres sombres et s'insinuaient dans les sentiers et les pistes. Deux voitures de police tournèrent sur Central Park West et s'arrêtèrent dans un grand crissement de pneus devant l'un des grands immeubles résidentiels. Des officiers de police ouvrirent les portes et des hommes en costumes sortirent qui se dirigèrent immédiatement vers le camion géant du N.Y.P.D.

Harris descendit de Summit Rock et rampa dans les sous-bois. Sa respiration était forte. Il essaya de mettre ses idées au clair.

Les flics s'apprêtaient à faire quelque chose. D'après ce qu'on pouvait en voir, ils avaient pris une décision rapide : ils allaient entrer par la 86ᵉ rue, juste en plein centre du parc. Dans la meilleure hypothèse envisagée par Harris, la fouille aurait commencé tout en haut de Central Park, à la 110ᵉ rue. Il n'avait pas pu aller aussi loin; son action s'était limitée à la 96ᵉ rue, laissant une bonne moitié du parc. Les policiers auraient donc perdu au moins deux heures à ce qui se serait avéré n'être qu'une longue marche d'approche, pour aboutir au sud de la 86ᵉ rue où allait se jouer leur sort. Quelqu'un, à la direction de la police, devait avoir eu la même idée et avait accordé la priorité à la moitié sud de Central Park. Pour Harris, cet état de fait se résumait en une dure réalité : au lieu de bénéficier de deux bonnes heures pour creuser, il lui faudrait à présent se précipiter sur ses caches et se tenir prêt à tenir son bout de territoire.

Harris se hâta de retourner à sa moto tout terrain. Il pouvait voir, à quelques mètres à peine, un homme en battle-dress qui marchait dans la rue. Harris ne mit pas le moteur en marche, pour des raisons de sécurité. Il poussa la motocyclette à la main jusqu'à la Great Lawn. Ensuite, il l'enfourcha et porta les jumelles à ses yeux. Il parcourut tout l'espace de l'immense pelouse jusqu'au sud, là où étaient ses caches de matériel. Pour l'instant, il n'y aurait plus ni implantation d'engins antipersonnel, ni travaux d'excavation. L'heure était venue de déployer les armes dont il allait se servir en personne – celles qu'on appelait les « armes légères ». Pour Harris, le terme avait quelque chose d'humoristique. Quand elles faisaient mouche, le type n'avait pas du tout l'impression qu'elles soient aussi « légères » que cela.

David Dix, l'adjoint au maire chargé des Affaires criminelles, remontait Amsterdam Avenue dans une limousine. La circulation était indescriptible. En fait, il lui avait fallu dix minutes pour aller du 20ᵉ district, sur la 82ᵉ rue ouest, au coin d'Amsterdam et de la 85ᵉ rue, c'est-à-dire une distance de moins de cinq cents mètres. A ce rythme, Dix arriverait à destination – la 86ᵉ rue et Central Park West – dans environ une heure.

L'un des trois téléphones qui se trouvaient à l'arrière de la voiture se mit à sonner. Un policier femme extrêmement polie demanda à Dix s'il pouvait lui dire à quelle heure il comptait arriver à la 86ᵉ rue. Dix lui dit d'attendre une seconde et tapota la vitre de séparation. Le chauffeur fit coulisser le Plexiglas.

« Oui, monsieur?

– Dis-moi quelque chose, Bobby.

– C'est un putain d'embouteillage.

– Merci. » Le chauffeur referma la glace de séparation et Dix reprit sa communication.

« Ça me prendra sûrement encore un bon quart d'heure. Est-ce que le commissaire est déjà arrivé?

– Affirmatif. »

Affirmatif! Ils sont fous, pensa Dix. « Dites au commissaire que je peux être là en cinq minutes si je viens à pied. Il est d'accord? »

La femme lui demanda d'attendre, puis, au bout de quelques secondes, lui répondit d'une voix ferme :

« Le commissaire dit que vous devriez rester en voiture, monsieur. Les conditions de sécurité dans la rue ne sont pas parfaites. Il me demande de vous dire que si quelque chose devait vous arriver, M. le Maire serait très ennuyé. Est-ce clair, monsieur?

– Affirmatif! » Dix raccrocha. La relation qu'il entretenait avec Robert Keller, le chef de la police de New York, commençait à prendre des teintes d'hostilité franche dont les origines étaient simplement la structure bureaucratique de la mairie. L'adjoint au maire chargé des Affaires criminelles servait de liaison entre le bureau du maire et la police. Quand M. le Maire voulait faire faire quelque chose aux policiers, c'était lui qui portait le message. Il allait sans dire que le maire ne donnait jamais d' « ordre » au Département de la Police de New York. Il suggérait. Et c'était à Dix qu'incombait la rude tâche de faire en sorte que les exigences du maire apparaissent comme des « suggestions ». Sa fonction était classique : l'homme-tampon, celui qui prenait les coups. Mais c'était une position de prestige, surtout pour un garçon de trente-quatre ans avec de l'ambition.

Le travail de Dix allait bien au-delà de la simple corvée de porter les messages. Il participait aux réunions de planification et de stratégie, présentait des critiques et faisait en sorte que le maire soit toujours au courant des principaux axes de l'action de la police. Il arrivait également que Dix ait à faire son devoir en public, comme cela avait été le cas pour la conférence de presse qu'il venait de donner au poste de police du 20e district.

D'ordinaire, c'était Liz Mayberry, l'assistante du commissaire pour l'Information du public et qui dépendait directement de la direction générale de la police qui tenait les conférences de presse pour le Département. Mais immédiatement après les explosions et les attaques à l'arme automatique, on n'avait pas eu le temps d'informer correctement l'A.C.I.P. L'explosion du poste de Central Park avait tellement pris tout le monde au dépourvu et donné lieu à tant de rapports confus et contradictoires, que le Maire en personne avait demandé à Dix d'intervenir et d'arranger les choses avant que quelqu'un ne commette une irréparable connerie.

La première chose que Dix avait faite avait été de convoquer le chef commissaire chargé des problèmes de renseignements. Ils avaient eu une courte entrevue à l'arrière de la limousine; on en était rapidement venu à la conclusion qu'aucun groupe terroriste connu, qu'aucune organisation ultra-radicale n'avait donné signe d'une activité quelconque depuis longtemps. Dix répéta la chose au maire qui trouva qu'il était vraiment dommage qu'on ne puisse mettre la chose sur le dos de quelqu'un. Il lui donna l'ordre d'être particulièrement discret en traitant ces questions et, en particulier, d'éviter tout commentaire sur un sujet bien précis à propos duquel on lui avait donné un dossier confidentiel. En fin de compte, on lui avait laissé entendre que le maire tenait à ce qu'il laisse les choses dans le vague et qu'il affecte un comportement calme. C'était le point le plus important : avoir l'air calme.

Dix trouva ces recommandations excellentes; il demanda au

chauffeur de laisser le commissaire-chef au Rockfeller Center. Dès que celui-ci fut monté dans son taxi, il fit demi-tour et alla prendre un double martini chez Charley O. Il s'en trouva rasséréné. Et calme.

Ils arrivèrent au 20e district juste deux minutes avant l'heure prévue pour le commencement de la conférence de presse. Dix n'avait pas le temps de s'entretenir avec Liz Mayberry ou de lui montrer le contenu du dossier. Il essaya de garder un visage impassible derrière le podium de la salle de réunion, ce qui n'était pas simple avec tous ces projecteurs et ces caméras. Il essayait toujours d'éviter de faire des déclarations publiques, car, une fois que les journalistes concentraient leur attention sur une personnalité officielle, il y avait peu de chance qu'ils la laissent tranquille. C'était une chose qu'il avait apprise sur le tas, quand il servait d'officier chargé de l'information, pendant la guerre du Vietnam.

Liz commença la conférence en lisant une déclaration toute préparée sur la fermeture de Central Park et la circulation, avec les appels habituels à la bonne volonté et à la coopération des citoyens. Elle conclut son rapport en rappelant qu'il n'y avait pas lieu de s'alarmer, que personne n'avait été tué ou grièvement blessé et que toutes les unités spécialisées travaillaient d'arrache-pied pour tenter d'appréhender les individus en cause. Et ainsi de suite. Les reporters se mirent immédiatement à la harceler de questions évidentes : Qui étaient les responsables de ces attaques? Pas de piste. Est-ce qu'un groupe terroriste avait revendiqué, exigé quelque chose ou pris des otages? Liz jeta un regard à Dix qui fit un non imperceptible de la tête. Non, le service de renseignements n'indiquait rien de la sorte. Très bien Liz! Une autre question?

Pouvez-vous confirmer que la brigade spéciale d'urgence soit sur le point d'investir Central Park? Personne n'avait eu le temps d'en informer la pauvre Liz. Elle fit une moue de dégoût.

Dix s'avança vers les micros. « Mike, vous savez bien que nous n'avons pas le droit de parler de ce type d'actions.

— N'est-il pas vrai que la direction de la police a mis au point des scénarios plutôt sophistiqués pour répondre à de tels actes de terrorisme?

— Pour l'instant, nous ne savons même pas s'il se trouve encore quelqu'un dans le parc.

— Dans ce cas, pouvez-vous nous expliquer ce que font tous ces policiers armés de fusils automatiques sur Central Park West? »

Dix essaya de penser au double martini. « Le Département a des plans d'urgence. Cela fait des années qu'ils existent. C'est tout ce que je peux vous dire. A part cela, j'appelle instamment tous nos concitoyens à ne pas se hasarder dans les environs de Central Park et, dans deux heures, je suis certain que nous serons parvenus à remettre les choses en ordre et à permettre une circulation automobile normale. Merci de votre attention. »

Un professionnel en action : net, propre et calme. Dix était en train de se lever du podium quand un journaliste parvint à se faire entendre dans la cohue. Le silence se fit sur-le-champ. Dix avait reconnu la voix, c'était celle d'un petit type hargneux d'Associated Press qui semblait l'avoir pris pour tête de Turc.

« Une dernière question, monsieur Dix. On dit qu'il y a eu un message téléphonique de menace juste avant l'explosion du poste de police. Pouvez-vous nous confirmer cette rumeur ? »

Ça y était. « Je le crois, en effet.

— Selon une source que j'ai à la mairie, il paraîtrait qu'un seul homme, une espèce de guérillero solitaire, revendique toute la responsabilité des attaques qui ont eu lieu. Est-ce exact ? »

Dix tripota nerveusement le dossier dans ses mains. Il sentait le regard de Liz sur ses épaules. Peut-être devait-il la laisser répondre à cette question. Mais non, ça serait vache. Il fit face aux caméras.

« Je ne puis faire de commentaire sur cela en ce moment. »

Et c'était ainsi que la conférence de presse avait pris fin : une question de trop. Dix ne dit pas un mot à Liz Mayberry et ignora la foule des reporters qui le suivit dans la rue.

Quand il se retrouva seul dans la limousine, il sortit le dossier de sa sacoche et relut le rapport de police qui s'y trouvait. C'était la transcription de l'appel téléphonique fait aux environs de 21 heures. Il s'agissait de quelque chose qui dépassait, et de loin, une simple alerte à la bombe. C'était quelque chose qui mettait Dix particulièrement mal à l'aise et qui donnait à ce qu'avait dit le correspondant anonyme une crédibilité certaine.

La limousine se rua dans une brèche et Dix fut distrait de ses pensées. Malgré les bouchons, la voiture avait pu tourner dans la 86ᵉ rue et traverser Colombus Avenue. Dix apercevait des voitures de patrouille, à l'avant, qui bloquaient Central Park West. Des policiers en uniforme laissèrent passer la limousine officielle et le chauffeur gara la voiture. Une camionnette de la police arriva à toute vitesse et s'arrêta derrière lui. Elle portait une plaque chromée sur la porte arrière : FLEETSTAR 2070 A. Les portes s'ouvrirent pour laisser sortir cinq policiers en tenue de combat, armés de M-16.

Le chauffeur lui ouvrit la porte et Dix traversa l'avenue. Elle était vide de voitures comme de piétons sur une hauteur de cinquante pâtés de maisons dans les deux sens. Quelques journalistes attendaient sous le vélum d'un immeuble résidentiel, de l'autre côté de la rue où se trouvait le camion n° 1 du poste de commandement mobile. La ville possédait quatre de ces mastodontes qui comptaient tous un système de communication dernier cri, des postes de télévision, des cartes, des radios et même des sanitaires. Dix se demanda s'il pourrait se faire servir un cocktail à l'intérieur.

Un flic le laissa passer; il monta quelques marches et entra dans la salle principale des communications. Le bruit de la radio était terrifiant. Des techniciens s'affairaient à tester la console de contrôle. Dix se dirigea vers un groupe d'hommes qui discutaient sur une énorme carte de Central Park. L'un d'eux était le commissaire Keller.

Keller avait un peu l'air d'un acteur qui aurait fait des études supérieures. C'était un homme imposant, intelligent, éloquent. Dix avait un grand respect pour lui, comme pour les autres présents, encore qu'il était certain qu'ils l'ignoraient tous. Parmi eux, il s'en était trouvé au moins deux pour le qualifier, à plusieurs reprises, d'emmerdeur. Il se promit à lui-même que, ce soir, il essaierait de se départir de son insouciance naturelle.

Keller l'accueillit et lui fit un peu de place à la table.

« Vous connaissez le chef Curran, David. » Curran était le commandant du secteur nord de Manhattan; un type très fin également. Curran lui fit bonjour de la tête.

« Commandant Curran, répondit Dix.

– Vous connaissez Julianno, le capitaine du 22ᵉ district? »

De l'ex-22ᵉ district, songea Dix. « Bien sûr, je suis heureux de voir que vous êtes sain et sauf.

– Je n'étais pas dans le bâtiment. »

Il n'y avait plus qu'un homme à la table, vêtu d'une tenue de combat vert foncé. C'était Don Eubank, l'adjoint du commissaire, commandant des forces spéciales. Il devait avoir environ quarante-cinq ans, estima Dix. Il avait le corps mince et ferme d'un jeune athlète, mais ses yeux, rudes et inquiets à la fois, trahissaient son âge et la tension nerveuse que devait lui donner sa fonction.

Dès qu'Eubank arrivait quelque part, c'était lui qui prenait tout en charge et son autorité ne pouvait être dépassée que par celle du chef de la police. Dans ce cas, et même si le chef du secteur nord, Curran, était plus haut placé que lui dans la hiérarchie, c'était à Eubank de diriger les opérations. Pourtant, dans la mesure où Central Park dépendait du secteur de Curran, il avait, bien entendu, son mot à dire.

Eubank ne se déplaçait pas toujours sur le terrain – on appelait cela une « sortie » – à moins que le Département n'ait en vue une opération importante. Et ce soir, le moins que l'on puisse dire, c'est que l'opération était d'importance. Dix estima à trois brigades le nombre d'hommes des services spéciaux qu'il avait aperçus à l'extérieur du poste de commandement. Les hommes des Services spéciaux d'urgence recevaient un entraînement et un armement spécifiques; c'étaient des spécialistes en prises d'otages et en ripostes antiterroristes. On ne pouvait pas dire que les hommes des services spéciaux de la ville de New York soient les égaux de ceux du S.A.S. britannique ou des Special Forces Blue Light de l'armée américaine, mais beaucoup d'experts les considéraient comme tout à fait compétents et au moins égaux aux unités antiterroristes du F.B.I. Dans les autres grandes villes américaines, on avait donné à ces unités le nom de SWAT *. Eubank qualifia ce sigle de « nom à la con, dans le genre feuilleton télévisé ». Dix avait laissé échapper cette expression une seule fois, et depuis, Eubank le regardait d'un œil méchamment méprisant.

Eubank était un flic à cent pour cent; son expérience de la violence et des criminels, il l'avait acquise sur le terrain, dans les rues de New York. Il n'avait survécu qu'à cause de son flair et de sa tactique quasi guerrière – compétence, agressivité, dureté. Tant qu'il était question d'expérimenter de nouvelles techniques policières, il ne faisait preuve d'aucun conservatisme. Il avait tout essayé, au moins une fois – les produits chimiques, les lasers, les satellites – dans la mesure où cela pouvait donner de nouvelles armes au Département.

En examinant Eubank, Dix se souvint d'une histoire qui courait sur lui et qui passait pour vraie : deux ans plus tôt, un ancien inspecteur du N.Y.P.D. était devenu dément, avait pris sa femme et ses gosses en otages quelque part dans le Queens et avait exigé un avion pour l'emmener en Allemagne de l'Est. L'homme était armé d'un fusil à canon scié et avait tenu tête à deux escouades des services spéciaux pendant neuf heures. Pour prouver qu'il ne plaisantait pas, il avait menacé de tuer un de ses enfants et de le jeter par la fenêtre. En fin de compte, Eubank arriva sur les lieux; il marcha jusque devant le porche de la maison et se mit bien en vue sur la pelouse pour que l'ex-inspecteur le reconnaisse. Dix secondes plus tard, l'homme jetait son fusil par la fenêtre et se rendait.

Eubank salua Dix. « Comment ça va, Dix? On a encore raconté beaucoup de conneries aux journalistes, aujourd'hui?

– Je vais bien, chef. Et vous, vous partez à la chasse? »

Keller s'interposa. « Don, continuons, je vous prie. » Keller désigna la carte. « Et la caserne de pompiers sur la transversale de la 79e? » Il faisait référence à la seule caserne qui se trouvât à l'intérieur du parc. Elle abritait un système d'ordinateurs avec de grandes cartes électroniques qui indiquaient l'état des brigades, de l'équipement et

---

* To swat : frapper. (N.d.T.)

des systèmes d'alarme. Il devait y avoir plusieurs opérateurs dans le bâtiment durant l'attaque.

Ce fut Curran qui répondit : « On l'a fermée. C'est du centre de commandement du Queens que nous couvrirons les opérations. On a prévenu la compagnie du téléphone et le 911 (police-secours).

– Est-ce qu'il n'y a pas des employés de la compagnie des eaux dans la maison de la porte sud, juste sur le réservoir?

– C'est juste en face du poste du 22ᵉ. On les a évacués quand a eu lieu l'explosion. »

Eubank entoura un détail sur la carte. « Et ça, qu'est-ce que c'est? »

Julianno se pencha pour voir. « Je ne sais pas. Ça pourrait être un rocher, ou quelque chose dans le genre. »

Eubank renifla bruyamment. « Écoutez, les cartes, c'est bien, mais j'ai besoin d'avoir des renseignements précis quand je suis sur le terrain. Et ce truc, à environ trois cents mètres, qu'est-ce que c'est?

– Est-ce que votre type de la sécurité routière est là, demanda Curran à Julianno. Il en sait plus sur ce parc que n'importe qui.

– Je le trouverai, mon commandant. On l'a peut-être affecté au 20ᵉ après l'explosion du poste.

– Eh bien, envoyez une voiture et qu'on le ramène ici par la peau du cul! » Julianno se précipita sur un téléphone, dans le fond de la pièce. Eubank fit tourner la carte afin que tout le monde puisse voir.

« Voici mon plan. On va découper le parc en carrés et on va passer tout ça au peigne fin: trois équipes de cinq hommes chacune. En fait, on doublera les équipes pour qu'elles puissent se seconder en cas d'ennui. Je dirigerai l'équipe numéro trois en plein milieu du parc. » Il entoura une zone qui se trouvait au sud du défunt poste de police, juste au bord de la Great Lawn. « Les équipes un et deux prendront position près de la transversale 85, sur les allées est et ouest. Mon équipe se déploiera et couvrira le secteur; tout ce qui bougera sur la Great Lawn sera transformé en viande froide. Ça va de soi. On se regroupera au Delacorte Theater. Ensuite, on ratisse en descendant; les équipes un et deux se relaieront avec la trois. » Eubank montra sur un diagramme comment les équipes formeraient une grille, ou une « boîte », et se croiseraient en marchant vers le sud. L'équipe numéro trois, celle d'Eubank, serait au milieu du parc, en position de pointe. « On sera un peu éparpillés dans une zone aussi vaste, mais je ne veux pas mettre cent hommes là-dedans. Dans le noir, on se marcherait les uns sur les autres et on finirait par se canarder entre nous. Je ne prendrai que mes meilleurs hommes et on pourra avancer bien mieux sans ce bordel. » Eubank désigna plusieurs emplacements dans les quatre artères qui

73

entouraient le parc – Central Park West, la Cinquième Avenue, Central Park South et la 110e rue. « Ça a pris du temps, mais on a fini par fermer le périmètre et à bloquer toute circulation. J'ai réquisitionné tous les hommes que j'ai pu au 20e et 22e districts et j'ai mis une centaine d'hommes des services spéciaux sur des positions clés tout le long des rues. Si nous épinglons des suspects à l'intérieur du parc, je peux faire venir cinquante hommes sur les lieux en moins de cinq minutes. Si nos copains deviennent nerveux et essayent de s'échapper avant que nous ayons pu effectuer le contact, on les pincera à la sortie. »

Curran fit la moue. On n'avait même pas parlé de l'autre moitié du parc. « Et qu'est-ce qu'on fait pour tout ce qui est au nord de la transversale 85?

– A part les bombes, répliqua Eubank, tout s'est passé au sud de la 85e. D'ailleurs, la moitié du terrain est prise par le réservoir, là-haut. La transversale est une sorte de frontière naturelle. D'après ce que j'en connais, il y a une épaisse couverture autour de la piste de patinage, aux alentours de la 108e rue. » Curran avait l'air sceptique. « Écoutez, Curran, je ne passe pas beaucoup de mon temps dans Central Park, mais je sais que nos chers tiers-mondistes ont transformé cette zone en un vrai terrain d'entraînement militaire, et en plein jour, en plus! Vous voyez ce que je veux dire?

– D'accord, répondit Curran, mais qui va protéger vos fesses sur cette putain de transversale?

– On fera venir d'autres hommes des services spéciaux en uniforme avec des voitures de transmission. Si je ne trouve personne au sud de la 85e, je fais demi-tour et je fouille tout ce qui se trouve au-dessus du réservoir. »

Dix comprit que, pour Curran, la perspective de laisser des hommes en uniforme sur la transversale, à l'intérieur du parc, pendant que Eubank allait se promener, ne lui plaisait pas trop. Il se garda pourtant de mettre en question le plan de bataille. Il demanda au contraire : « Et les gaz?

– Je ne pense pas que ce serait très efficace, sauf si nous arrivons à coincer nos types dans une zone bien déterminée. Je ne voudrais surtout pas qu'ils nous reviennent dessus. Si nous avons besoin de gaz, nous en demanderons. » Eubank se tourna vers Keller.

Le commissaire leva les yeux de sa carte. « Don, je veux rouvrir ce parc. Mais l'opération que vous allez devoir faire n'est pas commune. Nous ne faisons pas une entrée en force dans une ambassade et nous ne sommes pas en train d'enfumer un psychopathe. Il est de la première importance que nous puissions circonscrire le problème. »

Eubank réagit rapidement : « Chef, nous avons déjà passé deux heures à mettre au point cette tactique. Nous ne pouvons pas nous permettre de perdre encore du temps. S'il y a toujours quelqu'un là-dedans, il se peut très bien que d'ici peu nous apprenions qu'ils ont des otages, des exigences et que nous ayons les mains complètement liées. On m'a donné carte blanche pour sortir ces mecs, non? Si nécessaire, à la manière forte, je me trompe? »

Keller ne dit rien, ne jeta même pas un regard à Dix. Il était tellement lisse, songea Dix. Keller savait d'expérience que le maire aurait quelque chose à dire au cas où on tirerait des coups de feu, mais il laissa à Dix le soin d'intervenir sur ce point, sans avoir l'air de se mêler de la chose. Dix n'avait rien de mieux à faire que de se jeter à l'eau.

« Chef, je viens de parler avec M. le Maire juste avant de venir ici et je crois pouvoir vous dire qu'il estime que nous devons faire preuve d'une certaine retenue dans toute cette affaire. Nous avons eu des dégâts matériels, mais jusqu'à maintenant, il ne semble pas qu'il y ait eu de menaces directes sur la vie des personnes. »

Eubank eut un regard féroce. « Des bombes et des mitraillettes, Dix. Bon Dieu, ils peuvent tuer des gens, vous savez!

— Et qu'est-ce que suggère Hizzoner, David? demanda Keller.

— Eh bien, supposons qu'il s'agisse d'un groupe militant, disons une bande de Porto-Ricains indépendantistes. Vous savez que c'est une minorité extrêmement sensible. Nous pouvons peut-être sauver des vies, éviter une aggravation de la tension. Même chose pour ce qui est de la communauté noire. Le maire a dû faire massivement appel à leurs suffrages, pour son élection. » Dix observa Keller qui tentait de ne pas montrer son mépris. Suffrages, mon cul! En fait c'étaient aux Noirs de New York que le Maire devait son élection.

« Je sais que nous sommes en année électorale, David. »

Eubank en salivait. « Mais vous ne comprenez pas que c'est une situation d'urgence. Je ne peux pas me permettre d'attendre que ces types s'installent. »

C'était au tour de Curran de parler. « Écoutez, Dix, je vais vous dire ce que nous allons faire. Quand nous trouverons des types là-bas, nous ferons un sondage pour leur demander s'ils sont d'accord pour se faire plomber le cul. Ça vous va?

— Non, non, renchérit Eubank. Je tiens la solution. On va négocier avec les bougnoules, fumer un joint avec les portos et si c'est des Irlandais, on leur servira un plat chaud en leur demandant de rentrer sagement chez eux. Est-ce que ça fera l'affaire de M. le Maire? Mais bordel, j'ai un boulot à faire, moi! »

Le chef de la police était satisfait. Dix s'était pris une claque sans qu'il ait même à dire un mot. « Du calme, messieurs, nous avons tous

un boulot à faire, ici. » Il se tourna vers Dix. « Quel qu'il soit! »
Dix sortit son dossier.

« Encore une chose. J'ai lu la transcription de cet appel à la bombe.
Le maire m'a demandé de ne rien en dire à la presse, mais il est
possible que nous y trouvions quelque chose d'intéressant. »

La réaction fut celle qu'il prévoyait. Curran et Eubank le regardèrent comme s'il avait trois ans d'âge mental.

Ce fut Keller qui prit la parole. « Le guérillero solitaire? J'ai lu ça,
aussi. Je trouve que c'est un peu tiré par les cheveux, David, surtout en
tenant compte de ce qui est arrivé.

— Mais, contra Dix, pourquoi un groupe terroriste perdrait-il son
temps à envoyer un message bidon? »

Eubank envoya un regard vers Dix qui le transperça littéralement.
Était-il en colère, ou se sentait-il provoqué? « Essayons de nous en tenir
à la réalité, dit-il. Écoutez, Dix, on va bousiller ces mecs. Et je me fous
de savoir qui ils sont. C'est nous qui avons ce putain de pouvoir dans
cette ville. »

Eubank se leva et sortit d'un pas ferme dans la rue.

Dix laissa traîner ses yeux sur le dossier. Il se tourna vers Keller.
« Ce qui m'inquiète, c'est le passage où on parle de guerre de
guérilla. »

Keller échangea un regard avec Curran. « Je ne savais pas que ça
venait du Maire. »

Dix referma le dossier et regarda fixement la carte de Central Park.
Plus il étudiait ce terrain si varié et si inhabituel, plus il se sentait
troublé par quelque vague appréhension. Et soudain, il se sentit
vraiment mal à l'aise.

Des images apparurent sur la carte – des images lointaines et
effrayantes.

Harris était dans le dépôt de munitions. L'aqueduc était humide et
frais. Une eau couleur de rouille dégoulinait des murs. Harris pointa sa
lampe-torche sur les piles de sac en toile et de caisses qui s'alignaient.
Il s'était déjà occupé en priorité des armes légères et des munitions
qu'il avait transportées à la surface, mais il était redescendu pour
étudier la possibilité d'utiliser un autre type d'armement. Il avança
dans le tunnel et braqua sa lampe sur une caisse fermée.

Harris pensa à la mitrailleuse légère M-60. La M-60 était une
mitrailleuse de calibre 7.62 fonctionnant au gaz avec une portée
effective de neuf cents mètres. Ça pouvait découper en petits
morceaux tout ce qui se trouvait dans son champ de tir. La M-60 ne
pesait que vingt-trois livres et était d'un maniement facile. En cas de

nécessité on pouvait tirer à la hanche. Cependant, Harris savait qu'il valait mieux l'utiliser en position couchée. De plus, il serait peut-être délicat de la manœuvrer sur la moto et il y avait aussi ces longues bandes-chargeurs qu'il devrait s'enrouler autour du corps. L'arme présentait également un autre défaut. Elle s'échauffait assez vite et son canon était détachable. Il arrivait qu'au cours d'un feu particulièrement nourri, on doive se servir d'un gant en amiante pour retirer le canon. Et Harris n'avait ni gant ni canon de rechange.

Il décida de se servir de la M-60 à d'autres fins. Il éteignit sa lampe et monta l'échelle jusqu'à la surface. Il prit un camouflage qu'il sortit d'une conduite d'égout et le posa sur l'entrée de l'aqueduc. Il avait garé la moto non loin de là; le AK-47 et le lance-grenades M-79 étaient posés contre les roues. Harris mit le lanceur dans sa gaine et passa la bretelle de la mitraillette sur son épaule. Il se mit un serre-tête sur le front, enfonça bien son casque, s'assura que le gros sac de munitions était bien attaché au porte-bagages et se mit en route. Il avait placé une rangée de grenades à fragmentation sur les poignées; quand il kicka, elles tremblèrent légèrement.

Harris passa derrière la caserne de pompiers de la transversale de la 79e rue et fut satisfait de constater qu'elle était sombre et déserte. Il coupa la West Drive et suivit l'allée cavalière jusqu'au Summit Rock. Il fit très attention en garant la moto et monta avec maintes précautions sur sa position d'observation au-dessus de la 85e rue.

Il y avait une intense activité sur Central Park West. Harris surveillait des policiers en uniformes qui escortaient des photographes et des caméramen au coin de la 86e rue, à l'abri. Deux hommes sortirent du gros camion de la police et remontèrent l'avenue. Harris dut se rapprocher de la rue pour garder les hommes dans son champ de vision. Il prit ses jumelles et fit le point sur l'entrée du parc, au niveau de la transversale. Son cœur se mit à battre fort. Au moins une douzaine d'hommes disparurent à l'est de la voie, avec des M-16. Il rangea ses jumelles. Désormais, il n'était plus seul dans Central Park.

Harris se dirigea en silence vers la moto. Il sortit un gilet pare-balles de dessous le porte-bagages et l'enfila. Il le serra bien autour de la poitrine. Du sac en toile, il tira une poignée de chargeurs-bananes pour le AK-47 qu'il colla avec un ruban adhésif en longue chaîne et qu'il s'entoura autour du torse.

Il avait une petite fiole dans la poche de sa chemise. Il l'ouvrit et y introduisit deux doigts. La fiole contenait un cosmétique de l'armée que les commandos utilisaient la nuit. Il l'enduisit sur son visage jusqu'à ce que celui-ci soit devenu une espèce de masque noir. Il ferma les yeux et se maquilla également les paupières; il était devenu pratiquement invisible.

Il rangea la fiole et se tourna vers ses cartes. Il décida d'attendre les assaillants ennemis près de la colline 450, une position qu'il avait définie et qui se trouvait à l'intérieur du Ramble.

Il fit démarrer la moto et exécuta un slalom, d'est en ouest, en contournant le Delacorte Theater et le Belvedere Castle. Il arriva enfin en vue des eaux calmes et ténébreuses du lac. Harris se sentit soudainement éveillé. Toutes les nuances de lumières et de bruits semblaient convoyées par l'air de la nuit qui flottait comme un brouillard dans les épais sous-bois. Il regarda attentivement les arbres qui bordaient l'autre rive du lac. Il n'avait rien à craindre – il n'y avait pas d'ennemis cachés, tirant des plans pour un engagement bref et violent. Et pourtant, il savait que très bientôt il y aurait du danger derrière chaque ombre, chaque arbre; que ceux qui présenteraient ce danger devraient être combattus sans pitié; et que c'était une lutte qui, pour Harris, était aussi nécessaire que sans fin. Les mots lui revinrent : *Search and destroy.* Chercher l'ennemi et le détruire. Cette seule pensée le mit dans un état d'excitation indescriptible.

Les rangers d'Eubank résonnaient lourdement sur le trottoir; il suivait la courbure de la transversale de la 85ᵉ rue qui descendait dans Central Park. Il tenait un walkie-talkie à la main et portait un M-16 sur l'épaule. Il y avait toute une file de voitures radio garées sur la route avec des policiers en uniforme qui prenaient appui sur les toits des voitures pour pointer leurs armes dans toutes les directions. Eubank s'arrêta près du pont qui passait sous la West Drive et contempla le poste de police calciné.

Un sergent du service spécial, Manuel Beniquez, se tenait de l'autre côté du pont; Eubank l'appela. Beniquez vint vers lui au petit trot en fermant son gilet pare-balles; le commandant Eubank détestait le laisser-aller. Beniquez mâchait du chewing-gum et sautait sur place, comme un boxeur.

« Paré, chef. »

Eubank parla dans son walkie-talkie : « Équipe trois. Je vous écoute. K. »

Une voix sortit du walkie-talkie : « Rog. Trois. »

Une autre voix : « Adam un, quelle est votre position? K. »

Eubank prit un air dégoûté. Il hurla dans la radio portative : « Mais bon Dieu! Qui parle? Foutez-moi le camp! » Eubank se mit à espérer que les opérateurs du standard central n'allaient pas tout foutre en l'air. La vie ou la mort de plusieurs hommes, dans les heures à venir, allait dépendre de la qualité des communications.

Il se tourna vers Beniquez qui était jeune et même très jeune pour un sergent du service spécial, mais qui semblait être un dur prêt à tout. Si seulement, songea Eubank, il avait un peu moins l'air d'un minet qui va se payer une sortie à Coney Island!

« O.K. Manny. Je ne vais pas me mettre à vous faire des discours, mais Keller a raison sur un point. On est sur le terrain. On va pas pouvoir prendre de risques. Il faut être sur le qui-vive. Et souvenez-vous, si vous établissez le contact, envoyez les types dans ma direction. Si on se met à tirer, je veux à tout prix qu'il n'y ait pas de balles perdues dans les rues. Je n'ai vraiment pas besoin qu'un gros bonnet se fasse éclater la tronche dans son living-room.

— Compris, chef.

— Et restez en contact. Faites attention à ne pas vous tirer dessus entre vous. Tout le monde a bien compris?

— Oui, mon commandant.

— Allons-y! »

Ils se mirent à courir sur la route et entrèrent dans les bois. Ils dépassèrent un petit terrain de jeu et se retrouvèrent sur la West Drive où Beniquez rejoignit les quatre autres membres de l'équipe deux. Un camion de la police, muni d'un projecteur à haute intensité était garé sur la route, le moteur au ralenti. Eubank fit un signe au chauffeur qui alluma le projecteur. Un long et brillant éclair lumineux illumina le paysage, distinguant chaque arbre, chaque buisson dans un rayon de vingt mètres devant le camion. Eubank donna l'ordre au chauffeur de braquer son rayon lumineux en avant de la patrouille et de rester en contact radio constant. Eubank ne voulait pas que ses hommes soient aveuglés ou troublés par la lumière et il ne voulait surtout pas qu'on puisse les voir, de l'intérieur du parc. C'était pour cette raison qu'il s'était opposé à une reconnaissance du parc par hélicoptère avec ses multiples lumières et le bruit des rotors. Il aurait souhaité être quelque part, dans de vraies collines, à la campagne, là où il n'y aurait eu ni conduites chaudes, ni tunnels du métro, pour pouvoir se servir de son matériel détecteur de chaleur et de ses détecteurs de sons. Et puis merde, se dit-il, tout ça revient toujours à la même chose, de toute façon. La puissance.

Eubank quitta l'équipe numéro deux et continua son chemin vers le sommet de la Great Lawn. Le parc était soudain devenu très grand et très sombre, bien plus vaste que dans ses souvenirs – mais à vrai dire, il ne s'était jamais promené dans le parc la nuit depuis qu'il avait quitté les rangs des inspecteurs en civil. Ça n'était quand même pas maintenant qu'il allait s'en inquiéter. Son intuition lui disait que ceux qui avaient fait sauter le poste et mitraillé le parc et ses abords en étaient partis depuis longtemps. Demain, quand il serait à moitié mort de fatigue d'avoir fait le con toute la nuit dans le parc, il lirait un journal où on parlerait d'un groupe extrémiste qui revendiquerait les attaques pour faire de la publicité à une cause perdue.

Mais Eubank n'avait nullement l'intention de se montrer négligent. Il n'était jamais négligent, d'ailleurs, jamais. Et s'ils trouvaient vraiment des gens, il espérait simplement qu'il y aurait un échantillonnage de toutes les races. Sinon, il risquait d'entendre parler de cette affaire pendant très longtemps.

Eubank retrouva l'équipe numéro trois assise sur des bancs, à proximité de la Great Lawn. Les hommes avaient un air assez déplacé avec leurs fusils automatiques et leurs gilets pare-balles. Il y en avait sept au lieu de cinq car, à la dernière minute, Eubank avait eu une idée et avait demandé deux hommes de plus – deux jeunes recrues des services spéciaux, deux Noirs, Hardy et Daniels. Ils étaient malins et ne prenaient pas de risques inutiles, mais ce n'était pas pour cette raison qu'il les avait fait venir. Quand Eubank était sorti pour passer sa patrouille en revue, il s'était rendu compte que tout le monde était blanc (ou d'origine sud-américaine). Pourquoi n'aurait-il pas pris deux Noirs comme hommes de pointe? Ils seraient moins visibles que tous les autres dans l'obscurité. C'était la logique même. Il aurait voulu annoncer la bonne nouvelle immédiatement aux deux heureux élus.

Les flics se levèrent de leurs bancs – vigilants, nerveux, s'essuyant le front. Eubank parla dans son walkie-talkie.

« Équipe un et deux, êtes-vous en position?

– Rog, un.

– Dix quatre, deux.

– Go! » Il s'adressa à sa propre équipe. « Havermeyer et Davis avec moi. Nous allons faire le tour de la pelouse par l'ouest, tous les autres passent par l'autre côté. Rendez-vous au théâtre. »

Les hommes se séparèrent. Eubank et ses deux officiers se précipitèrent dans les arbres. A leur droite, ils voyaient les rayons éblouissants des lampes à haute intensité qui illuminaient les arbres proches de la West Drive tandis que l'équipe deux commençait à fouiller son secteur. Eubank fit stopper Havermeyer et Davis près d'un fourré. Il les couvrit et les envoya dans la dense végétation. Ils en sortirent, quelques minutes plus tard, en secouant la tête en signe de dénégation.

Les trois hommes continuèrent leur chemin sur la grande pelouse jusqu'à ce qu'ils atteignent le Delacorte Theater. Ils inspectèrent l'entrée du bâtiment et fouillèrent le petit amphithéâtre et la scène qui surplombait le petit plan d'eau connu sous le nom de New Lake. Eubank entendit des bruits de pas dans l'eau; c'étaient Hardy, Daniels, Dietrich et Warren qui venaient de l'est. Tout le monde s'accroupit au bord de l'eau.

Dietrich s'adressa à Eubank. « Rien, mon commandant. C'est mort, par là-bas. »

Eubank acquiesça. Il déroula une petite carte et Davis l'éclaira d'une montre-stylo. Eubank empoigna son walkie-talkie.

« Équipe deux, quelle est votre position? K.

– On est sur la transversale sept neuf, de l'autre côté du musée. » Eubank consulta sa carte. Beniquez voulait parler du musée d'Histoire naturelle.

« O.K. deux, on est juste derrière vous. On va aller sur la route et contourner la caserne de pompiers. Restez sur l'allée jusqu'à ce que vous voyiez le lac. Après, vous bougez plus d'un pouce. Compris?

– Dix quatre. »

Eubank entraîna Hardy et Daniels à l'écart. « A partir de maintenant, vous êtes en pointe. » Daniels roula des yeux. Hardy en péta d'émotion, tandis qu'Eubank lui donna un autre walkie-talkie. « Montez là-haut, sur le Belvedere. Descendez par la transversale. Vous nous attendez quand vous arrivez à la source, juste en face des arbres. C'est le Ramble. Compris? » Hardy regarda Eubank fixement pendant un moment puis acquiesça. « Allez-y! »

Les deux hommes se mirent en marche et disparurent derrière le théâtre. Eubank emmena le reste de son équipe autour du New Lake, à une distance d'à peu près vingt mètres, et descendit un escalier de pierre jusqu'à la chaussée de la transversale de la 79ᵉ rue. Il regarda à l'est et aperçut les puissantes lumières du camion qui précédait l'équipe numéro un sur l'East Drive; ils traversaient le pont qui enjambe la transversale. Il consulta sa carte à la lueur d'un lampadaire et entra en contact radio avec l'officier commandant l'équipe, le sergent Dell'olio.

« Équipe un.

– Un écoute.

– Descendez fouiller le hangar à bateaux. Ensuite revenez sur vos pas et formez votre boîte. Suivez la berge jusqu'à ce chemin qui est juste après la Fontaine. On se croisera là. K. »

Eubank attendit une seconde. Dell'olio était probablement en train de consulter une carte, lui aussi.

« Roger, un. »

Eubank rangea sa carte. Tout allait bien, jusque-là. Ils avaient effectué leur « emboîtage » sur la partie fortement boisée au nord du lac, comme prévu, puis s'étaient déployés sur les avenues. Les équipes seraient à leur maximum d'éloignement quand un et deux feraient mouvement sur les bandes de terrain comprises entre les allées et le périmètre du parc. Mais, en cas d'urgence, chaque équipe serait assez près d'une rue pour appeler à l'aide d'autres hommes des services spéciaux et le poste de commandement servirait de standard central. Eubank allait essayer de disposer ses unités en quinconce pour que son équipe numéro trois ne se retrouve pas seule et vulnérable, au beau milieu du parc.

Après avoir fait le tour du lac, ils resserreraient leur mouvement vers la hauteur de la 72e rue, l'équipe trois reformant une boîte derrière une et deux derrière trois, et ainsi de suite jusqu'à la Sheep Meadow. Ainsi auraient-ils couvert tout le terrain. Bon Dieu, songea Eubank, j'aurais dû être général!

Hardy et Daniels montèrent le long escalier qui conduisait au Belvedere. C'était une hauteur, en fait, le point le plus élevé de Central Park, au sommet d'un gros rocher qui surplombait la Great Lawn. Ils s'accroupirent contre la balustrade et examinèrent le paysage. Au-delà de la pelouse, la sombre ligne des arbres délimitait le réservoir; à l'est, les lumières de la Cinquième Avenue; juste au-dessous, le New Lake. Le château du Belvedere, une construction qui ressemblait à un château à la Walt Disney, s'élevait au-dessus de leurs têtes.

Daniels jeta un coup d'œil au New Lake, qui, autant qu'il pouvait en juger, ressemblait plutôt à un gros étang boueux. Il regarda alors le château. La tour lui donna un sentiment d'insécurité. Elle était tellement sombre. Il enleva la sécurité de son M-16.

« Qu'est-ce que tu fais? demanda Hardy.

– Merde. T'as pas compris qu'on pourrait être dans la ligne de mire d'un petit marrant, juste maintenant. Eubank est vraiment complètement barje. »

Hardy se racla la gorge. « Cet enculé a flippé il y a des années. Pourquoi il est venu ici, ce soir? Ça fait longtemps qu'il a plus fait une sortie.

– Je suis d'accord. Ce connard serait déjà à l'asile sans ses potes de la Direction. »

Ils se turent un instant. Hardy se rapprocha de Daniels. Autant en finir tout de suite. Ils restèrent accroupis et suivirent le parapet jusqu'au côté du château où ils s'aplatirent contre le mur. Hardy prit une lampe-torche à sa ceinture et la braqua sur toute la surface de la tour, jusqu'au toit. La vieille pierre était recouverte de graffiti; les fenêtres étaient cassées et vides. Ils quittèrent la protection du mur et examinèrent la porte d'entrée. Elle était fermée par une chaîne et un cadenas. Hardy éteignit sa lampe. Il essaya de percer les ténèbres du Belvedere et découvrit soudain une sorte de barrière en fil de fer barbelé qui partait du sommet.

« Qu'est-ce que c'est que ça? lui demanda Daniels.

– Une station météo. Y a de l'équipement, là-haut.

– Bon, on jette un œil et on fout le camp d'ici. »

Ils traversèrent rapidement l'espace qui les séparait de la barrière et braquèrent la lampe sur la station météorologique. Le fil de fer barbelé avait été inefficace à repousser les vandales. On avait arraché les instruments qui avaient été tordus et jetés par terre; une petite culotte pendait d'un anémomètre.

Hardy remit la lampe à sa ceinture. Il n'y avait, en face de lui, dans les épais fourrés d'en bas, que l'inconnu. Comme c'était ironique pour quelqu'un qui, comme lui, avait grandi dans la 147ᵉ rue, au cœur de Harlem. Il avait passé des années à Central Park, à jouer au foot, à faire du vélo, à se défoncer. Mais dès la nuit venue, il n'en savait pas plus sur le parc que Daniels qui venait d'un bled de bouseux, quelque part en Alabama. C'était plutôt con. Il se souvint que sa mère avait coutume de lui dire : « Écoute-moi bien, John, ne va pas traîner dans Central Park après le coucher du soleil. » A la nuit, tu parles – il avait vu des types se faire ouvrir le crâne à la hache en plein jour, dans ce putain de parc.

Hardy regarda les ténèbres devant lui et murmura à Daniels : « Je savais que j'allais mourir à Central Park, mec; depuis que je suis môme, je l'ai toujours su. »

Daniels sourit et ce n'était pas un sourire très amical. « Mais bien sûr, et quelle délicatesse de me le dire juste maintenant.

– Allez, on y va. »

Ils quittèrent le Belvedere pour pénétrer dans la forêt. Il n'y avait qu'un faible reflet sur le métal de leurs M-16 pour trahir leur présence. Sinon, leur noirceur les cachait.

Beniquez avait fait progresser l'équipe n° 2 le long de la West Drive jusqu'à ce qu'ils soient approximativement alignés sur la 78ᵉ rue. Il se tenait, en compagnie de Weissman, sur un chemin au nord de Bank West Bridge qui enjambait l'extrémité nord du lac. Il avait envoyé Walker, Michaels et Turner dans la toile d'araignée que formait le fouillis de petits chemins et de sentiers qui serpentaient entre les arbres centenaires et les escarpements rocheux relativement élevés qui surplombaient la rive. Ils reviendraient dans une ou deux minutes.

Weissman mâchait du chewing-gum en faisant beaucoup de bruit dans l'air humide du soir.

« Arrête de mâcher, Weissman! »

Weissman regarda Beniquez et un sourire illumina son visage. « D'accord, sergent. » Il cracha son chewing-gum. « J'espère que Turner ne va pas se mettre à défourailler n'importe comment; il serait capable de buter un pédé par erreur. Peut-être que vous le savez, mais c'est ici qu'ils traînent; il y en a jusqu'à la 66ᵉ rue.

– J'en connais moins sur les tantes que toi, c'est sûr.

– C'est un type de la mondaine que je connaissais qui m'a affranchi. Bordel, pourquoi tout le monde est si nerveux, ce soir? »

Beniquez se détourna. Il commençait effectivement à se sentir nerveux. Le camion, et ses puissants projecteurs, se trouvait à une quinzaine de mètres sur la West Drive. Il comptait utiliser les gros projos pour fouiller la zone qui se trouvait devant le lac, mais les arbres étaient trop gros et la seule méthode consistait à utiliser leurs yeux.

Turner surgit de l'ombre, respirant très fort.

« Sergent, on vient de trouver quelque chose. Juste dans les arbres, là. »

Turner pointa son doigt vers le sud, dans la direction du lac. Beniquez lui dit d'attendre et fit quelques mètres sur le sentier jusqu'à ce qu'il puisse voir la transversale de la 79ᵉ rue qui passait sous la route. Le camion restait en position. Il revint vers Weissman et Turner.

« O.K., montrez-moi ce qui se passe. »

Les trois hommes suivirent le chemin qui faisait un virage dans les bois. Des branches et des fougères leur frottaient les bras; quelqu'un cogna un paquet de boîtes de bière du bout de sa chausssure. Ils firent le tour d'un coin où le chemin était coupé par deux sentiers. Le faisceau d'une lampe balaya la poitrine de Beniquez.

« Stop, sergent! » C'était Walker et Michaels. Walker baissa la lumière de la lampe-torche sur le sol, à ses pieds. « Bordel, vous voyez ça, sergent? »

Beniquez fit un pas en avant. Il y avait un gros rouleau de fil de fer barbelé qui barrait le chemin pour disparaître ensuite dans les fourrés. Walker pointa sa lampe pour que Beniquez voie bien les torons de métal qui se tordaient sur eux-mêmes et se perdaient loin dans les arbres aux alentours de Bank Rock Bridge et de la West Drive.

« Éteins cette lumière, Walker. » Les cinq hommes étaient dans le noir à traîner les pieds et à tripoter leurs fusils.

Ce fut Walker qui parla le premier. « Est-ce que le Département des Jardins publics aurait posé ce fil de fer, pour une raison ou pour une autre?

– Peut-être pour attraper les tantouzes », dit Weissman.

Beniquez réfléchit un instant. « Non, ça ne peut pas être un truc des

Jardins. On peut se blesser sur un truc pareil. Ils l'auraient pas laissé ici, sauf s'ils nous avaient prévenus. »

Michaels tira un bout de fil de fer. « C'est du vrai. Du concertina. Celui qu'ils utilisent dans l'armée. On va pas pouvoir traverser. Pas sans outils, en tout cas. »

Beniquez se pencha pour bien voir le fil et se retourna à droite, puis à gauche. « Difficile de dire quelle longueur ça a. » Il demanda à Turner s'il avait vérifié.

« Pas encore. Vous voulez qu'on le suive, pour voir jusqu'où ça va? »

Beniquez s'essuya le front. « Non, attendez un peu. » Il sortit son walkie-talkie. « Camion deux.

– Oui, camion deux. »

Beniquez entendait le moteur qui tournait au ralenti derrière la voix du conducteur. « Allez tout droit en braquant vos phares sur l'allée. Une cinquantaine de mètres. Allez doucement. K.

– Roger. »

Beniquez et son équipe attendirent calmement quelques minutes. Des moucherons dansaient devant leurs yeux. Ils entendirent l'écho distant d'une sirène. Puis, il y eut un craquement qui venait du walkie-talkie.

« Sergent, ici le camion deux, je vous informe que l'allée est bloquée par quelque chose qui ressemble à du fil de fer barbelé. Mais pourquoi a-t-on mis ce foutu truc au milieu de la route? »

Beniquez ne répondit pas. « Où vous trouvez-vous?

– A environ vingt-cinq mètres au nord de l'entrée de la 77ᵉ rue, là où elle rejoint l'allée.

– Est-ce que vous pouvez quitter la route avec votre camion?

– Non, c'est trop raide. Le lac passe sous la route à cet endroit. Il y a un petit pont à l'ouest de ma position. C'est ça.

– Est-ce que vous pouvez voir jusqu'où va ce fil de fer? »

Il y eut un moment de silence. « J'ai mis mes phares dessus. Ça va vers l'ouest et de là jusqu'au mur. Je ne peux pas bien dire d'ici.

– O.K. Restez où vous êtes.

– Oh, de toute façon, je ne sais pas où j'irais.»

Beniquez baissa son walkie-talkie et s'adressa à ses hommes. Weissman était sorti du sentier et fouillait les buissons à quelques mètres à l'est de l'allée.

«Weissman, ramène-toi! » On entendit les grosses chaussures de Weissman écraser des feuilles et des brindilles. Il vint rejoindre l'équipe.

Beniquez déroula sa carte. Il fallait qu'il trouve ce qu'ils pouvaient bien foutre, à présent. Un moustique bourdonna à son oreille. Il fit un mouvement brusque et donna un coup du canon de sa M-16 dans le ventre de Weissman. Weissman prit le canon entre deux doigts et le repoussa doucement.

Beniquez regarda ses hommes. Ils le regardaient fixement et attendaient un ordre. La transpiration leur coulait sur le visage. Il dit, dans un murmure :

« Les gars, on est vraiment dans la merde. »

Le sergent Dell'olio se tenait devant la Trefoil Arch, au sud du hangar à bateaux de la 72ᵉ rue, attendant le retour de deux de ses hommes qui avaient été inspecter le passage sous l'East Drive. Il entendit le bruit de leurs rangers dans le tunnel et ils apparurent dans la lumière d'un lampadaire. Dell'olio leur fit un grand signe et les trois hommes coururent sur le devant de l'immeuble d'un étage. Deux autres policiers se tenaient près des cabines de téléphone. Dell'olio regarda sa carte.

Il avait emmené l'équipe un à l'extrémité du lac et avait fouillé le hangar à bateaux. Le camion un était garé dans le parc de stationnement au nord de leur position. A présent, ils allaient revenir vers le centre du parc, en se déplaçant derrière Eubank et l'équipe trois. Une fois qu'ils auraient vérifié que la zone du lac était vide, ils feraient marche arrière, reviendraient vers le Conservatory Water et le mur du parc, puis continueraient à descendre vers le bas de Manhattan.

Dell'olio lança un ordre et l'équipe se mit en mouvement autour du hangar, puis le long d'une barrière en forme de chaîne, progressa à travers buissons et rochers. Ils tournèrent en s'éloignant de l'eau, perdant le lac de vue et avancèrent à travers les petits arbustes qui recouvraient un escarpement. Ils arrivèrent enfin à un chemin pavé qui, selon la carte de Dell'olio, faisait partie de cette série de pistes qui coupent à travers bois et terrains découverts et qui vont même jusqu'à serpenter au beau milieu du Ramble. Ils se dirigeaient vers l'ouest quand Dell'olio s'aperçut soudain qu'ils venaient de passer sous deux lampadaires hors d'usage. Il leur donna l'ordre de s'arrêter.

« Déployez-vous. On va le prendre en ligne. Jarvis en pointe.

— Vous voulez de la lumière, sergent?

— Non. Attendez qu'on soit sur l'allée principale pour qu'Eubank puisse nous voir. »

Jarvis alla en avant et reprit sa fouille systématique. L'équipe suivait en formant une file. Dell'olio se demanda ce qui lui semblait bizarre. Il était certain d'être venu dans cette partie du parc avec ses deux fils, le week-end dernier. C'était drôle de constater qu'il n'avait jamais fait attention aux détails du terrain; à présent, chaque buisson lui imposait un effort de concentration. Central Park était en train de devenir grand, très grand.

Jarvis ne vit pas le fil très fin qui sortait d'un bosquet et qui barrait le chemin à près de trente centimètres au-dessus du pavé. Il s'arrêta, regarda à sa gauche et aperçut un reflet sur la surface du lac. Il continua.

Sa jambe droite tira sur le fil et il trébucha en manquant de s'affaler. Il reprit son équilibre et essaya de percer l'obscurité. Il tâta le sol de sa main et trouva le fil. Il vit alors jusqu'où il allait dans le bosquet et put voir également un bâton jaune dressé dans les branchages bas, mais il n'eut pas le temps de vérifier ce que c'était. Quelque chose explosa devant lui.

Jarvis fut projeté sur le policier qui le suivait. L'homme hurla quand les fragments de métal lui entaillèrent le cou. Il y eut une autre explosion et le troisième policier de la file s'écroula dans les buissons de l'autre côté du sentier.

Dell'olio resta figé pendant un long moment après avoir entendu l'explosion. Il vit un éclair, mais comme le sentier faisait un tournant, à cet endroit, il ne pouvait plus voir le début de la file. Il se précipita dans un buisson juste au moment de la seconde explosion lorsque l'éclair de lumière lui révéla toute une rangée de bâtons d'à peu près la taille d'un homme. Bon Dieu, se dit-il, c'est des bambous et il y a des grenades attachées en haut et elles éclatent l'une après l'autre et ça vient vers moi, juste vers moi, bang-bang-BANG! Il sentit comme des épingles chauffées à blanc qui pénétraient dans ses jambes et ses bras.

Il s'écrasa encore plus dans le sol. Son visage était recouvert de bouts de feuilles. Il se sentait un peu faible, mais il tourna pourtant la tête pour regarder le chemin. Les deux hommes qui étaient devant lui étaient étalés sur le pavé. L'un deux geignait doucement et tentait de bouger sa jambe qui baignait dans une mare de sang. L'autre était à plat ventre, immobile, son fusil avait été projeté dans les sous-bois.

Dell'olio se mit à rire. Qu'est-ce que les buissons vont faire de ce fusil? C'est bête. Les buissons n'attaquent pas les gens. Son esprit était parcouru de petites pensées aussi stupides que celle-là. Il saisit son walkie-talkie. Sa main était rouge et humide... tout humide. Il mit le walkie-talkie devant ses lèvres.

« Ma main. Qu'est-ce qui se passe? »

Une voix familière crépita sur la radio. « Répétez. K.

– On est touché. Bordel. » Dell'olio essaya de se souvenir d'un chiffre. Ah! oui. « Dix-treize! hurla-t-il, dix-treize!

– Équipe un, dit la voix, quelle est votre position? Un, répondez, s'il vous plaît. »

Et puis Dell'olio eut une drôle d'idée; il dit : « L'équipe un n'existe plus. » Son ventre lui faisait mal. Il regarda son gilet pare-balles. Oh non! Il n'était pas bien fermé. Il le regarda s'ouvrir et aperçut une large tache au-dessus de la ceinture. Il posa le walkie-talkie et vomit.

Quand l'équipe trois entendit l'explosion, elle se dirigeait vers l'ouest de la caserne de pompiers parallèlement à la transversale de la 79ᵉ rue. Tout le monde s'arrêta sur place. Eubank essaya de localiser le bruit; cela semblait venir du côté de la Cinquième Avenue. D'étranges explosions, pensa-t-il, qui faisaient un bruit sourd. Ça ne ressemblait pas à un tir d'arme à feu – plutôt à une petite bombe. Les muscles de son cou se raidirent.

Son walkie-talkie ne lui transmit que des balbutiements incohérents. Il donna l'ordre à son équipe de quitter la route et d'aller légèrement vers le sud où il pourrait se mettre à couvert. Les hommes se déployèrent et s'appuyèrent contre des arbres, prêts à faire feu. Eubank était à côté de Davis. Ils écoutèrent le walkie-talkie.

« Je ne comprends pas, Davis.

– J'ai entendu un dix-treize, mon commandant. »

Eubank prit contact avec Beniquez. « Equipe deux, quelle est votre position?

– Nord du lac, est de l'allée. Mais qu'est-ce que c'était, ce boucan?

– Je ne sais pas. » Il y eut un grésillement et une voix faible qui dit quelque chose. A propos d'une main. Eubank lança un regard à Davis qui haussa les épaules.

« Manny, c'est toi?

– Négatif.

– Bon. Abandonne ta position et descends vers le lac. Je veux que tes hommes soient derrière moi. On va aider un. K. »

Après un court silence, Beniquez répondit. « Pas possible, mon commandant. Le sud est bloqué par du fil de fer barbelé.

– Du fil de fer barbelé?

– Affirmatif. C'est du... concertina. »

Eubank fit une grimace. « Bon Dieu! » Il consulta vivement sa carte. Tout ça lui prenait trop de temps. Il revint à sa radio. « Manny, trouve un moyen de venir ici. Vite. Débrouille-toi.

– Roger. Deux. »

Eubank attendit d'avoir la bande pour lui. « Poste de commande, ici Eubank.

– Commande. Allez-y, K.

– Nous allons soutenir équipe deux sur ce dix-treize. Faites venir camion un jusqu'au hangar à bateaux et dites-lui de braquer ses projos sur les arbres. »

Eubank vérifia le chargeur de son M-16. Ses hommes étaient encore trop l'un sur l'autre. Il devait à présent aller vers l'est en fouillant le plus de terrain possible.

« Déployez-vous. Faites gaffe. »

Les hommes se mirent en mouvement, allongeant la distance entre eux de quinze à vingt-cinq mètres. Ils faisaient pas mal de bruit en marchant, écrasant des brindilles, se cognant dans les arbres et les arbustes. Eubank apparut derrière les policiers. Il espérait que l'équipe un avait établi le contact avec les malfaiteurs; s'ils essayaient de sortir du parc, ils ne pourraient pas aller très loin.

Un de ses hommes, Dietrich apparemment, fit un faux pas; Eubank vit alors un objet qui dégringolait d'un arbre. Dietrich fit un saut sur place, comme s'il s'était mis brusquement au garde-à-vous, puis il fit un saut en arrière et s'écroula dans l'herbe. Il y eut un son de gargouillis qui sortit de sa bouche et il se mit à pousser un long cri de douleur. Eubank courut vers lui.

Un grand râteau en bambou était planté dans son poitrail. Il frémit quelques secondes puis ne bougea plus. Il y avait une corde entre les pieds de Dietrich qui était reliée à une souche, puis remontait dans les arbres et qui redescendait jusqu'à l'autre bout du piège.

Eubank était incapable de faire un mouvement. Le faisceau d'une lampe illumina Dietrich. Ses yeux étaient grands ouverts et ses lèvres tordues dans un rictus de mort. Eubank releva le regard et la lampe l'aveugla.

« Ferme ça! Davis, aide-moi à lui retirer ce truc. » Eubank dut attendre que ses yeux se réhabituent à l'obscurité. Il tenta d'enlever l'engin, mais il ne trouvait pas de levier. Tout ce qu'il voulait, c'était se débarrasser de ce foutu truc. « Davis! » Il fit face à ses hommes. Ils les voyaient à peine – ombres noires et immobiles, statues silencieuses avec des fusils automatiques. Warren, Havermeyer, Davis. Ils se tenaient complètement immobiles, à part leurs têtes qui se tournaient de gauche à droite, incessamment, comme des biches nerveuses. Ils étaient dans un état de concentration absolue, plus qu'ils l'avaient jamais été durant leurs courtes vies; ils examinaient chaque centimètre carré de terrain, chaque brindille qui traînait sur le sol. Ils avaient vu la « chose » sur Dietrich. Ils étaient paralysés par la peur.

Davis s'éclaircit la gorge. « Oui, mon commandant. Je viens tout de suite. » Ce qui voulait dire en clair : « Allez vous faire foutre, chef, je n'avance plus d'un pas! »

Beniquez mit la carte dans la poche de son pantalon. Et merde pour la carte! Il savait ce qu'il avait à faire. Il allait devoir prendre des risques. C'était pour ça qu'on les payait.

« Cette fois, ça y est, dit-il à ses hommes. On va quitter le chemin et suivre ce fil de fer. Si on ne peut plus avancer, on revient vers la 79ᵉ rue. Nous prendrons la transversale s'il n'y a plus que ça à faire. »

Tous firent oui de la tête. Ils commençaient à se sentir angoissés de devoir rester au même endroit. Ils se mirent en file indienne, à trois mètres de distance et s'enfoncèrent dans les sous-bois. Ils étaient partis vers l'est depuis à peu près une minute quand Turner, qui était plus près du fil de fer que les autres s'enfonça jusqu'au genou dans une sorte de trou. De surprise, il en ouvrit la bouche. Ce fut seulement après qu'il se mit à crier. Les autres se jetèrent au sol, le doigt sur la détente de leurs M-16. Turner jeta son fusil et se saisit la jambe.

« Aidez-moi, bordel! »

Beniquez vint à lui en rampant. Autour du trou, un tapis de brindilles et de feuilles mortes s'était écroulé. La jambe de Turner s'était empalée sur un nid de petits pieux de bambou très coupants. Le sang suintait de sa chaussure.

« Vous venez, oui ou merde! » hurla Beniquez et les autres accoururent. Ils contemplèrent la scène dans un état de stupeur muette. Turner se tordit involontairement la jambe et laissa échapper un cri de douleur pitoyable. Beniquez alla vers Michaels. Ils tendirent leurs fusils à Walker et réussirent à lui prendre le gras de la jambe. Son pantalon était trempé de sang. « Prêt? » Michaels fit signe que oui. Ils soulevèrent brusquement la jambe de Turner qui hurla si fort que Michaels n'entendit plus rien de l'oreille droite. La jambe ne bougeait pas. Beniquez mit très prudemment sa main dans le nid de bambou et tâta.

« Walker, éclaire-moi! » Avec la lampe-torche sur le trou, Beniquez se rendit compte qu'il n'y avait pas seulement des bambous pointant vers le haut, mais que certains étaient fichés dans les parois du trou, la pointe vers le bas pour faire hameçon. C'est ce dernier détail qui lui fit peur. Il ressentit un vent de panique.

Weisman avait vu, lui aussi. « Mais comment allez-vous lui retirer sa putain de jambe? Elle va être déchiquetée en morceaux. »

Turner commençait à entrer dans une sorte de coma. Sa tête roula sur sa nuque. Beniquez réussit à enlever quelques dards de bambou en les poussant et put ainsi dégager quelques centimètres autour du pied. Il écrasa deux des pieux d'en bas contre la paroi du trou.

Mais c'est tout ce qu'il put faire car un tir d'arme automatique se mit à crépiter au-dessus d'eux. Les hommes se jetèrent à plat ventre dans la boue. La rafale continua; elle venait de près, d'un endroit quelque part au sud.

Beniquez hurla au-dessus du boucan : « Weissman, Walker, feu!

– Mais où? » Les deux policiers ne savaient plus où ils en étaient.

Beniquez balaya l'étendue du lac d'un grand geste. « Abattez-le! »

Walker et Weissman mirent en joue et ouvrirent le feu, tirant de grandes rafales de leurs M-16 sur les rouleaux de fil barbelé. Walker était si nerveux qu'il s'était mis sur le semi-automatique; il appuyait sans cesse sur la gâchette, pour que les balles partent plus vite.

Beniquez rampa jusqu'à Turner qui était étendu, évanoui; ses jambes s'étaient encore enfoncées davantage dans les bambous. Beniquez entendit distinctement que les rafales étaient en train de raser les arbres; les balles sifflaient juste au-dessus de sa tête. Il donna une bourrade à Michaels.

« Prends sa jambe, espèce de con! » Ils entourèrent la cuisse de leurs bras et réussirent à libérer la jambe d'un coup. Les yeux de Turner se révulsèrent et une sorte de mugissement parvint à sortir des profondeurs de son corps. Beniquez fit tout pour ne pas voir le carnage en déposant Turner sur l'herbe.

Le fusil de Walker continuait à faire son bruit régulier – pop-pop-pop – mais tous les autres avaient cessé. Weissman engagea un nouveau chargeur.

« Cessez le feu! » Walker continuait à tirer. Beniquez rampa jusqu'à lui et hurla dans son oreille : « Cesse ton putain de feu, tu comprends! » Walker enleva le doigt de la gâchette. Tout redevint soudainement calme; les seuls sons qu'émettaient à présent les hommes étaient ceux de leur respiration difficile qui se frayait une voie à travers leurs bouches grandes ouvertes. Beniquez entendit le bruit de l'électricité statique dans son walkie-talkie; il se baissa pour le porter à son oreille.

« Équipe deux à commandement! Dix-treize! West Drive, croisement de la 77e rue! »

Il y eut une réponse, mais il ne put l'entendre. Les rafales d'armes automatiques avaient recommencé à balayer les arbres environnants, puis plus bas, arrachant les sommets des buissons. Les policiers s'écrasèrent contre le sol. Beniquez ne pouvait qu'entendre le son terrifiant du tir et une boule d'angoisse se forma dans sa gorge.

Il semblait que les tirs les aient encerclés, du sud à l'est et de l'est au nord. Dieu tout-puissant, on va se faire désosser comme des carnes.

Walker rampa dans l'herbe et mit son visage à quelques centimètres de celui de Beniquez. Il prit une voix haut perchée, comme celle d'un petit garçon.

« Mais qu'est-ce que c'est? Ça vient de partout, tu comprends, il faut qu'on se tire! »

Beniquez regardait les gouttes de sueur qui noyaient les yeux implorants de Walker. Se tirer. Ouais, c'était ça. Il fallait foutre le camp tout de suite.

Beniquez se tordit dans les feuilles mortes et fit face à Michaels. « Couvrez-moi. Weissman et moi on va s'occuper de Turner. On se dirige vers l'allée. »

Michaels et Walker se rapprochèrent du sentier et se mirent à tirer des rafales de M-16 dans les fourrés, au sud et à l'est. Beniquez et Weissman rampèrent jusqu'à Turner qui n'était qu'à moitié conscient et qui gisait face contre terre. Ils le soulevèrent par les aisselles et le tirèrent derrière eux jusqu'au chemin. Beniquez vit un trou dans les buissons et ils quittèrent le chemin, en tirant Turner entre les arbres et en lui faisant descendre une petite colline. Le bruit des mitraillettes cessa derrière eux.

Le silence inattendu fut immédiatement troublé par un indescriptible méli-mélo d'appels radio qui résonnaient dans le walkie-talkie de Beniquez. Il entendit Eubank et le poste de commandement, mais décida de les ignorer. Il coupa le son. Ils faisaient déjà une cible trop évidente comme ça.

L'allée était en vue. Beniquez apercevait un bout de la route avec le camion garé devant le fil de fer barbelé. Les phares étaient toujours braqués sur le concertina. Il fit signe à Weissman de s'arrêter et ils s'accroupirent, après avoir installé Turner contre un tronc d'arbre. Beniquez appela le chauffeur avec son walkie-talkie, en ayant soin de baisser le volume autant que possible.

« Camion deux, ici Beniquez, K.

– Bon Dieu...

– Tais-toi et écoute! Éteins tes phares. Fais marche arrière avec ton camion et fais un demi-tour. *Vaya!* »

Les phares diminuèrent d'intensité et s'éteignirent tout à fait. La route redevint sombre. Beniquez regarda le camion faire sa manœuvre; marche arrière et demi-tour sur place, face au nord. Quand il avança vers la position où ils étaient, il reprit contact avec le chauffeur. « Bon, reste ici. Ouvre la porte côté passager. Ensuite tu sors et tu nous couvres de l'autre côté.

– Dix-quatre. »

Le chauffeur suivit les recommandations. Beniquez tenta de percer le silence et examina la porte ouverte qui ne se trouvait qu'à quelques mètres de la pente au sommet de laquelle il était.

« Weissman. Quand on sera au camion, fourre Turner à l'intérieur et claque la portière. On ira se mettre à couvert de l'autre côté en attendant Michaels et Walker. Après on foutra le camp d'ici à toute vitesse. »

Weissman assura sa prise sur Turner. Beniquez rangea son walkie-talkie et passa son bras autour de l'épaule de Walker. Il échangea un signe avec Weissman.

L'avant du camion explosa. Un millier de bouts de métal minuscules formèrent un grand arc dans le ciel, comme un feu d'artifice, et retombèrent sur la chaussée. Beniquez et Weissman eurent un brusque mouvement de recul et laissèrent Turner retomber avec un bruit sourd. Beniquez aperçut des lumières rouges à travers les bois et vit deux voitures de patrouille qui descendaient la rampe d'accès à la 77ᵉ rue à toute vitesse et qui freinèrent de l'autre côté du fil de fer en laissant beaucoup de gomme sur le macadam. Les phares éclairaient la portion de route autour du camion, à travers le concertina.

Il y eut une autre explosion, juste au-dessus du fil de fer barbelé et Beniquez vit les petits fragments étincelants tomber sur la voiture, fracassant les vitres. Les phares se cassèrent également. On cria très fort et une rafale d'arme automatique déchiqueta le côté du camion. Weissman roula sur lui-même vers Beniquez.

« T'as vu ça, non mais t'as vu ça? » dit Weissman.

Beniquez l'ignora. Une autre rafale était partie de sa gauche. Il entendit le son caractéristique des balles qui sifflaient et vit les flammes qui s'échappaient du canon des armes, de l'autre côté des barbelés. Les policiers de la voiture répliquaient. Mais sur quoi tiraient-ils?

« Tu vois quelqu'un, Weissman?

– Quelle putain de promenade! »

Quelqu'un traversa la route en courant vers le nord. Derrière lui, les balles ricochaient sur la chaussée. Enfin il sauta dans les sous-bois et disparut dans la rangée d'arbres qui bordaient la colline.

Weissman hurla : « Butez-moi ces pédés, butez-les! »

Dios mio, songea Beniquez, ce mec est devenu complètement branque. Il saisit Weissman par le col de sa chemise et le secoua rudement. « Sors Turner de ce trou. Va directement au mur. Je te couvrirai. Allez! »

Weissman tendit son fusil à Beniquez et lui fit un sourire. Il mit Turner sur ses épaules et descendit la pente d'un pas mal assuré; puis il passa devant le camion et entra dans le bois, de l'autre côté de la route.

Beniquez rampa vers la gauche et essaya de trouver un abri derrière une petite rangée d'arbustes. Il y eut un bruit sourd à quelques mètres de lui et il reçut d'énormes mottes de terre sur le dos. Un fusil automatique tira très près de lui; il entendait pratiquement les déflagrations dans ses oreilles. Il s'avança un peu et vit deux hommes qui se traînaient difficilement dans les fourrés en arrosant tout ce qui se trouvait derrière eux. C'étaient Michaels et Walker qui tiraient des rafales ininterrompues sur les barbelés de la route.

Il y avait quelque chose qui clochait. Beniquez en eut l'intuition immédiatement. Ils étaient en train de tirer sur des collègues.

Beniquez fut parcouru d'une incoercible vague de frayeur. Son esprit ne pouvait plus s'arrêter. Peut-être est-ce tout ce que nous avons fait ce soir, se tirer dessus les uns sur les autres; peut-être qu'il n'y a personne d'autre; peut-être qu'on s'est fait piéger? Il se sentait très mal. J'ai donné l'ordre à mes hommes de tirer sur des collègues. Et si l'équipe trois était derrière nous et que nous les ayons massacrés? Bon Dieu, et s'ils se mettaient à *nous* massacrer?

Beniquez hurla quelque chose à Michaels et Walker, mais ceux-ci continuèrent à tirer et disparurent, hors de vue. Il trouva un sifflet dans la poche de sa chemise et souffla dedans jusqu'à ce que ses dents se brisent pratiquement sur le métal. Les tirs s'arrêtèrent, mais on entendait toujours le bruit un peu ridicule des revolvers de service qui venait de la route.

Beniquez jura; la colère se mêlait à sa peur. Ils essayent *tous* de me tuer – bordel! tous ces fumiers essayent de me tuer. Il se mit debout brusquement, en s'attendant qu'une balle le fauche à tout instant et courut en courbant le dos entre les arbres. Il trouva Walker et Michaels étendus dans l'herbe, tout près d'un chemin. Ils braquèrent leurs mitraillettes sur lui; il s'arrêta et ne bougea plus d'un muscle. Ils avaient le visage laiteux à force d'être blanc, leurs lèvres tremblaient, en un mot, ils ne se contrôlaient plus.

Beniquez s'assit sur le sol et Michaels se mit à balbutier des phrases sans suite :

« Qu'est-ce qu'on va faire? Y a pas moyen de sortir!

– Ta gueule! Ce sont des flics, là en bas. » Michaels cligna des yeux pour mieux voir. « Mais oui, des flics. Il faut qu'on se serve d'eux, tu comprends? »

Les tirs s'arrêtèrent. Beniquez fit des efforts pour respirer normalement et prit son walkie-talkie : « Équipe deux à commandement, K.

94

– Allez-y, deux.

– Dites aux collègues dans les voitures de patrouille qui sont sur la West Drive de ne pas tirer. On va traverser la voie à environ une quinzaine de mètres au nord de leur position. Je vous signale que nous amènerons un blessé sur Central Park West, près de la 77ᵉ rue.

– Roger, équipe deux. Ici le chef Curran. Où en êtes-vous? Qui est-ce qui tire dans votre coin, bon Dieu? »

Beniquez entendit un petit bruit et coupa immédiatement le walkie-talkie. Il y eut une série d'explosions lourdes et sourdes qui commencèrent au nord, puis qui se rapprochèrent, venant dans leur direction, lentement mais sûrement. Michaels, pris de panique, sauta dans un fourré. On entendit un grand cri. Beniquez et Walker rampèrent vers le sud du chemin en s'écorchant la peau des coudes et des genoux sur le pavé. Des mottes de terre et des débris volaient dans les arbres. Beniquez sentit quelque chose de tiède qui pénétrait sa cheville et il roula dans l'herbe hors du chemin. Il pose sa main sous sa chaussure et regarda ses doigts. Ils dégoulinaient de sang.

Le tir d'armes automatiques reprit, les balles sifflaient au-dessus de sa tête. Le cœur de Beniquez battait à toute vitesse et il ne parvenait plus à former une pensée cohérente. Il se dirigea en titubant vers Walker. Michaels était devant eux, emmêlé dans les barbelés. Il se tordait dans les pointes acérées et se coupait cruellement les mains et le visage dans sa vaine tentative de se libérer.

Walker rampa jusqu'à Michaels et le tira rudement du concertina. Beniquez se mit sur ses pieds et se mit à suivre la ligne des barbelés en donnant l'ordre à ses deux hommes de le suivre. Il vit que le fusil mitrailleur de Michaels avait glissé de ses mains en sang, mais cela ne faisait aucune différence. Sur qui pourraient-ils tirer, de toute façon?

Beniquez avança clopin-clopant à travers les sous-bois avec ses deux hommes qui le suivaient, jusqu'à Bank Rock Bridge, près de la rive du lac. C'était là que finissait le barbelé. Walker voulut courir sur le petit pont de bois, mais Beniquez le retint. Cet itinéraire ne les mènerait probablement qu'à l'allée et ils se retrouveraient devant les barbelés qui bloquaient la chaussée. Il fallait qu'ils atteignent le sud de cette ligne de barbelés pour être évacués par les voitures de patrouille de la police.

« Dans l'eau, les gars! Allez! »

Les trois hommes coururent autour du pont et se jetèrent à l'eau, nageant à moitié et marchant dans les eaux boueuses et peu profondes.

Quand ils émergèrent sur l'autre rive, les tirs avaient cessé. Ils coururent sur une mince bande de terre et arrivèrent à un petit bras du lac qui passait sous la West Drive. Beniquez n'hésita pas à s'y mettre. Il prit la tête de ses hommes et les conduisit par un tunnel obscur, jusqu'à ce qu'ils atteignent l'ouest de la route. Il y avait un petit pont de bois qui était jeté au-dessus de l'eau. Beniquez demanda à Michaels et Walker d'attendre, escalada la rampe et s'installa à califourchon sur le pont.

La douleur, dans sa cheville, devenait intenable, aussi dut-il se mettre sur un genou. Il jeta un coup d'œil sur sa droite et remarqua les voitures de police qui sortaient un peu de l'ombre. Deux hommes des services spéciaux se cachaient derrière les véhicules et un troisième était allongé sur le sol. Les barbelés étaient à la gauche de Beniquez. Ils avaient réussi à les contourner. Enfin!

Il cria son nom aux policiers. Walker et Michaels escaladèrent le pont et coururent vers la route. Beniquez s'effondra sur l'une des voitures. Les flics n'avaient pas l'air très en forme et celui qui était allongé devait être mort.

Un sergent en uniforme rampa derrière la voiture. Il était plus âgé que Beniquez et d'un rang égal, mais dans une situation grave c'était le sergent des services spéciaux qui se devait de donner les ordres; il attendait que Beniquez lui dise quoi faire.

« On peut faire démarrer la voiture? » demanda Beniquez en grimaçant.

Le sergent ne se donna même pas la peine de répondre; il passa le bras par la portière et tourna la clef de contact. Le moteur se mit en marche.

Beniquez s'éloigna de la portière. « On va monter et sortir d'ici.

— Évacuer? demanda le sergent en plissant les yeux.

— Vous n'en avez pas eu pour votre argent?

— On pourra pas tous tenir dans la bagnole.

— Foutez-moi le blessé dans le coffre, bordel. On a plus rien à foutre ici. »

Le sergent et les deux autres flics mirent le blessé dans le coffre. Un des hommes gémissait, la moitié de son visage balafré d'une énorme cicatrice. Walker et Michaels aidèrent Beniquez à s'asseoir à l'arrière de la voiture. Les sièges étaient recouverts de verre brisé; il n'y avait plus une seule vitre dans la voiture. Walker se pencha sur Beniquez pour lui parler; il y avait, sur son visage, une expression terrible, d'une étrange intensité, comme s'il venait de réaliser quelque chose d'indescriptible. Sa voix n'était plus qu'un soupir rauque.

« Des grenades. »

Ce fut tout ce qu'il dit.

Les trois autres flics se mirent à l'avant et le sergent prit le volant; il conduisait doucement et tourna à droite sur la bretelle d'accès à la

77ᵉ rue. Beniquez voyait les lumières de Central Park West et ce fut comme s'il sortait d'un cauchemar. Michaels lui donna une bourrade dans les côtes.

« Hé, regardez un peu en bas! » Il montra du doigt l'espace obscur qui se trouvait sous la bretelle. Il y avait un homme qui marchait tranquillement sur l'allée cavalière.

« Stop! »

Beniquez donna l'ordre au sergent et à Michaels de sortir. Ils s'accroupirent derrière la voiture et tous les occupants se couchèrent sur les banquettes. L'homme quitta l'allée cavalière et se dirigea tout droit vers la voiture. Walker le mit en joue avec son M-16, prêt à tuer tout ce qui bougeait. L'homme n'était qu'à sept ou huit mètres quand le sergent lui donna l'ordre de s'arrêter. Beniquez le reconnut immédiatement. C'était le chauffeur du camion deux. Beniquez hurla de l'intérieur de la voiture.

« Ne tire pas, Walker! » Walker s'apprêtait à appuyer sur la détente et le sergent dut pousser le canon du M-16 par terre.

Beniquez se pencha par la fenêtre. « Tout va bien, c'est un flic. »

Le chauffeur s'approchait, un pas après l'autre, lentement; puis il parut trébucher sur quelque chose et une forte explosion le fit voler dans les airs comme un pantin désarticulé. Des fragments et des graviers tombèrent en pluie sur la voiture; tout le monde se mit à plat ventre. Walker hurla et quitta la rampe d'accès pour la rue. On n'entendait plus rien. Les yeux écarquillés d'horreur, ils fixaient la terre brune. Le corps avait atterri à trois mètres de l'endroit où l'explosion avait eu lieu, dans une pose obscène et terrifiante. Le sergent se leva et s'éloigna de la voiture. Michaels gémissait et Beniquez se tourna vers lui. Sa chemise était constellée de petits bouts de chair et de vêtements, comme des petites taches de sang qu'éclairaient les lampadaires de l'avenue.

Le sergent voulut escalader la rampe du pont, comme pour aller porter aide au chauffeur. Beniquez sortit brusquement de son état de choc.

« N'allez pas en bas, sergent! N'y allez surtout pas. »

Le sergent se retourna et fit face à Beniquez. Son revolver de service pendait à sa main. « Vous savez ce que c'était? »

Beniquez fut parcouru par une dernière vague de peur. Non, il ne savait pas. Il ne voulait pas le savoir.

Il avait fallu dix minutes à Eubank et à son équipe trois pour faire les six mètres de distance qui séparaient l'endroit où Dietrich avait été tué

97

par un piège de la position qu'il tenait actuellement. Ces minutes lui avaient semblé dangereusement longues; il lui avait fallu ralentir ses hommes, faire en sorte que chaque pas qu'ils faisaient soit précédé d'un examen minutieux du terrain qu'ils allaient fouler. Ils étaient exposés au feu de l'ennemi, effrayés par chaque centimètre carré de sol, incapables de réagir vite ou selon la tactique prévue, incapables même de battre en retraite avec une marge suffisante de sécurité – Eubank avait pris conscience de toutes ces horreurs dans les secondes qui avaient suivi la mort de Dietrich. Quand ils avaient retiré l'engin de bambou de la poitrine de Dietrich, tout le monde avait dû s'empêcher de vomir : un énorme jet de sang avait jailli du trou qui avait la largeur de deux doigts et Eubank avait saisi un autre élément de la situation – quelqu'un voulait que les choses se déroulent exactement ainsi. Quelqu'un avait disposé ces pièges en ayant pleinement conscience des résultats psychologiques et stratégiques qu'ils auraient.

Ce fut à cet instant qu'Eubank fut parcouru par une vision de cauchemar, celle d'ennemis étrangers, grouillants comme la vermine, invisibles, tout droit sortis d'une guerre qu'il n'avait jamais faite. Le *Vietnam*. Il avait l'impression que son bon sens menaçait de s'échapper et l'adrénaline circulait dans son organisme de manière folle. Mais à quoi avait-il la tête? Il était à *Central Park* et il était flic et il y avait des dingues lâchés dans la nature. Il reprit la réalité à bout de bras, c'était le seul monde qu'un policier puisse considérer, il se méfiait énormément, en outre, des tours que pouvait lui jouer son esprit. Il avait déjà fait l'expérience de ces brusques montées d'adrénaline, mais dans d'autres conditions; avant ce soir, ç'avait toujours été par anticipation et en sachant que c'était lui qui avait les cartes maîtresses en main. Et soudain, la situation s'était renversée et il se retrouvait impuissant, cloué comme les criminels qu'il avait si souvent encerclés avec des forces nombreuses et bien armées.

Qui osait lui faire ça, à lui? Qui donnait les cartes? Et la question qui l'effrayait le plus, celle qu'un policier a toujours peur de se poser : Était-ce lui qui les avait trouvés, ou eux qui nous attendaient? Désormais une sorte de prémonition du danger s'était installée de façon permanente dans son esprit.

Malgré ses craintes, Eubank s'était calmé et avait pris quelques décisions rapides. Il savait que l'équipe un avait été attaquée. Il avait entendu les tirs qui venaient de la position qu'occupait l'équipe deux. Dans cette confusion, ni l'équipe un ni la deux n'avaient répondu à ses appels radio ou à ceux du poste de commandement. C'était très gênant, mais il avait aussi entendu le dix-treize de l'équipe deux et il savait que le commandement leur avait envoyé des voitures de patrouille en renfort. Il avait lui-même envoyé un message radio au commandement pour leur dire qu'il allait continuer à aider l'équipe un, autant que possible. Curran voulait envoyer des équipes de secours de. l'East Side pour épauler l'équipe trois. Mais Eubank l'en dissuada.

Il ne voulait absolument plus que d'autres hommes se retrouvent dans une position de vulnérabilité. Eubank n'était pas fou; il avait compris que la situation avait changé, radicalement. Il y avait dans ce parc des individus fortement armés et très bien organisés qui avaient ouvert le feu sur des officiers de police. Mais sur la base de ce qu'il avait vu et entendu jusqu'ici, il pensait pouvoir les neutraliser tôt ou tard. Tout ce qu'il voulait, pour l'instant, c'était être en position de se servir des forces dont il disposait pour tomber sur ces types. Sa priorité absolue était de déplacer son équipe jusqu'à l'endroit où elle pourrait fonctionner pleinement.

Dans son plan, il allait devoir laisser le corps de Dietrich là où le pauvre était mort. Dans de telles circonstances on ne pouvait pas transporter le cadavre. Après l'arrestation des coupables, les services médicaux viendraient s'en occuper. Il n'avait pas d'autre choix.

Finalement, après deux minutes de conversation, il avait formé un cercle avec Havermeyer, Warren et Davis et avait pu les convaincre que, en prenant les précautions nécessaires, ils pourraient progresser vers l'est, jusqu'à l'équipe un et l'allée.

Dix minutes et sept mètres plus tard, Eubank et ses hommes continuaient leur avance d'escargots, en nage, angoissés, désorientés, constamment travaillés par l'intuition contagieuse d'un danger omniprésent.

Une brindille se cassa sous le pied d'un homme et tous se transformèrent en statues.

Quatre faisceaux de lampes-torches se concentrèrent sur le bout de terrain devant Havermeyer, mais il n'y avait rien. Ils entendirent une explosion, dans le lointain et une dernière rafale d'arme automatique, et il n'y eut plus que le silence et le bruit de leur respiration. Les quatre hommes se regardèrent en ayant soin de ne pas faire de bruit en marchant. Chacun d'eux se sentait impuissant, isolé et se demandait ce qui arrivait aux autres. Eubank décida qu'ils feraient mieux d'essayer de le découvrir.

« On éteint les lampes pour une minute. » Quand l'obscurité fut faite, il appela le poste de commandement. « Équipe trois à commandement. Qu'est-ce qui arrive à équipe deux? K.

– Équipe deux signale plusieurs officiers blessés dans 77ᵉ rue », répondit l'opérateur. Il y eut une pause. « Ne coupez pas, trois. » Ce fut la voix du chef de la police qu'il entendit ensuite, et cette voix avait une intonation qu'il n'aima pas. « Don, la deux est revenue dans la rue. Il y a eu des pertes. Ça m'a l'air mauvais; les types ont vraiment dégusté. Vous feriez mieux de prendre position dans une zone fiable. Donnez un coup de main à un et barrez-vous en vitesse. »

Eubank n'était pas d'accord du tout, mais il voulait mettre rapidement un terme à la conversation. « Roger. » Il lui vint une idée. « Commandement, envoyez des ambulances au croisement de la 77ᵉ et d'East Drive.

– Roger. »

Eubank inspecta ses hommes, à la recherche du moindre signe de panique. Il était désolé qu'ils aient entendu sa conversation avec le commissaire. Merde alors, pensa-t-il, on n'est pas encore fini. Il reprit son walkie-talkie.

« Équipe trois à Hardy. K. » Rien. Il essaya de nouveau. Au bout de quelques secondes, il perçut le grésillement de l'électricité statique. Eubank savait ce que ça voulait dire; Hardy l'écoutait, probablement, mais à très faible volume et il n'avait ouvert sa fréquence qu'une seconde pour indiquer qu'il avait enregistré l'appel d'Eubank. Eubank en conclut que Hardy essayait de garder le silence, pour ne pas se mettre en danger. Peut-être que Daniels et lui avaient trouvé quelque chose. Eubank décida quand même de les forcer à répondre; c'était maintenant qu'il avait besoin d'eux.

« Trois à Hardy. Répondez. Priorité. K. »

La transmission, complètement déformée, ne parvenait pas vraiment à prendre sens pour Eubank. On y parlait d'un enculé.

Il y eut une très forte explosion qui fit lever les yeux à Eubank. Le ciel entier s'illumina en un soleil étrange et effrayant qui couvrit toute la surface des arbres, les hommes et le sol de l'incandescence irréelle d'une grenade au phosphore. Pendant des secondes qui, dans la peur qu'elles inspiraient, parurent de longues minutes, les hommes levèrent la tête, bouches béantes, immobilisés par l'attention particulière qu'avait provoquée le choc. Ce qui arrivait était si étrange, si complètement éloigné de tout ce qu'ils avaient pu vivre auparavant, que ni leur instinct ni même leur entraînement intensif ne purent leur donner la force de réagir. Ils fixaient le vide avec une expression stupide et écoutaient le son d'un objet qui trouait l'air en sifflant, faible d'abord, puis de plus en plus fort.

Boum! Les arbres éclatèrent; pluie de feuilles, de branches et de terre qui tomba sur les officiers de police. Ils se jetèrent au sol en essayant de s'enterrer dans la poussière. L'infernal sifflement rauque reprit. Boum! Havermeyer hurla et fit un grand geste du bras. La lueur du phosphore décrût, mais, dans ce qu'il restait de lumière, Eubank vit la main d'Havermeyer qui pendait, avec un doigt en moins et les os qui saillaient à travers la chair rouge.

100

Boum! Le bruit résonna dans leurs oreilles, déclenchant une nouvelle montée d'adrénaline, faisant disparaître toute raison et détruisant les derniers vestiges de leur attitude martiale. Eubank hurla à ses hommes de partir. Davis et Warren se mirent à ramper en embrassant le sol. Eubank saisit Havermeyer et le poussa en avant. Les boums cessèrent et Eubank se mit sur ses jambes et donna l'ordre à ses hommes de le suivre. Une rafale d'arme automatique les força tous à se jeter à plat ventre une fois de plus. Eubank sortit des arbres en courant jusqu'à un sentier, ses hommes le suivant presque accroupis. Il pointa son M-16 dans la direction d'où venait le tir et vida son chargeur dans les buissons. Il donna le signal à Warren et Davis d'ouvrir le feu et ils le firent sur-le-champ. Havermeyer avait pris son fusil d'une seule main, en criant des phrases incompréhensibles et en arrosant le sommet des arbres. Eubank rechargea. La nature des sons changea.

« Cessez le feu! »

Silence. Havermeyer respirait difficilement. Des feuilles qu'on froissait, pas très loin. Ils tendirent l'oreille, guettant le moindre son, mais rien.

Warren tremblait. Davis essuya les gouttes de sueur sur ses yeux. Eubank eut une drôle de pensée. Pourquoi ne sommes-nous pas encore morts?

Il n'eut pas envie de penser à la réponse. Il mit les hommes en position derrière lui et ils prirent le sentier en se courbant, faisant couiner leurs chaussures sur le pavé. Ils firent le tour d'un croisement où aboutissaient plusieurs allées quand une forme obscure leur bloqua le passage, à quelques mètres en avant.

Eubank fit signe à ses hommes de s'arrêter et tous se baissèrent dans les sous-bois touffus. Ils regardaient fixement la forme immobile en gardant le doigt sur la gâchette. Cette forme sombre pouvait devenir un assassin, un monstre, un animal, un rocher et en fin de compte, quand Eubank braqua sur elle sa lampe-torche, un corps.

Davis déclara d'un ton plaintif : « Oh, merde, c'est Mike.

– Quoi?

– Mike Levinson. »

Ils venaient de retrouver l'équipe numéro un.

Eubank éteignit sa lampe. Les quatre hommes se précipitèrent vers les hommes des services spéciaux. Ils examinèrent les corps un à un et la nausée les empêcha presque de respirer. Les plaies étaient invraisemblables; les visages froids, des masques funéraires bleus et les yeux étaient restés grands ouverts de surprise. Havermeyer manqua de tomber dans les pommes quand il vit les cadavres mutilés. Il s'assit sur l'herbe et baissa la tête.

Eubank trouva Dell'olio étendu dans les buissons, on entendait encore l'électricité statique s'échapper du walkie-talkie, près de sa main. Dell'olio était vivant. Eubank le fit immédiatement allonger sur l'allée et écouta sa respiration. Des petites bulles de sang venaient éclater au bord de ses lèvres.

Warren et Davis faillirent perdre l'équilibre. Warren devint tout blanc. « Je vais gerber, dit-il.

– Tais-toi! Bon, écoutez, voilà ce qu'on va faire. Remettez Havermeyer sur ses pieds. Ensuite, vous relevez Dell'olio et vous allez vers l'East Drive. Il y aura des ambulances qui attendront. »

Warren et Davis étaient comme vidés. Ils se retournèrent et contemplèrent les corps de leurs collègues morts, puis leurs yeux errèrent dans les arbres et les buissons. Davis braqua sa lampe sur les sous-bois sombres et y vit les tiges de bambou dont les extrémités étaient brûlées et déchiquetées. Eubank fit tomber la lampe de sa main d'un coup de poing.

« Pas de conneries! Allez-y! » Warren fut repris de tremblements. Eubank se laissa un peu fléchir. « Écoutez, ces gars ont tout pris avant de comprendre ce qui leur arrivait. Refaites leur chemin jusqu'à ce que vous voyiez le hangar à bateaux et il ne vous arrivera rien. Je vous couvrirai. »

Eubank alla vers Havermeyer et l'aida à se lever. Davis mit ses bras sous les épaules de Dell'olio et Warren le prit par les pieds. Eubank s'assura que leurs fusils tenaient bien.

Il se souvint de la proposition de Curran, changea d'avis et décida d'accepter son aide.

« Moi, j'attends ici. Davis, quand tu arriveras à l'East Drive, j'aurais fait envoyer des unités pour t'assister. Reviens ensuite avec deux ou trois hommes. On va sortir les corps de ce foutu parc. Compris? »

Davis fit oui de la tête. Eubank les regarda s'éloigner dans le noir, alourdis par la grande carcasse de Dell'olio. Havermeyer les suivait d'un pas mal assuré, sa main mutilée dans la poche, comme s'il s'était agi de quelque chose qui ne lui appartenait pas, un objet qu'il eût trouvé en se promenant tranquillement dans Central Park.

Eubank quitta le chemin pavé et s'accroupit sur l'herbe écrasée où il avait retrouvé Dell'olio. Il s'aida de la main et sentit quelque chose d'humide. Du sang. Il s'essuya sur son pantalon et saisit son walkie-talkie. Il parla d'une voix aussi faible que possible.

« Équipe trois à commandement. K? » Il eut un sourire d'ironie – quelle équipe, au juste?

« Allez-y, Don. » C'était le commissaire.

« Est-ce que les ambulances sont en position?

– Affirmatif.

– Dites-leur d'aller se mettre au nord du hangar à bateaux. J'ai deux hommes blessés, ici.

– Roger.

– Envoyez des unités pour assister Davis. J'ai trois morts sur les bras. Dites-leur que c'est un dix-treize, mes hommes sont en train de descendre; j'aimerais que les ambulances soient prêtes. K. »

Pendant quelques secondes, le commissaire-chef de la police de New York ne répondit pas. Il n'y eut, en fin de compte, qu'un petit craquement d'électricité statique. Eubank crut entendre le mot « commandement ».

Eubank s'installa; il avait enlevé la sécurité de son M-16 et mis le sélecteur sur automatique. D'une manière assez paradoxale, il sentait la force lui revenir, malgré sa solitude et l'apparente supériorité de l'ennemi. Il espérait que les criminels avaient assisté à l'évacuation de Davis et des autres. Il espérait de tout son cœur qu'ils allaient commettre une erreur et lui donner la possibilité de leur faire sauter le crâne. Il n'arrivait pas à croire que ceux qui avaient opéré ce soir soient si infaillibles, si organisés; d'une façon ou d'une autre, ils finiraient par faire une connerie. Dans sa longue carrière, il avait toujours constaté que les criminels, les terroristes, peu importait ce qu'ils prétendaient être, finissaient par faire une erreur. Et jusqu'à présent, le spectacle de ce soir avait été trop parfait.

Il se mit sur ses jambes et jeta un œil aux tiges de bambou. Des grenades. Il avait bien pensé entendre le bruit caractéristique des grenades, mais avait continué à croire à une hallucination. Maintenant, il aurait été prêt à parier que c'étaient ces grenades qui avaient tué les officiers qui gisaient là, sur le chemin. Et ces sifflements, mortiers? Un nerf se mit à battre dans son cou. Le Vietnam. Pourquoi repensait-il à cela, tout à coup? Son seul rapport avec le Vietnam avait été de distribuer des coups de matraque à des manifestants pacifistes sur la Cinquième Avenue. Son esprit était plein d'images de jungle et de soldats embusqués. Et d'ailleurs, ces manifestants, c'étaient peut-être des partisans de l'intervention. C'était si loin, tout ça.

Il ne pouvait arracher son regard des policiers des services spéciaux qui gisaient près de lui. Mais qu'est-ce qui pouvait bien se passer, nom de Dieu? Un complot? Il savait que le Département avait envisagé ce genre de truc; des inspecteurs, en dehors du service, évoquaient des scénarios catastrophiques devant un demi de bière. Et pourquoi pas? Et si une bande de petits connards d'extrême gauche entassait un véritable arsenal (c'était si facile d'acheter tout ça! on pouvait se payer un tank, si on en avait les moyens) et si ces dingues décidaient de s'emparer de quelque chose comme une centrale nucléaire, ou la mairie ou l'ambassade d'Iran? Ou Central Park.

Eubank connaissait la réponse.

Des flics mourraient.

Il y eut un bruit de bottes qui raclaient le pavé vers l'est; puis celui de feuilles mortes écrasées, mais pas assez près pour bien en saisir la distance. Les bruits cessèrent et Eubank attendit un mouvement. Il serrait les dents. Allez, les barjes, juste une fois – sortez la tête que je puisse vous bousiller!

Une voix jaillit de son walkie-talkie; il en fut si surpris qu'il appuya presque sur la détente de son M-16. C'était Davis.

« Chef, c'est nous qui arrivons à l'est de votre position. On voulait pas que vous nous tombiez dessus. »

Pas bête le Davis! « Roger. Allez-y! »

Il vit plusieurs formes noires qui approchaient précédées du faisceau lumineux d'une lampe. Eubank sortit des buissons de façon que les policiers le voient bien. Le faisceau de la lampe lui balaya le visage et disparut. Davis s'approcha, courbé, suivi de six policiers en uniforme et gilet pare-balles, le revolver dégainé. Eubank reconnut l'un d'entre eux. Il lui parla à voix basse.

« C'est vous, sergent Giamone?

– Oui, mon commandant.

– On a un très sale truc sur les bras. » Il lui montra les corps. « Ils sont H.S., tous les trois.

– Oh, non!

– Ne les regardez pas. Prenez vos hommes, portez les corps jusqu'à l'allée. Si quelque chose arrivait, ne vous arrêtez pas. Nous vous couvrirons. »

Les six policiers rengainèrent et soulevèrent les cadavres. Eubank et Davis se poussèrent dans les fourrés, laissant les policiers entreprendre leur retour sur la route pavée. Les hommes peinaient sous le poids, car ils essayaient de marcher accroupis et aussi vite que possible à la fois. Eubank les laissa faire quelques mètres jusqu'à ce que leurs dos soient devenus à peine visibles dans le noir. Il sentit l'haleine de Davis sur sa nuque.

« On y va. »

Bang! Une grenade fumigène explosa dans les buissons, de l'autre côté. Eubank et Davis se jetèrent au sol. Un nuage vert se répandait au-dessus d'eux; ils étaient prisonniers d'un épais brouillard. Eubank vit deux éclairs à travers la fumée et deux autres engins explosèrent quelque part en avant. Il entendit des cris. Il roula sur lui-même vers la droite, loin de la route, dans les sous-bois. Davis le suivait et se cognait dans ses jambes, aveuglé par la fumée. Le brouillard parut soudain s'éclairer et refléter une lumière qui venait d'au-delà du mur de fumée. Sans doute les projecteurs du camion numéro un, pensa Eubank.

Il y eut un bruit sourd dans le brouillard et les réflexes d'Eubank, aiguisés par quarante-cinq ans d'expérience, le lâchèrent, comme s'il était redevenu un adolescent. Il prit Davis par le cou, roula sur lui-même, rampa, griffa le sol aussi vite et aussi loin qu'il le pouvait, pour être suffisamment loin dans les sous-bois avant que la grenade n'explose et ne libère sa pluie mortelle de métal.

Davis gémit et se tordit dans cet emmêlement de bras et de jambes, mais aucun des deux hommes ne fut touché. Un grand boum et ils virent les arbres voler en éclats. Un autre, cette fois un peu plus loin vers l'est. Eubank tourna vivement la tête. A l'est? Non, il n'en était pas sûr; il avait perdu son sens de l'orientation dans le brouillard. Boum! Plus près – une pluie de poussière leur tomba sur le visage. Il leur fallait bouger ou mourir.

Eubank cria à Davis : « Tiens-toi à ma ceinture. » Eubank se mit presque à quatre pattes et courait à toute vitesse, à l'aveuglette dans la fumée, se cognant dans les arbres. Davis s'était accroché à une poignée de tissu et essayait avec la force du désespoir de ne pas perdre son chef.

Ils se retrouvèrent soudain hors du brouillard. Davis lâcha la chemise et tous deux se laissèrent tomber sur le sol, épuisés, happant l'air à pleins poumons; ils avaient eu de la chance. En effet, ils ne se trouvaient qu'à cinquante centimètres d'un rouleau de fil de fer barbelé.

Davis voulut dire quelque chose, mais les mots refusaient de sortir de sa bouche. Eubank regardait fixement les barbelés. Ils serpentaient autour des arbres, descendaient un escarpement jusqu'à disparaître tout à fait dans la dense végétation du Ramble. Au-delà se trouvait le lac dont la surface reflétait quelques lumières qui venaient de l'autre côté de l'eau, dans la direction de la Terrace et de la Bethseda Fountain. Eubank pouvait à peine distinguer la grande fontaine circulaire et la haute statue ailée qui ornait son centre, l'Ange des Eaux. Mais il savait au moins où il était à présent – sur une petite péninsule, face au sud. Le hangar à bateaux, l'East Drive, les ambulances – le salut se trouvait loin sur sa gauche. Il insulta mentalement les barbelés et un frisson de paranoïa le parcourut. Quelqu'un était vraiment en train de se payer sa tronche. Il n'y avait aucun moyen d'atteindre l'eau. Davis et lui n'avaient plus que deux solutions : soit revenir sur leurs pas se retrouver dans le brouillard et presque sûrement se faire mettre en pièces, ou suivre la ligne des barbelés, ce qui les mènerait à l'ouest, plus profondément encore dans le Ramble et donc encore plus loin des secours et de la sécurité.

« Fumiers! dit-il à haute voix.

– Quoi? » La voix de Davis n'était plus qu'un râle inaudible.

Ils entendirent l'écho de quatre explosions derrière eux; cela venait d'assez loin pour ne provoquer chez eux qu'un vague mouvement de tête. Le bruit de sirènes commença à se faire entendre dans les explosions; cela s'accentua et fut suivi de crissements sauvages de pneus et d'un tir d'arme automatique. Eubank discerna un barrage de petites détonations, c'étaient les revolvers de service qui répliquaient. Il savait ce qui était en train de se passer. Les ennemis avaient encerclé leur position et se mettaient à attaquer les services d'urgence, les policiers en uniforme et le personnel médical qui se trouvaient sur l'East Drive. Mais, bon Dieu, combien pouvaient-ils être?

Eubank mit le walkie-talkie à hauteur de sa bouche, mais il ne parla pas et le rangea. Il venait d'avoir une idée. Davis et lui pouvaient peut-être revenir par le chemin qu'ils avaient pris jusqu'à la transversale de la 79ᵉ rue et prendre les adversaires à revers. C'était leur dernière chance de pincer qui que ce fût. Il y réfléchit promptement. D'après la tournure que prenaient les événements, il ne faisait plus de doute que le commandement mobile désirait retirer ses unités du terrain aussi vite que possible. Eubank savait qu'il devait se trouver sur les lieux pour donner l'ordre définitif de retraite et d'évacuation. Tant que Davis et lui resteraient quelque part dans ce parc, il y aurait toujours quelques hommes qui resteraient pour assurer leur sécurité. Et ces hommes allaient se trouver dans une situation très dangereuse. Est-ce que le retard qu'allait occasionner sa petite manœuvre valait la peine? Le risque n'était-il pas trop grand?

Eubank n'arrivait plus à se remémorer le terrain autour de la transversale – y avait-il ou non une portion suffisamment à couvert pour que Davis et lui y installent une position?

Il reprit son walkie-talkie. « Eubank à commandement. K. »

Il y eut un long silence, probablement dû au chaos qui régnait sur l'East Drive. Ce fut Curran qui répondit. « Quelle est votre position, chef? Nous avons de sérieux problèmes. K. »

Sans blagues! Eubank faillit éclater de rire. « On est complètement coincés, ici. Maintenant, écoutez – est-ce que votre type de la circulation routière est auprès de vous?

– Roger.

– Est-ce qu'il y a un tunnel ou un pont juste au sud de la transversale 79, au croisement de l'East Drive? »

La réponse fut immédiate : « Négatif.

– Ne quittez pas. » Eubank baissa son walkie-talkie. Curran essaya de dire quelque chose au-dessus du grésillement de l'électricité statique, mais Eubank coupa le son. Il se tourna vers Davis. « On a besoin d'être couverts.

– Tu parles, on a besoin de ces putains de marines, oui! » Davis n'essaya même pas d'éviter le regard dur de son chef.

Eubank prit dix secondes pour réfléchir à haute voix puis expliqua à Davis quelles étaient les options qui leur restaient. La fumée était en train de se dissiper, mais toutes les voies directes vers l'East Drive devaient encore être obscurcies. Ils pouvaient aussi se retrouver dans la ligne de tir de leurs collègues. Ils n'avaient vraiment pas besoin de cela.

Eubank prit donc la décision. « On va faire un détour d'une vingtaine de mètres par l'ouest en suivant les barbelés et ensuite couper par le nord jusqu'à la route. Si on ne trouve personne, on pourra redescendre au hangar à bateaux et aider les hommes des voitures de patrouille. » Davis toussa. Eubank ajouta : « ... Et on fout le camp d'ici! »

Les tirs commencèrent à s'espacer; il y eut encore quelques faibles détonations qui finirent par cesser complètement. Le hurlement des sirènes, lui, continua. Eubank se leva brusquement et courut dans l'épaisse forêt de peupliers et d'ormes. Davis le suivait de près. Ils suivirent le long rouleau de barbelés sur la gauche en s'en servant comme de repère dans les sous-bois. L'air était frais et humide plein du parfum des feuilles et de la sève. Plus ils pénétraient le Ramble, plus le paysage devenait sombre et impénétrable. Ils durent ralentir, forcés d'allumer et d'éteindre leurs lampes tout le temps et d'inspecter chaque pouce du terrain sur lequel ils posaient les pieds, incapables d'oublier l'image violente et indélébile, la photographie mentale des bouts d'acier jaune qui partaient en tous sens et le dernier gargouillis de mort de Dietrich.

Ils passèrent à quelques mètres du lac, là où il faisait une courbe le long de la péninsule; Eubank prit alors la direction du nord.

Un coup de feu éclata dans l'air calme. Davis poussa un cri et s'écroula sur le sol. Pour la dixième fois de la journée, Eubank sentit comme un jet d'adrénaline qui lui cogna le cœur comme il tombait dans l'obscurité, tout près du corps de Davis, étendu face contre terre. Il attendait les explosions, les balles qui sifflent et le bout de métal qui allait lui emporter la tête, mais rien de tout cela ne vint.

Le seul bruit, c'était Davis en train de grogner. Eubank chercha la lampe à tâtons et laissa son faisceau au niveau du sol afin de voir Davis se tordre de douleur. Il était recroquevillé sur lui-même et se tenait la jambe; il y avait un trou sanglant en haut de sa chaussure. Eubank fit descendre la lumière sur la jambe de Davis jusqu'à ce que le cercle lumineux s'arrête sur une petite portion du sol, fraîchement remuée. A l'intérieur, il y avait la douille d'une balle de gros calibre qui sortait d'une gaine de bambou; le fond de la balle s'appuyait sur la pointe d'un gros clou. La balle elle-même était évidemment partie. Eubank admira en professionnel ce piège d'une merveilleuse simplicité. C'était un moyen très bon marché de faire du mal à son prochain. « Incroyable! » murmura-t-il.

Davis le rappela à la réalité en sifflant entre ses dents : « Chef, aidez-moi. »

Eubank braqua de nouveau sa lampe sur la jambe de Davis. La balle avait proprement traversé la chaussure et le pied. Davis ne faisait que commencer à perdre son sang.

Eubank n'avait plus le choix, à présent – il lui fallait faire retraite vers l'East Drive. Il ne servait à rien de retarder le moment de l'évacuation et de risquer la mort d'un autre de ses hommes.

Il aida Davis à se remettre sur pied et passa son M-16 sur son dos, avec le sien. Davis essaya bien de mettre un peu de son poids sur son pied blessé, mais sa jambe ne le supporta pas et les larmes lui vinrent aux yeux. Eubank lui dit doucement :

« Appuie-toi contre l'arbre, Davis; tends-moi ton bras. »

Davis tenta de trouver une sorte d'équilibre et Eubank, après avoir éteint sa lampe, se mit à genoux. Il inspecta le sol à leurs pieds, écartant d'une main les feuilles et les brindilles qui le jonchaient. Sans bouger d'où il était, Eubank découvrit au moins vingt pièges à cartouches qui décrivaient un cercle partant de la ligne des barbelés.

« Nom de Dieu, Davis, surtout ne bouge pas!

– Chef, je sens que je vais tomber dans les pommes. »

Eubank ralluma sa lampe et trouva qu'il y avait beaucoup trop de sang sous la jambe de Davis.

« Qu'est-ce que c'est? » Eubank ne comprenait plus. Il fit remonter la lumière le long de la jambe et vit une grosse hémorragie au niveau de l'aine. Eubank fixa la grosse tache pourpre sur le pantalon et comprit immédiatement ce qui s'était passé : la balle avait perforé la chaussure et pénétré le bas-ventre de Davis. Eubank en resta stupéfait : *C'était voulu!*

« Chef, s'il vous plaît, qu'est-ce qui m'arrive? » La voix n'était plus qu'un murmure.

Eubank se redressa vivement. Davis était devenu d'une pâleur incroyable, les yeux rivés à son horrible blessure; son esprit erra entre la découverte, la curiosité, la surprise et, finalement, la première vraie sensation de douleur insoutenable. Eubank éteignit la lampe et soutint Davis quand celui-ci manqua de s'effondrer. Il lui administra quelques gifles et lui égraina quelques mots réconfortants à l'oreille. Davis s'évanouit en bredouillant des phrases incohérentes, mais Eubank réussit à le maintenir debout en lui passant son bras sous l'aisselle. Eubank tenait la lampe dans sa main libre et, avec d'infinies précautions, essaya de les sortir tous deux du champ mortel des pièges; il refit le chemin vers l'est, en suivant leurs propres traces, le long des barbelés.

Quand le Lac fut en vue, Eubank s'arrêta sur la petite bande de terre qui avançait dans l'eau. L'effort qu'il déployait en tirant Davis derrière lui, lui coupait le souffle et il dut s'appuyer contre un arbre pour supporter le poids de son compagnon. Davis sembla sortir de son coma et serra fort le bras d'Eubank.

« Chef, j'ai mal, qu'est-ce qui m'arrive?

– On s'en va. Tiens-toi tranquille. »

Les sirènes s'étaient tues; ne restaient que leurs respirations et les gémissements de Davis, chaque fois qu'une vague de douleur lui tordait l'abdomen. Eubank essaya de percer l'obscurité. A quelques mètres de lui, des traînées de fumée s'accrochaient encore aux arbres et aux buissons; on apercevait les éclairs rougeâtres des gyrophares qui scintillaient dans la brume, comme un lointain fanal dans un crachin sur l'océan. Eubank se tourna vers Davis dont les yeux s'étaient perdus dans les orbites.

« Davis, regarde-moi! » Eubank le prit par le menton et lui secoua la tête. « On va se tirer vite, à présent. Mets ton bras autour de moi. On sera sorti dans deux minutes. Ne me lâche pas, surtout! »

Davis s'accrocha à lui et ils sortirent du bouquet d'arbres. Davis continuait de gémir de douleur en serrant Eubank et réussit à sautiller en utilisant ses dernières réserves d'énergie. Eubank faisait une marche forcée sur un sentier qui tournait vers le nord en espérant contourner la fumée et trouver un chemin direct qui le mènerait à l'East Drive. Ils firent trois mètres avant d'être de nouveau bloqués par un rouleau de concertina.

Des feuilles craquèrent et une forme noire sembla passer dans les ténèbres de l'autre côté des barbelés. Eubank ne bougea plus un cil, incapable de distinguer quelque chose dans ce noir. Il avait entendu un bruit qui ressemblait à un moteur très doux, à sa gauche, puis derrière lui; on l'encerclait. Le sol transmettait des signaux ténus et incompréhensibles : des branches craquaient, des buissons s'écartaient; ces sons battaient dans son crâne comme des coups de marteau. Ils cessèrent. Il y eut un cliquetis métallique, comme une vitesse qu'on passait.

Davis poussa un râle. Son regard chavira. Eubank le serra encore plus fort et tourna sur lui-même; il se sentait impuissant sous son fardeau. A cet instant critique, il était incapable d'atteindre son M-16 et de tirer une rafale sur les arbres environnants.

Clic. Eubank se tendit. Il reconnut le bruit d'un chargeur qu'on faisait entrer dans un fusil automatique. Il se transforma en statue. On respirait; ce n'était ni lui, ni Davis, mais quelqu'un d'autre, tout près, à quelques mètres de l'autre côté de la barrière métallique. Eubank tenta de voir; il fallait qu'il les voie, ces hommes qui allaient être ses tueurs. Des formes et des ombres apparaissaient et disparaissaient qui flottaient comme des spectres dans l'obscurité humide. Eubank crut entrevoir une roue, un bras, le canon d'un fusil. Et, dans un moment de soudaine clarté, presque comparable à celui de la mort, il comprit ce qui se passait. On faisait sortir les policiers un par un du parc; quelqu'un savait, d'une manière ou d'une autre, qu'il était toujours là. Il essaya de porter son regard de l'autre côté des barbelés. Il resta bouche bée. *Ils sont venus me chercher!*

Pour la première fois, Eubank fut pris de panique. Il sentit comme un pincement dans la nuque. Il s'éloigna du fil de fer barbelé en tirant Davis dans les nappes de fumée. Le brouillard artificiel les avala et ils se retrouvèrent immergés dans un voile verdâtre. Ils trébuchaient sur d'invisibles arbres, Eubank sondait la brume de son bras jusqu'à ce que leurs jambes s'emmêlent et qu'ils tombent durement sur le pavé.

Eubank respira à fond et griffa le sol de ses ongles. Ils étaient sur une route pavée, mais où menait-elle? Il se libéra de Davis. Il était perdu, pris au piège... et ce fut à ce moment qu'il distingua les vagues contours de lumières violentes qui se rapprochaient, à quelques mètres, dans le brouillard. Il se mit sur ses genoux et une faible brise lui caressa le cou.

Un moteur presque silencieux ronronna et quelque chose traversa la route devant lui. La chose glissa dans la fumée, entrant dans les branches basses des arbres avec des petits craquements. Ça s'arrêta et le moteur fut coupé. Davis hurla. Quelqu'un fit tourner le moteur à fond et des gaz d'échappement brûlants, comme l'haleine mortelle d'un assassin, vinrent balayer le visage d'Eubank.

Il se releva, prit Davis par le col de sa chemise et le traîna comme un poisson mort, courant à une allure que seule la peur pouvait lui permettre. Il fonçait vers les lumières et réussit à s'arracher à la chape de fumée.

Le bruit de ses pas, l'hystérie de sa fuite, tout concourait à ce que la vision d'Eubank fût incohérente et floue. Des formes anguleuses et des abstractions dansaient devant lui; des coins sombres, des scintillements légers venant de surfaces luisantes, un immeuble, des voitures, des boules rougeâtres qui tournoyaient et des hommes en armes, allongés. Eubank se lança de toutes ses forces et s'écroula sur l'East Drive.

On poussa des cris et deux médecins coururent vers lui, sortant de l'ambulance E.M.S. 141. Ils mirent Davis sur un brancard et l'engouffrèrent dans le véhicule. Deux policiers aidèrent Eubank à se relever de la route et l'emmenèrent à couvert, derrière une file de voitures de patrouille garées à proximité du hangar à bateaux. Eubank était au bord de l'asphyxie. Il était en nage et essaya de retrouver un souffle normal. Le sergent Giamone se pencha sur lui et prit le M-16 de Davis. Eubank tourna la tête, fit glisser son fusil dans ses mains et fit face au hangar et au paysage ténébreux qu'il cachait.

Il y avait huit ou neuf voitures de patrouille et ambulances le long de l'East Drive avec une quinzaine de policiers en position derrière elles. Le camion numéro un était également là, un peu plus haut que la Trefoil Arch, le court tunnel qui passait sous la voie. Eubank regarda le camion et parla à Giamone. Sa voix était un peu tremblante.

« Sergent, est-ce que tout le monde est sorti du parc? »

Giamone était perdu. Ils étaient, en ce moment même, en plein cœur de Central Park. Il regarda Eubank avec plus d'attention. L'homme ne semblait pas très bien se porter, mais il n'était pas question de s'occuper de tels détails en ce moment. Giamone répondit : « Je crois que tout le monde est sorti, mon commandant. Ça a un peu chauffé, ces derniers temps.

– Je sais. Retournons sur la Cinquième Avenue. » Eubank ferma les yeux et essaya de faire fonctionner correctement son esprit. « Dites à ce camion de mettre ses phares et nous le suivrons jusqu'à la 77ᵉ rue.

– D'accord, mon commandant. »

Eubank essaya de prendre le walkie-talkie dans sa ceinture, mais il avait disparu. Il cria vers Giamone qui se dirigeait vers une voiture radio :

« Sergent, appelez le commandement mobile et dites-leur que nous arrivons. »

Giamone fit un geste pour dire qu'il avait compris.

Une rafale d'arme automatique crépita. Les vitres de toutes les voitures de la file volèrent en éclats et tombèrent en pluie sur la chaussée. Un policier s'écroula en tenant sa jambe. Les balles arrosaient tous les environs et entraient bruyamment dans le hangar et les cabines de téléphone qui se trouvaient devant l'immeuble. Plusieurs policiers répliquèrent.

Eubank se glissa sous une voiture de patrouille. Les aboiements des armes lui avaient rendu sa clarté d'esprit et il pointa son M-16. Il vida son chargeur dans le mur noir qui s'étendait derrière les arbres; il tirait sur tout le monde et sur personne à la fois, sur un ennemi aussi implacable qu'invisible.

Il y eut une explosion au-dessus de la tête d'Eubank; le camion un ne fut plus qu'une masse de verre brisé et de fumée noire. Des fragments de métal ricochaient sur le pavé et Eubank n'en fut protégé que par son gilet pare-balles. Il roula sur le sol et leva les yeux vers la Trefoil Arch. Le chauffeur sauta de sa cabine et rampa hors de la route, dans les buissons.

Eubank avança prudemment et entra dans une voiture d'où il sortit un micro branché sur le haut-parleur. Sa voix résonna au-dessus de la fusillade. Il donna l'ordre à ses hommes de mettre les voitures en marche et d'évacuer le parc, puis laissa tomber le micro et poussa un chargeur neuf dans son M-16. Il revint à l'arrière de la voiture et continua à tirer dans les arbres, à l'ouest. Un officier des services spéciaux rampa par le côté du véhicule et lui cria :

« Vous venez, mon commandant? »

Eubank baissa son M-16. « Non, je vous couvre. Allez-y! »

Eubank courut à l'avant des voitures et cria aux hommes de cesser le feu. La fusillade s'arrêta. Plusieurs policiers sautèrent dans leurs voitures et mirent le moteur en marche. Une grenade fumigène explosa devant le hangar, puis une seconde et encore une autre, dans une série d'éclairs violents le long de la route. Toute cette portion de terrain fut immédiatement envahie de fumées multicolores et mouvantes.

Eubank entendit un grand crissement de pneus et vit deux phares à travers la fumée qui se dirigeaient sur l'East Drive en direction de la 72ᵉ rue. Quelqu'un hurla un ordre et il y eut deux détonations : des revolvers de service.

Boum. Eubank sursauta. Il savait ce qui se passait. Du métal, de la poussière et de l'asphalte retombèrent dans la nappe de brouillard. Il entendit des hurlements. Eubank espérait qu'il ne s'agissait que de cris de terreur; en roulant sur lui-même, il quitta la route et entra dans le tunnel sombre et humide de la Trefoil Arch.

A l'entrée du tunnel, la fumée formait comme un mur; c'était comme un de ces portails gigantesques que l'on voit dans les films de science-fiction; Eubank se précipita à l'intérieur. Les tirs d'arme automatique reprirent. Quelqu'un apparut sous le tunnel, disparut, puis fonça à l'intérieur. C'était un homme des services spéciaux, les yeux exorbités, à moitié fou. Il courait dans le tunnel, sans voir Eubank et sortit par l'autre extrémité. Eubank le regarda et vit une vague lueur sur l'escalier qui se trouvait à la sortie est du tunnel. Il saisit son M-16, hésita, se résigna à l'impuissance où il était dans la position qu'il occupait et suivit l'homme dans le parc.

Eubank courut quelques mètres le long d'une allée et les lumières de la Cinquième Avenue apparurent à travers les arbres. Il ralentit, à bout de souffle et entendit la fusillade baisser d'intensité et cesser tout à fait. Il continua sa marche, escalada une petite colline et se retrouva à proximité du Conservatory Water. Même dans l'obscurité, il arrivait à distinguer les contours gracieux de ce plan d'eau et le Krebs Memorial

Model Boat House qui ne se trouvait qu'à une dizaine de mètres avant l'avenue. Il fut frappé par la révélation de ce que la Cinquième Avenue était soudain devenue un synonyme de refuge et de sécurité et le parc quelque chose d'effrayant et d'impénétrable. Il eut une image mentale de lui-même en uniforme, en train de surveiller des gosses qui faisaient voguer de petits bateaux sur un bassin; mais cette vision fut aussitôt interrompue par un bruit mat et sifflant.

Le projectile fit trembler le sol. Il y eut une autre explosion et il fut recouvert par une pluie de débris divers. Eubank se laissa tomber et se mit en boule. Il n'y avait plus d'explosions, mais un barrage de feu provoqué par des armes automatiques, quelque part derrière lui sur l'East Drive. Eubank leva la tête. Il était un peu étourdi, mais il avait conscience de formes vagues qui bougeaient à travers les arbres et sur les sentiers. Il se leva, vacillant, et vit des policiers qui couraient vers l'avenue; tout autour d'eux, des petites explosions lumineuses, comme des lampes qui éclataient; ils tiraient partout à l'aveuglette. Plusieurs policiers traînaient un collègue blessé en déployant un effort désespéré, leur seul but étant d'échapper à la mort en quittant les limites de Central Park.

Eubank se leva et prit la direction de l'avenue. Les balles semblaient changer de sens et déchiquetaient les feuilles juste au-dessus de sa tête. Il fonça à sa droite et zigzagua sur le bord du petit étang. Un homme imposant se dressa devant lui, ce qui le fit se jeter à plat ventre aux pieds de la statue de Hans Christian Andersen. Il fit le tour de l'étang, trébucha un peu, mais retrouva son équilibre et fit une pointe de vitesse pour parcourir les derniers mètres qui le séparaient de l'enceinte du parc et de l'avenue. Il riait, triomphant; une fois de plus, il avait vaincu la mort. Il aperçut la rue et le trottoir et les lampadaires et les voitures et les immeubles et une forêt jaune de bambous qui lui tombait inévitablement dessus; l'engin avait été actionné par son propre pied, déclenchant ce fléau acéré, une énorme balançoire pleine de ces *punji-sticks* mortels. Quand cet étrange messager de mort et de douleur surgit du sol, la surprise fut si grande que Eubank eut une dernière hallucination. Il crut voir, pendant quelques secondes, devant lui, une jungle dévastée et calcinée et d'anonymes soldats condamnés à la mort. Et, dans son cauchemar, il hurla tout en essayant, par un dernier réflexe, de retirer avec une grande lenteur les pointes acérées qui s'étaient enfoncées dans sa gorge.

Le chef Don Eubank, commandant des Services spéciaux d'urgence, ne put échapper à son invisible ennemi. Il perdit connaissance à exactement un mètre de l'enceinte de Central Park.

« Stop! »

Weaver attendait Richie qui se tenait à ses côtés; elle lui indiquait qu'ils ne tournaient plus. Elle leva l'œil du viseur de la caméra et le regarda droit dans les yeux. Il était comme hypnotisé par le chaos de la Cinquième Avenue.

« Richie! Tu arrêtes ce truc. »

Il réagit enfin et appuya sur le bouton.

« Désolé, Weav.

– Ferme le projo. »

Il éteignit le puissant projecteur.

Deux détonations qui venaient de l'intérieur du parc se firent entendre jusqu'à l'autre bout de l'avenue. Weaver et Richie se jetèrent au sol instinctivement. Quelqu'un cria et plusieurs policiers en uniforme se dégagèrent de l'incroyable embouteillage d'ambulances et de voitures de police garées au milieu de la chaussée. Une sirène hurla sur la 75ᵉ rue est et une camionnette du N.Y.P.D. s'arrêta au carrefour. Une escouade d'hommes des services spéciaux en sauta; ils se mirent en rang sur le trottoir, tout près d'où étaient Weaver et Richie. Weaver donna un coup de coude à son associé; ils quittèrent le trottoir et entrèrent dans la Cinquième Avenue en contournant tous les véhicules qui s'y étaient massés. Au bout de quelques pas, Richie s'arrêta brusquement et Weaver se cogna à lui. Elle mit la caméra sur son épaule et s'aperçut qu'ils se trouvaient derrière une voiture de patrouille garée sur le tournant du côté ouest de l'avenue. Il n'y avait plus rien entre eux et le trottoir. Ils pouvaient enfin filmer Central Park librement.

Il y avait, au-dessus de l'enceinte du parc, un fin brouillard qui transformait en halos la lumière jaune des lampadaires. Des formes sombres bougeaient à l'intérieur de cette brume, des silhouettes indistinctes qui flottaient dans une lumière irréelle et qui prenaient substance et forme à mesure qu'elles s'approchaient. Le cœur de Weaver se mit à battre plus fort. Des bras se tendirent au-dessus de la chaussée et une silhouette titubante entra dans la lumière crue du bord du trottoir. Un policier blessé se mit à genoux, pointa son arme vers le ciel et s'écroula sur le pavé.

Ce furent des réflexes qui firent bouger la main de Weaver sur l'objectif de la caméra et qui lui firent dire à Richie de faire tourner la bande. Elle prit un gros plan du flic étendu, puis élargit en plan général. Sur le fond noir de Central Park, des policiers apparaissaient à présent, sortaient du brouillard, s'appuyaient sur le mur en pierre et s'écroulaient sur le trottoir, un à un. Certains marchaient dans la rue, revolvers dégainés, l'air absent et sauvage. Le personnel médical courait pour se mettre dans la scène et aidait les blessés à sortir de l'enfer du parc. L'éclair d'un coup de feu éclata dans l'obscurité derrière le mur, forçant Weaver à se coucher; elle réussit malgré tout à tourner sa scène, au niveau du sol. Elle fit un panoramique qui revenait au mur. On voyait une main qui s'accrochait au sommet de l'enceinte et toute une série de cris s'éleva de quelque part. Un officier des services spéciaux se leva, jeta son fusil sur le sol et porta dans ses bras un collègue inconscient dont la tête roulait mollement sur les épaules. Il s'acharna à faire passer son camarade de l'autre côté du mur, jusqu'à ce qu'un infirmier rampe jusqu'à lui pour l'aider. Weaver les garda dans son viseur jusqu'à ce que les trois hommes aient quitté le tournant.

Elle cria à Richie d'arrêter la bande. « Il nous reste combien de temps? »

Richie souleva le magnétoscope V.T.R. et vérifia la cassette. « Encore une dizaine de minutes. » Il avait du mal à retrouver sa respiration.

Weaver également. Elle s'appuya sur le capot de la voiture de police et remarqua qu'un sergent en uniforme et un policier en civil étaient agenouillés tout près de Richie, braquant leurs revolvers sur Central Park. Et elle réalisa soudain que tout était devenu très silencieux : on n'entendait plus qu'un cri isolé de temps en temps, le bruit distant d'une sirène ou celui de la portière d'une ambulance qu'on claquait violemment. Elle se releva un peu plus et dirigea son regard vers le nord de l'avenue. Il y avait, tout au long du trottoir, des flics en gilets pare-balles accroupis derrière les voitures de patrouille, les arbres, les véhicules banalisés; et chaque homme braquait, qui un revolver, qui un fusil automatique sur les ténèbres qui s'étendaient de l'autre côté du mur. Ils avaient l'air d'attendre qu'on leur donne l'ordre de tirer sur le paysage – comme s'ils pouvaient de cette façon abattre une fois pour toutes leur implacable ennemi; et elle comprit que c'était Central Park lui-même qui était devenu l'ennemi.

Quelle image! Weaver mit son œil sur le viseur de la caméra. Il y eut une bousculade entre policiers sur le trottoir et elle rata son plan. Weaver jura entre ses dents et partit se poster ailleurs, suivie par Richie.

Weaver réussit à se faufiler entre la rangée de voitures, près d'un groupe de policiers et de médecins qui attendaient en face du mur. Elle essaya de braquer sa caméra aussi près que possible, mais un policier en civil la fit dégager sans ménagement. Il ne rigolait pas.

« Foutez-moi le camp d'ici! » hurla-t-il.

Une équipe de journalistes que Weaver ne connaissait pas alluma ses projecteurs et subit le même traitement. Il y eut un peu de bousculade et beaucoup de gros mots échangés. Weaver fit signe à Richie de rester sur le trottoir. Elle se mit près de lui et attendit la suite des événements.

Un brancard fit son apparition. Un officier des services spéciaux y gisait, le visage et le cou rouges de sang. Il semblait qu'il avait un trou dans la gorge et le sang en sortait par jets, recouvrant peu à peu son gilet pare-balles. Weaver crut entendre les policiers prononcer un nom; quelque chose comme « Eubank ».

Une ambulance fit marche arrière jusqu'au trottoir. L'équipe vidéo ralluma ses projecteurs, projetant une lumière crue sur toute cette partie de la rue. Ils se firent un peu bousculer par les policiers, mais la lumière resta allumée. Les policiers firent un rang hermétique pour permettre au brancard de parvenir à l'ambulance. Personne n'avait remarqué Weaver.

« On a toute la lumière qu'on veut; tu saisis? » murmura-t-elle à Richie. Il fit un petit signe de tête. « Marche! »

Richie répondit, aussi bas : « Ça tourne! »

Weaver filma le brancard qui roulait sur le trottoir. Quand il arriva dans la rue, le cahot réveilla l'homme qui y était couché. Il agrippa la main d'un infirmier et le brancard s'arrêta. L'homme se redressa; le sang ruissela entre ses jambes. Les infirmiers tentèrent gentiment de le faire se recoucher, mais il ne voulait rien savoir. Il se retourna lentement, grimaçant de douleur et regarda dans la direction du parc.

Weaver quitta un peu le trottoir pour pouvoir prendre un plan du visage de l'homme. Elle zooma en gros plan. L'homme fixait Central Park. Il avait les yeux grands ouverts, comme s'il voyait quelque chose dans la noirceur insondable des arbres. Il leva un bras tremblant et pointa son doigt dans le vide; il essaya de parler, mais sa voix se réduisait à un râle étouffé. Il montra encore du doigt et se tourna vers les policiers. Ils le regardèrent, blêmes et en sueur.

L'homme baissa la main. Il regarda une dernière fois Central Park, ses yeux se rétrécirent et il s'écroula sur le brancard.

Weaver filma les infirmiers qui levaient le brancard dans l'ambulance et fermaient le hayon arrière. Elle monta en panoramique sur le gyrophare qui tournait tandis que l'E.M.S. 131 se frayait un passage dans l'embouteillage et partait à tombeau ouvert sur l'avenue.

Weaver arrêta de filmer. Un officier s'avança vers un des hommes et lui tendit un walkie-talkie.

« Lieutenant. Le P.C. veut vous parler. »

Le lieutenant eut une brève conversation sur la radio et s'adressa ensuite à la foule des policiers.

« Très bien. On prend position et on fait évacuer la rue. » Il commença à s'éloigner, puis s'arrêta soudain et fit demi-tour.

« Attendez. N'approchez pas de ce mur. Les ordres sont formels : personne ne doit entrer dans le parc. Même pas d'un seul mètre, c'est compris? »

Les policiers jetèrent un œil craintif vers les buissons. Ils rengainèrent leurs armes et se dispersèrent. Weaver et Richie traversèrent l'avenue et contemplèrent les voitures de police et les ambulances qui quittaient le parc et qui se dirigeaient au sud ou à l'est vers les petites rues adjacentes. Plusieurs officiers en uniformes des services spéciaux restèrent, néanmoins, pour installer des barricades sur le trottoir. On mit en position plusieurs voitures de patrouille au croisement de la 72ᵉ rue et du parc. Il n'y eut plus aucune circulation sur la Cinquième Avenue. En quelques minutes, l'obscurité avala une cinquantaine d'hommes et Weaver et Richie se retrouvèrent seuls devant la façade d'un immeuble résidentiel.

Richie s'avança et, au moment où ils franchissaient un barrage de police à la 77ᵉ rue, une voix les appela sèchement d'une alcôve sombre à côté d'un des immeubles. Un policier armé d'un fusil se pencha et leur dit sans ménagement de foutre le camp. Weaver regarda longuement le bloc d'immeubles, puis toute l'étendue de la Cinquième Avenue. Elle se rendit compte qu'il y avait des policiers cachés dans l'ombre de chaque escalier et de chaque porte de service. Et au coin de chaque rue étaient garées des voitures banalisées.

L'odyssée que connurent John Hardy et Dewayne Daniels et qui les mena du sud du Belvedere au Ramble, et de là à l'étroite rive du Lac, fut de très loin l'expérience la plus effrayante qu'ils connurent pendant leurs cinq années de présence dans les forces de police.

« Il y avait des trucs, comme devait le dire Hardy plus tard, des trucs vraiment pourris tout le temps. »

Tout avait commencé quand ils avaient fait ces quelques pas dans les massifs d'arbres qui bordaient le Ramble, perdus et certains que quelque chose d'horrible allait arriver. Leurs craintes se trouvèrent justifiées, quand le silence pesant fut brisé par cinq explosions sourdes – ce n'étaient ni des pétards ni des armes à feu, mais quelque chose de plus lourd.

Hardy avait tiré Daniels à lui, dans les fourrés; il lui dit à l'oreille: « J't'avais dit qu'on allait se faire bousiller. »

Dans les heures qui suivirent, toute leur traversée du Ramble se fit face contre terre dans le noir, dans l'impénétrable végétation; ils rampaient, centimètre par centimètre, tandis qu'un véritable déluge de projectiles mortels volaient au-dessus de leurs têtes. Il semblait qu'à chaque fois que se produisait une accalmie dans le barrage de feu et qu'ils tentaient de gagner quelques pouces de terrain, une autre explosion se produisait et qu'une pluie de fragments métalliques venait déchiqueter les arbres alentour. Ensuite, il y avait invariablement des rafales d'armes automatiques et un effrayant feu croisé de balles qui sifflaient à quelques centimètres du sol. Leur seule chance consistait à serrer d'encore plus près le tapis de terre et de feuilles, tremblants, incapables de riposter ou de défendre leur position. Leur sens de la réalité s'en trouvait considérablement affecté et, finalement, il ne résista plus à ce déluge de feu incongru.

Ils restèrent une demi-heure sans bouger au même endroit dans une symphonie d'explosions et de coups de feu, de cris d'horreur et de transmissions chaotiques qui leur parvenaient dans leur walkie-talkie. Et finalement, quand le tir cessa, ils fermèrent le walkie-talkie et attendirent encore un quart d'heure dans un silence moite de transpiration. Des bruits étranges leur parvenaient, qui paraissaient dériver dans les ténèbres : des claquements, des craquements, des branches qui se cassaient et le doux ronronnement d'un moteur qui passait à quelques mètres de leur position. Ils retinrent leur respiration et perçurent le bruit d'une chose qui partait d'un tube; ce bruit revenait sans cesse, suivi d'une série d'explosions sourdes et lointaines.

Ils avaient sursauté, pris d'une même panique simultanée, et s'étaient enfuis des buissons, s'attendant à se faire hacher en petits morceaux par les rafales de mitraillette qui venaient de toutes les directions à la fois. Ils se frayèrent péniblement un passage entre les rochers du Gill, un petit cours d'eau qui se jetait dans le lac, et le traversèrent en courant, s'enfonçant encore davantage dans le Ramble. Des sentiers s'ouvraient devant eux et ils suivaient ces chemins hasardeux entre les arbres et un véritable labyrinthe de fils de fer barbelé. Daniels s'était accroché aux pointes acérées et son dos ainsi qu'un de ses bras étaient cruellement écorchés; Hardy avait trébuché sur son corps et son fusil était parti tout seul, dans la terre, heureusement. Mais la rafale avait fait exploser un engin à quelques mètres d'eux qui les avait presque ensevelis sous une douche de ferraille qui avait coupé en deux un petit saule pleureur.

Épuisés, perdus, poursuivis par des tirs à l'origine incertaine, ils avaient réussi à découvrir un passage qui les amena, au travers de la barrière de barbelés, à la rive du lac. Ils attendirent là très longtemps que les détonations et le bruit des sirènes se calment dans le lointain, jusqu'à être certains qu'ils étaient bien seuls – maintenant, c'était sûr, on les avait abandonnés, sans protection, livrés à des tueurs fous.

Hardy cracha dans le lac. Il murmura dans son walkie-talkie : « Hardy à équipe trois. K. »

Pas de réponse.

« Équipe trois, nom de Dieu, vous me copiez? »

Toujours rien. Hardy tripota son walkie-talkie et le jeta rageusement dans la boue. Il écrasa l'appareil d'un coup de crosse.

« Merde. »

Daniels sourit, découvrant une éblouissante rangée de dents. « Personne t'écoute, frère. Y sont tous morts et enterrés, j'te dis. »

Hardy essuya les gouttes de sueur qui perlaient sur son front et contempla la calme surface des eaux. Une légère brume se levait. Daniels et lui se cachaient dans les épais sous-bois qui bordaient le bras d'eau le plus étroit. Il n'y avait qu'une vingtaine de mètres entre eux et la rive opposée. A sa droite, Hardy distingua un pont qui se jetait au-dessus de l'eau. C'était le Bow Bridge, une magnifique structure en fonte qui reliait le Ramble à une pâture doucement vallonnée, la Cherry Hill. Le pont ne sembla pas particulièrement beau à Hardy. C'était tout simplement une façon de s'enfuir.

Il se rapprocha de Daniels. « Comment tu te sens? Tu saignes ou quoi? »

La chemise de Daniels lui collait au dos. Il l'écarta de la peau. « Ça fait un peu mal, c'est tout. C'est pas grave.

— Écoute, mec, il faut qu'on arrive jusqu'à la rue.

— Va te faire foutre!

— Allez, quoi, c'est un miracle que personne nous ait encore vus.

— Tu crois! » Daniels regarda le terrain qui semblait si plein de menaces. « Et comment ça se fait que nous, on n'ait vu personne? Où ils sont, John?

— Comment tu veux que je sache, espèce de con?

— J'vais te dire, moi. Ils sont tout bonnement en train de nous attendre quelque part; ils attendent qu'on joue aux petits malins pour nous choper. »

La logique de Daniels avait de quoi mettre Hardy mal à l'aise, mais il n'allait quand même pas attendre comme ça dans le noir jusqu'à l'aube à chier dans son froc. « Bon, tu viens avec moi ou non?

— Je bouge pas. C'est pas de la plaisanterie, ce qui se passe ici.

— Dewayne, tu vois ce pont? Tout ce qu'on a à faire, c'est de le prendre et on est dans la 72ᵉ rue. » Enfin, presque, dut admettre Hardy dans son for intérieur.

« T'es sûr, demanda Daniels?

— Mais ouais, je te dis. Quand j'étais môme, je venais toujours ici vendre de l'herbe.

— Y a combien de temps, dix ans?

119

– Qu'est-ce que tu racontes, Dewayne? Ce putain de pont a pas changé. La 72e sera là où elle a toujours été et ça changera jamais, tu comprends?

– Tout ce que je comprends, c'est qu'on est déjà morts, nous aussi.

– Arrête tes conneries, tu veux. »

Daniels réfléchit un peu. Il se mit sur un genou et mit son M-16 en position automatique. « D'accord. Mais te fous pas dans mes pattes, pasque j'vais défourailler sur tout ce qui bouge.

– J'ai pigé. »

Hardy avança de quelques mètres en enfonçant le sol devant lui du canon de son fusil. Daniels vint se mettre derrière lui et ils s'arrêtèrent.

« T'es prêt, Dewayne? »

Daniels fit signe que oui. Il y eut un bruit de froissement dans un buisson, derrière un affleurement de rochers. Ils ne bougèrent plus un muscle. Une grenade tomba dans la boue avec un bruit sourd et roula jusqu'à leurs pieds. Tous deux la contemplèrent bêtement pendant une seconde qui leur sembla durer une éternité. Daniels hurla et plongea dans les buissons. Hardy recula en chancelant, des cercles bleus étaient en train de se former derrière ses yeux; puis, des boules jaunes et brillantes se mirent à danser à l'intérieur des cercles et la gravité lui tomba sur les épaules. Il s'évanouit.

La boue fraîche et gluante sur sa joue réveilla Hardy, une seconde plus tard. Sa trachée-artère était close et sa respiration prisonnière de sa gorge. Il tenta de bouger et entendit les cris d'un nourrisson qui appelle sa mère et vit la grenade s'entrouvrir et libérer un millier de lames de rasoir, brillantes et coupantes qui entraient dans sa chair.

Mais il n'y eut pas d'explosion; il secoua la tête, comme pour chasser définitivement ce rêve de mort. Il se pencha en avant et inspecta le sol. Une minute passa. Rien n'arriva. Il s'approcha en rampant de la grenade. Elle était toujours là, dans la boue, inchangée, exactement dans l'état où elle était tombée. Il prit sa lampe et la braqua sur l'engin. La goupille était toujours en place. Il la regarda de plus près, quelque chose clochait. Il sortit la grenade de la boue avec d'infinies précautions; on y avait attaché un bout de papier avec une bande de ruban adhésif.

Une voix de fausset s'éleva des buissons. C'était Daniels. « Mais bordel, qu'est-ce que tu fous? »

Hardy retira la feuille de papier. Sa main tremblait violemment. « Y a une note sur la grenade.

– Quoi?

– Un mot.

– Te fous pas de ma gueule.

– Bon Dieu. Tu sais ce qui est marqué? " Vous avez dix secondes pour quitter le Parc. " »

Daniels soupira. Hardy reposa la grenade avec soin. Il regarda le paysage tout autour de lui; le parc respirait et palpitait. Les arbres grouillaient d'invisibles ennemis.

Une forme se détacha soudain des buissons; Daniels plongea dans l'eau en tenant son fusil au-dessus de lui et courut comme un fou vers le Bow Bridge. Hardy n'hésita qu'une seconde avant de suivre son camarade sur le pont, puis en direction de la 72ᵉ rue, traversant l'East Side au pas de course et enfin jusqu'à la Cinquième Avenue où ils manquèrent de se faire abattre par les policiers qui y avaient pris position.

Durant leur folle course vers le salut, Hardy ressentit une curiosité plus forte que sa peur de mourir et ne put s'empêcher de jeter un rapide coup d'œil par-dessus son épaule; il eut la vision d'un homme sur une moto noire. Mais Hardy ne crut pas ses propres sens. Tout cela faisait partie du cauchemar et l'image se trouva aussitôt supplantée par une autre qui, pendant des mois, allait revenir hanter ses nuits et le réveiller violemment d'une secousse. Et il resterait assis sur son lit, devant sa femme, dans son appartement à deux rues de Central Park, dents serrées, tremblant dans sa propre sueur.

C'était un simple cauchemar.

Une grenade.

Harris était assis sur sa Yamaha à l'extrémité sud du Mall. Ses yeux se portèrent vers le nord et embrassèrent toute l'étendue de la promenade bordée d'arbres. Les hautes branches se transformaient en immeubles sur une avenue sombre et déserte qui s'étendaient devant lui comme une voïe triomphale dans une cité conquise qui attendait d'accueillir son vainqueur.

Harris accéléra et avança lentement. Une feuille morte lui tomba sur l'épaule; il accepta les cris silencieux de la foule imaginaire de son apothéose. Il riait et accélérait toujours, son gilet pare-balles flottant dans la brise. Il conduisait au son éphémère de quelque hymne patriotique.

La moto prit le virage de la 72ᵉ rue. Harris continua sur la large Terrace et se cogna aux escaliers en pierre de la Fontaine. Il s'arrêta en dérapage contrôlé devant le lac.

Il hurla. Son corps tout entier vibrait. Il leva ses bras en V en signe de triomphe vers le ciel étoilé.

Personne ne répondit à son cri. Le silence électrifia ses sens. Harris baissa les bras. Il contrôlait tout et personne ne le contrôlait et il aimait ça. Cela faisait des années qu'il attendait cette folle équipée, qu'il en avait rêvé; il en savourait à présent le souvenir. Pendant des années, il lui avait fallu patiemment endurer les instants de solitude, les rêves et les souvenirs qui soudain prenaient chair et substance, mais qui toujours avortaient, non sans rester éternellement comme sur la frange du réel. Et maintenant, en ce lieu, cette longue attente avait enfin un terme. Et peu importait que ce moment d'extase fût bref – que dans quelques jours, dans quelques heures peut-être, il se retrouve vidé, recherchant une nouvelle fois une illusoire satisfaction, une vague de peur et de puissance.

Ce serait en somme comme ç'avait toujours été – un besoin; parfois dominé et latent et parfois pénétrant et irrésistible. Cela faisait si longtemps que Harris vivait avec ce besoin! Exactement depuis le jour où une machine tournoyante s'était immobilisée au-dessus d'une forêt en flammes et qu'il avait sauté, quittant pour toujours le monde connu.

Harris sautait sur sa selle en tournant les poignées à fond. Il amena la moto jusqu'au bord de la grande fontaine circulaire, enleva son casque et le plongea dans l'eau. Il s'aspergea le visage et laissa les filets d'eau couler sur son poitrail et rafraîchir son treillis militaire humide de transpiration. Il enleva le cosmétique noir de son visage. Il y avait une grande fatigue derrière son excitation, mais il ne pouvait pas se permettre de la laisser entamer sa concentration. Aussi, malgré les battements insensés de son cœur, Harris avala une autre gélule d'amphétamine.

Il vida son bidon et regarda l'heure; il ne restait que trois heures jusqu'au lever du soleil. Il avait beaucoup à faire. Il prit son carnet de notes sous la selle de la motocyclette et s'assit sous un lampadaire, sur un banc de pierre, le dos au lac. Ses mains et ses genoux tremblaient. Il lui fallut encore un quart d'heure avant de pouvoir rester assis tranquillement pour penser. Et Harris se mit à étudier ses cartes.

Il n'avait pas épuisé son arsenal pour défaire la force adverse. Cela voulait dire qu'il n'avait déployé qu'une fraction de la masse de son armement. Mais tout ce qui était en train de dormir dans des caisses dans son arsenal souterrain ne pouvait guère l'aider. Le périmètre du parc tout entier était éminemment vulnérable. Il fallait qu'il profite de cette trêve où il n'aurait pas à repousser des forces terrestres pour poser des engins antipersonnel tels que les claymores, dans les zones où elles pourraient être efficaces et lui donner un maximum de marge de sécurité. Et il lui fallait également consolider sa base de feu.

Harris se frotta les yeux. Les *speed* lui échauffaient la tête. Il referma le carnet de notes et sauta sur la moto. Il fit le tour de la fontaine à toute allure, juste pour le plaisir en gardant les yeux sur l'ange géant qui trônait au milieu de la fontaine, avec ses quatre chérubins à ses pieds. Il se souvint d'avoir lu, au cours de ses recherches, que les quatre angelots représentaient la Tempérance, la Pureté, la Santé et la Paix.

Harris s'éloigna de la fontaine et fit gravir à la moto les escaliers de pierre qui menaient à la Terrace et de là, il prit un sentier qui traversait un bosquet d'arbres et qui menait au Bow Bridge. Il se dirigeait vers sa cache d'armes, mais voulait d'abord jeter un coup d'œil au champ de bataille.

Il traversa le pont et roula dans la boue jusqu'à la rive du lac. Un rocher s'élevait des arbres; il ralentit et inspecta le sol meuble avec sa lampe-torche jusqu'à ce qu'il trouve une grenade à fragmentation non explosée au bord de l'eau. Il mit la grenade dans un de ses sacs en toile et partit vers le Ramble.

Harris passa les trente minutes qui suivirent à rouler lentement à travers les sentiers et les épais sous-bois, vérifiant l'état de son fil de fer barbelé et de ses pièges. Il remarqua les signes d'échanges de tirs très nourris, les débris, le sol remué et même quelques petits cratères. Ses couloirs avaient l'air intact; une claymore avait explosé près du lac et il trouva un trou à punji qui avait trouvé une victime. Il remit en place les bambous sanglants et recouvrit le trou d'un tapis de feuilles.

Il alla à pied au Bank Rock Bridge, puis fouilla brièvement les environs. Le long rouleau de concertina s'étendait toujours au travers de la route et le camion et la voiture inutilisables étaient restés là où on les avait abandonnés. Harris décida de ne traverser l'East Drive que plus tard, quand il s'avérerait nécessaire de s'approcher de la rue pour implanter d'autres claymores. Il fit demi-tour dans le Ramble et, en se dirigeant vers sa moto, découvrit un M-16 qui traînait dans les buissons.

Il resta là à regarder l'objet pendant plusieurs secondes. Cela faisait longtemps qu'il n'en avait pas eu dans la main. Il avait comme peur de le toucher, peur que les souvenirs qui y étaient attachés ressurgissent. Il se rendit compte que la façon dont il gisait là, avec un peu de sang sur la manche, évoquait un vieux rêve et que les souvenirs s'en allaient de toute façon. Une explosion secoua le sol et le fusil tomba des mains de quelqu'un. Mais qui était-ce qui criait ainsi? Non, il ne voulait pas que les choses se passent comme ça, pas maintenant et il prit le fusil et le serra très fort. La sensation du métal et du plastique lui donna une sorte de décharge électrique qui le fit sortir de son rêve.

L'arme était réelle, solide et tangible; il la prit et retint sa respiration. Il avait oublié à quel point le M-16 était léger, comparé à l'AK-47. On aurait dit un jouet, mais c'était d'une redoutable efficacité dans la jungle. Il regretta un instant de ne pas avoir apporté de chargeurs pour M-16. Il aurait pu s'en servir.

Il passa le M-16 à l'épaule, à côté de la Kalachnikov et revint sur ses pas jusqu'à la moto tout terrain. Il roula vers l'est, dans la direction de la caserne de pompiers de la transversale de la 79e rue. L'air était frais et humide et la rosée se formait sur les feuilles et les buissons. Des branches mouillées venaient lui écorcher le visage, tandis qu'il sortait du sous-bois dense; il vit une corde qui pendait à un arbre.

Il fut tellement étonné par ce qui apparut devant sa moto qu'il freina trop vite, bloqua la roue avant et fut presque projeté au-dessus du guidon. Il sauta en marche et la moto tomba sur le bas-côté.

Un corps était étendu sur l'herbe. Près du cadavre, il y avait un de ses pièges, la « porte malaysienne », qui ressemblait à un râteau.

« Oh! non. » Harris avait parlé à haute voix. Sa voix était faible. Il se boucha les yeux. Il n'arrivait pas à regarder le corps. Il se mit à marcher en rond, donnant des coups de pied aux feuilles humides. Il se parlait tout seul.

Oh! merde, pourquoi est-ce qu'ils l'ont laissé ici?

Il faut qu'ils reviennent le chercher.

Mais non, ils ne peuvent pas faire ça.

Oh! merde.

Harris s'arrêta; le cadavre était à ses pieds. Il jeta un coup d'œil rapide et écœuré au corps. Il ne lui restait plus un gramme d'excitation ou de joie.

Le mort n'avait pas la figure qu'il fallait.

Harris avait eu un sursaut quand il avait dix-huit ans et qu'il s'était protégé, par réflexe, d'une chute de moto avec son bras. La douleur n'était pas grande, mais il avait eu un autre sursaut, un peu plus tard, quand le docteur lui avait dit qu'il avait une fracture du radius du bras droit. Il n'était pas nécessaire de lui faire un plâtre, mais Harris ne devait pas se servir de son bras pendant dix jours et il devrait attendre un mois avant de recouvrer toute sa force. Le docteur lui assura que ce n'était pas grave et qu'il n'y aurait pas de séquelles.

« Pas grave! » Harris eut un petit rire amer. « C'est une condamnation à mort. »

Le docteur soignait Harris et ses frères depuis leur naissance, aussi n'avait-il pas besoin qu'on lui explique pourquoi une fracture bénigne prenait un tour aussi dramatique. Il savait ce qu'une blessure pouvait représenter pour un sportif de haut niveau qui n'avait pas encore quitté le lycée et qui s'apprêtait à rentrer dans une équipe senior, à moins d'un mois de la fin de la saison.

Pour Harris, le baseball était « le sport prioritaire ». Depuis qu'il avait l'âge de sept ans, ç'avait été très important pour lui; il avait commencé à jouer dans une équipe minimes dans une petite ville du nord de Detroit. Mais le baseball n'empêchait nullement Harris de pratiquer d'autres sports. Lui et ses frères s'étaient taillés une réputation solide parmi les mères de famille du quartier, d'initiateurs aux jeux les plus violents; et tous les petits camarades de revenir à la maison avec une cheville foulée, un œil au beurre noir ou une coupure profonde. Le désir de se mesurer aux autres et à soi-même semblait inépuisable et il y avait toujours de nouveaux moyens de jouer que Harris et ses frères savaient inventer. Mais la famille Harris était aimée dans le voisinage et les garçons très gentils. Quand ils apparaissaient sur le porche d'une maison avec un copain blessé, ils se montraient très démonstratifs quant aux remords qu'ils avaient à exprimer. « Vous savez, Mrs. Snyder, on est vraiment désolés pour la moto de Terry. »

Il y avait eu les bicyclettes, les skateboards, les patins et, finalement, quand il avait eu quinze ans, les motos. Mrs. Harris avait tout toléré : toutes les horreurs et autres tragédies potentielles avec lesquelles ses fils flirtaient depuis l'âge de cinq ans, mais avec les motos, ses réserves de patience et d'abnégation trouvèrent leur limite. Une fois que leur père donna son consentement tacite, aucun appel à la raison ne parvint à les décourager. S'ils faisaient assez d'économies sur l'argent qu'ils se gagnaient en tondant les pelouses, leur avait-il dit, ils pourraient l'utiliser à ce que bon leur semblerait. Harris regarda avec envie ses deux frères aînés pendant deux années; il les épiait quand ils partaient en fin d'après-midi, en faisant pétarader leur moteur, avec Marcia Peterson ou Claudia Detweiler accrochées à leur blouson, leurs longues jambes moulées dans des blue jeans serrant de puissantes Hondas.

Harris s'acheta sa première Yamaha pour son quinzième anniversaire (grâce à un petit cadeau discret de son père). Il savait bien que sa mère allait se faire du souci pour lui; c'était toujours à son sujet qu'elle s'inquiétait le plus, car il était le plus jeune. Aussi, avant de partir pour sa première randonnée, il s'assit à table avec sa mère et lui dit : « T'inquiète pas, maman, tout va bien se passer. Je te jure. Il faut que je m'entraîne cet été, comme ça tu n'auras plus besoin de m'accompagner partout en voiture tout le temps. C'est une priorité, maman. Je serai prudent. Vraiment. »

Deux jours plus tard, la sœur de Marcia Peterson, Carrie, souffrit d'une légère contusion dans une chute sur la moto de Harris. Harris n'avait rien, ce qui soulagea grandement l'entraîneur de l'équipe dans laquelle il jouait cet été-là. Le *coach* était sûr et certain que Harris pouvait devenir un grand joueur de baseball s'il arrivait à se concentrer un peu plus sur le sport et un peu moins sur Carrie, Linda, Patti et les motocyclettes. Il fut le premier, dans une longue série d'entraîneurs, à le mettre en garde contre certaines activités qui pouvaient nuire à la carrière d'un athlète. C'était son avenir qui était en jeu. « Mais les filles font partie de mon avenir, non? avait répondu Harris. Et les filles aiment ma moto. » Harris fit une très belle saison, cet été-là, malgré trois accidents sur son increvable Yamaha.

Le jour où Harris quitta le cabinet du docteur, tous les avertissements qu'il avait reçus lui revinrent en mémoire; il rentra chez lui et expliqua à ses parents que sa saison senior était fichue, et en plus ça tombait juste au moment où il faisait un score exceptionnel. Sa mère ne lui répondit pas « je te l'avais bien dit », ni son entraîneur, quand il lui répéta la même chose. Tout le monde compatit. Harris avait envie de pleurer, mais il n'en fit rien. Son père acheta un pack de six bières et l'emmena en balade pour avoir une bonne conversation. Son père lui rappela que son bras allait se remettre vite et qu'il y avait encore quelques championnats mineurs à jouer en fin de saison. Il lui dit également que, tout compte fait, sa blessure n'était peut-être pas ce qui lui était arrivé de pire. Au lieu de foncer tête baissée jusqu'à la fin de l'année en ne pensant qu'aux matches, à l'entraînement et aux scores, Harris allait sans doute avoir l'occasion de réfléchir à ce qu'il voulait faire en sortant du lycée. Il était grand temps qu'il prenne une décision.

Harris suivit les conseils de son père. Ou presque. Il passa les six dernières semaines de ses études secondaires à penser à Diane Stevens, à l'été super qu'ils allaient passer ensemble et aux adieux déchirants qu'ils allaient se faire quand ils seraient forcés de se séparer et que Harris prendrait le chemin du College.

Harris était un bon élève et l'Université du Michigan avait accepté de l'accueillir; il y rejoindrait ses deux frères et entrerait probablement dans le même club universitaire. Mais en dehors de ces projets associatifs ou sportifs, Harris ne savait pas exactement ce qu'il comptait étudier. Il y avait deux choses qui le faisaient hésiter. La première, c'était Diane, et la douloureuse obligation de lui dire au revoir. La seconde, c'était la conscription. On parlait d'un rappel des étudiants et l'on disait même qu'il pourrait y avoir un tirage au sort de conscrits plus tard dans l'année. S'il était une chose qu'Harris ne voulait pas, c'était d'aller à l'université presque à contrecœur, pour se faire alpaguer par l'armée, en plein milieu d'année.

A la fin de l'été, Harris avait enfin pris sa décision. Il ne voulait pas aller à l'université en automne. Il avait décidé de devancer l'appel. Il n'y avait vraiment que Harris pour prendre une pareille décision, mais il avait ses raisons. En s'engageant, la menace du tirage au sort s'envolait et il était sûr d'attendre décembre pour commencer à faire ses classes. Ainsi aurait-il amplement le temps de voir Diane (et aussi Carrie Peterson qui, ces derniers temps, avait beaucoup assisté à ses matches). Les choses étaient simples : Harris allait vraiment passer des mois fantastiques; ils partiraient avec Diane en moto pour faire des pique-niques à Ann Arbor, il passerait chercher Carrie pendant les week-ends Michigan State University, il travaillerait, économiserait de l'argent et s'achèterait une nouvelle bécane. Et, après deux ans de service, il pourrait passer deux ans, sans interruption, à l'université, aux frais de l'État, en tant qu'ancien combattant.

Sa mère regardait les nouvelles à la télévision et écoutait les communiqués officiels sur les pertes américaines au Vietnam. Quand Harris partit pour le centre d'incorporation en décembre, elle ne pleura même pas quand ils échangèrent un baiser d'adieu. Harris lui déclara : « Tout va bien, maman. Vraiment. Il ne m'arrivera rien. Ils m'enverront même pas là-bas, tu verras. Je vais tomber ou autre chose et je me recasserai le radius. T'en fais pas. Je ferai attention. Vraiment. » Et au mois de décembre 1969, Harris devint soldat de l'armée des États-Unis d'Amérique.

Harris fut libéré du service actif en 1972. En juillet 1978, alors qu'il était en vacances, il se tenait sur le quai de la ligne I.R.T., à la station Colombus Circle. Il était trois heures du matin et Harris était très décontracté. Il était tout au bout du quai, l'endroit le plus dangereux où on puisse se trouver la nuit. Tout le monde le lui avait dit, mais Harris était fatigué, il était soûl; il était là en touriste.

Il entendit un grondement sourd dans le lointain. Il y avait quelqu'un derrière lui. Il se retourna. Deux gosses, des adolescents, étaient à quelques mètres de lui, sur le quai. Ils regardaient de tous les côtés. Un des mômes fit un pas en avant et mit la lame de son couteau sur la gorge d'Harris. Harris sentit une goutte de sueur qui lui tombait dans l'œil. Il cligna des yeux. L'autre gosse était dans son dos. Harris saisit le couteau qui lui entra dans la paume de la main, puis sa tête éclata et un éclair blanc l'aveugla.

Harris était à genoux sur le quai et regardait le sang qui coulait de sa main. Le grondement s'était fait plus fort. Il y avait une main dans sa poche. Étourdi, Harris s'assit. Le bruit était insupportable. Il changea de position. Il y eut un hurlement métallique, un grondement et un vent chaud souffla violemment. Un petit homme le surplombait avec son portefeuille à la main. Un autre se penchait au-dessus du quai en faisant tourner sa tête de droite à gauche. Le cœur de Harris se mit à battre plus fort. Les deux hommes étaient vêtus de pyjamas noirs et flottants. Ils avaient des fusils d'assaut AK-47 et leurs yeux n'étaient que des fentes minuscules et sournoises.

L'adrénaline fit presque exploser la poitrine de Harris. Dans sa vision, une énorme machine apparut et il entendit les cris des deux petits hommes; il entendait clairement leurs voix s'étouffer et leurs corps qui éclataient.

Harris était sur le quai silencieux, en face des escaliers de la sortie. Ses pantalons étaient déchirés. Il avait les poings qui tremblaient, mais il tenait sa main afin de ne pas tacher sa veste de sport. Harris voyait, à l'autre bout du quai, les deux formes sombres étendues sur le béton et qui se tordaient dans la poussière. L'un d'eux le montra du doigt et l'insulta en espagnol.

Un Noir descendit les escaliers et vint sur le quai. Il vit Harris et grimaça. Le Broadway local entra à grand bruit dans la station et s'arrêta. Le Noir entra dans un wagon. Les portes commencèrent à se fermer. L'homme les retint avec les mains et fit signe à Harris de rentrer. Harris secoua la tête :

« Non, mec, merci, mais j'attends un médecin. »

Après cette nuit de 1978, les visages sombres aux yeux bridés se mirent à hanter Harris : ils le suivaient partout, l'accompagnaient, apparaissaient et disparaissaient et des voix se faisaient entendre dans son esprit. Il y avait des rêves sans sommeil, des images si nettes et si prenantes qu'elles faisaient naître des odeurs et des goûts. Au début, Harris eut très peur, il se sentait en voie de se perdre; il résista, redoutant les sueurs froides, la bouche sèche et la folle clarté de la peur. Et puis il commença à *s'y faire*. Ce ne fut qu'un tour d'esprit à prendre. Quelque chose qu'il avait déjà fait avant, pour ne pas devenir fou, à 10 000 kilomètres de chez lui.

Harris se mit un jour à prendre goût à ces allées et venues dans son monde parallèle.

Harris retourna du pied la porte malaysienne. Les tiges de bambou fixées à la herse étaient noires de sang. Harris dut fermer les yeux une nouvelle fois. Il aurait voulu gerber toutes ces amphétamines, se calmer un peu et se laisser aller au sommeil le plus profond.

Mais il se força à remonter le piège en essayant de ne jamais regarder le corps. Il passa un quart d'heure à retendre le fil de son piège; il monta ensuite sur la moto et se dirigea vers l'aqueduc en passant par la transversale de la 79° rue. Il descendit dans son dépôt de munitions et y prit un grand rideau de plastique opaque et une corde. Il retourna alors au Ramble et fit la chose la plus difficile de toute sa vie.

Harris fit un sac du rideau de plastique et en couvrit le corps; il ferma l'extrémité avec la corde. Il lui fallut faire preuve d'une exceptionnelle concentration pour ne pas regarder le visage du mort. Quand il eut fini, Harris découvrit un M-16 qu'il passa sous la corde. Il traîna le corps jusqu'à la moto et le posa en travers de la selle, comme un cow-boy transporte le corps d'un Indien sur son cheval.

Il sortit lentement des arbres en suivant un chemin qui conduisait au hangar à bateaux et remonta l'East Drive vers le nord, passa derrière le Metropolitan Museum et continua en traversant les transversales des 79° et 85° rues.

L'East Drive tournait autour du réservoir et finissait très près de la Cinquième Avenue. Harris accéléra sur une petite route toute droite; il roulait à quelques mètres de la rue et pouvait voir les immeubles résidentiels, les feux rouges, une voiture de police garée dans le virage. Quand il vit la façade ronde du Guggenheim Museum il ralentit et poussa la moto dans les buissons qui bordent le mur d'un mètre vingt qui sépare le parc de l'avenue.

Harris fit rouler le corps par terre. Il s'avança vers le mur, s'accroupit et pencha la tête pour voir ce qui se passait.

Il n'y avait aucune circulation sur la Cinquième Avenue.

A deux rues de là, trois policiers étaient assis dans une voiture en face de la petite porte du parc, à la hauteur de la 90° rue. Vers le bas, il n'y avait que trottoirs vides et fenêtres sombres.

Harris retourna dans les buissons et tira le lourd sac en plastique vers le mur. Il prit un stylo-bille dans sa poche et écrivit un petit mot qu'il glissa sous la corde. Il regarda bien la rue encore une fois, souleva le sac en ahanant et le jeta de l'autre côté du mur. Le sac tomba sur le pavé avec un bruit mat.

Harris revint vite à sa moto. Il entendit une portière claquer. Il kicka. Rien. Il recommença. La moto refusait de démarrer. Il poussa la moto et un petit ronronnement se fit entendre à travers les pots d'échappement spéciaux. Il entendit des voix. Les roues dérapèrent dans la boue et Harris disparut dans Central Park.

Les trois policiers dans la voiture de patrouille garée face à l'Engineer's Gate, à la hauteur de la 90° rue, étaient en train de boire leur dixième tasse de café quand un objet sombre vola au-dessus du mur de Central Park et s'écrasa sur le trottoir. Les officiers avaient été rendus extrêmement nerveux par les événements des six dernières heures et par les rumeurs qui couraient sur ce qui s'était passé; ils dégainèrent immédiatement leurs revolvers et firent tomber le thermos en se renversant du café bouillant sur leurs uniformes.

Ils sortirent prudemment du véhicule, suivis par des policiers en civil et des hommes des services spéciaux qui apparurent mystérieusement dans les halls d'immeubles et les rues adjacentes. Plusieurs voitures de la police routière et des véhicules banalisés firent leur entrée à grands coups d'accélérateurs, comme s'il en venait de partout et une véritable forêt de phares illumina la Cinquième Avenue. Tout le monde convergea vers l'objet. Ils approchèrent avec d'infinies précautions, le revolver braqué devant eux. Quand ils furent assez près pour voir de quoi il s'agissait, ils restèrent immobiles sur le trottoir.

Ils virent le M-16 glissé sous la corde et eurent tous le même sentiment de découragement. Ils savaient qu'il y avait un mort dans le sac en plastique et que ce mort était probablement un flic.

Plusieurs policiers longèrent le mur pour jeter un coup d'œil dans le parc, au-dessus des buissons. Un flic en civil leur dit de ne pas mettre un pied à l'intérieur du périmètre interdit.

Un homme trouva la note. Il la montra aux autres; personne ne fit de commentaires. Ils fixaient tous la momie de plastique.

Le mot disait : « NE REVENEZ PAS! »

Le poste de commandement mobile était toujours garé sur Central Park West. A l'intérieur, la salle de contrôle demeurait silencieuse. Deux opérateurs s'occupaient des appels radio à bas volume; il y avait un officier de police en uniforme, armé d'un fusil à canon court, qui montait la garde devant la porte.

David Dix et un inspecteur, Charlie Meyers, étaient assis autour d'une table où régnait un incroyable chaos de tasses de café et de diagrammes de Central Park. Meyers, qui avait une quarantaine d'années, avait l'air complètement épuisé. Il n'avait pas l'habitude de veiller aussi tard. Il était 3 : 30 du matin.

Le téléphone sonna; un opérateur décrocha. Le maire voulait parler à Dix. Il demanda à Meyers de l'excuser et prit la communication sur un téléphone mural.

« Oui, monsieur le Maire.

— Pourquoi êtes-vous toujours ici? demanda le maire d'une voix cassée par la fatigue.

— Je ne sais pas, monsieur. Je ne vois pas quoi faire d'autre.

– J'espère que vous ne direz pas cela en public.

– Ne vous en faites pas.

– Dites-moi, David, est-ce qu'il y a quelqu'un d'autre avec vous?

– Non. Le commissaire de police et le commandant du secteur sont partis à l'hôpital.

– Lequel? Vous savez?

– Je crois que c'est le Mount Sinai. C'est là qu'ils ont emmené Don Eubank.

– Très bien; je crois que je vais y aller aussi.

– Vous voulez que j'y sois, monsieur le Maire?

– Non. Vous ferez ça demain. Rentrez chez vous. On ne pourra rien faire avant lundi matin.

– Mais c'est lundi matin. »

Le maire raccrocha. Dix se laissa tomber dans un fauteuil, en face de Meyers. Sur la table, il y avait un bout de papier qu'il avait évité de regarder. C'était un rapport de police sur les hommes qui avaient été tués ou blessés en service les 21 et 22 juillet.

Dix lut les chiffres et regarda Meyers d'un air déconcerté. « Six morts, dix blessés. Nous avons perdu plus d'hommes en une nuit que pendant toute une année à New York! »

Meyers commença à dire quelque chose, mais s'arrêta aussitôt. Dix vit que l'homme essayait d'étouffer une forte émotion.

« Vous allez bien, Meyers? »

Meyers remua sur son siège et se dressa de toute sa taille. « J'vais vous dire quelque chose, monsieur Dix. J'ai été le responsable de la sécurité de la voie publique au commissariat vingt-deux pendant onze ans. J'veux dire qu'on a eu tout ce que vous voulez, dans ce foutu parc, les attaques à main armée, les voleurs de motos, et les pédés et les gangs de mômes et les vendeurs de came. J'ai tout vu. Mais ce soir... J'ai jamais entendu parler d'un truc comme ça. Jamais j'aurais pu imaginer ça dans mes pires cauchemars. »

Dix savait ce qu'il pouvait ressentir. Après tout, c'était son propre commissariat qu'il avait vu exploser. « Croyez-moi, Meyers, ce truc a été soigneusement préparé depuis longtemps. Personne n'aurait pu faire plus que ce que nous avons fait.

– Vous croyez? » Meyers rumina l'idée quelques instants. « Même si c'est vrai, ils ont fait ça juste sous mon nez. C'est ça qui m'embête.

– Aucune raison de prendre ça sur vous. Nos hommes ont de quoi faire, croyez-moi. Ils ne peuvent pas être au courant de tous ces attentats, des complots contre l'État et de Dieu sait quoi encore! »

Meyers commençait à s'énerver. « Tous ces trucs de complot, excusez-moi de vous le dire, monsieur Dix, c'est pour les services secrets, pour qu'ils se fassent une petite branlette. Au 22ᵉ, je peux vous dire qu'on a eu affaire à des criminels dans ce parc. Et on les a nettoyés; complètement. »

Dix secoua la tête. « Non. Ça n'est pas la même chose, Meyers. Nous allons avoir beaucoup de mal à reprendre ce parc. » Dix regretta ses paroles dès qu'elles sortirent de sa bouche.

Meyers se leva. Il était en colère. « Je marche pas, monsieur Dix. Je marcherai jamais. Personne ne va nous prendre ce parc. »

Meyers fit claquer bruyamment sa mallette sur la table. Il respira un bon coup et jeta un coup d'œil aux diagrammes de Central Park. Il les plia bien soigneusement et les remit dans sa mallette. Il se dirigea ensuite vers un grand tableau qui se trouvait derrière la table. On y avait épinglé plusieurs photographies du parc; c'étaient de belles photos, en couleurs pour la plupart. Meyers s'attarda sur l'une d'elles. C'était une vue aérienne où l'on voyait un long rectangle vert d'arbres avec le soleil qui se reflétait dans le lac et le réservoir. Le parc avait l'air magnifique et serein – c'était ainsi que Meyers voulait qu'il fût et c'était pour cela qu'il avait travaillé comme un esclave depuis onze ans.

Il finit par se détourner des photographies et, ignorant Dix, il quitta la pièce sans dire un mot.

Dix le regarda s'éloigner et n'entendit plus que le bruit monotone de l'électricité statique des radios. Il passa la main sur la barbe qui commençait à pousser sur son menton et se replongea dans le rapport de police. Il relut la liste. Il y avait des noms qu'il connaissait : Dell'olio, Dietrich, Beniquez. Tous ces types étaient si jeunes, pensa-t-il. Qu'est-ce qu'ils auraient pu connaître à la guerre de jungle? Aucun d'eux n'avait été au Vietnam. Tout ce qu'ils pouvaient savoir sur les armes et la violence, ils l'avaient appris à l'entraînement ou en regardant la télévision. Bien sûr, plusieurs d'entre eux avaient été mêlés à des fusillades et à des opérations de police, souvent dangereuses. Ils étaient courageux. C'étaient des spécialistes de l'antiterrorisme et de la criminalité urbaine, mais ce soir, ils n'avaient pas été sur leur terrain.

Et quelqu'un avait basé sa stratégie sur ce simple fait.

Dix se renversa dans son fauteuil. « Ça n'est pas la même chose. » N'était-ce pas ce qu'il avait dit à Meyers? Depuis qu'il avait lu la transcription de l'appel téléphonique, il avait échafaudé des hypothèses. Il se souvint qu'il avait essayé de faire partager ses craintes à Keller et Curran. Et même à Eubank. Mais il s'était montré trop vague. Comment aurait-il pu prévoir les événements de la nuit? Et de toute façon, il était persuadé que le Département devait faire face à une situation pour laquelle ils n'étaient pas préparés.

Dix se souvint des trois horribles heures qu'il venait de passer. Il était resté au poste de commandement, écoutant en compagnie de Keller et Curran les rapports teintés d'hystérie que leur faisaient les policiers sur le terrain; des policiers qui, dans la confusion régnante, s'avérèrent incapables de mettre en pratique aucune des procédures d'usage et qui avaient été empêchés par le caractère exceptionnel des circonstances de s'informer mutuellement de leurs positions respectives et de leurs déplacements. Et quand les blessés avaient raconté leurs terribles histoires de grenades et de pièges, Dix s'était remis à lire la transcription de l'appel et ses soupçons s'étaient transformés en peur. Les armes, la tactique, tout cela n'était que trop familier.

Quand la situation avait vraiment commencé à se détériorer, Dix avait essayé d'attirer l'attention de Keller et lui avait suggéré de retirer ses équipes des services spéciaux du Parc. Il expliqua à Keller que les guérilleros bien entraînés possédaient une puissance de feu et un avantage stratégique qui n'avait rien à voir avec leur nombre; s'il était une leçon qu'on pouvait tirer de la guerre du Vietnam, c'était bien celle-là.

Le Vietnam. C'était la dernière chose à dire. Keller avait dès lors décidé de ne plus écouter un seul mot venant de Dix. Il ne voulait pas entendre parler du Vietnam. Les expériences que Dix avait connues pendant la guerre, il ne voulait rien en savoir. On était dans les années 80; le problème qu'ils avaient à affronter regardait le Département de la police de New York et Dix n'allait pas semer le trouble dans les esprits avec ses conneries.

Dix minutes plus tard, un blessé, Beniquez, fut évacué du parc; il demanda à parler au commissaire. Beniquez saignait abondamment, mais il avait gardé toute sa conscience et il déclara à Keller que le chauffeur du camion deux avait été tué par une sorte de mine. Keller se montra incrédule et ordonna à une équipe médicale d'aller rechercher le corps dans le parc, sous protection policière. Il voulait en avoir le cœur net. Deux minutes plus tard, Keller vit le corps désarticulé; les opérations furent immédiatement annulées et l'on ordonna à tous les hommes de quitter le parc sur-le-champ.

Dix aussi avait vu le corps; il avait pu échanger quelques mots avec Beniquez avant qu'on ne l'emporte sur un brancard. Il lui avait décrit la mort du chauffeur : l'explosion, la pluie de métal. Et un mot avait surgi dans l'esprit de Dix.

Claymore.

Dix fit tourner sa chaise et étudia les photographies de Central Park. D'une certaine façon, on aurait pu dire que le parc ressemblait à une jungle miniature avec ses forêts, ses rivières et ses collines. Ce fut une idée qui troubla beaucoup Dix. Il se souvint qu'il s'était déjà trouvé devant une carte de Central Park et qu'il avait été frappé par cette même idée. Des vieilles images et des peurs indicibles étaient revenues. Et cela continuait de l'inquiéter, car il y avait un danger vague qui sous-tendait un tel concept. La guerre de guérilla.

Et c'était arrivé. Quelqu'un d'autre, doté de la même expérience, avait étudié Central Park et avait dû être frappé par ces similitudes. Dix se leva et contempla les photos. Il se mit à échafauder une théorie.

Le Vietnam avait été une école de violence. Celui qui, ce soir, se terrait dans le parc avait dû être un élève particulièrement doué. Car il était peut-être possible qu'un seul homme, fort des techniques, des armes et de l'expérience que l'homme qui avait appelé prétendait posséder, opérant dans un environnement bien étudié et possédé par des pulsions aussi fortes que pathologiques, ait pu effectivement prendre Central Park.

La jungle miniature.

Dix en était venu à le croire. Et il voulait absolument y croire, car s'il avait raison, son analyse serait la seule qui puisse aider à résoudre le problème. Mais comment faire? Comment pouvait-il prouver que sa théorie était la bonne? Il savait que le Département ne comprendrait jamais les complexités de la situation, et tout particulièrement la piste vietnamienne. Ils étaient tous comme Meyers; tout cela leur passait au-dessus de la tête. Les théories ne comptaient pas. Seule la réalité leur importait.

Dix sentit le découragement qui le gagnait. Son seul espoir était que le Département (et spécialement les gradés) ait tiré des leçons de ce qui venait de se passer. Peut-être n'allaient-ils pas faire de nouvelles gaffes et causer encore de nombreuses morts inutiles. Mais Dix se souvint aussitôt d'autres gradés, d'un autre commandement qui avait pris très longtemps pour tirer les leçons d'une semblable situation et qui, de ce fait, avait envoyé beaucoup de gens à la mort.

Dix se frotta les yeux et frissonna. Ça ne servait à rien de penser à cela; ce n'étaient que de vieilles animosités qui remontaient à la surface. Il s'éloigna des photographies. Il ne parvenait plus à penser. Il passa la veste de son costume, dit bonsoir au flic à la carabine et sortit.

Central Park West n'était plus qu'un long bout d'asphalte désert. Des policiers en uniformes et des hommes des services spéciaux entouraient le poste de commandement; ils fumaient des cigarettes et parlaient à voix basse. Sur le trottoir, il y avait beaucoup d'ordures qui traînaient; Dix était sûr que c'était la foule des reporters qui avait fait cela.

Il marcha jusqu'au mur d'enceinte de Central Park. Il se pencha un peu et contempla la pente boisée qui menait à un petit terrain de jeux et à la West Drive. Il plissa les yeux pour essayer de voir quelque chose dans l'obscurité et se demanda quelle arme mortelle on avait pu enfouir dans ce sol. L'ironie de la situation le fit rire. Les gens n'arrêtaient pas de se plaindre des dangers de Central Park. Après cette nuit, personne ne pourrait plus aller s'y promener; même en plein jour.

Enfin, reprit-il mentalement, personne sauf un.

Un policier s'approcha et demanda à Dix de s'éloigner du parc. Dix acquiesça et marcha jusqu'à la 86e rue où sa voiture était garée. Le chauffeur dormait à l'avant. Dix le réveilla et ils partirent vers l'East Side; Dix rentrait chez lui, dans la 65e rue est.

Pendant le trajet, une idée lui vint. Quand la limousine se gara devant son immeuble, il entra en courant, sans même dire au revoir à son chauffeur. Le gardien de nuit essaya de se plaindre des journalistes qui encombraient le hall, mais Dix l'ignora et prit l'ascenseur. En entrant chez lui, il alla directement à sa chambre, se coucha sur son lit sans ouvrir la lumière et appela l'hôpital du Mount Sinai.

Au terme de cinq minutes de conversations avec diverses opératrices et infirmières, il sut que le maire se trouvait toujours là. Il réussit à l'avoir à l'autre bout du fil.

« Oui, David?

– Je suis content de vous avoir. Comment va Don Eubank?

– Pas très bien. Il était dans un état critique. A présent, ils disent " sérieux ", mais stable.

– Et la famille?

– Sa femme est ici. » Quelqu'un interrompit la conversation et Dix comprit que le maire mettait sa main sur le téléphone. « Désolé, David, mais je dois y aller. Qu'est-ce qui se passe?

– J'ai pensé et repensé à tout ce qui vient d'arriver; je préfère ne pas en parler tout de suite, mais j'aimerais beaucoup, monsieur le Maire, avec votre permission, bien entendu, m'occuper personnellement de toutes les communications qui pourraient nous venir de l'intérieur du parc. Je veux avoir une occasion de parler à cette personne. »

Le maire hésita. « Vous voulez dire, à *ces* personnes.

– Je ne pense pas que nous devions exclure la possibilité que l'homme soit seul. C'est ce à quoi je suis venu. Il y a certains éléments, dans cette affaire, qui... »

Le maire le coupa. « Je suis votre raisonnement, Dix. »

Dix respectait beaucoup les capacités du maire à prendre des décisions rapides; on n'avait pas besoin de lui parler longtemps ou de lui exposer les choses dans le détail. « Dans ce cas, vous savez où je veux en venir. Si ce type nous appelle encore, je peux peut-être arriver à communiquer avec lui. Mon expérience s'avérera peut-être utile. Au moins pourrais-je exclure certaines hypothèses. »

Le maire répondit aussitôt : « D'accord. Mais n'excluez rien quand vous parlerez à la presse.

– Je m'arrangerai pour qu'on me passe l'appel. Je ferai tout ce qui sera nécessaire.

– Essayez d'aller dormir. Nous avons une réunion dans trois heures.

– Je vous conseille la même chose, monsieur le Maire.

– Vous avez raison, David. A 9 : 30 je serai confronté à l'horrible problème de savoir où mon fils va aller faire son jogging matinal, maintenant que Central Park est fermé.

– Dites-lui d'essayer Riverside Park, répondit Dix en riant.

– Pas possible. La dernière fois qu'il a essayé, il s'est fait voler tout ce qu'il avait sur lui. Bonne nuit. »

Dix reposa l'écouteur. Il se frotta les yeux. Il se leva de son lit et alluma une lampe, près de l'armoire. Il se regarda dans la glace, mais son attention se concentra sur plusieurs photographies encadrées qui pendaient au mur. Ces photos avaient pris l'aspect familier d'un vieux meuble qu'on ne remarque plus. C'était la première fois depuis bien des années que Dix y faisait attention.

Il approcha la lampe des cadres pleins de poussière. C'étaient des clichés souvenirs de Dix pendant son service militaire au Vietnam : posant en uniforme avec d'autres officiers devant l'ambassade américaine; à une conférence de presse, entouré d'une forêt de micros; debout, à côté du général Abrams au quartier général de Saigon; en tenue de combat, sautant d'un hélicoptère, quelque part dans la province de Tay Ninh.

Dix se tourna vers le miroir et compara sa tête à celle qu'il avait sur les photos des années 67 et 68. Ses cheveux avaient poussé, songea-t-il, il était mieux à trente-cinq ans qu'à vingt-trois. Le jeune type de la photo semblait être hérissé et tendu; les yeux étaient étroits et durs; le visage portait une expression permanente d'urgence, avec des lèvres dures et grimaçantes, comme s'il s'apprêtait à dire quelque chose de particulièrement désagréable. Dix soupira. Quelle vie!

Dix retira la photo de l'hélicoptère et s'assit sur son lit. C'était celle qu'il préférait. Il ne pouvait pas se voir très nettement – une simple silhouette en gilet pare-balles qui tenait un M-16. C'était vraiment un instantané d'action : on sautait et on était pris par la folie du combat. Le cliché avait été pris vers le milieu de 1967, quand il en avait eu assez de rester assis au G.Q.G. à manipuler les statistiques de pertes et les communiqués de presse; quand il en avait eu marre d'être l'enfant chéri du haut-commandement, le jeune, talentueux et « coulant » porte-parole du « point de vue officiel »; et, plus que tout, quand il avait été écœuré de cette relation symbiotique et perverse qui existait entre l'état-major, la presse et l'ambassade. Il avait donc insisté pour être détaché à la 173ᵉ brigade aéroportée afin de « voir la guerre », la vraie, pas cette espèce de cauchemar fou qui flottait au-dessus de Saigon. Il savait que pour les types qui avaient été dans les zones de combat pendant des mois ou des années, il n'était qu'un planqué. Il en fut persuadé quand il prit un hélico pour aller rejoindre des paras qui avaient sauté dans un véritable enfer, au moins une fois. Ils le regardèrent entrer dans la cabine, habillé de son treillis propre et bien repassé et détournèrent les yeux. Personne ne lui adressa la parole pendant deux jours.

Mais Dix n'avait pas flanché. Après un mois dans la jungle, on lui donna l'ordre de rentrer à Saigon; il était trop utile au G.Q.G. A son retour, son désenchantement ne fit que s'accentuer; il ne supportait ni la guerre, ni la stratégie, ni la politique, ni les nombreux abus. Il lui arrivait même de plus en plus souvent de se laisser aller à des critiques publiques. Il va sans dire qu'après ces incartades, sa « carrière » au quartier général de l'état-major fut quelque peu compromise. Il buvait sec et se gardait de tout commentaire; il voulait juste quitter l'armée avec un état de service satisfaisant et une bonne réputation.

Dix posa la photo sur sa table de chevet et s'étendit sur le lit, la tête appuyée sur un oreiller. Un mois. C'était dérisoire; ils étaient entrés en contact avec l'ennemi peut-être deux fois en tout. Et pourtant, ce fut loin d'avoir été une expérience négligeable, car Dix avait rapporté plus de ce mois dans la jungle qu'un éthylisme moyen et un écœurement général. Il avait appris ce qu'était la tension du combat; comment la guerre pouvait vous tordre l'esprit et changer définitivement n'importe qui. En vérité, cela ne lui était pas venu de ses propres expériences du feu (qui l'avaient terrifié, littéralement), mais de l'observation des hommes de son bataillon. Des observations : ça revenait toujours à ça – Dix l'observateur. Mais au moins il avait été là pour, comme le disait un soldat poète à ses heures « se coltiner avec le puissant monstre de la mort », pour voir comment il agissait sur ces jeunes gars, comment il les terrifiait, les excitait, comment il les vidait de toute humanité jusqu'à ce que, finalement, ils se soient transformés en un genre d'hommes différents.

Dix avait oublié beaucoup de choses de ses quatre ans passés au Vietnam, mais pas les visages de ces hommes. Cela faisait bien longtemps qu'il n'avait pas pensé à eux – jusqu'à ce soir. Et maintenant, il ne pouvait plus empêcher les souvenirs de revenir à la surface.

Il se tourna et s'endormit sans se déshabiller. Toutes ses pensées se concentraient sur un inconnu – un homme, songea Dix, qui lui non plus ne pouvait empêcher le flux de ses souvenirs de le submerger.

« Minou, minou... »

Un chat sortit des sous-bois et vint renifler Harris qui s'était assis près d'un vieil arc de pierre qu'on appelait le Glen Span. Le Loch coulait derrière lui; c'était un cours d'eau assez large qui allait du bassin de la 102ᵉ rue au Harlem Meer, le grand lac artificiel qui se trouve au nord-est de Central Park. A quelques mètres en aval du Glen Span se trouvait une des nombreuses cascades du grand jardin public. Harris mangeait des saucisses viennoises dans une boîte et écoutait le son de l'eau qui tombait dans le lac après s'être écrasée sur de gros rochers.

Il tendit un bout de saucisse au chat, un chat tigré qui portait collier, ce qui signifiait qu'il appartenait à quelqu'un.

« Viens ici, mon gros minou. »

Le chat se méfiait; il renifla les alentours et se gratta la tête sur le pont, contre une pierre où des graffiti annonçaient « Jose 102 ». Harris tendit le bras, mais le matou recula et refusa de bouger. Peut-être qu'il n'aimait pas l'allure de l'AK-47, songea Harris. Il portait encore l'arme à l'épaule, aussi l'enleva-t-il pour la déposer sur la Yamaha qui était garée dans le petit tunnel sous le Glen Span.

Il revint vers le chat et tenta une autre approche. « Allez, viens. » Harris goûta la saucisse. « Hummm. C'est bon, viens! »

Le chat ne put résister; il mit son museau dans la main d'Harris, renifla encore une fois et emporta le bout de viande dans les buissons. Harris le perdit de vue presque tout de suite, mais il lui lança d'une voix douce : « Attention, minet, ne marche pas sur une mine. »

Harris termina sa boîte de conserve, puis descendit le petit ravin et escalada les rochers au-dessus de la cascade. Il y avait des boîtes en carton empilées sur les rochers et il y jeta la boîte vide ainsi que plusieurs bouteilles de bière qui traînaient près du Loch. Il ouvrit sa braguette et pissa au-dessus de la chute d'eau. L'air était frais et il prit plaisir à se déshabiller un peu. Il regarda sa montre et leva les yeux vers le ciel. Il ne restait environ qu'une heure avant le jour. Il avait passé les deux dernières heures à installer des claymores sur le périmètre du parc, le long de la 59ᵉ rue, de Central Park West et de la Cinquième Avenue et avait terminé par la 110ᵉ rue. Entre les claymores, il avait posé des mines en zigzag dans les espaces ouverts de la Sheep Meadow et de la Great Lawn. Le nombre des engins posés était encore assez réduit, mais tout cela lui avait pris beaucoup de temps. Il fallait manier ces choses avec un assez grand soin et les placer aux bons endroits, noter les implantations sur les cartes; sans toutes ces précautions, Harris aurait très bien pu finir par se faire sauter sur une de ses propres mines. Ce qui l'avait également ralenti, ç'avait été d'être forcé de travailler tout près de la rue, souvent à portée de fusil des trottoirs. A partir de 4 heures et demie du matin, la police s'était remise à faire du zèle; Harris avait posé quelques claymores si près des policiers qu'il entendait leurs voix. Il ne lui restait donc plus qu'une heure d'obscurité et encore beaucoup à faire. Sa base de feu, qui serait son point de force pour la durée de son passage à Central Park, n'était pas encore commencée et Harris savait qu'il allait s'y consacrer au moins jusqu'à l'aube.

Il contempla la chute d'eau une minute encore et emporta les boîtes vides vers un trou profond qu'il avait creusé dans la berge du lac, à son extrémité ouest. Il ne prit pas la peine de recouvrir le trou, mais revint à sa moto et nota l'endroit sur sa carte. Il s'aperçut qu'il s'était trompé de page. Merde! pensa-t-il. Ça commençait à aller mal. Ce n'était pas la fatigue. Harris était déprimé.

Il mit la moto en marche et se dirigea vers le sud, frôlant le bord de la West Drive, passa devant la 96ᵉ rue et ses courts de tennis et s'arrêta enfin devant la chaîne métallique qui entourait le vaste et calme réservoir. Dans l'obscurité, il pouvait à peine voir la maison de la porte sud qui se trouvait sur la rive opposée. Un nuage de moustiques était comme suspendu au-dessus de l'eau et bourdonnait à ses oreilles.

Il essaya de chasser sa déprime, de se débarrasser des derniers résidus d'adrénaline et d'amphétamine. Il donna un grand coup de poing dans la barrière. Tout allait très mal. Cela faisait des années qu'il attendait cette nuit. Il avait cru un instant que sa construction allait être parfaite, mais ce n'était pas le cas. Il manquait quelque chose. Il y avait un détail qui clochait et c'était cela qui lui gâchait tout, qui mettait son rêve en miettes.

Un cadavre dans un sac en plastique.

Harris serra la chaîne jusqu'à se faire saigner.

Il ne parvenait pas à oublier ce visage, sur le gazon. C'était la pire des intrusions possibles dans son univers parallèle – un univers qu'il acceptait, où il vivait, fuyant une horrible réalité. C'était un monde sans règles, avec cet extraordinaire pouvoir de modifier le réel, de créer des formes et des apparences qui peu à peu parvenaient à une espèce d'existence. Cette nuit-là, Harris les avait trouvés, il avait reconnu leurs faciès, les avait vus avec leurs AK-47, grouillant dans la nuit, longeant les murs, messagers mystérieux de terreur et de mort. Il n'y avait eu aucune faute.

Mais la découverte du corps avait détruit cette illusion. On ne pouvait plus le nier : ce n'était pas le visage qu'il fallait.

Non! Harris prit sa tête entre ses mains; ses yeux étaient injectés de sang. Il aurait voulu crier. Il fallait qu'il affronte l'inconnu, qu'il préserve ce monde éphémère. Il fallait qu'il affronte cette peur inévitable et destructrice. Car c'était la peur qui lui permettait de faire tant de choses. Des choses incroyables.

Harris hurla et sa voix résonna en écho sur toute l'étendue du réservoir. Il s'attendait à ce que quelqu'un riposte. Mais quand il n'eut en retour d'autre voix que la sienne, il comprit que le mort dans le sac en plastique était son échec à continuer le rêve, à comprendre ce besoin essentiel.

Harris eut la nausée, un goût de bile lui montait dans la gorge. Il s'écroula sur la clôture et son corps se balança sur la chaîne. Il sauta sur la moto, poussa les vitesses à fond et fit le tour du réservoir, entrant violemment dans les buissons et les sous-bois. Il allait vers le sud, à toute allure. Le paysage, rendu flou par la vitesse, calma quelque peu son émotion.

Il dépassa la 85e. L'air frais calmait sa nausée et il ne se sentit plus que vide et fade.

Il traversa le parc à la hauteur du Delacorte Theater, prit l'East Drive et fonça vers le lac. Il s'était résigné à son échec. Tout était foutu.

Mais en passant devant la 72e, il reprit un peu courage. Il n'allait pas baisser les bras.

Il traversa le Rumsey Playground à un train d'enfer, puis le Mall. Le parc était à lui. Tout était encore possible. Les visages – les bons – allaient revenir et lui serait là pour les attendre. C'était une priorité.

Il coupa la transversale.

Il était prêt, comme un soldat...

Harris quitta l'East Drive à la hauteur de la transversale de la 65e rue. Il suivit un sentier qui passait sous la Green Gap Arch, un de ces nombreux et sombres tunnels qui passent sous la grande artère et s'arrêta à l'entrée de service du Zoo. Il descendit et remplit son bidon à la fontaine, sur une colline qui surplombait les cages des éléphants.

Le Zoo de Central Park occupait plusieurs hectares entre les 65e et 62e rues. L'entrée principale se trouvait sur la Cinquième Avenue, en face d'un vieil immeuble qu'on appelait l'Arsenal et qui abritait les bureaux du Département des Jardins publics et des Distractions. Harris avait, en un premier temps, songé à le faire sauter au lieu du poste de police de la 22e section, mais le poste avait un caractère beaucoup plus stratégique et le zoo se trouvait entièrement dans le coin sud-est du parc, là où il était peu probable qu'il se passât grand-chose.

Harris but une longue gorgée de son bidon et marcha vers la grande porte, au pied de la colline. Il avait souvent traversé le zoo, mais n'y avait jamais beaucoup fait attention. Le terrain tout entier était entouré de clôtures. Il était facile de le surveiller de l'extérieur. Harris se demanda s'il y avait des gardes ou des employés qui travaillaient la nuit. C'était une des choses qu'il n'avait pas vérifiées. Il conclut que ceux qui avaient pu se trouver à l'intérieur avaient dû être évacués quand la bataille avait commencé.

Harris savait qu'il aurait dû s'occuper de la construction de sa base de feu, mais il alla quand même à sa moto pour y chercher sa lampe-torche dans son sac de toile. Il enfonça un chargeur neuf dans l'AK-47 et escalada la clôture. Il passa rapidement devant les cages à éléphants et ne regarda même pas les tables de pique-nique, devant le snack-bar. De là, il avait une vue parfaite de la plaza centrale qui était pratiquement au centre du zoo. Il faisait très sombre, sauf sous les vieux réverbères du parc qui se trouvaient autour du bassin des phoques et sur les allées devant les cages. Harris n'arrivait pas à voir les animaux; on avait dû les enfermer à l'intérieur des cages, dans les bâtiments qui entouraient la plaza. Il prit à droite, vers les bâtiments. La porte et les serrures n'étaient pas bien méchantes et Harris n'eut aucun mal à entrer.

Il régnait une obscurité totale, mais il sentit tout de suite la présence des animaux. Il sentait leur odeur. Il entendait des bruits divers de grattements, de griffes et de froufroutements. Il s'avança en sachant, grâce à ses visites précédentes, qu'il se trouvait dans un couloir, long et étroit, avec des cages des deux côtés. Il percevait des respirations, des reniflements aussi; et c'étaient de très grands naseaux qui reniflaient.

Harris mit la lumière. Il braqua sa torche sur une cage. Deux yeux rouges et brillants apparurent dans le rayon. Ils fixaient Harris, l'hypnotisaient avec leur surface liquide et insondable. Il fit bouger le rayon de lumière et vit un léopard, immobile. Il baissa la tête et se mit à tourner dans sa cage en décrivant le même rectangle, sans arrêt. Il y eut un mugissement rauque qui venait d'une autre cage, derrière Harris. Il fit volte-face et braqua sa lampe sur toute la rangée de cages. Il vit un puma noir, un guépard, des lamas et des zèbres. Les animaux le regardaient fixement de leurs yeux qui réfléchissaient la lumière. Ils étaient tous nerveux et tournaient dans leurs cages; ils se montraient les crocs. Il y eut un raclement de griffes, un piaulement, puis un rugissement. Et il y eut ces voix qui parlaient d'autre part, évoquant les images d'un autre monde. Harris sentit la sueur qui coulait sur sa nuque. Il éteignit la lampe. Les animaux se mirent à hurler du fond de leurs cellules sombres. Les bruits ricochaient en produisant des échos, comme dans la jungle.

La rumeur s'amplifiait : gazouillis, ululement, grondement. Harris vacilla. Il entendit la pluie tomber. Un singe hurla. Quel singe? Il laissa tomber la lampe-torche qui se brisa sur le sol. Le singe hurla une nouvelle fois et Harris perçut un autre bruit qui perçait l'atmosphère. Un coup de feu; les rafales succédèrent aux rafales, il entendit quelqu'un crier et les pales d'un hélico au-dessus de lui; ses genoux fléchirent et il dut se baisser. Les sons le submergeaient, le dévoraient et Harris, le soldat inconnu, s'écroula sur le sol et se roula en boule; il entendait les tirs et les explosions et les bombardiers et les hurlements de mort.

2

Weaver

L'apparence du mort dans le sac en plastique confirma le fait qu'il y avait toujours quelqu'un dans le parc, ce qui ne fit qu'accroître le malaise qui régnait dans la police new-yorkaise.

On dut prendre des décisions rapides. Le commissaire Keller, le maire et d'autres officiels de haut rang tinrent une réunion très tôt le matin, dans une salle de conférence du Mount Sinai Hospital, sur la Cinquième Avenue. On approuva d'emblée un plan qui prévoyait l'évacuation de tous les appartements, chambres d'hôtels ou d'hôpitaux qui faisaient face à Central Park ou à l'une des quatre rues du périmètre. Si vos fenêtres donnaient sur le parc, et ce, que vous soyez riche ou pauvre, vous deviez vous en aller. Beaucoup de résidents déménagèrent chez leurs voisins; les autres, tels les clients des hôtels, trouvèrent des chambres autre part. On ne pouvait entrer dans les immeubles que par les entrées de service des rues adjacentes L'évacuation se fit sans beaucoup de difficultés, sauf dans les immeubles de la 110e rue, à Harlem. Beaucoup de ses habitants ne pouvaient pas être relogés dans des immeubles déjà surpeuplés, aussi le maire décréta-t-il que ces familles pourraient vivre à l'hôtel, aux frais de la municipalité. La plupart des appartements de la 110e rue ne furent évacués que vers six heures du matin.

Le sujet principal de la réunion était la stratégie. La première proposition consista à appeler le Gouverneur de l'État à l'aide pour qu'il dépêche des unités de la Garde nationale. Il y avait donc de la panique dans l'air; on rejeta la suggestion, quitte à la réexaminer si les choses devenaient encore pires et surtout si les explosions et les tirs d'armes automatiques se répandaient dans les rues. L'opinion majoritaire était que, si les criminels se trouvaient toujours à l'intérieur du parc au lever du jour, on ne tarderait pas à recevoir un appel d'un groupe terroriste qui ferait connaître ses exigences et qu'un processus de négociations pourrait commencer dans la journée. De toute façon, leurs mouvements allaient devenir extrêmement difficiles en plein jour et le Département bénéficierait d'un grand nombre d'options stratégiques. On fut d'accord pour considérer que la pire chose qui aurait pu se passer eût été que les types s'échappent du parc avant l'aube et s'en tirent comme ça.

Ainsi, le plan arrêté fut tout simple : tous les policiers et autres hommes des services spéciaux disponibles devaient maintenir leurs positions sur les quatre rues du périmètre de Central Park. Le commissaire insista sur le fait qu'il ne voulait pas qu'un seul pouce de ces rues soit laissé sans surveillance. Il supprima les permissions de tous les policiers new-yorkais, afin qu'ils remplacent dans leurs tâches ceux qui étaient occupés autour du parc; en outre, il décida que les tours de garde seraient de douze heures. Prévoyant de gros problèmes du côté de la circulation, il voulait que tous soient à leur poste. Et peu importait ce que ça allait coûter à la Ville en heures supplémentaires. Le maire donna le feu vert.

A 4 : 30 du matin, le parc fut complètement encerclé par des forces de police qui vinrent rejoindre celles qui étaient déjà sur le théâtre des opérations. Rien ne se passa.

A 7 heures, un soleil chaud apparut et le parc avait l'aspect qu'il a habituellement par un belle journée d'été, sauf qu'il était entièrement vide. Les jumelles, les yeux innombrables qui le surveillaient ne virent rien d'inhabituel, rien de particulièrement menaçant. On en vint à penser généralement qu'il n'y avait plus personne à l'intérieur; que les terroristes, quels qu'ils aient pu être, s'étaient arrangés pour s'échapper, peut-être par les égouts ou les couloirs du métro. Le commissaire Keller avait envisagé cette possibilité, mais il n'avait disposé ni du temps, ni du personnel nécessaire pour remédier à cette triste situation.

Une heure passa. Vers 8 heures, les gens commencèrent à affluer; ils venaient de partout, de Long Island, du Bronx, de New Jersey. Les habituels embouteillages du lundi prirent un tour catastrophique; en effet, deux des plus grandes avenues étaient fermées à la circulation sur une longueur de cinquante pâtés de maisons et six des principales artères qui permettent de traverser Manhattan (les transversales, Central Park South et la 110ᵉ rue) s'arrêtaient sur l'immense et verte barricade que constituait Central Park. Manhattan tout entier (et surtout en son centre) semblait être paralysé par une immense grève des transports.

Le maire et le commissaire devaient prendre une décision. On savait deux choses : rien n'avait été tenté pour menacer les biens ou les personnes qui se trouvaient en dehors du parc, et l'on n'avait pu voir personne à l'intérieur du parc, pendant ou après les affrontements, que ce soit de jour ou de nuit. Les responsables étaient donc soit partis, soit cachés quelque part. Le maire et le commissaire décidèrent donc de tenter un coup.

A 9 heures, on réouvrit Central Park South et la 110ᵉ rue à la circulation. Des policiers et des voitures de patrouille avaient été disposés à intervalles réguliers tout au long de ces rues et l'on avait concentré plus de forces aux deux extrémités de ces voies. On permit aux piétons d'utiliser les trottoirs, mais seulement du côté opposé au parc. On permit aux habitants des appartements et des hôtels évacués de réintégrer leurs pénates, encore que plus d'un trouvât que le confort du St. Regis et du Barclay lui convenait mieux que celui du Plaza ou du Park Lane. Les patrons d'hôtels furent quand même soulagés : les mois de juillet et d'août sont les plus importants, dans le tourisme new-yorkais; mais ils se souvinrent, pour les prochaines élections, que le maire leur avait rendu la vie bien difficile.

Le commissaire Keller gardait la situation bien en main de son Q.G.; il n'y eut pas d'incidents majeurs et la circulation automobile s'améliora presque immédiatement. Une demi-heure plus tard, on réouvrit la Cinquième Avenue et Central Park West, non sans effectuer le même déploiement policier. Quelques files de circulation et certaines rues clés furent réservées à la circulation des voitures de police et des ambulances, dont une partie de la bretelle nord de Central Park West où était garé le poste de commandement. Les hommes de la sécurité routière s'occupaient de tous les grands carrefours. On fit diffuser sur les ondes d'innombrables avertissements : il était strictement interdit d'entrer dans le parc; les terroristes y avaient sûrement laissé des engins explosifs. Mais cela n'empêcha pas des foules entières de traîner aux coins des rues, reluquant le parc en ressentant le doux frisson du danger.

Au début de l'après-midi, la circulation se calma quelque peu; pourtant, la fermeture des quatre transversales rendait toujours assez malaisée la traversée du centre de Manhattan. Les chauffeurs de taxis qui se souvenaient de la grande grève des transports, admirent que ça allait mal, mais qu'ils avaient vu pire. Les piétons restèrent de leur côté de la rue, sauf quelques rares exceptions. Les médias étaient mobilisés. Tous les autres habitants se firent une raison et allèrent au bureau avec un sujet de conversation tout trouvé, tandis que le maire et le commissaire tentaient de trouver ce qu'ils allaient bien pouvoir faire.

Richie était assis sur le capot de la camionnette, garée sur la 68ᵉ rue ouest, à l'angle de Central Park West. Il buvait une tasse de café et surveillait le parc. On avait mis sur le trottoir des barricades métalliques où l'on pouvait lire « Police : accès interdit »; il y en avait sur toute la longueur de la rue, aussi loin qu'il puisse voir. Une heure plus tôt, il avait eu l'impression que l'avenue était prête à voir défiler la parade du Thanksgiving Day, jusqu'à ce qu'on la rouvre à la circulation aux environs de 9 : 30. La circulation n'était toujours pas très importante, mais s'accentuait progressivement. Un flot ininterrompu de joggers passait devant la camionnette et un groupe de flics qui stationnaient près du mur, à la hauteur de la 67e rue, encourageait de la voix les coureuses dans leurs survêtements moulants. A quelques mètres de là, un homme avec des jumelles se tenait sous le vélum d'un immeuble résidentiel et scrutait le paysage vert vif de Central Park. Cela faisait quarante-cinq minutes que l'homme n'avait pas bougé.

Richie regarda l'horloge digitale au sommet du Mony building. Elle affichait 9 : 46 et 26°. Il allait encore faire chaud. Il se retourna pour parler à Weaver, mais elle était en train de piquer un somme sur le volant de la camionnette. On siffla; Richie vit J.T. qui arrivait par la 68e rue. J.T. lui fit un grand signe et s'arrêta pour se regarder dans une porte de verre. Richie partit d'un grand rire. J.T. était beau et il aimait s'en assurer toutes les dix minutes.

J.T. n'avait jamais l'air fatigué, bien qu'il travaillât dur pour Weaver; il restait chez elle à capter les appels radio presque chaque soir de 8 heures du soir à 6 heures du matin. Au bout de trois mois d'activité, ne connaissant strictement rien à la télévision et avec un savoir assez rudimentaire du fonctionnement de la police et des sapeurs pompiers (dû à deux interpellations pour usage de drogue et à un séjour en maison de correction pour des petits délits), J.T. était devenu un véritable professionnel; il savait « lire » tous les messages radio et pouvait communiquer avec les gens de la télé. Il considérait son travail, comme toute chose, avec une espèce d'enthousiasme latin. C'était un môme malin, un arnaqueur et sa jeunesse dans le Bronx lui avait appris la valeur d'un boulot normal. Un boulot, c'était une façon de s'en tirer.

J.T. jeta un coup d'œil à Weaver et contourna la camionnette par l'avant. Il avait avec lui un journal roulé. Il n'arrêtait pas de sauter, toujours vif et alerte.

« Salut, Rich!

– Salut J.T.!

– Tu devrais t'débrouiller pour que Weav revienne un peu chez elle, mec. Je passe plus de temps dans son apart qu'elle. »

Richie hocha la tête. « Elle quitte plus cette caisse pour rien. Elle vit dans la camionnette. »

J.T. fit quelques pas sur le trottoir et embrassa l'avenue d'un regard. « Les choses se calment un peu? »

148

Richie descendit du capot et le rejoignit. « J'espère. Faut que j'aille me changer. Je crois bien que j'ai dû chier dans mon froc au moins trois fois hier soir.

– Ah! m'en parle pas, mec. J'aurais vraiment aimé être là. »

J.T. déroula son journal et le montra à Richie. C'était le *Daily News*. Un énorme titre barrait toute la une : LE GUÉRILLERO À LA POLICE : « LE PARC EST À MOI. »

« T'as vu ça?

– Ouais, répondit Richie, je l'avais déjà lu.

– Tu crois à toutes ces conneries?

– J'sais pas. J'm'en fous. Tout ce que je sais c'est qu'il s'est rien passé depuis un bon bout de temps. On a fait que traîner en caisse et rester assis sur le cul. Je préférerais être chez moi à dormir.

– Allez, t'adores ça.

– C'est pas moi qu'aime ça. »

Richie but son café et J.T. retourna à la camionnette. Il grimpa sur le capot et pressa ses lèvres contre le pare-brise. Il donna quelques petits coups sur le verre.

Dans la camionnette, le scanner « Bearcat » transmettait les messages à volume bas. Weaver respirait difficilement, les épaules contre la portière. Elle entendit les petits coups et s'éveilla. En voyant les lèvres de J.T. contre le pare-brise, elle donna un grand coup de klaxon. J.T. en sursauta de surprise. Il se glissa sur le capot et mit le *Daily News* sous l'essuie-glace pour que Weaver puisse lire le titre. Elle lui fit signe de partir et il s'en alla d'un pas souple dans l'avenue.

Weaver essaya de s'asseoir. Elle avait mal au dos. Elle se pencha en avant et lut la première page. Sous le gros titre, il y avait une belle photo d'un flic blessé sur la Cinquième Avenue. Elle se regarda dans le rétroviseur. Elle avait les yeux très cernés et bouffis; elle renifla ses aisselles et fit la grimace. Son T-shirt était sale et tout taché. Le siège avant était plein d'emballages de hamburgers et de gobelets. Elle les empila sur le sol et se glissa vers la boîte à gants. Quand elle l'ouvrit, un véritable déluge de cosmétiques, d'objets divers et de tampons hygiéniques lui tomba sur les pieds. Elle trouva un T-shirt propre au fond de la boîte à gants et regarda des deux côtés de la rue. Personne ne regardait dans cette direction, aussi se changea-t-elle très vite. Ses seins étaient moulés de façon un peu trop provocante, aussi tira-t-elle un peu sur le tissu pour leur donner un peu de place. Elle remit tout en vrac dans le compartiment de rangement, y compris les tampons; elle se trouva un peu bête de les emporter partout avec elle. Cela faisait quatre mois qu'elle n'avait pas eu ses règles et elle n'était pas enceinte. Elle n'avait pas couché avec un homme depuis une éternité. Le docteur lui avait dit que c'était le stress qui lui avait bouleversé ses cycles menstruels.

Weaver éclata de rire. Le stress. Tant mieux. Qu'avait-elle besoin de règles?

Elle sortit de la camionnette, la ferma et alla rejoindre J.T. et Richie. Le soleil lui faisait mal aux yeux. J.T. lui sourit.

« Super. La vampire sort de son cercueil.

– C'est exactement ça. » Weaver s'empara de la tasse de Richie. « Bon, dites-moi tout.

– Tu es sûre d'être prête à entendre.

– Allez, J.T.

– On est passé sur toutes les chaînes hier soir, et les grandes chaînes ont tout repassé ce matin. Tu te rends compte, on a eu ce putain de " Today "! La plus grande émission d'actualité! Ils ont montré ton truc de la bombe et les flics sur la Cinquième Avenue. Tout! »

Weaver était aux anges. Elle applaudit.

J.T. continua. « C'est pas tout. L'incendie est passé sur trois chaînes locales et deux nationales. Je suis sûr qu'ils vont repasser la bande ce soir. »

Weaver dodelinait. « Incroyable. »

Richie et J.T. applaudirent à leur tour. Richie dit : « Faut que je t'avoue quelque chose, Weaver. J'aurais jamais cru que ces conneries allaient nous rapporter quelque chose. »

Weaver continua son interrogatoire : « Est-ce qu'on a eu l'exclusivité?

– Non! Ils ont mélangé avec des trucs de Marty, je crois. Et d'autres bouts de bandes aussi, peut-être leurs reporters en pied. U.P.I. était là aussi.

– De toute façon on sera payé pareil, mais j'aimerais bien les baiser sur un coup comme ça. »

J.T. lui donna un petit coup de poing sur le bras. « T'en fais pas, Weav. T'as gagné. Ton seul problème, c'est comment tu vas faire pour continuer. »

Richie intervint : « Hé, ça vous dirait pas un petit meurtre ou une arrestation? J'en ai un peu marre d'entendre siffler les balles tous les soirs.

– Mon pauvre Richie, on aura vraiment de la chance si on retrouve quelque chose comme ça », dit Weaver en espérant que ce ne soit pas vrai. Elle comprit soudain que ce qui s'était passé la nuit d'avant avait tenu du miracle.

Elle regarda Central Park en se haussant sur la pointe des pieds. Un jogger s'arrêta devant elle, courbé en deux pour retrouver son souffle. Un homme qui tenait un caniche en laisse traversa l'avenue. Weaver se retourna. L'excitation de la veille commençait de s'estomper; elle se sentait nerveuse et exténuée, mais elle ne voulait surtout pas que ses partenaires s'en rendent compte.

« Bon, écoutez-moi, les mecs. On va continuer à couvrir cette histoire. »

Richie n'était pas d'accord. « A quoi ça sert? Dans deux jours, ils rouvriront le parc et tout sera dit. Tu penses quand même pas qu'il n'y a qu'un type?

– J'en sais rien. J'espère qu'il y a toujours quelqu'un dans ce foutu parc.

– Mais non, ils racontent ça pour vendre du papier. Si tu veux mon avis, il n'y a plus personne, là-dedans. Attends un peu et tu verras, ça sera comme la bombe à l'aéroport La Guardia. Personne ne saura jamais qui l'a fait. »

Weaver haussa les épaules. Elle se souciait fort peu de qui avait pu être le responsable de tout cela. Cette histoire défrayait déjà la chronique à l'échelle nationale et était riche de possibilités. Elle pouvait espérer qu'on allait utiliser son matériel sur le réseau national; c'était crucial pour sa réputation.

J.T. montra le parc du doigt. « On n'a qu'à prendre le petit déjeuner et faire une bande avec les flics et les barricades. »

Weaver regarda, en bas de l'avenue, les policiers qui se tenaient à la hauteur de la 67ᵉ rue. « Y a rien à en faire. Ces flics n'ont aucun intérêt.

– Je peux t'arranger ça, répliqua J.T. Tout ce qui faut faire c'est ça. » Il s'avança vers eux et cria : « Il a un revolver! »

Deux flics firent brusquement volte-face et jetèrent à J.T. un regard mauvais. Weaver l'embrassa et lui dit de se calmer. Il partit d'un grand rire. « Ça marche à tous les coups, non? »

Elle attendit que la circulation se réduise un peu et traversa l'avenue. J.T. et Richie la suivirent; ils restèrent devant les barrières métalliques de la police, à moins de dix mètres du mur du parc. Weaver regardait à travers les arbres et vit un terrain de jeu et l'allée cavalière. Une brise légère se leva et jamais le parc ne lui avait paru aussi calme et serein. L'homme au caniche vint se poster derrière eux. Le chien aboyait et mordait sa laisse. Il griffait le trottoir et reniflait en direction du parc. L'homme le gronda : « Tiny! Bon Dieu, viens mon bébé.

– Qu'est-ce qui se passe? lui demanda Weaver.

– Il a son petit coin à lui, répondit l'homme dont le chien continuait à gémir. Il ne veut faire ses besoins que là, mais c'est au diable, là-bas, près de l'allée cavalière et on peut pas entrer.

– Je ne crois pas que vous y seriez bien, aujourd'hui en tout cas. »

L'homme tira sur la laisse. « C'est pas un monde? Un seul type qui

151

fait fermer tout ce grand parc? C'est ce qu'ils disent, non? On m'a dit que les flics ont drôlement morflé. »

Weaver n'aimait pas beaucoup le type. « Ouais, c'est ce qu'on dit. »

Le chien tira sur la laisse et l'homme le suivit docilement vers Central Park West. L'avenue était pleine d'hommes qui promenaient leurs chiens dont beaucoup souffraient des mêmes maux. J.T. regardait les chiens et secoua la tête d'un air dégoûté.

« Tu sais ce que dit mon frère? Il dit qu'il n'y a que des trous du cul au bout des laisses. »

Weaver se tourna vers lui. « Ouais, mais de quel côté de la laisse? »

Ils s'apprêtaient à traverser l'avenue quand le ciel retentit d'un bruit sourd. Le bruit se rapprochait et devint si fort qu'ils furent forcés de se boucher les oreilles. Weaver se mit la main au-dessus des yeux pour ne pas être éblouie par le soleil et découvrit quatre hélicoptères qui semblaient sortir du soleil et qui passèrent au-dessus de Central Park dans un vrombissement. Ils volaient à quelques mètres de la cime des arbres. Elle tourna sur elle-même pour suivre leur vol et réussit à distinguer leur immatriculation, peinte en grosses lettres blanches, sur les côtés : N.Y.P.D. La police municipale.

« Oh, mon Dieu, qu'est-il arrivé? »

Harris se réveilla sur le sol du zoo. Il était en nage et le AK-47 ainsi que le M-16 lui labouraient le dos. Il s'assit, la tête lourde et se sentant très faible. De longs rayons de soleil tombaient sur les cages. Il eut l'intuition d'une présence et se retourna. Un zèbre le regardait en mâchant de la paille. Il se réfugia dans le fond de la cage et laissa tomber un tas de crottin sur le sol.

Harris tomba à genoux et s'évanouit presque. Puis il réussit à sortir de la salle des cages et se dirigea rapidement vers le fond du zoo. Il dépassa la clôture et courut entre les arbres jusqu'à ce qu'il retrouve sa moto.

Il roula vers le nord, restant à couvert dans les arbres et les sentiers qui se trouvent à l'ouest de l'East Drive et s'arrêta sur la rive du lac, près du centre du Ramble. Il s'étendit quelques moments au soleil en écoutant les oiseaux et le bourdonnement des insectes. Des poissons faisaient des bonds dans l'eau. Le premier bruit d'éclaboussement réveilla Harris et, pendant quelques secondes, il pensa que quelqu'un était en train de lui tirer dessus, mais en fin de compte, l'air doux du matin et les sons frais de l'eau réussirent à calmer un peu ses nerfs. Il enleva son treillis et plongea dans l'eau.

Harris, après s'être rhabillé, mit le moteur en marche et vérifia le

152

niveau d'essence. Il restait un demi-réservoir. Il passa la vitesse et se prépara à escalader la colline; mais il se ravisa et descendit de la machine. Il marcha jusqu'au bord de l'eau et jeta le M-16 au milieu du lac.

Trois heures plus tard, à 10 heures du matin, après un travail exténuant, Harris s'assit au milieu de sa base de feu non loin de la transversale de la 79ᵉ rue. Il mangea un cocktail de fruits en boîte. Autour de lui se trouvaient éparpillés des cartons, une pelle et une pioche, des tiges de bambou, des outils divers, un lot de grenades à fragmentation, des caisses d'ordonnance, le lance-grenades M-79 et une boîte de chargeurs pour l'AK-47. Toute cette zone était protégée par l'ombre des grands arbres environnants.

La base de feu de Harris était le modèle réduit des bases de soutien d'infanterie qu'on construit en vue d'opérations de ratissage. Il avait même été jusqu'à utiliser le manuel militaire pour les profondeurs des tranchées. Il tendit une corde à un poteau, au centre, décrivit un cercle pour déterminer la ligne des tranchées et construisit un fortin de trois mètres de large avec des sacs de sable et des panneaux d'acier percé. (En règle générale, il aurait dû construire plusieurs fortins espacés de cinq mètres entre eux.) Ensuite, il décrivit un cercle plus large et, avec les tiges de bambou, délimita le périmètre de barbelés autour de sa ligne fortifiée. Puis il entoura sa base de feu de fil de fer barbelé : il utilisait trois rouleaux en même temps pour faire une sorte de structure en pyramide. Il y avait une petite voie d'accès et de sortie du périmètre que Harris piégea. Il implanta plusieurs mines claymores camouflées entre le fortin et le barbelé et à plusieurs autres endroits le long de son périmètre de défense. Il pouvait faire exploser les mines à distance de l'intérieur du fortin. A la place de la tour d'observation préfabriquée de sept mètres, Harris utilisa une plate-forme de bois qu'il installa dans les branches d'un chêne, à quelques mètres de son entrée piégée. Il cloua des marches dans le tronc du chêne pour accéder plus facilement à son poste d'observation. Pour plus de sûreté, Harris disposa plusieurs mines M-16 A1 à l'extérieur de la base de feu, mais à plus de quinze mètres de distance du périmètre.

Il eût été bien difficile de trouver dans le manuel militaire la touche finale et personnelle que Harris ajouta. Le fortin avait été construit à proximité d'une bouche d'accès d'un égout; Harris avait donc creusé un trou dans le mur de briques pour ouvrir un accès de taille respectable au réseau de canalisations souterrain du parc. En cas d'urgence, Harris pouvait ainsi pénétrer dans l'égout, ramper quelques mètres dans le conduit et ressurgir à l'air libre, à près de 30 mètres de son point de départ, à quelques enjambées de l'entrée du vieil aqueduc où se trouvait son arsenal.

Selon ses propres estimations, la base de feu était une sacrée bougresse qui défendrait chèrement sa vertu.

Harris termina son cocktail de fruits et jeta la boîte dans un trou à ordures, creusé près des barbelés. Il fouilla dans une boîte de rations de l'armée et en sortit trois tubes de vitamines. Il prit de grosses doses de tout. Il se sentait bien, malgré des douleurs musculaires et d'innombrables petites coupures aux mains. Il se sentait mentalement très fatigué, mais il avait toujours les amphétamines pour le dynamiser. Il espérait que la journée serait calme, ou au moins que la matinée ne poserait pas trop de problèmes.

Il pensa qu'il valait mieux nettoyer son AK-47. Le fusil fonctionnait parfaitement, mais il ne fallait prendre aucun risque avec ce genre de petits détails. Le AK-47 ne s'enrayait pas aussi fréquemment que le M-16, mais il lui avait fait subir un traitement de choc dans les treize dernières heures.

Au moment où Harris cherchait un outil dans l'une des boîtes, il entendit un son qui lui glaça la moelle épinière.

Des hélicoptères.

Pendant une fraction de seconde, Harris crut que les hélicoptères venaient apporter des munitions et du ravitaillement, ce qui aurait été tout à fait normal dans le processus de construction d'une base de feu – mais il comprit vite. Il saisit le AK et engagea un chargeur neuf. Le bruit très caractéristique d'air qui semble être cogné par vagues successives se rapprocha. Harris prit ses jumelles et courut très prudemment dans le couloir ouvert dans le périmètre. Un hélicoptère tournoyait au-dessus de sa tête. Il ne pouvait pas le voir à travers les branches épaisses, mais il l'entendit s'éloigner quelque peu. Il en entendit un autre, quelque part vers le bas de la ville, puis un autre encore qui semblait venir du West Side. Il se mit à transpirer abondamment en montant les 12 mètres jusqu'à son poste d'observation. Il s'accroupit sur la plate-forme et regarda à la jumelle. A travers les branchages, il avait une vue parfaite du parc dans son entier. Il grossit la vue vers l'East Side et le soleil se refléta dans ses lentilles. Il y avait deux hélicoptères qui faisaient du sur-place au-dessus du Lac et du Ramble; il y en avait deux autres plus au sud, vers la Fontaine et le Mall.

Harris se mit à observer le West Side et soudain, il crut apercevoir un mouvement. Il fit le point. Un homme armé d'un fusil était en train de marcher sur le toit d'un immeuble de Central Park West. Harris parcourut toute la ligne des toits et vit des hommes en armes qui prenaient position au sommet de tous les immeubles.

Il entendit l'air qu'on brassait derrière lui. Il s'aplatit contre la plate-forme et un hélicoptère passa à trois mètres au-dessus de sa tête dans un incroyable vacarme. Les branches en tremblèrent à tel point que Harris faillit tomber.

Harris savait que le pilote ne pouvait pas le voir, mais il leva quand même son médium vers le ciel, dans un geste obscène.

La limousine déposa Dix sur la 100ᵉ rue est, à l'entrée du Mount Sinai Hospital. Il dit au chauffeur de laisser le moteur en marche, car il n'en avait pas pour longtemps. Dix savait que Don Eubank se fichait bien de sa visite, mais c'était la moindre des courtoisies et Dix observait toujours scrupuleusement les formalités.

Il passa par l'entrée de service et prit une tasse de café dans une machine automatique. Il se laissa une minute pour se réveiller complètement. Il s'était senti un peu dans les nuages durant la réunion au sommet de Gracie Mansion *. Apparemment, le maire avait décidé de le laisser dormir pendant la réunion stratégique qui s'était tenue à l'hôpital, ce à quoi Dix n'avait rien à objecter. De toute façon, il s'attendait à ce que ses propositions soient considérées avec hostilité. D'ailleurs, songea Dix, c'était probablement pour cela que le maire l'avait laissé dormir.

Dix remarqua un reporter de WPIX qui se promenait dans la salle d'attente; il essaya de se cacher dans le snack-bar et de se camoufler au milieu des machines. Le reporter s'arrêta aux admissions et Dix en profita pour se diriger sournoisement vers les ascenseurs. Il monta jusqu'au dernier étage et l'infirmière de garde lui indiqua la chambre d'Eubank. Un policier en faction le laissa entrer.

La chambre était plongée dans l'obscurité. On avait tiré les rideaux et seule une veilleuse brûlait au-dessus du lit. Dix entendit un bruit de respiration un peu sifflante. Il attendit de se faire à l'obscurité et se dirigea vers le lit. Eubank était couché sur le dos; le lit était incliné vers l'avant. Il était blême, des bandages blancs recouvraient une partie de son cou et tout son visage. La peau de sa gorge était violette et il respirait par un tube planté dans sa gorge et relié à un appareil à oxygène.

Dix toussa. « Comment allez-vous, chef? »

Eubank leva la main et haussa les épaules.

Dix se sentit parfaitement idiot. Il ne peut pas parler, espèce d'imbécile! Il vit un stylo et un bloc-notes sur la table de chevet. « C'est moi qui parlerai, Don. »

* Résidence des maires de New York. *(N.d.T.)*

Eubank se débrouilla pour lui faire un sourire sarcastique.

« Demain, grand match Yankees-Red Sox. Ça va chauffer! »

Eubank essaya de rire et se frotta les yeux.

« Don, je ne sais trop quoi vous dire. Je suis heureux que vous soyez sauf. Keller a mis la moitié du Département en heures sup. Ils vont pincer le coupable. Vous le savez bien. »

Eubank cessa de sourire et ne fit aucun signe.

Une infirmière vint mettre sa tête dans l'encadrement de la porte.

« Excusez-moi. Vous êtes bien Mr. Dix?

– Oui, mademoiselle.

– Il y a un appel téléphonique pour vous. Je vous le passe dans la chambre? »

Eubank fit signe à Dix qu'il était d'accord. Dix en fut un peu surpris, mais il pensa que le Chef voulait probablement faire semblant de suivre la situation de près. Dix lui en fut reconnaissant. « Merci. Passez-le-moi. »

Une seconde plus tard, le téléphone de chevet sonna et Dix contourna le lit pour répondre.

« Oui.

– Qui est-ce?

– David Dix, du bureau du maire. Et vous, qui êtes-vous?

– Arrêtez vos conneries. Qu'est-ce que c'est que tout ce bordel avec le téléphone? Ils sont en train de me localiser, ou quoi? Tout le monde sait où je suis. »

Dix sentit une boule grandir dans sa gorge. Il avait demandé que tous les appels qui lui étaient destinés lui soient communiqués, où qu'il aille, mais quelqu'un aurait pu le prévenir que celui-ci n'était pas un appel « normal ».

Dix tourna le dos à Eubank. Il entendit la respiration de l'homme, à l'autre bout de la ligne. Il essaya de penser vite. Il dit : « On n'essaie pas du tout de vous localiser. J'ai juste demandé qu'on me transmette tous les appels. Je veux vous parler.

– D'abord, vous allez m'écouter. Vous feriez mieux de calmer un peu vos potes les flics. J'aurais pensé qu'après ce qui s'est passé la nuit dernière, ils auraient voulu se reposer un peu. ».

Un bruit parvint par le téléphone – c'était une machine.

« Qu'est-ce que c'est? demanda Dix.

– Des hélicoptères. C'est de ça que je voulais vous parler. J'ai dit que ce parc était à moi, et c'est tout. Il est à moi en long, en large et en travers. »

Dix se précipita derrière l'appareil à air conditionné et ouvrit les rideaux. Une lumière vive pénétra dans la chambre par une grande fenêtre qui donnait sur la Cinquième Avenue et Central Park. Vingt étages plus bas, le parc brillait dans le chaud soleil du matin; un léger brouillard restait suspendu au-dessus des immeubles du West Side. Dix vit le Harlem Meer et le Reservoir, ainsi que l'East Drive qui serpentait entre les bouquets d'arbres.

Dix se pencha par la fenêtre et regarda en direction du bas de la ville. Il aperçut quatre hélicoptères qui décrivaient des cercles au-dessus de la transversale de la 79e rue, fouillant un secteur déterminé. « Je les vois d'ici », dit-il. Il plissa les yeux. Bon Dieu, ne pouvait-il pas dire quelque chose d'un peu moins bête? « Qu'est-ce que vous voulez que je fasse? demanda-t-il.

— Dites-leur d'arrêter leurs conneries. Je voudrais surtout pas qu'ils jouent aux héros et qu'ils essaient de faire atterrir un de leurs trucs.

— Et pourquoi pas?

— J'ai miné la moitié de ce foutu parc, voilà pourquoi. »

Dix décida de passer à l'offensive. « Vous êtes seul là-dedans?

— Qu'est-ce que vous croyez?

— Je ne crois pas que vous pourriez vous en tirer tout seul.

— Écoutez-moi bien, je peux vous en persuader quand je veux. »

Dix jeta de nouveau un coup d'œil au parc. Il tenta d'imaginer le visage de cet homme. Son cœur se mit à battre plus vite. Il sut que le moment était venu de tenter quelque chose. « Alors, t'as fait venir tes copains, hier soir, quand ça a commencé à barder? »

L'homme voulut répondre, puis hésita : « Redites-moi ça. »

Dix déglutit : « T'as combien d'équipes de feu pour te soutenir? »

Il n'y eut pas de réponse. Dix continua : « Personne ne va au casse-pipe sans assurer ses arrières. »

Toujours pas de réponse. Dix ferma les yeux. Il commençait à douter; il laissa passer une longue minute de silence.

La voix de l'homme s'éleva, moins ferme, comme à regret. « J'ai pas de copains. Je suis... je suis tout seul, là-bas. »

Dix ne lui laissa aucun répit. « Alors, je crois qu't'as tiré ta bourre, à présent. Ils t'emmerdent, les hélicos, hein?

— J'vais en descendre un.

— Avec quoi? T'as des missiles sur toi?

— Salut. »

Dix sursauta. « Attendez. Ne raccrochez pas. Je vous crois. Je vais leur demander de rappeler les hélicos. Ne descendez rien. »

L'homme ne dit rien, mais ne raccrocha pas. Dix respira et tenta une dernière cartouche. « Écoute, nous on peut se parler. Les autres, là, tu sais ce qu'ils sont. Ils savent pas à quel point ces trucs peuvent devenir *dinky dau.* »

157

Il y eut un très long silence. Dix entendait l'homme soupirer; c'était un long soupir de résignation.

L'homme reprit la parole : « Ouais. *Dinky dau.* Puisque tu sais, t'as qu'à leur dire. D'une façon ou d'une autre, je les aurai. »

Il raccrocha.

Dix tenait l'appareil dans sa main. Son cœur continuait à battre à toute vitesse. Mais il était satisfait. Son intuition avait été bonne.

Il se retourna pour raccrocher. Eubank affichait une étrange expression. Dix raccrocha le combiné et suivit le regard d'Eubank. Il regardait par la fenêtre, les yeux rivés à Central Park. La transpiration lui coulait sur les tempes et sa respiration devenait difficile.

« Don, vous vous sentez bien? »

Eubank ne bougea pas un cil. Dix ferma les rideaux et la chambre redevint sombre. Eubank siffla et s'essuya le front. Dix fit le tour du lit et se rapprocha de lui.

« C'était lui, chef. Le type du parc. » Eubank baissa les yeux; il ne voulait plus rien regarder. Dix continua : « Je sais que tous les gradés pensent que c'est un truc politique, des extrémistes ou un truc dans ce genre. Mais pas du tout! C'est un vétéran du Vietnam. Tout ce truc n'a rien de politique. Je ne sais pas ce qu'il veut, mais si je peux lui reparler, je le saurai peut-être. La guerre, vous savez... vous voyez, c'est là, quelque part, il faut simplement dire les mots justes et ça revient. »

Eubank refusa d'écouter un seul mot de ce qui se disait. Dix posa ses mains sur le lit et se pencha sur lui en essayant de le regarder au fond des yeux. Dix savait qu'il allait un peu loin, qu'il prenait des libertés avec un homme qui venait d'être grièvement blessé.

« Je vous demande de me soutenir. Si j'arrive à les ralentir un peu, au Département, simplement pour leur expliquer les choses, nous pourrons peut-être éviter un naufrage comme celui de la nuit dernière. »

Eubank flancha un peu. Dix continua : « Don, il faut que je vous dise quelque chose. Il y a eu un échange de tir, il y a eu une attaque en bonne et due forme, mais vous n'avez jamais pu apercevoir qui que ce soit. Pourquoi? Parce que c'est comme ça que ça marche. Croyez-moi, ce type existe bien. J'ai vu ce que des types comme lui sont capables de faire ».

Eubank leva les yeux. Son visage était luisant de transpiration. Dix planta ses yeux dans les siens. C'étaient des yeux qui ne résistaient plus. Ils avaient quelque chose d'autre – une chose que Dix n'avait jamais vue dans les yeux de Don Eubank. La peur.

Dix hocha la tête. « Vous savez, n'est-ce pas? »

Eubank baissa la tête. Dix se retourna pour partir, mais il sentit la main d'Eubank qui agrippait sa veste. Il fit demi-tour. Eubank prit le bloc-notes sur la table de chevet et gribouilla quelque chose. Il tendit le mot à Dix.

Il avait écrit : « Qu'est-ce que ça veut dire, dinky dow? »

Dix reposa le bloc sur le lit. « C'est du vietnamien. Ça veut dire complètement cinglé. »

Dix sortit.

Harris détestait le bruit des hélicoptères. La plupart des gens ne s'étaient jamais assez rapprochés d'un hélicoptère pour savoir à quel point son bruit était terrifiant et étrange. Même quand un hélicoptère venait pour vous sauver, pour vous évacuer, pour vous sortir d'un cauchemar indicible, comme un ange du paradis, l'effroyable vacarme et les vagues d'air brassé arrivaient encore à vous terroriser.

Et ce fut autant le désir de se débarrasser de ce bruit qu'une menace précise qui poussa Harris à se cacher dans les arbres près du Delacorte Theater avec deux LAW/M-72 de 66 mm; c'étaient des lance-roquettes portables à un coup. Chaque lance-roquettes pesait un kilo et était constitué principalement de fibre de verre; on le jetait après usage. Le LAW tirait un projectile qui perçait un blindage à une portée effective de cent mètres.

Un hélicoptère descendit juste au-dessus de New Lake. L'eau se mit à faire des rides et s'aplatit presque sous le souffle. Harris se rapprocha du bâtiment central du théâtre et fit le tour par la droite en restant dans l'ombre des arbres. Il s'arrêta près de la scène, à quelques mètres du rivage. L'hélicoptère s'éleva, se stabilisa, puis se balança vers le Belvedere Castle. Harris retira le AK-47 et le posa par terre. Il portait sa tenue de combat : son casque, son gilet pare-balles, le M-79 dans son étui et les grenades dans un sac à dos. Il regarda la cime des arbres pour s'assurer que ses arrières n'étaient pas menacés. Il ne voulait pas qu'un de ces tireurs d'élite sur les toits fasse un carton.

Harris s'assit par terre. L'hélicoptère revint droit sur lui. Il arma l'un des lance-roquettes en enlevant les deux capsules qui fermaient les extrémités. Cela faisait longtemps qu'il ne s'était pas servi de ce matériel et il était presque certain de ne pas pouvoir s'approcher assez pour faire mouche. Mais, même s'il manquait sa cible, ça foutrait une sacrée frousse au pilote et la police rappellerait les hélicos.

Harris sortit le viseur du LAW et fixa le NYPD 020 qui glissait lentement au-dessus du New Lake et qui se balançait devant lui comme un canard sur un étang.

Dix arriva au poste de commandement mobile un quart d'heure après la fin de sa visite à Don Eubank. Pendant le trajet, il avait pu parler au maire; celui-ci lui avait donné le feu vert, mais Dix n'avait pas très envie de s'affronter à Keller.

Le QG bruissait comme une ruche. Les opérateurs radio étaient en communication avec les unités aéroportées. C'était Charlie Meyers qui supervisait le travail de plusieurs policiers qui plantaient de petites épingles de couleur sur différents sites de Central Park. Keller et Curran étaient assis autour d'une table avec un technicien de labo que Dix reconnut. Curran était en train d'examiner un sac en plastique qui contenait des fragments de métal. Le Commissaire était au téléphone. Dix dut attendre qu'il ait fini pour venir à la table.

« Nous devons rappeler les hélicoptères, dit Dix. »

Keller et Curran grincèrent des dents. Le technicien demanda la permission de quitter la table.

Dix continua : « Le maire ne veut prendre aucun risque avec nos hommes. »

Curran essaya de lui répondre calmement : « Dix, nous sommes en situation exceptionnelle. Les problèmes hiérarchiques sont secondaires.

— J'ai parlé au type. » Les deux hommes étaient très tendus. « Ce type va nous abattre un hélico si nous ne faisons rien. »

Keller réagit immédiatement. « Quel " type "? David, nous nous trouvons face à un groupe terroriste de je ne sais quelle obédience, et ce, malgré ce que peuvent dire les médias, le maire, ou le premier cinglé venu de Central Park. »

Dix fut loin d'être surpris. Il étudia soigneusement le visage de Keller – c'était celui d'un joueur de poker. Dix savait qu'en cet instant, Keller pensait probablement à beaucoup de choses; peut-être même à la guerre de guérilla et à la connexion vietnamienne qui semblait de plus en plus évidente. En fait, le problème principal c'était que la Commissaire ne voulait pas admettre qu'un seul homme ait pu tenir en échec l'élite de la police new-yorkaise.

Dix prit place à la table. « Messieurs. Nous n'avons reçu aucun message émanant de terroristes. Ni otages, ni rançon. » Dix prit le sac en plastique qui contenait les fragments. « Et les armes qui ont été employées, hier soir? Je ne doute pas que vous y avez réfléchi. Saviez-vous que le parc était miné? »

Curran l'interrompit. « Qui vous l'a dit? Nous n'avons pas vu une seule personne là-dedans, et personne n'a vu âme qui vive. »

Keller fit signe à Curran de se calmer. « S'il reste des engins explosifs dans le parc, ce sur quoi je ne discuterai pas, je suis sûr qu'ils seront utilisés comme monnaie d'échange dans les négociations à venir, quand ils nous feront parvenir leurs exigences. »

Dix se sentait inutile et énervé. « Monsieur le commissaire, j'ai réussi à établir un contact avec l'homme. Je peux peut-être le calmer pendant un temps et éviter d'autres pertes. »

Curran se mit en colère. « Comment pouvez-vous avaler leurs conneries? C'est exactement ce qu'ils veulent que vous pensiez.

— Monsieur le commissaire, répondit Dix en ignorant l'autre, je suis convaincu que nous n'avons à faire qu'à un seul homme. Je ne vous demande qu'un peu de temps. »

Keller martela la table de ses doigts. Et quelque chose d'exceptionnel lui arriva : il perdit son sang-froid. « David, vous n'avez pas besoin de m'expliquer que les gens qui occupent le parc peuvent être très dangereux. Je vais leur en faire baver de toutes les façons possibles et imaginables. Bordel, vous croyez que, si je le pouvais, je n'appellerais pas les Marines. J'aimerais pouvoir faire venir les bérets verts et les commandos. Malheureusement, nous avons une constitution, dans ce pays, et le *posse comitatis act* qui m'interdit de faire appel aux forces armées pour les problèmes intérieurs. Il y a des fois où j'aimerais pisser sur cette constitution! » Keller baissa un peu le ton. « Pour le moment, notre Département va s'occuper de ce problème, avec toutes les précautions nécessaires. Et c'est comme ça qu'on va jouer le truc en public, compris? »

Dix se renversa sur sa chaise. Un policier vint appeler Curran et Keller qui se dirigèrent vers la console radio. On demanda à tout le monde de se taire et l'opérateur augmenta le volume sonore. Dix se tourna et entendit la conversation entre les pilotes des hélicoptères.

« Hélico un, je vais au nord vers le château.

— Roger, un, continuez à faire le tour du site. »

Il y eut un silence, puis une nouvelle transmission.

« Hélico deux, j'ai un mouvement suspect près du théâtre. Vous voyez ça? K.

— Deux, c'est affirmatif, du côté sud de Manhattan. »

Les pilotes arrêtèrent de parler, mais apparemment sans couper la transmission. Dix entendait le bruit du rotor. Soudain, il lui sembla entendre une espèce de rugissement. Un hurlement résonna dans le haut-parleur et tout le poste de commandement en fut médusé. Il y eut une forte explosion, suivie de voix hystériques et du grésillement de la radio. Dix courut vers la sortie et sauta sur l'avenue. Keller et Curran apparurent aussitôt à sa suite. Ils s'étaient mis les mains sur les yeux pour ne pas être aveuglés; ils virent tout de suite l'hélicoptère, vacillant, une longue traînée de fumée derrière lui. Lentement, il tomba du ciel et disparut dans les arbres, quelque part vers Central Park West.

Jimmie Robinson avait un flingue. Angel « Dust » Manero voulait le voir.

« Montre-moi le truc.

– T'es raide? demanda Jimmie. J'veux pas que tu fasses ça avec moi si t'es raide.

– J'veux le voir. »

Jimmie jeta un coup d'œil sur la 110ᵉ rue. Des vagues de chaleur ondulaient sur les capots des voitures. Le soleil frappait durement les toits de la longue rangée d'immeubles miteux du sud de Harlem. Pour Jimmie, tous ces immeubles bruns se ressemblaient. Même hauteur, même crasse, même cafards. Jimmie laissa son regard errer de l'autre côté de la rue, sur les grands arbres verts. Il y avait des flics qui faisaient le pied de grue devant leurs voitures près de Lenox Avenue, là où l'East Drive sortait de Central Park. Plus loin à l'ouest, au coin de la Septième Avenue et de l'entrée de la Warrior's Gate, on pouvait voir d'autres flics, assis sur les barrières métalliques. Ils parlaient et blaguaient avec les poivrots et les habitants des taudis que la chaleur avait fait fuir de leurs appartements.

Une voiture banalisée roula lentement près d'eux. Jimmie connaissait les deux flics qui s'y trouvaient et leur lança un sourire sarcastique. Les deux policiers l'observèrent de leurs yeux durs et étroits avec un manque d'intérêt soigneusement calculé. La voiture continua sa route vers la Cinquième Avenue.

Jimmie tourna le dos à la rue. Son poitrail noir luisait de transpiration. Il portait un blouson en jean sans manches avec un insigne sur le dos : JR, Stone Killers 121.

Il sortit une bouteille de mauvais vin d'un sac en papier, regarda une dernière fois au-dessus de son épaule et fit signe à Angel de regarder. Il y avait un .38 Special au fond du sac.

« Il est chargé?

– Tu sais, Angel, des fois t'es vraiment sacrément con. »

Jimmie vida la bouteille de vin et la jeta sous une voiture. Il enroula le pistolet dans le sac en papier et le fourra dans la poche arrière de son jean. « Alors, t'es prêt à faire une petite balade dans le parc? »

Angel fit craquer ses phalanges et sourit. « Ouais, mec. On va désosser c't'enculé. Guérillero de mes deux. »

Jimmie lui tendit la paume de sa main qu'Angel frappa avec une élégante lenteur.

Ils traversèrent la 110ᵉ à la hauteur de Lenox. Ils se mirent devant la barricade et prirent un air naturel. Personne ne les remarqua. Ils marchèrent vers l'ouest jusqu'à ce qu'ils se trouvent à mi-chemin des deux entrées du parc. Jimmie surveilla les flics pendant un instant puis se jeta sous une barrière. Angel le suivit; ils sautèrent le muret de pierre et se mirent à courir dans Central Park.

Ils dépassèrent un rideau d'arbres et prirent un sentier. Ils n'étaient encore qu'à quelques mètres de la rue quand Jimmie entendit quelqu'un qui leur criait de s'arrêter. Il se retourna et vit des flics qui les coursaient de l'autre côté du mur du parc. Il retourna dans les arbres. Angel sortit du sentier et courut vers une clairière, en traversant l'East Drive. Il poussa un grand rire et fit signe à Jimmie de le suivre. Jimmie savait que cet idiot était défoncé et il aurait voulu lui mettre son pied au cul pour qu'il ralentisse un peu, mais il y eut une explosion et Angel fit une pirouette en l'air et un jet de sang jaillit de sa poitrine. Son corps atterrit contre un tronc d'arbre en cassant quelques branches au passage. Angel roula par terre, essaya de s'asseoir et s'évanouit. Il fixait le ciel.

Jimmie ne réfléchit même pas. Il fit demi-tour et fonça vers la rue. Il traversa le rideau d'arbres et vit le mur du parc. Des policiers étaient agenouillés sur le trottoir. Ils braquaient tous leurs fusils et leurs revolvers vers lui.

Il s'arrêta pile. Il leva les mains. Il sentit une petite résistance sur ses baskets. Il baissa les yeux et vit un fil qui s'allongeait dans l'herbe jusqu'à un buisson. Ses yeux se remplirent de larmes et il sentit sa tête tourner. Il avait l'impression de voir des fils qui s'entrecroisaient partout et qui s'enroulaient autour de ses pieds ou qui lui entouraient les chevilles.

Son genou droit se mit à trembler, sans qu'il puisse l'arrêter. Jimmie regarda les flics et dit d'un ton implorant :

« Au secours! »

Weaver s'ennuyait. Il était près de 6 heures du soir; Richie et elle étaient assis dans la camionnette, garée dans une rue de Kew Gardens; ils regardaient un immeuble se consumer lentement.

« Dix-quatre. Le feu semble maîtrisé.

– Correct, deux-trois. Sachez que, pour autant que nous ayons pu voir, l'immeuble ne semblait pas habité, mais qu'il y a toujours des hommes à l'intérieur qui luttent contre le sinistre. Un-sept-cinq-trois.

– Ambulance un-deux-deux, il n'y a pas de cabine téléphonique sur la Quarante-troisième et Broadway.

– Roger, on n'a pu joindre personne par les voies habituelles. »

Weaver baissa le volume de la radio et ouvrit sa fenêtre. De la fumée pénétra dans la voiture. « Qu'est-ce qu'on s'emmerde! »

Richie se tourna sur son siège. « D'après l'alarme, c'était un feu important. On aurait dû aller voir.

— Mon cul. C'est un feu de cheminée à la con. »

Weaver remarqua une femme à l'allure étrange qu'un ami réconfortait. Ils se dirigèrent vers une moto-pompe et passèrent devant la camionnette. La femme était très grande et très maquillée. Les larmes faisaient couler son rimmel.

Richie demanda : « C'est un trav?

— On dirait. Bon Dieu, et si cette baraque était pleine de travestis. On aurait peut-être dû tourner. »

Elle s'arrêta de parler et entendit un appel sur une fusillade dans le Queens. Il y eut plusieurs appels qui suivirent et qui indiquaient qu'il y avait eu homicide et qu'un cadavre se trouvait sur les lieux.

« Qu'est-ce que c'était? demanda Weaver à Richie.

— 118-23, 30ᵉ rue à Astoria. On y va?

— Ouais. » Weaver démarra. « J'en ai marre de ces meurtres. Le mec est raide mort, c'est tout. Il est étendu au sol.

— Weav, t'es une enfant gâtée. »

Elle roula sur le Queens Boulevard et prit la direction d'Astoria. Elle ne dit plus un mot pendant le trajet. Trois mois plus tôt, la chasse au cadavre l'excitait vraiment (cela consistait essentiellement à faire du slalom à toute vitesse entre les voitures pour arriver sur les lieux du crime avant que les flics ne mettent le corps dans une ambulance). Mais après ce qui s'était passé la nuit d'avant, elle ne pouvait plus s'exciter de la même façon. Durant l'après-midi, elle n'avait pu s'empêcher de ressentir un vague sentiment de frustration, ou même de manque. Et elle ne parvenait pas à s'en débarrasser.

L'hélicoptère qui s'était écrasé au sol, un peu plus tôt, l'avait intéressée, encore que la scène n'ait pas été très spectaculaire. Le rotor arrière avait été touché, mais le pilote s'était arrangé pour manœuvrer l'appareil au-dessus de Colombus Circle et y rester suspendu pendant quelques minutes. L'hélicoptère était finalement tombé à quelques mètres de la rue et le pilote s'en était tiré indemne. Weaver n'avait pas, à proprement parler, assisté à l'accident et, quand elle et Richie avaient été prêts à tourner, l'hélicoptère était déjà en train de brûler. Elle avait réussi quelques jolies images, mais une équipe d'une grande chaîne les avait battus sur ce coup et en cinq minutes de temps, une demi-douzaine d'équipes étaient sur les lieux. La même chose s'était répétée plus tard dans la journée, quand deux membres d'un gang de jeunes d'East Harlem avaient essayé d'entrer dans le parc. Boum! et tous les journalistes de New York s'étaient rués sur la 110ᵉ rue.

164

Depuis, Weaver gardait une oreille sur sa radio et espérait une suite digne de ce nom à l'affaire du parc, mais le calme plat régnait. Le reste de la journée avait été particulièrement indigne d'intérêt. Tout cela commençait à sentir une drôle d'odeur, que Weaver détestait par-dessus tout : celle de la routine.

« Tourne ici, Weav. »

La maison qu'ils cherchaient sur la Trentième Avenue se trouvait au milieu du bloc. Il y avait une ambulance et des voitures de police garées devant. Weaver s'arrêta de l'autre côté de la rue. Elle remarqua la camionnette d'Action TV News et poussa un petit grognement.

« J'aurais dû rouler plus vite. Je n'arrive pas à croire que Marty se baladait dans le Queens.

— Il doit être extra-lucide.

— J'espère bien que non. Allez! On va faire ce qu'on peut. »

Ils harnachèrent leur équipement et traversèrent la rue. Le corps était étendu à l'entrée du parking, dans une petite mare de sang. Il était entièrement recouvert d'un drap en plastique. Weaver jura. Une personne bien visible, gisant dans une pose mortuaire bien obscène intéressait toujours plus qu'un sac de plastique bosselé – mais une fois le corps recouvert, jamais les flics n'acceptaient de le découvrir pour les caméras.

Weaver filma quand même, y compris la maison et plusieurs inspecteurs qui traînaient dans les environs. Quand elle arrêta de tourner, elle entendit une voix qui l'appelait.

« C'est qu'un peu de viande morte, Weaver. »

C'était Marty. Tom et lui s'appuyaient nonchalamment à une voiture de police en fumant des cigarettes. La caméra de Marty était posée sur le coffre. Weaver continua de marcher, tandis que Richie éteignait le projecteur et enroulait les câbles.

Marty fit un rond de fumée. « T'es arrivée deux minutes trop tard. Le mec avait même les yeux ouverts. Grands ouverts, Weav, tu te rends compte? C'était super. Un macchab en plein milieu de la rue! »

Weaver fit comme si elle n'était pas impressionnée. Elle sentit le regard de Tom fixé sur son T-shirt. « Qui c'était?

— Je sais pas, Perry Como.

— Scène de ménage, interrompit Tom. Y a le beau-frère qu'on a emmené au commissariat. »

Weaver enleva la caméra de son épaule et la laissa à la hanche. « T'as regardé la télé, dernièrement? »

Marty jeta sa cigarette et l'écrasa du pied. « Non, pas le temps, tu sais, avec mon agent de change! Mais j'ai entendu causer, Weaver. Très content pour toi. Sincèrement. J'aime bien les histoires à la Cendrillon. Mais on est lundi, aujourd'hui, non? »

Weaver s'apprêtait à une réplique cinglante quand le beeper de Marty sonna. Tom et lui tournèrent les talons comme si Weaver et la conversation n'avaient jamais existé. Ils se précipitèrent vers leur camionnette; c'est ce qu'elle fit également. Richie y était, portière ouverte, en train d'écouter la radio.

« T'as entendu quelque chose d'intéressant?

– Non.

– Il faudrait que je m'achète un beeper.

– Ça sert à rien. Après il faudrait que t'aies un mec à temps complet, vingt-quatre heures sur vingt-quatre, qui t'appelle comme une bête.

– T'as raison. Je ne peux me permettre ni l'un ni l'autre. »

Weaver replaça la caméra dans le fond et roula vers le commissariat pour l'arrestation du suspect. Ils attendirent quarante-cinq minutes que les inspecteurs sortent; ceux-ci, pour faire plaisir aux journalistes, prirent le suspect par les cheveux et lui tirèrent la tête devant les caméras avant de le jeter dans une voiture. Weaver enregistra la scène et les flics en rajoutèrent : ils se frappèrent un peu avec la petite amie du suspect. Weaver tomba sur un inspecteur qu'elle connaissait et le remercia du spectacle. Elle demanda à Richie de prendre le volant pour le retour à Manhattan; sur le chemin, ils s'arrêtèrent pour un horrible accident de poids lourd sur l'autoroute Grand Central, près de l'aéroport de La Guardia. La circulation se fit de plus en plus dense et ils mirent plus d'une heure à rejoindre F.D.R. Drive, à la hauteur de la 96e rue est.

Ils descendirent au centre de Manhattan et firent le tour de Central Park. Il était environ 7 heures du soir; Le trafic était fluide et les rues qui avoisinaient le parc calmes, presque normales, sauf pour la présence des flics et des barrières de police. Richie conduisait la camionnette vers Colombus Circle quand Weaver lui demanda de s'arrêter.

Une foule s'était concentrée autour des restes fumants de l'hélicoptère qu'on avait tiré par treuil sur la grande allée circulaire qui se trouve face au Maine Monument. Des gosses jouaient dans la bulle de plastique de l'hélico et des clochards cuvaient leur vin sur les escaliers qui montent à la statue. Un groupe d'adolescents s'appuyait sur une voiture de police en fumant un joint; un lecteur de cassettes faisait hurler de la musique. Des flics se mêlaient à la foule et stationnaient devant les barrières métalliques, bavardant avec les piétons et le propriétaire d'un kiosque à journaux.

Weaver entendit le grondement d'une rame de métro qui passait sous la rue. Plusieurs personnes sortirent du métro, à proximité de l'enceinte du parc. Elle demanda à Richie d'attendre dans la voiture et se promena à travers la foule. Un gosse porto-ricain à l'air méchant qui portait un bandeau dans les cheveux sauta au-dessus des barrières et Weaver le vit exécuter une sorte de danse primitive sur un chemin qui conduisait à l'entrée du parc. Il maintenait un sac en papier au-dessus de sa tête et de la bière en coulait à chaque pas. Un flic franchit la barrière et chassa le gosse à coups de pied au derrière en le menaçant de sa matraque. Le gosse se réfugia à toutes jambes dans la rue où la foule lui réserva une exclamation de joie. Le flic s'essuya le front de son mouchoir, mais ne perdit pas son temps à le poursuivre.

Weaver passa devant un groupe de vendeurs qui faisaient de florissantes affaires et s'acheta une glace. Elle fit un tour vers Central Park South et découvrit pourquoi le plus gros de la foule se concentrait dans ce coin. Il y avait un reporter de la W.N.B.C., accompagné d'une mini-équipe vidéo qui interviewait les gens de la rue. Les gosses sifflaient et faisaient de grands gestes devant la caméra, dans l'espoir de se faire filmer. Weaver s'approcha et contempla le reporter qui faisait passer le micro d'une personne à l'autre. Il posa une question à une dame d'âge mûr : « Qu'éprouvez-vous devant la fermeture du Parc?»

La femme répondit sans hésiter : « Je crois que c'est terrible. Nous utilisons le parc tout le temps. Mon mari va y faire du jogging. Mais de toute façon, qu'est-ce qui se passe à New York, qu'est-ce qui arrive à cette ville! Il y a tant de vauriens, ici. Nous allons partir en Californie. »

Le reporter fit passer le micro à un vieil homme qui portait une calotte.

« Et pour vous, monsieur, que signifie la fermeture du parc?

— Moi? Je m'en fiche. L'endroit n'a jamais été sûr, de toute façon. Ça fait des années qu'ils auraient dû le fermer. Le type qui l'a pris est un fou furieux, mais sans le savoir, il a nettoyé une partie de cette ville de la racaille. »

Un jeune garçon joua des coudes pour se mettre devant la caméra. Le reporter décida de lui donner l'occasion de dire son mot. « Vas-y!

— C'est fou, mec! C'est incroyable. Tu vois, mec, ce type, il peut garder le parc pour toujours. C'est super! Personne pourra jamais le faire sortir. »

La foule se mit à hurler et le reporter se fit tirer la manche. Il fut obligé de passer le micro à une dame qui portait une serviette. « Le guérillero semble avoir des admirateurs. Qu'en pensez-vous? »

La femme se tenait raide et ne souriait pas. « Je pense que c'est une honte. Des policiers ont été tués. Que pensez-vous que ressentent leurs familles? »

Le reporter commençait à se sentir mal à l'aise. La foule, elle, s'excitait de plus en plus. Il demanda à une jolie jeune fille : « Que pensez-vous que la police devrait faire ? »

La fille battait des paupières en parlant : « Que peuvent-ils faire ? On m'a dit qu'ils avaient tout essayé. Je n'en sais rien, mais ce que je peux vous dire c'est que je ne rentrerai pas dans ce parc tant que l'homme y sera. »

Le reporter tourna sur lui-même et tendit le micro dans la foule sans voir. « Et vous, monsieur ? »

L'homme en question était sale et en loques. Il vacillait et Weaver vit tout de suite qu'il était soit ivre, soit défoncé. L'homme essaya de se donner une contenance et mit sa main sur le micro pour garder son équilibre. « Bon, faut pas s'en faire et tout. Le mec veut juste se prendre des petites vacances à la coule dans le parc, moi je pige ; y a qu'à se planter là et pas se faire chier. Mais y va bientôt en avoir marre. A moins qu'y s'trouve une gonzesse. » L'homme secoua la tête, incrédule. « Oh ! pardon, j'passais à la télé ? »

Le reporter lui arracha le micro des mains : « On arrête. »

Weaver sortit de la foule. Quel métier, pensait-elle. Elle n'avait jamais envié les reporters malgré leur salaire et leur célébrité. Quelle perte de temps que d'essayer de paraître au mieux de sa forme tous les jours pour poser des questions sans intérêt aux premiers venus. L'actualité, ce n'est pas poser des questions. C'est donner à voir ce qui se passe.

Weaver finit sa glace et se dirigea vers Central Park South. Elle se mit devant les barrières et jeta un coup d'œil au parc. Il commençait à faire sombre et de grandes ombres tombaient des immeubles et des hôtels. Deux écureuils se pourchassaient dans les arbres, de l'autre côté du mur. Elle se mit à rire en repensant aux interviews. Elle savait qu'avant longtemps, le type du parc allait devenir une célébrité ; que la presse allait s'en servir à fond, lui construire une image sur mesure, créer un mythe. Elle ne pensait d'ailleurs pas qu'il y eût quoi que ce soit de mal à manipuler l'information. Elle était bien placée pour le savoir ; Dieu sait à quel point les chaînes pouvaient altérer ses films. Ils étaient capables de tout ; un immeuble vide est en train de brûler et soudain il devient habité ; un ivrogne qui bat sa femme et qui se rend à la police en pleurant à 9 heures devient un maniaque armé d'un fusil aux infos de 11 heures. Et le public avalait tout. Ce qui l'ennuyait, c'était que ce public avalait aussi bien les petites histoires que les grandes. Il fallait que le stimulus reste constant ; sinon, même les événements les plus spectaculaires se retrouvaient submergés par le flot ininterrompu des informations.

Weaver leva les bras au ciel. Il fallait qu'elle se souvienne : « Un fou ferme Central Park. » Mais elle savait aussi que dans deux jours, l'énormité de la chose serait déjà mitigée et trivialisée par l'incroyable pouvoir d'adaptation des New-Yorkais. Elle ne voulait pas que les choses se passent ainsi, mais elle les connaissait bien, les New-Yorkais. Elle était née dans cette ville.

Elle jeta sa glace dans le Parc et retourna à la camionnette. Le reporter et son équipe étaient partis et la foule commençait à se disperser. Un ivrogne s'était assis sur l'hélicoptère et s'installait pour la nuit. Weaver inscrivit des notes sur les cassettes de la journée tandis que Richie conduisait la camionnette sur Central Park West; ils se garèrent près de la 66ᵉ rue. Tandis que Weaver allait porter la cassette à W.A.B.C., il continua à écouter les appels radio.

La salle des infos était plutôt calme; les journalistes préparaient le journal de 11 heures. Weaver trouva Roger Stein dans son bureau. Il avait posé les pieds sur son bureau et mangeait un sandwich. Elle prit place sur le sofa et se servit un café.

« Fais comme chez toi, Weaver. »

Elle posa la cassette sur le bureau, à côté du sandwich. Stein fit semblant de l'ignorer et continua à manger. Quand il eut terminé, il lui demanda :

« Quelque chose qui ne va pas, Weaver?

– Pourquoi?

– Tu n'as pas l'air surexcité, ce soir. On dirait même que tu es fatiguée.

– Je suis fatiguée.

– Très bien. Je vais te faire un compliment. Je veux que tu saches que c'est un compliment, au cas où tu serais trop crevée pour t'en apercevoir.

– Tu prends le cornichon?

– Non. »

Elle passa la main vers le sandwich et y recueillit le cornichon tant convoité.

Stein continua : « Les trucs que tu nous a apportés hier soir étaient vraiment chouettes. Le gros plan du flic, Eubank; c'était vraiment sensationnel. Ça valait son million de dollars. »

Weaver prit son cornichon : « Merci, Roger. »

Stein se mit à déchiffrer les notes sur la cassette. « Si je comprends bien, c'est juste des scènes de rue. D'accord pour l'hélicoptère calciné, mais on l'a déjà en trois exemplaires. Et quant à ces flics et aux barricades, combien de minutes veux-tu qu'on en montre?

– Pourquoi ne visionnes-tu pas la bande?

– Qu'est-ce qu'il y a d'autre, dessus? Je vois qu'il y a inscrit "scoop".

– C'est un mec qui s'est fait descendre dans un parking. Ils l'ont pratiquement ramassé à la petite cuillère.

– Bon, peut-être. Quelque chose d'autre?

– Un peu de sang coagulé, peut-être. Un meurtre dans le Queens.

– Oui, je sais.

– On est arrivé un peu à la bourre. Ils l'avaient déjà mis en sac. Scène du crime typique.

– Pourquoi n'as-tu pas couvert ce meurtre à Brooklyn?

– Je ne sais pas, répondit Weaver en geignant. Je voulais rester près du parc.

– On n'a rien eu de nouveau là-dessus depuis midi. Colle à l'actualité, bon Dieu, Weav!

– Je ne veux pas que ce truc passe au second plan, Roger. C'est trop gros. »

Stein reposa la cassette. « Je vais te raconter une petite histoire, dit-il. Je connaissais un type qui avait une petite agence comme la tienne, il y a deux ou trois ans. Je crois qu'il couvrait Staten Island. En tout cas, tu te souviens de ce truc du Ku Klux Klan à Brooklyn? Quand on a fait brûler des croix sur les gazons des gens? Ça a vraiment fait un tabac. Je me souviens qu'on a dû tourner l'équivalent de six jours de bande sur cette connerie. Ces croix en flammes dans la nuit, c'était vraiment super. Eh bien ce type de Staten Island n'allait plus très fort; il ne se passait rien, pas d'accident d'avion, rien du tout. Alors, il se fait quelques croix avec des planches de cinq mètres sur deux et les garde dans sa camionnette. Il me les a montrées. Il m'a raconté que quand les choses l'emmerderaient et qu'il ne pourrait plus tenir en place, il irait en planter une dans un jardin, il y foutrait le feu et ferait le tour du pâté de maisons jusqu'à ce que les flics viennent; comme ça, il serait le premier sur le coup. Complètement branque, le mec. »

Tout le temps que Stein parla, Weaver pensait à autre chose. Elle ne se rendit même pas compte que l'histoire était terminée. « Tu m'écoutes, Weaver? »

Elle reposa sa tasse de café. « Ouais. Je me demandais où on pouvait acheter des planches à cette heure-ci.

– T'es folle? Le type disait ça pour blaguer.

– Moi aussi », dit Weaver en éclatant de rire.

Stein retira ses pieds de son bureau et se pencha vers elle. « Ce que je suis en train de te dire, c'est que tout le monde va devoir attendre que quelque chose se passe. Les flics ne peuvent rien faire pour l'instant. Ils ont pris une super-trempe, et pas seulement physiquement. Maintenant, c'est à eux de jouer. Et jusque-là, tout ce que la station peut faire, c'est d'exploiter le truc à fond. On va faire une émission spéciale avec un expert militaire au journal de 11 heures, pour explorer le côté guérilla. Il y aura aussi un psy.

— Qu'est-ce qu'il va dire?

— Que le type a pris le parc pour faire de l'épate. Comme quand ce môme avait escaladé le World Trade Center. Tu te souviens? Ou cette bonne femme qu'avait fait le tour de Manhattan à la nage? La thèse du psy, c'est qu'il n'y a plus d'aventures, que le genre escalade d'un sommet est complètement déplacé. Il dit que c'est la ville qui est la dernière aventure. En fait, c'est sur ça qu'on va marteler. »

Weaver se laissa aller sur le sofa et leva les yeux au ciel. Que de conneries! Les choses arrivaient. C'était tout ce qu'on pouvait en dire. Personne ne s'en souciait, ou presque. Que les analystes aillent se faire foutre.

Stein répondit au téléphone. Weaver se remit à divaguer; quand il raccrocha, elle sauta à pieds joints en l'effrayant un peu.

« Bouge pas tout le temps, Weaver. »

Elle frappa le sol du pied. Elle sentait l'énergie lui revenir. « Qu'est-ce que tu dirais de quelque chose de vraiment exclusif?

— Comme quoi, par exemple?

— Est-ce que ça vaudrait plus pour toi? Je veux dire, est-ce qu'on pourrait négocier le prix sur des bases moins minables?

— C'est possible. Tu as quelque chose en tête?

— Et si on pouvait faire quelque chose sur le parc? dit Weaver en souriant. Personne d'autre ne le fera. Je pourrais t'apporter ça demain. Tu auras le temps de charcuter le tout à ta guise pour les nouvelles de 6 heures. »

Stein jeta un coup d'œil circulaire à la salle de rédaction. « Je vais te dire une bonne chose, ma petite. Apporte ta bande et je la visionnerai. » Weaver opina. Stein n'aima pas trop la façon dont son corps se raidit de nouveau, la façon qu'elle avait de serrer les dents. Avant qu'elle ait eu le temps de sortir, Stein l'arrêta à la porte et lui dit : « Attends une minute! Je ne te donne aucune garantie. Je ne voudrais pas que tu penses que je t'encourage à prendre quelque risque que ce soit. C'est bien compris? »

Weaver planta ses yeux dans ceux de Stein. « Nous nous comprenons à merveille, Roger. »

Harris contemplait le coucher de soleil en marchant à couvert sous les arbres de la West Drive. Quand il arriva enfin devant le monument à la Guerre civile, près de la 69ᵉ rue ouest, il faisait sombre. Il lut l'inscription sur le socle de la statue qui représentait un fantassin de l'ancien temps, appuyé sur son mousqueton. Les mots, gravés dans la

pierre disaient : À LA MÉMOIRE DES MEMBRES DU SEPTIÈME RÉGI-
MENT, N.G.S.N.Y., QUI, AU NOMBRE DE CINQUANTE-HUIT, DONNÈ-
RENT LEURS VIES POUR DÉFENDRE L'UNION 1861-1865.

Harris s'appuya sur la statue et regarda à travers les arbres les
immeubles résidentiels de Central Park West. Des brumes de chaleur
s'élevaient de la chaussée et la pierre du monument était encore
chaude. Harris était torse nu; il ne portait que son gilet pare-balles et le
poids du AK-47 et du sac à dos le faisait transpirer. Il tenait à la main
un M-21, un fusil de précision de calibre 7.62 mm.

Harris ne vit personne sur les toits des immeubles – il faisait trop
noir et les immeubles étaient trop loin – mais il savait qu'ils étaient là.
Il posa son sac de toile et en sortit un AN/PVS-3, plus connu sous le
nom de Starlight Scope, lunette spéciale qui permet de voir la nuit. Il
le mit sur son fusil. Le scope amplifiait la lumière ambiante afin que le
tireur d'élite puisse voir ses cibles de nuit. C'était un objectif tellement
sensible qu'on pouvait atteindre une cible en pleine nuit, sur un fond
complètement noir, sans utiliser d'autre lumière que celle des étoiles
(d'où son nom).

Harris colla son œil au viseur et le manipula jusqu'à ce qu'il puisse
faire le point sur les lointains immeubles. Il fit un long panoramique
sur la ligne des toits; un homme apparut dans une image étrange, telle
que le viseur spécial la restituait. L'homme s'appuyait sur un balcon et
pointait son fusil sur Central Park. Harris vit que l'homme était en
train de viser dans un Starlight Scope.

Harris baissa son fusil. Il se demanda si, à cette minute, quelqu'un
avait sa tête dans la mire de son fusil. Il fut pris de peur et se réfugia
derrière la statue. Très bien, pensa-t-il, c'est l'heure de la parano. Il lui
faudrait désormais bouger avec d'infinies précautions, nuit et jour.
Mais c'était comme ça que les choses se passaient toujours, non?

Il ramassa son sac et marcha en suivant la rue, changeant parfois de
chemin pour rester derrière les arbres et les collines. Il trouva un banc
à la lisière de la Sheep Meadow et s'assit près des pelouses
impeccablement tondues des Bowling Greens. Il se souvint du temps
où il regardait les vieux messieurs qui faisaient rouler leurs boules sur
l'herbe rase, suivant des règles aussi complexes qu'incompréhensibles.
Le silence des parties et l'atmosphère de calme et de paix qui s'en
dégageait l'impressionnaient.

Harris but une gorgée d'eau de sa gourde. Il prit mentalement note
d'aller la remplir à une fontaine qui se trouvait juste derrière lui. Il se
frotta la nuque. Après tout, il ne se sentait pas aussi fatigué que cela. Il
avait passé presque toute la journée à se reposer dans sa base de feu. Il
avait bien posé quelques mines et mis en place quelques pièges bien
vicieux, mais il était pour ainsi dire à court de mines et il avait fait trop

chaud pour vraiment travailler. D'ailleurs, il y avait assez de mines comme ça; en tout cas il y en avait un nombre suffisant pour qu'il se sente en sécurité. Tout ce qui lui restait à faire, c'était de déployer encore quelques rouleaux de barbelés sur certaines zones de terrain, et construire quelques fortins de plus. Il n'avait guère besoin d'autre chose. Son rayon de mission était à l'évidence limité. Il allait devoir passer la plupart de son temps, surtout pendant la nuit, en reconnaissances.

Il décida qu'il vaudrait mieux qu'il s'occupe du barbelé avant minuit et se leva; il retomba aussitôt sur le banc. Il ne se sentait pas motivé; il n'avait plus d'énergie. Depuis qu'il avait descendu l'hélicoptère, il avait l'impression de lutter contre le temps. Peut-être avait-il besoin d'un répit émotionnel. Tout ne pouvait être dinky dau sans arrêt.

Dinky dau. Harris ferma les yeux. Il entendit une voix au téléphone. La voix le calmait; le vocabulaire employé lui mettait du baume au cœur et lui rappelait la camaraderie des vieilles conversations. Il avait des mots et des visages dans la tête et il se sentait bien, entouré d'amis au milieu de la peur et du danger. C'étaient des voix familières; elles lui rappelaient qu'un monde existait au-delà de la nuit et de la jungle. A entendre ces voix, il aurait voulu le retrouver, ce monde.

Harris ouvrit les yeux. La transpiration coulait sous son casque. De l'autre côté de la Sheep Meadow, l'horloge digitale clignotait dans le noir. Il était 22:58. Cela faisait au moins deux heures qu'il somnolait. Il se leva et se passa l'avant-bras sur le visage. Il saisit le fusil et se dirigea vers la fontaine. Après avoir bu et rempli sa gourde, il passa devant les stands et descendit une colline qui menait à la 72ᵉ rue. Il inspecta bien le ciel et la cime des arbres et courut de l'autre côté de la rue. Il se jeta à plat ventre dans un bouquet d'arbres qui entourait Cherry Hill et se mit en marche vers le Bow Bridge. Harris s'arrêta au milieu, s'assit sur la balustrade métallique; il laissa l'air frais qui se levait du lac sécher son visage. Il leva son fusil et mit l'œil au viseur spécial. Il changea de position jusqu'à ce qu'il ait une vue satisfaisante à travers les arbres. Il réussit à localiser un tireur d'élite sur un toit; sa tête était au centre du réticule. Harris appuya sur la gâchette. Il y eut un déclic.

« Bang », fit Harris.

Il quitta la balustrade et traversa l'autre moitié du pont. Les cartouches de son fusil étaient dans une poche à munitions de son pantalon; il en mit une dans la culasse.

Harris, en suivant la rive du lac, oublia son rêve; c'étaient toujours les bons rêves qu'il oubliait. Comme il continuait son chemin à travers le Ramble, il comprit uniquement que quelque chose allait se passer, qu'il voulait que quelque chose se passe – mais il n'aimait pas attendre.

Peut-être allait-il être obligé de provoquer un changement de situation. Après tout, pensa-t-il, c'était pour cela qu'il était là.

Il décida de se reposer et de réfléchir, pendant que des yeux artificiels le cherchaient dans le noir. Il quitta le Ramble et prit le chemin de sa base de feu et du sommeil.

Des appels radio venaient de la chambre de Weaver, mais elle ne pouvait pas les entendre. Elle était dans la salle de séjour en train de s'insulter copieusement avec Richie et J.T.; leurs voix étaient fortes.

Richie cria plus fort qu'elle : « Je ferais jamais ça, Weav. »

J.T. : « J'suis d'accord avec lui. Faudrait que tu sois dingue pour aller dans ce parc. »

Weaver était exaspérée. Elle se leva et fit le tour de sa T.V. couleur qui fonctionnait avec, en plus, la radio qui hurlait juste au-dessus. « Attendez un peu. Essayez de réfléchir, quoi. C'est vraiment pas sorcier. On se faufile à l'intérieur pendant la nuit. On se planque dans un coin jusqu'à l'aube, pour avoir assez de lumière. On traverse jusqu'au West Side, on fait une bande et on sort. Plans exclusifs de l'intérieur du parc désert – trottoirs vides, tout le tintouin. Des images fabuleuses. On décrochera un bonus du tonnerre. »

Richie se gratta la gorge : « Super. Je pourrai le dépenser dans un fauteuil roulant après m'être fait sauter sur une putain de mine ou un autre truc dans ce genre. »

J.T. alla chercher une bière à la cuisine. Weaver continua sa passe d'arme avec Richie : « Mais écoute-moi, bon Dieu! On prend la transversale, on reste sur la route, très loin des endroits découverts. Bon, c'est vrai que je ne sais pas à quoi ressemble une mine, mais bordel, je pense que je serai capable d'en reconnaître une sur du goudron. Je ferai bien attention de ne pas marcher dessus. »

J.T. revint avec sa bière. « Formidable, Weaver. Et qu'est-ce qui se passera quand le mec t'apercevra et te jettera une grenade sur ta tête de linotte?

– Le parc est grand, J.T. Ce ne serait vraiment pas de veine si on tombait sur lui sur quinze minutes de balade! Peut-être même qu'il n'est plus là-bas.

– Bien sûr, répliqua J.T., et l'hélicoptère, il s'est juste laissé tomber de fatigue?

– C'était il y a douze heures. »

Richie se leva de sa chaise, au bord d'une fenêtre qui surplombait la 78ᵉ rue est. « Laisse tomber, Weav. Je ne ferai jamais ça. Tu peux me virer, si tu veux.

– Mais je ne veux pas te virer, Richie.

174

– Très bien. Tu me feras signe quand tu seras prête à y aller. » Il était furieux. Il sortit de l'appartement en claquant la porte. Weaver jura à voix haute. Elle entra dans sa chambre et s'assit sur le lit et écouta le scanner Bearcat qui se trouvait sur la table de chevet, à quelques centimètres de son oreiller. Sa caméra et le magnétoscope V.T.R. étaient sur le sol. Elle vérifia que le cache-objectif était bien fermé et le câble B.N.C. correctement enroulé. J.T. était dans l'encadrement de la porte; il sirotait sa bière en l'examinant.

« Qu'est-ce que tu vas faire, Weav?

– J'irai toute seule. En fait, ce sera mieux.

– Mon cul. Calme-toi, Weaver. Ce boulot n'est pas tout, bordel! Tu peux pas jouer au petit mec vingt-quatre heures sur vingt-quatre. »

Weaver faillit le gifler, puis réussit à se maîtriser. Quand J.T. pensait quelque chose, il ne le cachait pas. Il avait également beaucoup de petites amies. S'il avait été un peu plus vieux et qu'elle l'ait rencontré dans d'autres circonstances, Weaver aurait sans doute été attirée par lui.

Elle regarda autre part. « Est-ce que tu vas m'aider? »

J.T. termina sa bière et entra dans la chambre. Il se pencha sur le lit et lui massa les épaules. « Allez, on va sortir, bouffer quelque chose et se cuiter la gueule. Après, on rentre et on se fume un joint. D'ac? Laisse tomber toute cette merde. Je resterai avec toi quelque temps; de toute façon, je vis pratiquement ici. »

Weaver n'apprécia pas trop cette dernière petite tirade. « Tu vis peut-être ici, mais pas avec moi. » Elle se dégagea de ses mains.

« Arrête les frais, je te parlais pas de quelque chose de sérieux. Juste un petit contact. »

Weaver devenait de plus en plus nerveuse. Elle se leva et se posa la caméra sur les épaules. Elle ajusta le harnais et essaya de faire comme si J.T. n'était pas là. Il prit un air dégoûté.

« T'es vraiment en béton, Weaver. T'as peur de quoi, au juste? Que quelqu'un découvre que t'es pas une brique? »

La respiration de Weaver s'accéléra. Elle ne voulait plus rien entendre. Elle joua avec le zoom. J.T. fit un pas en arrière.

« Ma fille, c'est tout ce que tu feras dans ta chienne de vie, t'agripper à cette caméra. Ça t'arrive jamais de toucher quelqu'un? »

Weaver baissa la caméra et le regarda droit dans les yeux. Ils ne dirent pas un mot; finalement, J.T. baissa les yeux, fit demi-tour et se dirigea vers la porte. Weaver le rappela. « Est-ce que tu vas me donner un coup de main? »

En sortant de l'appartement, J.T. lui cria : « Je vais aller chercher la caisse et c'est tout! T'as qu'à te la faire, ta caméra, mais pas moi. »

Weaver fut incapable de faire un geste pendant plusieurs secondes.

175

Elle se sentait mal. J.T. était inquiet pour elle, c'était indéniable. Mais elle lui en voulait. Il avait eu une enfance très dure, dans un ghetto aussi dur. Elle avait cru qu'il comprendrait son ambition et tout ce qui la poussait à réussir, quel que soit le prix. En fait, il l'avait certainement compris. Mais il ne pouvait pas savoir à quel point ce boulot pouvait être moche; comment elle devait absolument garder une certaine distance; et comment c'était sa caméra qui la protégeait. Elle était toujours en train de regarder ce qu'il y avait de pire dans la vie sur une minuscule image TV. C'était cette distance entre elle et le monde qu'elle aimait. Il n'y avait aucun autre moyen.

Weaver reposa la caméra et se jeta sur son lit. Son visage était entièrement recouvert par ses cheveux. Peut-être aurait-elle dû laisser J.T. venir à elle; laisser *n'importe qui* venir à elle. Sa mère lui avait toujours reproché de ne pas mener une vie normale; rien n'avait changé depuis le lycée. Elle passait toujours toutes ses nuits éveillée, à rôder près des meurtres, des accidents, des suicides; à traîner avec les flics. Sa mère disait que Weaver n'avait jamais eu de petit ami; pour elle, Weaver n'avait jamais eu la patience de s'arrêter et d'apprendre quelque chose des gens qu'elle photographiait pour ses « actualités ».

Et Weaver savait bien que les gens normaux ne comprenaient pas qu'elle participe d'aussi près à toutes ces horreurs, à toutes ces tragédies. On lui posait toujours la même question : « Comment peux-tu regarder ces trucs toute la journée? Comment arrives-tu à supporter ça? » Les gens qui posaient ces questions ne savaient rien de la petite fille qui avait une radio professionnelle dans sa chambre et un vélo de course, ni de la petite image TV qui rendait la laideur si facile à accepter. Weaver était habituée à cette incompréhension, mais elle n'avait jamais confié à qui que ce soit, et surtout pas à sa mère, à quel point elle avait à présent besoin de sensations fortes. C'était cela qui l'effrayait; qui faisait qu'elle se sentait vraiment anormale. Tout le monde a besoin de sensations fortes, mais Weaver avait peur que les autres ne comprennent pas combien ce simple besoin était devenu chez elle quelque chose d'autre : une drogue. Un besoin pur qui dominait tout le reste.

Intérieurement, Weaver se dérobait. Mais non! elle n'était pas une brique. Elle aurait voulu rencontrer des gens. Elle avait souvent souhaité, durant son travail, quand elle rencontrait des gens intéressants, séduisants ou sympathiques, avoir le temps de les revoir, de savoir ce qui leur était arrivé après. Mais il n'y avait jamais d'« après ». Il n'y avait que la ville et les nouvelles et la vitesse éternelle de l'action.

Weaver se leva vite du lit. Elle prit le V.T.R. et mit la bretelle sur son épaule. Elle saisit la caméra. Le poids des deux, combiné, était énorme, mais elle s'en fichait. Elle s'arrêta dans l'encoignure de la porte et jeta un coup d'œil à sa chambre. Les murs étaient recouverts de photos à sensation qui représentaient des meurtres, des accidents, des règlements de comptes de la Mafia ou des incendies. Au pied de son lit, il y avait deux postes de télévision noir et blanc. Le scanner était toujours en marche, en train de fouiller à travers les fréquences. Elle ne prit même pas la peine de le fermer. J.T. allait revenir pour la nuit. Elle ferma les lumières et sortit. Elle avait un boulot à faire.

Weaver gara la camionnette du côté est de la Cinquième Avenue, près de la 78ᵉ rue. Elle colla sa carte de presse derrière le pare-brise et sortit. Une circulation assez fluide se dirigeait vers le bas de Manhattan. Il était presque onze heures du soir. Elle marcha vers le nord jusqu'à ce qu'elle ait une vue claire du croisement de la 79ᵉ rue et de la Cinquième Avenue. Il y avait des barrières partout qui bloquaient la 79ᵉ à l'endroit où elle entrait dans le parc pour devenir une transversale. Il y avait trois policiers sur le trottoir, à l'extrémité sud du Museum of Modern Art. Ils étaient assez loin de l'entrée du parc pour que Weaner ait des difficultés à bien les voir dans l'obscurité. Parfait, pensa-t-elle.

Elle fit demi-tour pour revenir sur ses pas et découvrit un autre problème. Un flic se tenait de l'autre côté du carrefour, la partie sud de la 79ᵉ rue. Il s'était assis sur une barrière qui faisait face à une grande allée; c'était l'une des voies d'accès au parc faite pour les piétons. Il n'était qu'à quelques mètres de la transversale.

Weaver s'arrêta et s'appuya au mur d'un immeuble. Une femme sortit du hall et fit signe à un taxi. Weaver aperçut une cabine téléphonique de l'autre côté de la rue, à mi-chemin entre la 78ᵉ et la 79ᵉ. Elle s'avança sur le trottoir et surveilla le flic quelques instants. Puis, ses yeux revinrent à la cabine. Elle attendit que la circulation s'arrête et traversa la rue. Elle savait qu'on interdisait aux piétons d'emprunter le côté ouest de l'avenue, aussi essaya-t-elle de se faire invisible pour aller jusqu'à la cabine. Elle regarda à l'intérieur, lut le numéro de téléphone et courut jusqu'à l'immeuble d'en face. Le flic ne l'avait pas vue.

Elle ferma la camionnette et trouva une autre cabine sur la 79ᵉ rue, près de Madison Avenue. Elle appela J. T. chez elle.

« Allô?

– J. T., c'est Weaver.

– Qu'est-ce qui se passe?

– Rien encore. Je voudrais que tu fasses quelque chose pour moi.

177

« — Écoute, je t'ai déjà dit...

— Allez, J. T., juste un petit truc. Je voudrais que tu appelles ce numéro. Tu es prêt?

— Merde.

— 326-2408. Compris?

— Oui.

— Quand j'ai raccroché, tu attends deux minutes et tu appelles. Laisse sonner. Quand on répond, tu raccroches. D'accord?

— Weav, est-ce que tu vas te calmer, à présent?

— Ne t'en fais pas. Dis à Richie que la caisse est sur la Cinquième Avenue, à la hauteur de la 78e. Et toi, ne reste pas assis toute la journée à rien faire. Si ça marche on pourra se payer un vrai bureau. T'aimerais pas?

— Essaye pas de m'acheter.

— Salut. Et fais ce que je t'ai dit. »

Weaver raccrocha. Elle alla à la camionnette et ouvrit le hayon arrière. Elle mit une cassette neuve dans le V.T.R. et enfonça le câble B.N.C. dans sa ceinture. Elle mit la caméra en position, le V.T.R. sur son épaule et les ceintures de batteries à son poignet. Elle se dirigea vers le haut de Manhattan et s'arrêta juste à quelques pas des feux de signalisation de la 79e rue. De l'autre côté de l'avenue, la transversale ténébreuse descendait en courbe vers Central Park où elle disparaissait. Weaver essaya de repérer les flics près du musée. Ils lui tournaient le dos. Elle regarda ensuite le flic qui était de l'autre côté de l'avenue. Il se tenait dans un cercle de lumière qui tombait d'un lampadaire enfoui dans les hauts buissons, de l'autre côté du mur du parc. Il était en train de se ronger les ongles. Un camion du *New York Times* passa; Weaver le perdit de vue pendant une seconde. Une fois le camion passé, elle entendit le téléphone qui sonnait dans la cabine.

Le flic regarda bêtement le téléphone et se remit à se ronger les ongles. Le téléphone continuait de sonner. Le flic s'étira et alluma une cigarette. Il essayait de ne pas faire attention au téléphone. Il se leva, regarda le parc et prit une bouffée de sa cigarette. Mais il fut forcé de regarder de nouveau le téléphone. Il s'avança sur le trottoir et regarda vers le nord, en direction du musée. Weaver suivit son regard. Les autres policiers étaient en conversation avec un chauffeur de taxi. Pendant ce temps, le téléphone sonnait sans discontinuer. En fin de compte, le policier, n'y tenant plus, se dirigea vers la cabine. Weaver en profita pour traverser l'avenue. Elle le vit répondre quand elle courait sur la transversale et entrait dans le parc.

Elle se déplaçait rapidement sur la route, restant aussi près des arbres que possible. La lourdeur de son équipement la faisait gémir. Au bout de quelques mètres, les arbres laissaient place à un remblai et à un mur assez élevé; la route décrivait un tournant et passait sous un pont. Weaver ralentit. Il faisait noir et elle ne vit personne derrière elle. Personne ne lui cria de s'arrêter. Elle continua son chemin et prit un tunnel qui passait sous l'East Drive; elle s'approcha d'un immeuble qui se dressait à sa gauche. C'était la caserne de pompiers; elle sut ainsi qu'elle était à mi-chemin de l'East et du West Side, en plein centre du parc. Elle fit une halte devant l'immeuble et chercha un endroit où se cacher. Elle ne voulait pas se retrouver à découvert. Bien qu'elle ne pensât pas que les tireurs d'élite concentrent leurs tirs sur les transversales elle espérait que, s'ils la repéraient, ils auraient assez de bon sens pour comprendre ce qu'elle faisait. C'était un point qu'elle n'avait pas cru bon de discuter avec J. T. et Richie. Pas la peine de rendre les choses plus difficiles.

Le paysage, derrière le bâtiment, était si sombre et effrayant que Weaver traversa la transversale en courant et se jeta contre le mur qui bordait la route. Elle voyait les arbres et les hautes feuilles qui la surplombaient. Elle voulait à tout prix s'éloigner de l'herbe et des buissons, surtout pendant la nuit. Elle décida de marcher quelques mètres vers l'ouest, vers le tunnel où la transversale passait sous le Belvedere. Il y avait un petit escalier de pierre taillé dans le mur du tunnel. Les marches menaient au parc. Weaver s'arrêta et jeta un coup d'œil. Elle se mit pratiquement le nez sur les marches et inspecta la pierre. Tout semblait normal. Weaver monta de trois marches, déposa son équipement sur l'escalier et s'assit. C'était un bon endroit pour attendre les premières lueurs de l'aube. Il y avait une sorte de petite niche étroite entourée de murs de béton et des hauts arbres qui se dressaient en haut de l'escalier. Elle se trouvait à présent sous le parc, hors de la route.

L'air était humide et chaud. Elle transpirait et ne respirait que difficilement. Elle essaya de se relaxer. Elle avait mal au dos d'avoir porté l'équipement vidéo. Un jour, on réduirait sûrement le poids du V.T.R. et de la caméra pour en faire une unité portable par une personne; ce jour-là, elle pourrait vraiment s'en donner à cœur joie. Elle poussa un grand rire qui l'étonna elle-même. Une libellule s'envola en bas des escaliers et elle sursauta. Bon Dieu, pensa-t-elle, calme-toi. Plus que sept heures à attendre. C'est tout.

Weaver sortit une barre de confiserie de son jean. Elle était molle et fondante. Elle la mangea quand même. Le fait de manger la tranquillisait. Elle leva les yeux vers les arbres et se demanda quelle était la partie du parc qui se trouvait en haut de ces escaliers et si, de cet endroit, elle pourrait avoir un bon angle de vue. Après tout, elle ne connaissait pas très bien Central Park. Elle se reprocha de ne pas avoir consulté une carte. Il était trop tard, se dit-elle en haussant les épaules.

Elle retrouva trois autres barres dans la poche arrière de son jean. Elle les mangea toutes en écoutant les criquets et le sourd bourdonnement des automobiles qui parvenait de la ville. Il n'y avait pas un souffle de vent; rien ne bougeait. Des lucioles voltigeaient autour d'elle, mais cette fois-là, elle ne sursauta pas.

Dix renonça à joindre le gardien sur le téléphone intérieur. Il voulait savoir s'il y avait des reporters devant son immeuble. Il était presque certain qu'il y en aurait; il avait remarqué une voiture portant une immatriculation de la police de New York, quand il était rentré chez lui, un peu plus tôt.

Dix éteignit la lumière, ferma et se dirigea vers l'ascenseur. D'ordinaire, il aurait utilisé l'ascenseur de service pour éviter l'entrée principale, mais il allait devoir trouver un taxi. Il n'avait pas la limousine, aujourd'hui. Il avait prévu de rester dormir chez lui. Puis, il s'était senti nerveux et avait voulu parler avec quelqu'un, aussi avait-il appelé son ex-femme qui avait accepté de le voir pour prendre un verre. Il était très tard en fait, puisqu'il était censé la rejoindre à 10 heures et demie et qu'il était déjà 11 heures.

Quand les portes de l'ascenseur s'ouvrirent, Dix vit le gardien qui dormait dans le placard à balais dans le hall. Il le réveilla.

« Est-ce que vous avez vu des journalistes, dehors? »

Le gardien le regarda d'un air ébahi en se frottant les yeux. « Mais qu'est-ce que vous croyez, Mr. Dix, ils vivent ici, maintenant.

– Je suppose que vous n'aimeriez pas sortir, me trouver un taxi et le faire venir à l'entrée de service?

– Vous plaisantez? Demandez-moi ça à Noël, c'est à cette époque que je fais mes B.A. »

Dix ne lui en voulait pas. Les journalistes donnaient déjà assez de soucis au personnel de l'immeuble. Dix s'en alla, résigné à devoir faire face à la presse. Il avait déjà donné trois interviews depuis midi et le maire avait insisté pour qu'il passe en direct au journal de six heures de W.N.B.C.; il devait répondre aux questions et avoir l'air optimiste, bien informé et dynamique. Comme toujours, les articles avaient été bons.

Dix passa par le grand hall d'entrée et se retrouva sur le trottoir, les yeux fermés. Il n'entendit que les klaxons des voitures.

Comment était-ce possible? pensa-t-il. Non, vraiment. Il perçut le bruit de pieds qui se rapprochaient de lui. Quand il ouvrit les yeux, il découvrit un reporter d'Associated Press et une femme de la radio W.I.N.S. Il connaissait vaguement la femme.

« Bonjour, Miss Rubin.

– Je vous ai vu, Mr. Dix. Vous ne pouvez pas simplement fermer les yeux pour nous faire disparaître. »

Tout le monde éclata de rire. Dix se rapprocha de la rue en essayant de voir si un taxi libre était en vue. Les deux reporters mirent en marche leurs lecteurs de cassette et tendirent leurs micros. Les sourires disparurent. Ce fut Miss Rubin qui posa la première question.

« Comment la police peut-elle maintenir que la fermeture du parc est l'œuvre de terroristes? Le public n'a-t-il pas le droit de connaître les progrès que vous avez faits dans votre enquête? »

Dix vit un taxi et tendit le bras. Son esprit vola vers un vieux dossier, quelque part, et répondit automatiquement : « Miss Rubin. Vous savez que nous ne nous tournons pas les pouces. Je ne suis pas habilité à parler au nom de nos forces de police, mais je sais qu'en ce moment, leur sentiment est que nous sommes en train de gagner un avantage stratégique. »

Le reporter d'A.P. s'étouffa presque. « Un avantage stratégique! Dois-je comprendre que nous ne parlons plus d'appréhender les coupables et de rouvrir le parc? »

Dix jeta un regard froid à l'homme. « La police de New York ne cherche qu'à appréhender les coupables et à rouvrir le parc, en utilisant les moyens adéquats. C'est tout ce que je peux vous dire. »

Le taxi s'approcha du trottoir. Au moment où Dix montait, le reporter de l'A.P. lui demanda : « Va-t-on faire appel à la Garde Nationale?

– C'est au Gouverneur d'en décider! » répliqua Dix.

Le chauffeur ne démarra pas. Il était en train de noter quelque chose sur sa feuille de route. Dix aurait aimé lui donner un grand coup sur la tête, mais la séparation en plastique l'en empêcha. Miss Rubin fit passer son micro par la vitre ouverte.

« Savez-vous qui est l'homme du parc? »

La question le prit par surprise. Il faillit presque y répondre – mais il savait que c'était impossible et il ferma la vitre au nez de Miss Rubin.

Il faisait chaud dans le taxi. Le chauffeur prit la Cinquième Avenue jusqu'à Central Park South, puis ils contournèrent la moitié sud du parc. C'était étrange de voir les trottoirs déserts du périmètre, encore que Dix fût forcé d'admettre qu'il commençait à s'y habituer. Cela faisait plus de vingt-quatre heures qu'on avait fermé le parc. Il essaya de s'imaginer ce qui se passerait si on le fermait de façon permanente. Une sorte de no man's land hanté par un fantôme légendaire.

Le chauffeur tourna la tête et dit quelque chose que la séparation étouffa. « Je ne vous entends pas, dit Dix.

– Je disais qu'il faisait sacrément chaud.

– Ouais.

– Il devait pleuvoir, qu'ils disaient. Ils en connaissent pas plus en météo que quand j'étais gosse. »

Dix se pencha un peu pour voir la photo du chauffeur affichée sur son tableau de bord, au-dessus de sa patente. Il s'appelait Morris Levinson. Cela devait faire trente ans qu'il conduisait un taxi.

Il continua : « Vous travaillez pour la mairie? Je vous ai vu avec les reporters.

– Je travaille au bureau du Maire.

– Et alors, qu'est-ce que vous foutez avec ce parc? On met une demi-heure pour traverser la ville, à présent.

– Je n'en sais rien.

– Vous savez ce que je crois? Je crois que la ville devrait capituler. Mais oui. Capituler. Le mec, là, dans le parc, signez un traité avec lui, donnez-lui une médaille et tout le monde sera content. On pourrait même rebaptiser le parc à son nom. »

Le taxi s'arrêta sur la 63ᵉ rue ouest, devant un bar qui s'appelait le O'Neal's Balloon. Dix sortit et se pencha à la vitre du chauffeur. « Dites-moi, Morris, vous êtes libre pour ma prochaine conférence de presse? » Le chauffeur éclata de rire. Dix lui laissa un gros pourboire. Il entra chez O'Neal et retrouva son ex-femme à une table qui faisait face à Colombus Avenue et au Lincoln Center. Elle était très belle. Dix l'embrassa et prit une chaise.

« Je suis désolé d'être en retard, Marianne. »

Elle pointa son doigt vers le bar, dans la grande salle. « Je regardais la télé. Je me suis dit que si tu n'étais pas ici, tu ne pouvais être que sur l'écran. »

Dix commanda un double martini. « Bon Dieu, je n'en peux plus. J'ai dû prononcer le mot " appréhender " deux fois, aujourd'hui.

– Que veux-tu, c'est le lot des bureaucrates. » Elle lui lança un petit sourire pour adoucir la remarque.

« Sois gentille, tu veux, Marianne? » Il regarda sa main qui brossait ses longs cheveux blonds. Son verre arriva. Il en avala un peu et essaya de se détendre. « Tu sais, j'ai l'impression de me retrouver dans ces conférences de presse, pendant la guerre. J'étais forcé de dire à la place des généraux que nous étions en train de filer une avoine aux Viets, alors que je savais parfaitement que ça ne se passait pas comme ça. C'est pareil avec le Maire, la police et toute cette merde. Je suis poursuivi par une meute de reporters et je leur sers des conneries bien baveuses.

– Mais pourquoi? Qu'est-ce qui se passe? »

Dix lui raconta tout sur le coup de téléphone de l'homme du parc. Il

182

lui dit que cette conversation l'avait persuadé qu'il était possible de résoudre le problème par des moyens psychologiques, mais que la direction de la police avait gravement entamé sa crédibilité en forçant l'homme à abattre un hélicoptère.

Marianne termina son verre. « Et qu'est-ce que la police compte faire, à présent?

– Je ne sais pas. Keller croit toujours qu'il s'agit d'un groupe terroriste. Ils ont passé toute la journée en réunion, mais sans trouver d'options valables. Ils vont être forcés de laisser les choses se décanter d'elles-mêmes. D'après le labo, les fragments prélevés proviennent de mines claymores. J'aurais pu le leur dire moi-même. En ce moment, le F.B.I. fait une enquête chez les marchands d'armes et dans les dépôts d'armes volées. Mais je me demande à quoi leur servirait de trouver un suspect qui ait pu avoir accès à ce type d'armes. Que pourraient-ils faire? Amener sa mère devant le parc et la faire parler dans un mégaphone pour lui dire de se rendre? »

Dix commanda un autre martini. Marianne le laissa divaguer.

« Ils ont foutu des tas de tireurs d'élite sur les toits, mais j'ai été faire un petit tour par là. Ils ont une chance sur un million, ou peu s'en faut. En tout cas, il n'y a qu'une chose dont je sois sûr, Marianne, c'est que les chefs de la police ne m'écouteront pas. »

Marianne en profita pour lui sauter dessus. « Et ça t'étonne? Ils n'écoutent que ce qui leur convient. Les flics sont comme les militaires, la seule solution qu'ils aient par rapport à la violence, c'est encore plus de violence. »

Dix sentit qu'ils allaient revenir à de vieilles querelles. « C'est pas aussi simple.

– Vraiment? Disons que tu aies raison. Tu as affaire à un ancien combattant du Vietnam. Et pourquoi ne travaillerais-tu pas à une solution pacifique? Mets cartes sur table. Trouve un moyen pour que ce type dépose les armes et se rende. Fais tout ce qu'il faut pour ça.

– Mais je suis tout à fait d'accord avec toi. Le seul problème, c'est que je ne sais pas s'il est encore temps. Souviens-toi que je suis un officiel. Aujourd'hui un gosse est mort parce qu'il est entré dans ce parc. Je dois prendre en compte la sécurité du public. Il y a aussi ces policiers qui ont été tués. Je suis censé donner mon soutien à la politique du Département. C'est ma seule marge de manœuvre. Je n'aime pas plus cette merde que toi, mais c'est comme ça que ça se passe.

– Pas besoin de me faire une conférence de presse. » Marianne s'était mise en colère. « David, si tu en as aussi marre que tu le dis de raconter des imbécillités au public, pourquoi restes-tu là?

– Mais je suis tellement bon dans ce genre de boulot. C'est comme ça que je suis passé de sous-officier chargé de presse à adjoint au maire. »

Marianne le regarda fixement. Dix n'avait jamais su résister à ce regard. Elle lui dit : « Je sais maintenant pourquoi tu voulais tant me parler. Tu voulais que je t'aide à trouver ce que tu avais à faire. En fait, quand on va au fond, tu vas tout essayer pour trouver une solution à ton problème, et tu te fous complètement que quelqu'un se fasse tuer ou non. »

Dix essaya de ne pas croiser son regard. « Je ne sais pas quoi faire. Il y a déjà eu des morts. Nous n'allons quand même pas attendre que le type du parc en ait marre et qu'il sorte. Je continue à tout faire pour que ça se passe bien; mais ça ne dépend pas de moi. J'ai besoin de pouvoir communiquer directement avec ce type. Tant que je disposerai d'une minute, je continuerai à défendre mon point de vue auprès de la direction de la police. » Dix savait pertinemment que son argumentation était faible.

« Laisse tomber, David!

– Je ne peux pas.

– Tu ne veux pas. Et c'est parce que la violence est une chose que tu comprends si bien. »

Dix détourna la tête. Ça y était. Il avait été quelque part, il avait appris quelque chose de dur et de sale, une logique qui pouvait s'accommoder de différentes circonstances. Dix avait deux visages, le public et le privé. Il abhorrait la violence et l'aimait tout à la fois. C'était cette contradiction qui mettait Marianne si en colère. Il n'arrivait pas à échapper à sa diabolique perspicacité – elle parvenait toujours à le coincer. En fait, c'était sans doute pour cela qu'il avait besoin d'elle: il avait besoin de trier ces sentiments antithétiques, mais il n'avait jamais été capable de résoudre tout seul ses contradictions. C'était également pour cela que Marianne et lui n'étaient plus mariés.

Dix lui toucha le bras. Il la regarda et se sentit très malheureux. « David, lui dit-elle, je me fais du souci à ton sujet. Si tu continues à frayer avec ces gens-là, tu vas finir par leur ressembler. Tous ces flics, ces soldats – tu leur donnes des armes et ils veulent immédiatement s'en servir. C'est leur vie. Ça finit toujours de la même façon. Quelqu'un se fait tuer. »

Elle quitta la table. Il n'essaya pas de la retenir. Il regarda par la vitrine et la vit marcher vers Colombus Avenue; elle arrêta un taxi. Il resta assis longtemps en regardant les voitures d'un œil morne; elles traversaient l'eau, éclairée par des projecteurs multicolores, qui jaillissait des fontaines du Lincoln Center.

Dix rentra dans son appartement de la 65ᵉ rue est. Dès qu'il fut dans sa chambre, il se déshabilla. Il fit une halte devant la porte de son armoire où étaient épinglées des photographies de son service au Vietnam. Il se regarda dans la glace. Puis, il enleva toutes les photos et les mit dans un tiroir.

Il éteignit la lumière et se coucha.

Le coude de Weaver glissa sur son genou et sa tête vint cogner le mur de béton de l'escalier. Elle se réveilla.

« Oh! mon Dieu! »

Une lumière matinale filtrait entre les branches. Le soleil faisait briller l'acier de sa caméra. Weaver consulta sa montre. Il était 7 : 45. Elle se leva et donna un coup de pied dans les emballages de sucreries qui gisaient à ses pieds. Elle s'étira et écouta les oiseaux. Il y en avait beaucoup qui chantaient; apparemment, ils étaient heureux. Normal, pensa-t-elle. Plus de voitures ou de gens pour polluer leur territoire.

Weaver continua à écouter tous les bruits, mais aucun ne lui parut menaçant. Elle monta lentement les escaliers jusqu'à ce que sa tête soit au-dessus du niveau du parc. Juste en face d'elle serpentait un chemin au bout duquel se trouvait le petit étang appelé New Lake. Dans le lointain, elle apercevait le grand espace découvert de la Great Lawn et, à sa gauche, au sommet d'un monticule rocheux, le Belvedere Castle. Un léger brouillard donnait à la scène une tonalité tendre. Ça allait faire une prise fantastique.

Elle revint sur ses pas et descendit l'escalier, mettant en position la caméra, le V.T.R. et les batteries. Elle était dans un tel état d'excitation, qu'elle ne sentit pas le poids énorme des appareils sur ses muscles fatigués. Elle fit un essai et regarda la minuscule image dans le viseur; elle fut satisfaite de la balance lumineuse. Elle plaça le micro sur le V.T.R. Elle voulait enregistrer un commentaire sur la bande son de la cassette. C'était juste pour le plaisir, car elle savait que Stein ne l'utiliserait jamais.

Weaver monta jusqu'en haut des escaliers. Elle inspecta très soigneusement les pavés du chemin, sortit de la cage d'escalier et s'installa sous les arbres. Elle n'avait pas l'intention de bouger d'un seul pouce. Elle voulait simplement filmer, redescendre les escaliers et aller vers le West Side, en marchant au milieu de la transversale tout en continuant à filmer.

Weaver fit rouler la bande. Elle laissa cinq secondes au moteur pour tourner à pleine vitesse et fit ensuite un large panoramique du paysage. Dans le viseur, elle voyait l'eau scintillante du New Lake. Elle commença à faire son commentaire.

« Central Park est étonnamment calme sans le bruit incessant que font voitures et promeneurs. » Weaver grimaça et mit la cassette sur pause. « Connerie! Essayons encore une fois. » Elle appuya sur le bouton pause et reprit son panoramique.

« Central Park est désert. Silencieux. Ici, le long de la 79ᵉ rue, nous avons une idée de ce que voit en ce moment l'homme qui contrôle cette vaste étendue d'espaces verts au beau milieu de Manhattan. »

Elle fit un panoramique sur le château du Belvedere et les toits de Central Park West qu'on apercevait dans le lointain. Elle continuait de parler. « Là-bas, tout au-dessus du parc, sur les toits, se trouvent les tireurs d'élite de la police, omniprésents, qui attendent le faux mouvement qui pourrait mettre un terme tragique à ce siège. »

Elle fit redescendre sa caméra et fit courir son panoramique sur le Delacorte Theater, la Great Lawn et les terrains de jeux. Elle remonta sur la cime des arbres et les immeubles de la Cinquième Avenue. En faisant décrire à sa caméra un cercle vers les buissons et la rive du New Lake, elle découvrit quelque chose sur la petite image T.V. C'était flou. Elle mit au point. C'était un casque de l'armée. Au-dessus de la visière, il y avait des mots peints : PLAN B. Weaver fit descendre la caméra. Un homme en tenue camouflée pointait vers elle une mitraillette.

Weaver resta bouche bée. Elle quitta le viseur de la caméra. Elle regarda l'homme fixement, sans que ses yeux arrivent à clignoter. Et soudain, elle perdit tout souvenir de qui elle était et de ce qu'elle faisait.

Harris jeta un bref coup d'œil au-dessus de son épaule, puis vers les arbres. Il lui dit : « Dépose toute cette merde, et mets-toi à genoux. »

Weaver ne bougea pas. Harris la contourna et vérifia l'escalier. Il posa le canon de son fusil sur l'arrière du crâne de Weaver.

« Ce truc, c'est de l'information à l'état pur. Tu vois ce que je veux dire. Bonjour. Bonsoir. »

Weaver déposa sa caméra et le V.T.R., ainsi que les batteries à ses pieds. Elle savait qu'elle allait mourir aussi se cacha-t-elle la tête derrière ses mains. Harris lui poussa la tête en bas du bout du canon.

« Mets-toi les mains sur la tête. »

Weaver hésita. Harris enleva la sécurité et mit son sélecteur de tir sur semi-automatique. En entendant le petit bruit, Weaver mit immédiatement ses mains sur sa tête. Harris la contourna et donna un coup de pied au V.T.R. Il tâtonna quelques secondes et éjecta la cassette. Il la réduisit en morceaux à coups de rangers. Il fit alors un pas en arrière tout en la maintenant en joue.

« Debout! »

Les genoux de Weaver tremblaient, mais elle n'en réussit pas moins à se lever.

« On va par là », lui dit Harris en pointant du doigt les épais fourrés d'arbres sur la rive du New Lake. « Fais bien ce que je te dis de faire ou tu pourrais marcher sur quelque chose de désagréable. » Ils quittèrent le chemin et Harris la guida à travers buissons et sous-bois.

Weaver garda les mains sur la tête; elle trébucha, mais ne parvint pas à voir sur quoi. Au bout d'une cinquantaine de mètres, Harris s'arrêta et enleva un tapis de feuilles qui dissimulait un couvercle de trou d'égoutier. Il poussa le lourd disque sur le côté et révéla une ouverture sombre qui menait sous terre. Weaver respira un air humide qui sentait le renfermé.

Harris montra le trou du canon de son A.K. « Il y a une échelle, tu la verras. » Elle se remit à genoux et tâta du pied pour trouver l'échelle. Elle descendit, Harris la suivit, remettant le couvercle au passage et allumant une lampe-torche. Il se laissa tomber à côté d'elle et se mut avec beaucoup d'agilité. Il faisait de grands gestes avec le rayon lumineux, et Weaver dut retrouver son chemin dans le noir, un peu au hasard. Il faisait froid. De l'eau s'infiltrait par des fentes dans le mur. Elle aperçut très vite des caisses et des sacs en plastique. Puis elle sentit le fusil s'enfoncer dans son dos et elle s'arrêta net.

Harris s'éloigna d'elle de quelques mètres, jusqu'à l'autre mur de son aqueduc-arsenal. Il posa la lampe-torche sur une pile de caisses; le rayon était dirigé sur le visage de Weaver. Pointant le A.K. à la hanche, il fouilla quelques instants dans une caisse posée sur le sol moisi. Weaver le vit en sortir quelque chose.

« Déshabille-toi! » dit Harris.

Weaver, qui ne pensait pas avoir encore de réserve de peur, sentit un frisson lui parcourir la nuque.

Harris la toisa : « Retire ce truc! »

Weaver essaya de parler. Elle s'étouffa; essaya encore : « Je vous en prie, s'il vous plaît, ne faites pas ça.

– Allez, montre-nous ta peau. Tout de suite. » Il lui donna un petit coup de fusil qui la projeta contre le mur. Elle fit une grimace de douleur et se toucha la poitrine.

« Bon, d'accord. Pas la peine de me faire mal.

– Grouille-toi! »

Weaver commença par enlever ses chaussures. Elle les posa par terre avec des mains tremblantes. Elle s'apprêta à ôter le T-Shirt quand Harris releva son fusil. L'idée venait de lui passer dans la tête qu'elle pouvait être un flic.

« Lentement. Si tu caches quelque chose entre tes nichons, tu vas connaître la paix éternelle. Et très vite. »

Weaver fit passer son T-Shirt au-dessus de sa tête, découvrant ses seins. Elle enleva ensuite son jean. Elle n'avait plus que son slip sur elle. Harris regarda longuement son corps. Il lui dit : « Tourne-toi. » Weaver fit face au mur. « Baisse ton slip. » Elle le fit tomber jusqu'aux genoux. Elle n'avait pas de revolver caché entre les fesses; Harris avait déjà vu une fille qui avait utilisé ce truc. « Bon, tu peux te retourner. » Elle lui fit face. Elle tremblait comme une feuille.

« S'il vous plaît, lui dit-elle, faites ce que vous avez à faire, mais ne me faites pas de mal. »

Harris ne comprit pas tout de suite. Mais quand il réalisa, il éclata de rire. « Tu croyais que je voulais jouer avec tes os? Bon Dieu! » Il tendit le bras vers elle; il y avait une tenue camouflée qui y pendait. Il la lui jeta, mais elle réagit trop lentement. Les vêtements la frappèrent en pleine poitrine et elle tomba par terre. « Mets ça, lui dit Harris. De loin, on te prendra pour moi. Peut-être que ces tireurs d'élite feront une erreur et qu'ils te dessouderont à ma place. »

Une fois de plus, l'esprit de Weaver se vida complètement. Ses mains bougèrent; elle remonta son slip; elle prit le treillis et le passa. Puis elle le regarda.

La voix d'Harris résonna dans le sombre aqueduc : « Ça te va pas trop mal. »

Il ne régnait qu'une faible activité au poste de commandement mobile de Central Park West. Dix entendait les appels de voitures radio dans le lointain. Il était assis en compagnie de Keller, Curran et Charlie Meyers. Meyers venait de faire à Keller un exposé sur les complexités du paysage de Central Park; il lui avait fourni beaucoup d'autres informations qui, selon Dix, ne leur avaient fait perdre que du temps. Pour lui, Keller et les autres gradés étaient en train de se masturber. Dix ne savait pas ce qu'il était venu foutre ici; mais le maire semblait y tenir. Dans la dernière demi-heure, personne ne lui avait adressé deux mots.

Keller leva les yeux d'une portion de carte et dit à Meyers : « J'en connais assez sur Central Park, à présent, pour y faire une visite guidée. »

Meyers acquiesça : « Je ne vous en ai montré que la moitié, mon commandant. Il faudra que je revienne avec un gars du Département des Eaux pour qu'il vous montre le réseau des égouts. On pourrait passer deux jours de plus sur le sous-sol. »

Curran hocha la tête. « Dieu nous préserve qu'il y ait des terroristes là-dedans en train de rôder. »

Dix réussit à énoncer quelque chose avec le courage du désespoir : « Des terroristes? dit-il d'un ton sarcastique. Des militants sous chaque lit, hein? »

Curran sourit mais ne réagit pratiquement pas. Dix était embarrassé. Il se rendit compte que Curran se moquait de lui.

« Alors, mon petit Dix, vous êtes nerveux? » Dix regarda ses pieds. Curran lui dit : « Vous aviez raison pour ces hélicoptères. Je vous le concède. Mais nous n'éliminons aucune hypothèse. N'importe quel policier vous dira que c'est juste à ce moment qu'on a une mauvaise surprise. Et je sais que le maire n'aime pas les surprises. Restez de votre côté de la barrière et nous resterons du nôtre. Qu'il y ait un ou cinquante hommes dans Central Park, franchement, je m'en contrefous royalement. »

Keller ne se mêla pas à la discussion. Il laissa le silence se prolonger une minute puis il dit à Meyers : « Mettez la main sur ce type des Eaux. Dites-lui d'être prêt à nous montrer ses cartes vingt-quatre heures sur vingt-quatre. Et dites-lui de se faire seconder par un type du service.

– Bien, mon commandant. » Meyers quitta la table. Le Commissaire s'excusa. Il devait aller à une autre réunion avec le F.B.I. Dix était prêt à prendre sa revanche sur Curran quand un policier en uniforme l'interrompit.

« Mr. Dix, un appel prioritaire. »

Sûrement le maire, se dit Dix. Il se leva de table et prit l'appel sur un appareil de la console. Il ne voyait pas Curran qui s'entretenait avec l'autre policier; il ne savait pas qu'on traçait les appels avec un matériel extrêmement sophistiqué vers un Centre de l'East Side; il ignorait que Curran se préparait à donner l'ordre à cinq équipes de tireurs d'élite de prendre position sur des toits au-dessus de Central Park; et surtout, il ne savait pas que la seule personne avec qui il voulait parler était, à cet instant, à l'autre bout de la ligne.

Weaver ne se souvenait pas beaucoup des trente dernières minutes. Elle ne s'en souviendrait probablement jamais. Tout ce qu'elle avait encore, c'étaient des images; rayons de soleil sur des barbelés qui s'enfonçaient dans les buissons; trou creusé dans l'argile meuble autour du lac; étrange arme à la ceinture de cet homme qui lui faisait tellement peur. Elle se vit en train de ramper dans des sous-bois, en

189

train de courir sur une route. Elle vit des feuilles, des branchages, des détails du terrain. Tous ses sens étaient en éveil; pendant ces trente dernières minutes, elle avait goûté, senti, touché Central Park.

Ils se tenaient debout à présent, près de l'entrée du zoo. Harris se trouvait à l'extérieur d'une cabine téléphonique, l'écouteur à l'oreille. Le A.K.-47 pendait à son épaule. Il avait son fusil d'élite à la hanche et le lance-grenades M-79 dans son holster spécial. Il portait son gilet pare-balles et un sac militaire sur le dos.

La cabine était au pied de la petite colline qui descendait de l'East Drive. Toute cette zone était cachée par l'ombre de grands arbres. Juste derrière Harris, il y avait l'arche du Green Gap, le grand tunnel qui passait sous l'East Drive. Weaver s'appuyait sur la cabine; elle était épuisée et déshydratée. Elle avait les mains liées dans le dos. Elle essaya de changer de position.

Harris la regarda soudain : « Tiens-toi tranquille. Et surtout, ne t'avise pas de fuir. Si les tireurs d'élite te ratent, moi, je trouverai bien un moyen de t'avoir. »

Il bloqua le téléphone avec l'épaule et sortit un chargeur-banane de sa poche à munitions. Il le fit entrer dans le fusil avec un claquement sec et remit le vieux chargeur dans une autre poche. Weaver le regardait d'un air inquiet. Harris leva les yeux au ciel. Ils n'étaient pas si loin que ça de la Cinquième Avenue, mais on ne pouvait pas voir les immeubles à travers les arbres. Harris en revint au téléphone. Il commençait à s'impatienter; il y avait trop de cliquetis dans ce sacré téléphone. Il essuya la sueur qui coulait de sous son casque.

Une voix se fit entendre sur la ligne. « Ici Dix. »

Harris respira un bon coup. « C'est à vous que j'ai parlé, la dernière fois, hein? »

Il y eut un long silence. Harris crut même que l'autre avait raccroché.

« Allô?

– Oui. C'était moi.

– Je croyais que t'avais un peu de jus, mais je me suis gouré. J'ai été forcé de descendre un hélico. Tu veux qu'on remette ça?

– Dis-moi ce que tu as à dire.

– Je vais laisser quelqu'un entrer dans le parc. »

Il y eut un autre silence. « Qui?

– Y a un idiot qui a essayé d'entrer hier, par la 110ᵉ rue. J'ai trouvé son corps, ce matin, juste avant l'aube. Je l'ai rapproché du mur. Il est à présent à trois mètres du trottoir. Quelqu'un peut venir le chercher. Est-il besoin de préciser que, quelle que soit la personne qui viendra, elle ne devra pas dépasser le corps d'un centimètre.

– O.K. Quand?

« – N'importe quand. » Harris gardait l'œil sur Weaver. Elle fixait le sol. Harris continua. « Autre chose. J'étais près du zoo, ce matin. J'ai vu des gens à l'intérieur. Je suppose que ce sont des gardiens.

– J'étais au courant. On ne peut vraiment pas faire autrement. Les animaux doivent être nourris. Les gardiens sont des volontaires. Ils n'essaieront rien.

– De toute façon, j'avais déjà décidé de les laisser faire. Mais j'irai les surveiller de temps en temps et si j'en vois un qui n'a pas l'air catholique, je balance une frag à l'intérieur. Salut.

– Attends, ne raccroche pas. »

Harris se retourna et embrassa toute la zone du regard. Il mit sa main sur la cabine et s'y appuya. Il donnait des petits coups de A.K. sur la porte en verre. Harris ne voulait pas raccrocher. « Je sais que vous êtes en train de tracer l'appel, dit-il. Ils ont recommencé à déconner dès que j'ai décroché.

– Mais non. C'est simplement que ça prend du temps pour qu'on me passe la ligne.

– Je vais raccrocher.

– Je te promets qu'il n'y a pas de traçage. »

Harris s'apprêta à raccrocher. Il reposa presque l'écouteur. Il entendait le bourdonnement de la circulation, les klaxons, un avion qui passait dans le ciel. Il reprit le combiné et dit : « D'accord. La dernière fois qu'on s'est parlé, tu m'avais dit des trucs. Tu avais dit que tu voulais me parler.

– Ouais, tu sais – le truc habituel, comme où t'as fait ton service, on est tous fier de toi, on espère que tu vas rentrer vite au pays.

– Tu te fous de moi? dit Harris en éclatant de rire. Je me souviens de tout ça.

– Je vais te dire quelque chose. C'est moi qui écrivais ce genre de merdes pour un général. Quand il faisait ces petits voyages à l'intérieur, pour pouvoir coudoyer les gars et faire son petit numéro. Il distribuait quelques décorations et après il s'envolait sans se salir les grolles.

– Je vois, dit Harris. Et toi, tu t'es déjà sali les grolles? »

Il y eut une infime hésitation. « Je sais ce que tu penses. J'ai fait mon temps dans la brousse. Pas énormément. J'ai été obligé de le demander.

– Tu as demandé? » Harris laissa échapper un sifflement. « Demandé. Alors toi, t'es complètement dinky dau.

– C'est vraiment ce que tu penses? »

Harris se frotta les tempes. Il s'apprêtait à dire quelque chose, mais s'arrêta. Il garda le silence; un nuage de moucherons voletait autour de sa tête.

Weaver écoutait la conversation. Elle se tourna un peu, appuyant son épaule contre la cabine. Elle regardait Harris qui luttait pour trouver les mots.

Finalement il dit : « C'est peut-être pas si dingue, quand on y réfléchit.

— C'est exactement ce que je voulais dire. Toi, tu fais la même chose, en ce moment. Tu l'as cherché. »

Harris donna un grand coup de son A.K. contre la porte. « Tu comprends pas. » Harris regarda Weaver. Ses yeux n'arrivaient pas à se détacher d'elle. Il se retourna pour pouvoir voir son visage. Il se regarda lui-même, ses armes, la transpiration sur son treillis. « Tu peux pas comprendre.

— Je crois que si. Peut-être qu'ensemble on pourrait parler de tout ça, trouver ensemble ce que tu cherches exactement. »

Weaver bougea et il y eut un craquement dans la cabine. Harris se retourna vivement et la regarda.

« Non, ça fait déjà trop longtemps qu'on cause. Je suis sûr qu'ils vont me tracer. Ils vont enregistrer ma voix.

— Ne raccroche pas. Je te dis qu'il n'y a pas de trace. Je sais que tu as envie de me parler. Tout ce truc sur le zoo, c'étaient des conneries. Tu sais pourquoi tu as appelé. »

Harris n'arrivait pas à détacher ses yeux de Weaver; « Ben, je suis un peu paumé. Ça faisait longtemps que je n'avais parlé à personne. »

La voix attendit. Il n'y avait plus qu'une respiration. Finalement, la voix parla : « Je sais d'où tu viens.

— Ah oui? » Harris serra l'A.K.-47. « Je connais des types qui sauraient. Mais ils sont morts, à présent. Je crois pas que tu saches vraiment.

— Bordel. Tu crois que j'ai jamais entendu ça? Écoute-moi, personne n'a jamais choisi, non? Ça t'est arrivé, c'est tout. C'est juste qu'on l'a pas fait de la même façon toi et moi. C'est comme ça. Mais aujourd'hui, c'est moi qui suis en train de t'écouter.

— Ouais. Je vais y réfléchir. Peut-être que je te rappellerai. » Il s'apprêtait à raccrocher brutalement, mais changea d'avis au dernier moment et reposa le combiné doucement.

Weaver et Harris étaient tous deux debout dans l'ombre des grands arbres, en train de se regarder. Une petite branche craqua et des feuilles tombèrent lentement sur le toit de la cabine. Harris donna un petit coup de pied dans les feuilles. Ils entendirent un autre craquement et d'autres feuilles churent. Puis quelque chose siffla et fit un bruit sourd en s'enfonçant dans la colline. Harris eut l'impression de bouger sous l'eau quand il attrapa Weaver pour l'emmener loin de la cabine, sous le tunnel du Green Gap. Les sifflements se firent plus forts; les arbres éclatèrent en mille morceaux. La poussière se leva et l'un des murs en plastique de la cabine vola en éclats. Harris courait au milieu du tunnel. Weaver restait immobile, transie de peur; elle vit la cabine téléphonique exploser. Harris courut vers elle. Il la saisit brutalement au moment même où des bouts de béton éclataient sur le tunnel. Des bouts de plastique, de métal et de téléphone arrivèrent à grande vitesse et rebondirent sur les murs du tunnel. Il n'y eut pas de bruits de détonation. Simplement le sifflement des balles. Au bout de trente secondes, la fusillade cessa. De la poussière et des feuilles flottaient devant l'entrée du tunnel. La cabine avait été réduite à un bout de gruyère.

Harris réagit immédiatement. Il mit l'A.K.-47 sur son épaule et prit son fusil de précision. En poussant Weaver devant lui, il marcha jusqu'à l'autre bout du tunnel. Ils coupèrent par la route et franchirent la transversale de la 65e rue; Harris poussait Weaver à marcher le plus vite possible. Harris savait qu'ils allaient être en terrain découvert pendant quelques mètres, mais il lui fallait prendre des risques. Il voulait se rapprocher de la Cinquième Avenue avant qu'il soit trop tard.

Ils entrèrent dans les bouquets d'arbres qui bordaient l'East Drive et descendirent une colline jusqu'à un autre tunnel, nommé Willowdell. Weaver trébucha et tomba dans l'entrée. Harris la poussa avec ses grosses chaussures et ce fut en rampant qu'elle entra. Elle se mit contre un mur, essayant de retrouver sa respiration. Harris vit qu'elle était très pâle, mais ses yeux qui jetaient des éclairs trahissaient sa vivacité. Il vérifia que la corde qui serrait ses mains était toujours en place. Il y avait du sang sur ses poignets. « Pas de conneries, hein, lui dit-il. Je vais tirer un peu. Juste pour qu'ils sachent qu'ils m'ont raté. »

Harris sortit du tunnel en courant et suivit un sentier qui menait vers une aire boisée, non loin de l'arrière du zoo des enfants. Le sol qui se trouvait autour de Denesmouth Arch permit à Harris de voir les immeubles de la Cinquième Avenue. Il s'installa et se mit en position de tir. Il entendit des sirènes. Il regarda dans son viseur et vit que l'avenue avait été coupée vers le haut, près de la 72e rue; il n'y avait ni voitures ni piétons dans le coin. Il vit des policiers qui sortaient du hall d'un immeuble résidentiel. Il décrivit un panoramique sur la façade de l'immeuble jusqu'à ce qu'il puisse avoir le toit. Il y avait un homme, au bord, à côté d'une balustrade sculptée, qui regardait Central Park dans ses jumelles. Un autre se tenait à ses côtés. Il tenait un fusil et un walkie-talkie.

Harris mit en joue et fit feu. Il baissa un peu son fusil et essaya de voir le toit à l'œil nu. Les deux hommes avaient disparu. Il remit son œil au viseur et fit le point sur sa cible. Au bout de trente secondes, les deux hommes levèrent la tête prudemment au-dessus de la balustrade. Harris tira, en visant les frises. Cette fois-là, il n'attendit pas pour vérifier la justesse de son tir. Il se laissa rouler en bas de la colline et courut jusqu'au sentier.

Weaver n'était plus sous la Willowdell Arch. Harris poussa un juron. Il remit son fusil de précision sur son épaule à côté de l'A.K.-47 et courut de l'autre côté du tunnel. Weaver était à la droite du sentier, devant les buissons qui couvraient la pente menant à l'East Drive. Harris la vit le premier et en resta sidéré. Il la mit en joue.

« Qu'est-ce que tu fais? »

Weaver fit un signe désespéré de la tête.

« Tout ce coin est plein de pièges à cons. Essaie bien de comprendre ce que je vais te dire. Je suis le seul à savoir où on peut marcher et où on ne peut pas. »

Weaver se tordait les mains. « Je n'arrive plus à sentir mes mains. Vous ne pourriez pas me détacher un peu? »

Harris l'ignora. Il se mit sur la pointe des pieds pour inspecter la route. Le soleil faisait briller l'asphalte.

« Vous allez me dégager les mains, ou non? »

Harris ouvrit son gilet pare-balles.

« Qu'est-ce que vous allez faire de moi? » insista Weaver.

Harris se tourna vers elle. Il ne voulait plus répondre à aucune question. Il voulait réfléchir tranquillement. « Ne dis plus un mot. Reste où tu es, c'est tout. »

Harris se remit dans l'ombre des arbres. Il repensa au coup de téléphone. La voix l'avait attiré dans un court moment de réalité, d'espoir. Et cet instant avait été écrabouillé de façon soudaine et instantanée. Et Harris n'avait foutrement pas besoin de ces saloperies. Mais qu'est-ce qui pouvait bien exister, à part ses voix? Il se sentit un peu perdu. Il avait besoin de la nuit et de la peur. C'était plus facile comme ça.

Il regarda le soleil. Il fallait bouger. Seul.

Harris guida Weaver sur un terrain très dangereux, celui qui menait à l'arsenal souterrain. Elle ne dit pas un mot en descendant l'échelle. Harris lui attacha les pieds et lui refit le nœud qui liait ses mains. Il la laissa dans ce trou noir et sortit dans le parc; il passa la journée à rendre le temps inexistant.

En patrouille.

« Raté. »

C'était le commentaire de Curran sur les tirs de la matinée.

Dix était furieux. Il demanda à Curran de le suivre dans le calme du poste de commandement.

« Vous avez raté votre coup, lui dit Dix. C'est tout ce que vous avez à dire. » Curran acquiesça. Dix continua : « C'est bien plus que ça que vous avez raté. A partir de maintenant, je compte être mis au courant de la stratégie du Département. Le maire aussi, d'ailleurs. Et ne me dites pas que c'était un cas d'urgence. Vous vous êtes servis de moi, et cela ne se reproduira jamais plus. »

Curran répondit avec une trace de lassitude dans la voix : « Dix, nous ne pouvions rien vous dire sur le traçage. Ça aurait pu se sentir dans votre voix.

— Conneries!

— Écoutez-moi, répliqua Curran, nous avons presque dégommé le type qui était au téléphone. Nous n'allons pas nous interdire une option pour expédier cette putain d'affaire. Je suis sûr que le maire comprendra cela.

— Dites-moi si vous comprenez ce que je vais vous expliquer, répondit Dix, exaspéré. J'aurais pu parler à ce type du parc. Je l'avais au bout de la ligne. Bon Dieu, mais c'était cela votre chance de résoudre l'affaire. Maintenant, c'est foutu. »

Curran plissa les yeux. « Je transmettrai ce que vous me dites aux officiers qui sont à l'hôpital. »

Coup de marteau! En plein dans la tête. Curran sortit, laissant Dix tout seul à réfléchir, à mijoter dans sa honte. Il savait que Curran avait raison. Dix était en colère; il se sentait trahi, et ce, seulement parce qu'il avait eu ce qu'il avait voulu. Il l'avait eu son coup de téléphone, sa chance, et maintenant, ce petit plan lui avait été retiré.

Dix quitta le poste de commandement et attendit sa limousine sur Central Park West. Il contempla la circulation qui venait de la 86ᵉ rue, les voitures et les taxis qui faisaient un détour en tombant sur les barrières de la police, prenant au nord ou au sud pour contourner Central Park. Le soleil le fit cligner des yeux et, forcé de porter son regard sur le parc vert et paisible, il sentit sa colère gagner du terrain. Il pensa aux policiers à l'hôpital et à ceux qui étaient morts. Il savait, au fond, que Curran avait tort. Si on laissait au Département le soin de trouver sa propre solution, il y aurait bientôt cinquante hommes de plus à l'hôpital, ou pire encore. Tout, dans ce que Dix avait vécu, le convainquait du bien-fondé de ses réflexions. Et la voix du téléphone avait levé tous les doutes qui lui restaient.

Une voiture klaxonna et Dix vit la limousine se ranger près du poste de commandement. En allant à la voiture, Dix songea à rendre public ce qu'il savait pour s'en servir comme d'une arme contre l'état-major de la police – mais il avait toujours répugné à ce type de moyen. Ça ressemblait trop aux autres choses qu'il avait apprises : l'image publique, la couverture, toute cette merde. Il y avait mieux à faire. Et tandis qu'il roulait vers le bas de Manhattan, Dix se décida à faire la chose que très peu de gens, y compris Marianne, l'avaient vu faire : jouer « à la dure ».

Quand Dix arriva à l'Hôtel de Ville, il se dirigea immédiatement à son bureau et donna plusieurs coups de téléphone interurbains. Il se servit de sa haute position pour passer les barrages successifs de secrétaires récalcitrantes et de militaires gromelants. En moins d'une demi-heure, il trouva l'homme qu'il cherchait. Lequel accepta de prendre le prochain avion pour New York. Dix raccrocha et ne dit rien à personne.

Weaver dormit et rêva qu'elle était enterrée vive dans une pyramide. Elle se réveilla en sueur, les bras et les jambes raides et douloureux. L'absence de lumière et de bruit dans le vieil aqueduc la désorienta totalement. Le temps semblait suspendu. La ville la punissait pour le savoir qu'elle possédait de ses horreurs. Elle la condamnait à séjourner éternellement dans ses entrailles souterraines.

Elle se rendormit et se réveilla en tremblant. Elle tenta de s'asseoir, mais se sentit si faible qu'elle s'écroula sur le sol humide. Quand elle entendit quelqu'un soulever le couvercle de l'égout, elle sut qu'il faisait nuit, car aucun rayon de soleil ne tomba du trou rond, au-dessus de l'échelle. Le faisceau d'une lampe-torche se rapprochait d'elle.

Harris lui braqua la lumière en plein visage et elle détourna le regard. Il crut d'abord qu'elle avait pleuré; puis, il réalisa que les traînées qu'elle avait sur le visage étaient de sueur séchée.

Harris dégagea les mains de Weaver et ses pieds et tous deux remontèrent à la surface. Il faisait sombre, mais il y avait pleine lune et les lueurs de la ville leur permettaient de se déplacer. Weaver consulta sa montre. Elle était couverte de sang. Elle se frotta les poignets et gémit. Harris remit le couvercle en place et pointa son A.K. vers le sol. Weaver entendit mille bruits divers : les criquets, le murmure de la ville, les battements de son cœur. Elle essaya de bien voir Harris dans la pauvre lumière. Son visage était serein; il avait les yeux lourds de sommeil; des boucles brunes sortaient de dessous son casque. Il souriait presque.

« Quelle heure est-il? lui demanda-t-elle.

— Tais-toi. On va suivre ce chemin, là-bas. Tu vois? Je vais te redire un truc pour la dernière fois. Fais gaffe où tu mets les pieds. C'est bien compris? »

Weaver fit oui de la tête. Ils restèrent sur le chemin, passant devant d'épais buissons et finirent par tourner dans un gros bouquet d'arbres. Ils passèrent entre deux gros rouleaux de barbelés. Harris guida Weaver jusqu'à l'extrémité de sa base de feu et lui ordonna de rester assise près du fortin. Il rangea l'A.K.-47, le fusil de précision et le lance-grenades contre une caisse de grenades à fragmentation et se déshabilla jusqu'à la ceinture. Après avoir serré la courroie de son holster et de son automatique .45, il se passa un coup de serviette et enfila son gilet pare-balles sur son torse nu.

Sans dire un mot, il passa le quart d'heure qui suivit à réunir des provisions de pique-nique dans différentes boîtes et caisses et prépara un petit repas sur le réchaud portatif. Harris sortit deux assiettes en papier et une gourde. Il approcha une caisse du feu et s'assit au bord du fortin, à quelques mètres de Weaver.

Ils se fixèrent longtemps. Souvent, Harris regardait au-dessus de son épaule, étudiait la ligne des arbres, vérifiait que rien ne clochait dans son dos. Weaver regardait également autour d'elle. Les barbelés, la collection d'armes et de munitions, le terrain nu autour du périmètre. Quand ils étaient arrivés, elle avait été prévenue d'éviter cette zone. Maintenant qu'elle était assise là, tout l'espace qui l'entourait avait pris un aspect sinistre et macabre. Weaver recommença à se faire beaucoup de soucis.

La nourriture finissait de cuire et Harris servit. C'est lui qui brisa le silence. « C'est du ragoût en boîte. Je l'ai saupoudré à la poudre hautes protéines. C'est de la merde, mais ça marche. » Il tendit son assiette à Weaver. Elle la prit en tremblant un peu; Harris le remarqua. « Est-ce que tu vas être capable de tenir avec ça? »

Weaver regarda son assiette. Elle essaya d'avaler, mais en vain.

« T'as la bouche sèche? » demanda Harris.

Weaver opina.

« La peur, dit Harris. Ça peut durer longtemps. Une fois, j'ai pas pu saliver pendant quinze jours. » Harris se mit à manger. Weaver resta sans rien faire quelques minutes, puis elle se précipita sur la gourde. Les yeux de Harris suivaient tous ses mouvements. Elle but et mangea très lentement. Harris continuait de parler entre deux bouchées.

« Je t'accorde un point. T'as pas paniqué quand ils ont fait sauter cette cabine téléphonique. J'ai vu des mecs pisser dans leur froc à la première rafale et se jeter à plat ventre dans la boue en priant tous les dieux qu'ils savaient. Ça m'est arrivé à moi aussi. Des fois, ça fait du bien. Quand tu fais les trucs à fond. »

Weaver mangea peu. Elle tapotait sa nourriture du bout de sa fourchette. Harris termina son repas et fourra son assiette dans un sac-poubelle. Il prit une gorgée à la gourde et se pencha pour voir le visage de Weaver.

197

« Alors, tu vas dire quelque chose, ou quoi? »

Weaver s'éclaircit la gorge. « Mon boulot. »

Harris attendait la suite. « Ouais... ton boulot. »

Weaver savait qu'elle pouvait se forcer à parler. Les flics lui avaient toujours dit qu'en situation de prise d'otages, les otages devaient parler à leurs ravisseurs, les maintenir dans un environnement de conversations, pour faire baisser la tension. Elle se redressa un peu et dit : « J'ai vu des tas de choses dans mon boulot. Des fusillades, aussi. Ça doit être pour ça que j'ai pas pissé dans mon froc.

— T'es correspondant?

— En quelque sorte. Je dirige une agence d'actualités. Je filme ce que les grandes chaînes n'arrivent pas à avoir. Surtout la nuit. Les trucs durs. »

Harris se leva et sortit une pomme de la caisse. Il en offrit une à Weaver qui la refusa d'un signe de tête. Il resta debout. « Je détestais les correspondants. Après, j'ai appris à les respecter. Ils étaient complètement dingues. Des fois, encore pire que les bidasses. » Harris mordit dans la pomme.

Weaver ne comprenait pas. « Les bidasses?

— Ouais quoi. Les troupes. Les mecs en vert. » Elle fronçait toujours le sourcil en signe d'incompréhension. Harris se rapprocha. « T'as quel âge?

— Vingt-cinq.

— Je comprends. T'as entendu parler de la guerre du Vietnam, non?

— Je me souviens de l'avoir vue à la télé. »

Harris s'étouffa presque sur sa pomme. Il toussa et cracha les pépins dans les arbres. « La télé! Ouais, ouais! c'était vraiment chouette, hein? Un feuilleton à tout casser. »

Weaver était devenue nerveuse. Elle se releva trop rapidement et sentit sa tête tourner. Elle trébucha et effleura le bras de Harris dans sa chute. Il fit un saut en arrière et saisit son A.K.-47. Il la maintenait entre eux deux, le canon à trois centimètres de sa taille. « N'approche jamais plus que ça. »

Weaver se mit la main au front et ferma les yeux. « D'accord. Je ne le ferai plus. J'ai vraiment la trouille quand tu me braques ça sur moi. »

Harris la contempla. Elle avait l'air au bord de l'évanouissement. Il reposa l'A.K. « Pourquoi tu t'assois pas?

— Qu'est-ce qui va... » Elle ne put pas finir. Elle se sentait encore étourdie aussi prit-elle place sur la caisse, là où se tenait Harris deux secondes plus tôt. Elle retrouva sa voix. « Qu'est-ce que tu prépares? »

Harris mit son assiette dans le sac-poubelle. « Je l'ai déjà fait.

— Quoi?

– J'ai pris le parc.

– Mais pourquoi?

– J'avais deux semaines de vacances. Je pourrais peut-être refaire ça une fois tous les ans. »

Weaver ne savait plus ce qu'elle disait. Elle s'exprimait instinctivement. « Mais il y a eu des morts. »

Harris tripotait le réchaud; il arrêta et la regarda droit dans les yeux. « C'est eux qui se sont tués. Je les avais prévenus de pas entrer dans le Parc. J'aurais pu en descendre une centaine, si j'avais voulu.

– Pour eux, c'est pareil. Ils trouveront bien un moyen de t'avoir.

– Tu crois ça, toi? Je suis très bon, à ce jeu-là. Je te trouve vraiment un peu trop légère sur le coup. Tu crois peut-être que n'importe qui est capable de ça? » Harris fit un grand geste désignant les arbres sombres de Central Park. « Après, tu piges vraiment ce qui se passe, tu sais quand quelque chose cloche. Je peux lire un paysage comme un livre. Et c'est pas à la télé que j'ai appris ça. »

Harris s'éloigna et se mit au-dessus du fortin. Il entendait sa respiration.

« C'est de ça que tu parlais au téléphone? lui demanda Weaver. Le Vietnam? »

Harris revint vers elle et se planta devant la caisse. « Le type à qui je parlais, il s'appelle Dix. Tu sais qui c'est?

– C'est un mec important de la mairie, je suppose.

– C'est un vet. Mais ça change rien, on peut faire confiance à personne.

– Qu'est-ce qu'il te disait? » Il n'y eut pas de réponse. Weaver le regarda. Elle essaya de se souvenir de ce qui s'était passé à la cabine, quand elle était encore en état de choc. Elle se souvint de son visage. Sur le moment elle avait été très impressionnée; et c'était la même chose à présent. Elle tenta quelque chose : « Dix sait quelque chose sur toi, hein? »

Harris ne bougea pas. Une brise légère souffla sur sa poitrine moite et il eut froid. Il se retourna et fit le tour de ses caisses. Il prit le lance-engins M-79. Il fit jouer la culasse.

« Tu te souviens de ce que je te disais à propos des trucs qu'on fait à fond? »

Weaver ne répondit pas. Harris mit le lance-engins dans son étui spécial et plusieurs grenades dans un sac de toile. Il prit l'A.K.-47 et alla jusqu'à l'autre bout de sa base de feu et s'arrêta devant les marches creusées dans le tronc du chêne. Il monta jusqu'à son poste d'observation, disparaissant dans les branches noires.

Weaver resta assise, calmement. Les arbres ténébreux la recouvraient de leurs branches. Une voix lui parvint des feuilles. « Ça peut vraiment devenir chiant, tu sais. »

Weaver vit la lune apparaître à travers des trous dans le feuillage. Une heure passa. Weaver se reposait, couchée sur le côté, en boule, les mains sous la tête. Le silence la gênait. Il n'y avait ni bruits familiers, ni lumières, ni gestes. Ses yeux se fermèrent et elle fut frappée par une étrange sorte de révélation : la ville de New York avait disparu.

Dix était au coin de Barrow Street, dans le West Village, tout près de l'Hudson. C'était une rue sombre et silencieuse, l'une de ces artères étroites, presque européennes, qui s'entrecroisent dans le bas de Manhattan à l'ouest de la Septième Avenue. La plupart des immeubles en pierre brune avaient plus d'un siècle d'âge. Dix était appuyé à l'entrée d'un immeuble; c'était une porte voûtée qui menait à d'anciennes écuries, rangées en ligne dans la cour de l'immeuble. A la fin de ces *mews,* après être passé devant plusieurs appartements, se trouvait une épaisse porte en bois au sommet de laquelle il y avait une petite fenêtre. Le Chumley's, un petit bar restaurant, était derrière la porte, mais il n'y avait ni enseigne ni pancarte à la porte, ou devant l'entrée au coin de Bedford Street. Dans les années vingt, Chumley's avait été un speakeasy (un bar où l'on servait de l'alcool pendant la prohibition); le patron avait gardé la porte et sa petite fenêtre et le caractère presque clandestin de l'établissement. L'ambiance n'était plus celle d'un club illégal, mais Dix aimait son caractère vieillot et privé ainsi que la nourriture qui n'y était pas mauvaise. Pourtant, ce qui lui plaisait le plus, c'était cette entrée anonyme; il était impossible de savoir que le Chumley's était là, à moins de le connaître d'avance.

Un taxi arriva vers lui, venant de Barrow Street et Dix jeta un regard inquisiteur par la portière quand il passa devant lui. Il attendait un homme qu'il n'avait pas vu depuis dix ans et il n'était pas sûr que l'homme, Roy Maitland, le reconnaîtrait. La dernière fois qu'il l'avait vu, Dix n'était qu'un môme en uniforme. Dix se demandait si Maitland serait en uniforme, ce soir. Il avait oublié de dire à Maitland de venir en civil; mais Dix se dit que Maitland ne portait peut-être plus l'uniforme, aujourd'hui. Il ne savait pas exactement ce que Roy faisait ou le grade qu'il pouvait avoir; peut-être qu'il faisait partie de la C.I.A., à présent. Mais Dix n'avait pas à savoir ces choses-là. La seule chose qui eût de l'importance, c'était ce que Maitland avait fait jadis, et cela, Dix s'en souvenait parfaitement. Dix était certain qu'il y avait beaucoup de gens, dont la plupart étaient morts, qui avaient su ce que le colonel Maitland des Special Forces faisait. S'ils avaient pu parler de leurs tombes, ils se seraient souvenus des missions de surveillance en pleine jungle, des opérations de guérilla derrière les lignes ennemies, des armées privées et des guerres privées. Maitland existait, comme d'autres dans son genre, mais il n'y avait pas beaucoup de gens qui savaient qui ils étaient. Ils n'aimaient pas parler d'eux-mêmes; et quand vous les connaissiez, vous ne parliez pas d'eux non plus.

Dix marcha jusqu'au coin de la rue et jeta un coup d'œil dans Bedford Street. Il était environ 11 heures du soir, mais il n'en régnait pas moins une grande activité dans Christopher Street, à l'autre bout du pâté de maison. Certaines populations du Village commençaient juste leur journée. Dix ne tenait plus en place. Un moment, il songea à entrer au Chumley's pour appeler le St. Regis où il avait réservé une chambre pour Maitland. Ce fut à ce moment qu'il entendit un taxi qui remontait Barrow Street. Roy Maitland en descendit et se dirigea vers lui. Maitland n'était pas en uniforme, mais Dix aurait pu jurer qu'il était toujours militaire, rien qu'à son allure. Il avait l'aspect net et froid du soldat professionnel.

Maitland marcha vers Dix et s'arrêta à trente centimètres de son visage. Les deux hommes restèrent silencieux. Ils ne se serrèrent pas la main. Dix savait qu'ils avaient des choses à se dire et il attendait qu'ils soient assis confortablement chez Chumley, avec des bières en face d'eux pour le faire.

« Où était-ce, la dernière fois, Roy?

– Okinawa. Vous repartiez vers le monde civilisé. Moi, j'allais dans l'autre direction. »

Dix avala la moitié de sa bière. « On n'arrêtait pas de se rencontrer. Dans les bars, surtout. Le couple le plus étrange de l'année.

– Je m'en souviens. » Maitland claqua des dents. Il embrassa la pièce du regard en passant par la cheminée vide, par les murs décorés de couvertures de livres des années 20. Il laissa Dix mariner un peu, puis plongea ses yeux dans les siens. « A l'époque, vous en aviez marre. Même à Saigon, à chaque fois que je vous ai rencontré au Q.G. Vous étiez très critique sur ceux qui se battaient. C'est un point de vue que j'aurais pu respecter, s'il avait été inspiré par une expérience plus grande. »

Et voilà, songea Dix. Il baissa les yeux sur sa bière. Il fallait payer ses erreurs un jour ou l'autre. Il n'en était pas surpris; on avait commis tant d'erreurs au Vietnam et eux, ils savaient toujours vous rattraper au tournant.

Dix se força à regarder Maitland. « Roy, j'en avais marre de tout ce gâchis. Et surtout que ça retombe sur les hommes. C'est tout.

– C'était facile de mettre l'armée en question, quand vous vous laviez les mains de l'issue de cette guerre. Ça ne rendait pas les choses

201

plus faciles pour ceux que vous aviez laissés en arrière. J'aurais aimé que vous pensiez à cela.

– Mais j'ai pensé aux hommes, Roy, croyez-moi. Il faut du temps pour comprendre. Beaucoup de temps.

– Il aurait mieux valu que vous y pensiez quand ça comptait.

– J'ai l'impression que les vieilles rancœurs ne veulent pas mourir, Roy, je me trompe? »

Maitland se réfugia encore une fois dans le silence. Finalement, il dit : « Dave, vous étiez môme, à l'époque – et rond du soir au matin. C'est à cause de ça que vous vous en êtes tiré. Quand j'ai entendu votre voix au téléphone, ce matin, j'ai revu le gosse braillard que j'avais connu. C'est plus la curiosité qu'autre chose qui m'a amené ici. Je crois bien que tout ce que je voulais c'était vous botter le cul. »

Ils se regardèrent. Dix remarqua les cheveux blancs aux tempes de Maitland et les rides profondes aux commissures de ses lèvres. Maitland vit les cernes sombres sous les yeux de Dix et la barbe de trois jours. Maitland ne sourit pas, mais il tendit sa main au-dessus de la table. Dix la prit et ils échangèrent une longue poignée de main au-dessus de leurs bières.

« Vous êtes adjoint au maire, dit Maitland, ou est-ce des bruits qui courent?

– Non, c'est vrai. Mais ça ne va pas aussi bien que vous pourriez croire, pour moi. J'ai un gros problème sur les bras et j'ai besoin de vos conseils. »

Maitland opina. Il y eut une trace de sarcasme dans sa voix. « Je regarde les nouvelles. Je ne peux pas faire autrement. »

Dix lui fit un résumé de ce qui s'était passé dans les trois derniers jours. Il lui raconta tout sur Eubank, sur les armes et sur ses conversations avec l'homme du parc. Maitland n'avait pas l'air surpris.

« Je parierais qu'il ne vous a pas fallu longtemps pour deviner d'où venait ce type du parc. Je savais que ce devait être quelque chose comme ça. Je l'ai su dès que j'ai eu vent de ce qui se passait.

– C'est pour cela que j'ai besoin de votre aide, Roy. Vous avez passé des années dans la brousse. Vous savez tout ce qu'on peut savoir sur la guerre de guérilla. Nous arrivons à la quatrième journée de fermeture du parc. Le Département n'a pas avancé d'un pouce pour ce qui est d'une solution. Il faut que je sache comment ce type opère. Comment je peux le pincer.

– Et c'est à moi que vous le demandez. » Ce n'était pas une question.

« Je ne vous demande que votre avis.

202

– Nous pourrions avoir un problème. »

Dix fut pris d'un soupçon, mais il le supprima aussitôt. « Je ne vous demande pas d'intervenir officiellement, Roy. Personne ne sait que je vous consulte. A un certain stade, il est possible que je doive le faire savoir à quelques officiers supérieurs et au commissaire, mais c'est tout.

– C'est comme cela que je vois les choses, moi aussi. » Maitland ne prit même pas le temps de réfléchir. « Je suis ici. Je vais vous dire ce que je peux faire. »

Ils burent leurs bières. Quand le serveur eut apporté une deuxième tournée, ils reprirent leur conversation.

« Vous êtes aux prises avec une situation unique, Dave, mais elle n'en présente pas moins des points communs avec d'autres cas d'urgence, comme au Vietnam. Vous n'avez qu'un rebelle, mais il vous crée les mêmes types de problèmes. Tous les guérilleros opèrent selon les mêmes vieilles règles stratégiques. Le premier stade d'une insurrection est défensif : il occupe le terrain et repousse une force plus importante en nombre. Le deuxième stade, c'est l'équilibre. Il gagne en puissance et fortifie son point d'appui. Le troisième, c'est la contre-offensive. Il se sert de sa base comme d'un point de départ pour occuper de nouveaux territoires et recommencer le processus.

– Une contre-offensive? » Dix sourit et ils éclatèrent de rire tous les deux.

« Je ne crois pas que ça puisse se rapporter à notre affaire », dit Maitland. Il but sa bière et continua : « Que pouvez-vous faire à présent? Une contre-attaque – c'est ici que commencent les problèmes, comme au ' Nam '. Vous pourriez commencer par occuper une petite zone et en chasser les rebelles. Mais ils se réinfiltreront. Disons que, dans votre cas, vous avez pu nettoyer et assurer un quart de mille de parc. Le guérillero pourrait se cacher; il pourrait même quitter le parc et y revenir ensuite. C'est là que réside la difficulté de définir une zone contrôlée.

– Parfois, dit Dix en riant, j'aurais du mal à définir Central Park comme une zone contrôlée.

– O.K., dit Maitland. Même si vous faites entrer une force importante dans le parc, vos auriez beaucoup de pertes. C'est ce qui vous est déjà arrivé. Vous ne pouvez pas mettre un policier sur chaque mètre carré; vous êtes donc confronté à la même question, à savoir : qui contrôle le terrain, et à quelles heures? La journée appartient aux troupes et la nuit à la guérilla. Cela pourrait vous prendre beaucoup de temps, et surtout avec une force nombreuse et visible.

– Je n'ai pas besoin de vous parler du facteur temps. »

Maitland garda le silence une minute. Ils commandèrent une

autre tournée et Dix lui demanda : « Qu'est-ce que vous en pensez, Roy?

– Au Nam, nous avions l'aviation qui empêche la guerre de position. Dans notre affaire, ça ne rentrera pas en ligne de compte. Vous n'avez pas à considérer les routes de ravitaillement. Ce dont vous avez besoin, c'est d'une force de contre-guérilla adaptée à la situation. »

Dix pensa à quelque chose. Il lança une ligne à la mer. « Et que diriez-vous de ces unités antiterroristes qu'ils ont formées au centre de Fort Bragg? Celles qu'ils ont essayées en Iran. »

Maitland resta stupéfait par la question. Il n'eut qu'une seconde d'hésitation, mais les soupçons de Dix s'en trouvèrent confirmés. A présent, il savait ce que Maitland avait fait ces dernières années. Il savait également qu'il ne devait absolument pas lui demander de préciser les liens qu'il avait avec ces unités antiterroristes.

Maitland lui répondit brièvement : « Vous voulez dire cette force qui est commandée par le colonel Beckwith? »

Dix opina. Beckwith n'était pas seul, mais ce serait une autre question qu'il ne poserait pas.

« Cette force, répliqua Maitland, dépend de nos forces armées et ne peut opérer qu'en sol étranger. Vous le savez très bien. »

Dix se dirigea vers les toilettes. Pendant son absence, Maitland eut une idée. C'était une idée spectaculaire et pleine d'audace qu'il avait commencé à forger le matin, à deux mille kilomètres de là, dans une base du Texas – c'était une idée qui l'intriguait et le stimulait à la fois et qui lui permettait d'oublier l'ennui de l'inactivité et de la routine. C'était pour cela, et pas pour autre chose, qu'il s'était retrouvé dans ce restaurant new-yorkais à discuter avec un ex-chargé de presse de l'armée.

Dix revint à la table.

« Écoutez-moi, dit Maitland, je connais des gens. Ils pourraient peut-être être disponibles.

– Qui?

– Ça, je ne peux pas vous le dire maintenant. Je les appellerai des mercenaires, faute d'un mot plus approprié. » Dix se tordit un peu sur son siège. Maitland lui fit un signe. « Ces hommes sont de spécialistes du combat de jungle. Ils en savent autant que moi. C'est peut-être eux qui détiennent la solution à votre problème.

– Des mercenaires, dit Dix en faisant une grimace. Ça ne me dit rien. »

Maitland s'enfonça dans sa banquette et laissa Dix réfléchir un peu. « Et quels sont les plans du Département? demanda-t-il.

– Oh! répondit Dix de manière évasive, ils ont travaillé sur une option aujourd'hui. Je n'ai pas encore été mis au courant. Je ne pense pas que l'on tente quoi que ce soit avant demain. Mais je ne crois pas non plus que ça puisse marcher. Ils ne comprennent pas ce qui leur ait arrivé sur le terrain. Ils croient qu'il va y avoir une grande fusillade et que tout rentrera dans l'ordre.

– Ça me rappelle quelque chose. »

Dix leva les yeux. C'est tout ce qu'il voulait entendre. « Très bien, Roy. Je veux que vous contactiez ces mercenaires. Tout de suite. Est-ce que vous pouvez me consacrer un peu de temps? »

Maitland fit oui de la tête. Bien sûr qu'il pouvait! « Je vais prendre des dispositions pour pouvoir rester ici deux ou trois jours. Je ne pense pas que ça me prendra plus longtemps. »

Ils terminèrent leurs verres; Maitland se leva. Dix le prit par le bras. « Autre chose, Roy. Si vous arrangez le truc et que j'obtiens le feu vert du Département, je veux que vos types comprennent bien que ce n'est pas une simple mission à expédier. »

Maitland se rassit. « Expliquez-moi ça.

– Je désirerais que, dans la mesure du possible, ils prennent notre type vivant.

– C'est ridicule.

– Sans doute. Mais dites-leur d'en finir s'ils ne peuvent pas faire autrement; simplement, ce n'est pas à titre de tueurs professionnels que nous les envoyons.

– Est-ce que c'est le point de vue du Département?

– J'emmerde le Département. »

Maitland était un officier, à vie. Les vicissitudes de la guerre le laissaient indifférent. Personnellement, il se souciait peu de ce qui arriverait au type de Central Park. « Je ferais mieux de rentrer à l'hôtel, dit-il, j'ai des coups de fil à donner. »

Dix régla l'addition et ils quittèrent le Chumley's. Ils traversèrent les mews jusqu'à Barrow Street et stoppèrent un taxi sur la Septième Avenue. Dix dit à Maitland qu'il allait le laisser seul.

« Je vais faire un petit tour à pied. »

Mais comme Maitland ouvrait la porte du taxi, Dix le prit par le bras : « Je sais à quel point je vous déplais, Roy. Et je sais que le temps n'a rien changé à tout ça. »

Maitland se retourna et fit face à Dix. « Mon cher Dave, la plupart du temps, j'agis sans motifs précis. Je ne pense pas que vous arriverez jamais à comprendre cela. C'est trop simple. »

Dix regarda vers le haut de la ville, cet immense fleuve de voitures qui venait vers lui : « Roy, je ne pourrais jamais me pardonner si le Département continuait à faire les mêmes erreurs que... » mais il ne finit pas sa phrase.

Maitland n'avait pas peur des mots : « Que l'armée? » Il serra les mâchoires. « Soyez tranquille, Dave. Nous ne commettons plus ce genre d'erreurs. »

Weaver était éveillée. Elle était étendue sur le dos et regardait le soleil qui filtrait d'entre les feuilles. Elle avait une couverture sur elle; elle n'arrivait pas à se souvenir de s'être endormie. Elle s'assit. Ses pieds étaient attachés à tout un réseau de ficelles qui se terminaient par des boîtes de conserves vides. Les boîtes se balançaient sur un rouleau de fil de fer barbelé, au sommet du fortin. Elle ne pouvait ni se mettre debout ni bouger sans faire beaucoup de bruit.

Harris était dans un sac de couchage, à quelques mètres de là. Weaver vit une moto noire garée près d'un stock d'armes. Elle regarda bien Harris. Il était sur le dos et respirait fort, mais ses yeux étaient grands ouverts. Weaver ne pouvait tenir en place, elle toussa. Il ne fit aucunement attention à elle. Elle ne voulait pas attendre qu'il prenne conscience de sa présence.

« Est-ce que je peux me lever, à présent? Il faut que j'aille au petit coin. »

Harris ne bougea pas.

« Vous m'écoutez? » demanda Weaver. Elle étendit le cou et essaya de voir au-dessus du sac de couchage. Harris continuait à fixer les arbres. Weaver se leva et donna un coup de coude dans le sac de couchage; les boîtes de conserve tintèrent sur le fil de fer. Harris bondit de son sac de couchage, roula sur lui-même et pointa un automatique .45 sur la tête de Weaver. Il était à deux doigts d'appuyer sur la détente.

Weaver se cacha la tête dans les mains. Harris se leva et baissa l'arme. « Ne refais jamais ça. Tu pourrais vraiment morfler. »

La voix de Weaver tremblait un peu : « Vous aviez les yeux ouverts, je pensais que vous étiez réveillé.

– Maintenant, tu sauras. »

Harris rengaina son arme et détacha les pieds de sa prisonnière. Il s'éloigna et but à sa gourde. Weaver se leva et essaya de faire le point.

« Il faut que j'aille au petit coin.

– Y a un trou, derrière les barbelés. Attends une seconde. » Harris se retourna et déposa sa gourde par terre. Il trouva son gilet pare-balles et le mit. Quand il releva les yeux, Weaver était en train de marcher vers l'entrée de la base de feu.

« Stop! » Elle continua d'avancer. Elle était à mi-chemin dans le passage à travers les barbelés quand elle trébucha. Elle vit une chose qui tombait des arbres. Ses jambes flanchèrent et des bras la jetèrent

206

violemment à terre. Harris la plaqua sèchement sur le barbelé tandis qu'une bûche de trois mètres de long hérissée de pointes d'acier s'enfonça dans la terre avec un bruit sourd, à trente centimètres de leurs visages.

Ils restèrent sans bouger un moment. Leurs respirations se mêlaient. Harris enleva les bras de sa taille et se leva. Weaver également; elle fit bien attention de ne pas se blesser aux pointes acérées. Son treillis était emmêlé dans un fouillis de fils de fer et Harris dut l'aider à s'en libérer. Elle se redressa et tira sur le tissu camouflé, à son entrejambe.

« Tu ferais mieux de te calmer, dit Harris.

– Mais on est passés juste par là, hier soir.

– C'était hier soir. »

Weaver regarda la bûche, puis Harris. « C'est vrai. »

Harris lui montra des buissons, à l'extérieur de la base de feu. « Le trou est là. »

Weaver fit un pas et s'arrêta aussitôt. « Ça va? Je ne risque rien d'ici à là? Je ne vais rien me prendre sur la gueule? »

Harris fit oui de la tête. Weaver entra dans les buissons et trouva le trou. Il y avait beaucoup de mouches et ça sentait mauvais. Elle vit un autre rideau d'arbustes à quelques mètres de l'enceinte de barbelés et lui demanda : « Ça vous dérange si je vais là-bas? »

Harris s'avança et inspecta l'endroit en question. « Non, ça ne me gêne pas. » Weaver se mit en marche; Harris reprit : « Mais on dit que quelques gouttes d'urine suffisent à faire exploser ces mines à fragmentation. »

Weaver s'arrêta. Elle demanda à Harris de ne pas regarder. Elle chassa les mouches d'un revers de la main et s'accroupit sur le trou.

Ils passèrent l'heure qui suivit à prendre leur petit déjeuner : fruits en conserve et beurre de cacahouètes à même le pot. Harris rasa sa barbe de trois jours et passa sa tenue de combat. Il rassembla des munitions dans un grand sac et prit l'AK-47 et le lance-engins M-79. Weaver essaya de se débarbouiller, mais renonça bientôt et se résigna à repasser son treillis qui commençait à sentir un peu. Harris lui conseilla de se faire une natte et, à 8 heures et demie, ils quittèrent la base et se retrouvèrent dans les arbres, sur un sentier qui passait derrière le Belvedere Castle.

Harris consulta une carte dans son carnet de notes et le rangea dans son sac. Il sentait la chaleur du soleil sur ses bras. « Belle journée ». Il sourit à Weaver. Il se sentait bien et ne voulait pas savoir pourquoi. « Allons-y!

– Attendez! » Weaver voulait dire quelque chose. Elle avait du mal à trouver les mots. « Vous m'avez sauvé la vie, ce matin.

– Je suis un héros.

– Vous savez ce qui va vous arriver. Vous ne pouvez pas rester ici toute votre vie.

– Et qu'est-ce qui va m'arriver? »

Weaver regardait ses chaussures. « Je ne veux pas qu'il vous arrive quelque chose. »

Harris voyait le soleil se refléter dans ses cheveux. Il mit la main dans la poche de sa chemise et en sortit deux pilules d'amphétamine. Il les avala. « Faut que je me speede un peu. Je n'ai pas trop bien dormi, ces derniers temps.

– Écoutez, dit Weaver. Je suis en train de vous dire que vous devriez peut-être penser à vous rendre. »

Harris vérifia le chargeur de son AK. « Je ne suis pas encore prêt à partir.

– Partir?

– Je peux me tirer d'ici quand je veux. Je passe le mur pendant la nuit; ou alors, je prends les égouts. Personne ne s'en apercevra. Si je remets mes fringues civiles, je me mêlerai tout de suite à la foule. Les autorités ne vont pas aimer ça.

– Ils vous identifieront. Ils vous attraperont.

– Mais non. Il sera trop tard. Il n'y a qu'une personne qui ait vu mon visage. »

Weaver eut la gorge qui se serra : « Moi.

– Ouais, je sais », dit Harris – lui aussi stupéfait de ne le réaliser que si tard. « Ça va être un problème. » Puis il la regarda en souriant : « Sauf si t'es TAC.

– Qu'est-ce que ça veut dire, TAC?

– Tué Au Combat. » Il la poussa du coude. « Allez, on bouge.

– Attendez, dit Weaver qui resta sur place. Où allons-nous? »

Harris semblait tout joyeux. « Mais on est en patrouille. On va fouiller toute la zone comprise entre cinquante-quatre et cent dix. »

Ils se mirent en marche et patrouillèrent sur la West Drive en exécutant de soudains virages dans les arbres. Ils se rapprochèrent des rues et des avenues autant qu'ils le pouvaient et firent des reconnaissances aux principales entrées du parc. Harris établit un poste d'observation près de Summit Rock; pendant une demi-heure, ils observèrent les allées et venues des voitures au poste de commandement. A midi, ils étaient revenus dans les buissons et Harris vérifiait l'état de ses pièges et de son barbelé.

Ils firent une halte dans une aire boisée au nord de la transversale de la 95e rue. Ils étaient tout essoufflés d'avoir couru sur le pont qui enjambe la route. Harris prit une gorgée à sa gourde et l'offrit à

Weaver. Il vérifia une indication sur l'une de ses cartes. Il se dirigea vers elle et ils s'enfoncèrent tous deux à travers les fourrés jusqu'au bord de la route, sur une position avantageuse. Ils pouvaient voir Central Park West à travers les arbres. Harris rampa jusqu'à un mince fil de fer qui traversait le pavé. Il revint, marchant en canard, et déclara : « Tout marche super. »

Il fit signe à Weaver de le rejoindre à quelques mètres de là. Elle vit un objet, caché dans l'herbe. Harris rampa, vérifia la chose et revint s'asseoir à côté d'elle.

Weaver montra l'objet du doigt. « Qu'est-ce que c'est?

– Une mine claymore. » Harris retira son casque et lissa ses cheveux longs. « C'est un engin antipersonnel. Un truc super. On peut l'armer de façon à ce que les fragments explosent dans une direction déterminée. Et tu sais quoi? Tu peux rester assis là, à attendre que quelqu'un vienne par ce chemin jusqu'à ta portée et lui faire exploser dans la gueule juste en tirant sur le cordon.

– Merveilleux! »

Harris éclata de rire et remit son casque. « Allez, on continue.

– Je voudrais boire encore un peu. » Il lui redonna la gourde. Elle fit couler l'eau dans ses mains et s'en aspergea le visage. « Est-ce que je peux vous poser une question », dit-elle. Elle n'attendit pas sa permission et montra la claymore du doigt. « Où avez-vous eu tous ces trucs? »

Harris lui reprit la gourde. Il ne voulait pas répondre et finit par hausser les épaules. « Quelle différence ça fait? Y a des trucs que j'ai ramenés de là-bas, en souvenir. Comme ce fusil A.K.-47. C'était le fusil standard de l'A.N.V.

– L'A.N.V.?

– L'armée nord-vietnamienne, l'armée régulière, quoi, pas le Viet Cong. Beaucoup de mecs se ramenaient des flingues. Ce truc-là, c'est un lance-grenades. L'armée a abandonné des tas d'armes comme ça sur le terrain. Je connaissais un type au Nam qui est resté jusqu'au bout, jusqu'à l'évacuation de Saigon et qu'était un drôle de marchand d'armes. Il traînait toujours avec les gros bonnets du marché noir et il a fait entrer des cargos entiers d'armes récupérées dans ce pays. Il les a presque toutes vendues. Fut un temps où on était potes, tous les deux; quelque chose qu'était arrivé au combat et dont il se souvenait. Il m'a filé le lance-patates en cadeau.

– Pour Noël? »

Harris sourit. Bon Dieu, songea-t-il, elle est fine celle-là. Mais il aimait bien lui parler. « Toutes les mines, comme ces claymores – ça a vraiment été dingue, la façon dont je les ai eues. C'était environ six mois après mon retour aux States; je tuais un peu de temps avant la rentrée universitaire. J'ai reçu un message du même mec, par un autre ami ; enfin, tout ce que je peux te dire, c'est qu'il voulait que je lui rende un grand service : aller à San Diego pour réceptionner une cargaison. C'était censé être de la marijuana. Je l'ai fait. C'était un camion rempli de caisses et ça a marché sur des roulettes. La cargaison est arrivée par un bateau de la Navy, comme ça, et personne ne m'a posé de questions. Je crois que ce mec, au Nam, devait avoir des relations. Enfin, je vais livrer la came à Los Angeles et j'attends de me faire payer quand ils ouvrent les caisses. Et je vois qu'elles sont pleines de claymores et de mines à frag. Il en voulaient pas. Ils s'attendaient bien à de la marijuana. J'étais coincé avec ces trucs, et comme je n'avais pas envie de continuer à jouer les rigolos avec ce genre de joujoux, je les ai gardés. J'ai loué un camion et je suis rentré chez moi. A l'époque, je vivais dans le Michigan, et j'ai gardé ces caisses pendant des années. Elles étaient dans ma cave. De temps en temps, quand j'étais soûl, je montrais une claymore à un copain et ça les excitait beaucoup. »

Harris regarda au-dessus de son épaule et vérifia l'heure à sa montre. Il n'était pas pressé et les amphétamines le rendaient très bavard. Il continua : « Bon, il y a à peu près un an, quand... quand j'ai décidé de faire ce truc dans le parc, j'ai recherché la trace de ce mec du Nam. Il m'en voulait pas. Je crois qu'il se foutait bien de ce qui pouvait arriver. Il est plein de pognon et il sait où on peut acheter et vendre des armes. Il m'a arrangé mon coup. Les mecs qui vendent des armes ne posent pas de questions. J'ai claqué près de dix-neuf mille dollars en armes, munitions et autres merdes comme ce fil de fer barbelé. Il m'a même échangé quelques mines contre des grenades et des lance-roquettes. Ces putains de mines valent dans les cent dollars pièce. Quand j'en vois une exploser, je ne peux pas m'empêcher de voir un billet de cent dollars qui part en petits morceaux dans l'atmosphère. »

Harris se releva : « Dix-neuf mille dollars. Ça a l'air de faire beaucoup de sous, mais quand on a du crédit, c'est pas trop dur. »

Weaver s'essuya le front et vint se mettre à côté de lui. « Je sais ce que c'est que de mettre de l'argent dans quelque chose qui vous tient à cœur. »

Harris se revit en train de donner des coups de pied dans son matériel vidéo et voulut presque s'excuser. Mais il s'en tira par une pirouette : « Allons-y, on va voir comment fonctionne une partie de ces dix-neuf mille dollars. »

Ils suivirent la West Drive jusqu'à la 110e rue. Ils restaient dans l'extrême limite du périmètre et Harris vérifia qu'on avait enlevé le corps du gosse qui avait sauté sur la claymore. Rien ne lui parut louche, aussi virèrent-ils au sud. Harris se servait de Weaver pour qu'elle l'aide à poser des rouleaux de concertina dans les sous-bois qui bordent la piste de patinage, à l'extrémité ouest du Harlem Meer. Près du Huddlestone Bridge, un vieux pont arqué en grosses pierres, Harris construisit un fortin qui lui donnait une position de bloquage stratégique au bout du couloir de barbelés. Il utilisa Weaver une fois de plus pour creuser et évacuer la terre. Il renforça sa position en posant deux plaques d'acier percé derrière la piste de patinage; Harris et Weaver les apportèrent et les posèrent à l'intérieur du fortin. Le travail et la chaleur les épuisèrent. Quand ils eurent fini le fortin, Harris emmena Weaver vers l'ouest, le long des eaux fraîches du Loch.

La zone qui incluait le Loch, le Pool et la Harlem Meer, avec les cascades entre ces différents plans d'eau, était l'une des plus belles de Central Park. La plupart des New-Yorkais n'y allaient jamais, à cause de sa proximité avec Harlem et sa réputation de coupe-gorge. Weaver, en passant devant la luxuriante végétation, les chutes d'eau et les rivières scintillantes, fut stupéfaite qu'un endroit comme celui-là puisse exister en plein cœur de Manhattan. Quand ils arrivèrent devant une des cascades, Weaver s'écroula sur l'herbe douce, en bordure du Loch, enleva ses godillots et plongea ses pieds dans le courant.

« Je n'aurais jamais cru ça! » dit-elle en secouant la tête.

Harris posa ses armes et son sac à dos et vint s'accroupir près d'elle. Une brise fraîche venait de la cascade, le bruit de l'eau qui tombait eut un effet apaisant. Ils se reposèrent, mangèrent quelques boîtes. Les rayons de soleil qui filtraient des hauts arbres assoupirent Weaver. Elle piqua un somme. Quand elle se réveilla, Harris se tenait debout dans le Loch, treillis enroulé, en versant de l'eau sur le crâne dans son casque.

Il vit qu'elle s'était réveillée et lui dit : « Tu sais, c'est chouette Central Park sans toute la racaille. » Il sortit du ruisseau et s'assit sur la berge pour remettre ses chaussures. De l'eau coulait sur ses boucles brunes. Il s'étendit dans l'épais gazon, mains derrière la tête. Weaver contemplait les muscles de ses bras qui se contractaient, tout en l'écoutant.

« On allait vraiment au diable, quand on patrouillait dans la jungle, dit-il. Y avait des oiseaux qui poussaient des cris incroyables. C'était pas comme dans un film de Tarzan à la télé. C'était le vrai truc, tu comprends. Ces oiseaux, ils auraient pu faire de l'opéra. On les écoutait chanter pendant des heures, jusqu'au coucher du soleil. Les crépuscules étaient vraiment beaux. C'était sûrement toute cette poussière et ce napalm qui faisaient ça.

– Est-ce que tu as eu de la peine, demanda Weaver, quand ça a été détruit?

211

« – Tu veux que je te dise quelque chose, dit Harris en souriant? La destruction aussi, c'est très beau. Surtout la nuit, quand tu vois une putain de grande bataille dans le lointain. Y a le ciel noir, complètement noir, comme un écran géant. Puis y a quelques éclairs, et encore quelques autres. C'est les roquettes. Et puis il y a ces traînées de lumière, les balles traçantes qui partent de partout et qui font comme des dessins. Et tout ça ne fait que grandir. Toi, tu restes juste dans ton trou et tu regardes la bouche ouverte. »

Weaver essaya d'imaginer le Waldorf en flammes. « Je crois qu'il faudrait que je voie ça.

– Tout ce que je peux te dire, dit Harris, c'est que c'était vraiment une guerre en Technicolor. »

Ils s'assirent sur la berge et regardèrent le soleil disparaître vers le West Side. Puis, ils reprirent leur patrouille, en faisant un petit crochet par l'ouest pour récupérer des caisses qu'il avait oubliées une nuit, quand il était seul et un peu perdu.

Ils firent un grand tour par l'est, en longeant la 103e rue; Harris s'arrêta soudain et disparut dans les fourrés. Weaver continua son chemin pendant quelques mètres avant de réaliser qu'elle marchait seule. Elle attendit sur un sentier proche de l'allée cavalière, mais Harris ne réapparut pas. Une guêpe voletait vivement autour d'elle et se rapprocha de son visage. Elle la chassa. Elle essayait de déceler des bruits de pas. Il est peut-être en train de pisser, pensa-t-elle.

Weaver en eut assez d'attendre et revint sur ses pas sur un sentier de terre bordé d'ormes et de forsythias. Pas trace d'Harris. Quand elle fut persuadée qu'elle était revenue trop loin, elle fit demi-tour pour retrouver ses propres traces. Elle vit une paire d'yeux à un mètre de son nez. Elle sauta de surprise. Harris était là, dans les buissons, juste devant elle et elle ne l'avait pas vu. Il était absolument immobile; ses yeux grands ouverts ne cillaient pas. Soudain, Weaver eut très peur. En le regardant ainsi dans sa tenue camouflée, elle eut l'impression qu'il passait par une métamorphose : il s'était fait lézard, caméléon; il se mêlait parfaitement aux buissons et aux arbres; ses contours disparaissaient totalement dans le paysage. Mais ses yeux continuaient à la fixer.

Ses lèvres ne bougèrent pas, mais elle entendit une voix qui lui disait : « Arrête de respirer. »

Elle essaya de ne plus bouger un muscle; elle eut une conscience de plus en plus nette de ses doigts et de ses pieds, des battements de son cœur et de la circulation de son sang; elle crut pouvoir sentir les giclées de sang dans ses artères et elle maudit ce corps si bruyant. Puis elle entendit un autre son, un grondement sourd. Le bruit s'accrut. Elle sentit le sol qui tremblait sous ses pieds. Le son se rapprochait, rapidement et devint presque un hurlement qui emplit l'air et détruisit le silence. Elle vit de la sueur tomber dans les yeux de Harris; il bougea les bras et le fusil lui sembla soudain être devenu quelque sabre étrange et maléfique. Le sol trembla. Harris se tordit et tomba en se donnant un coup de fusil dans la figure. Elle le regarda se tordre dans la poussière, dans les hurlement du métal et le fracas. Weaver garda les yeux fixés sur le fusil en écoutant le métro continuer sa course sous Central Park.

Le bruit de la rame s'éloigna rapidement dans le tunnel qui se trouvait sous leurs pieds. L'A.K.-47 était pointé vers le ventre de Weaver et elle éloigna le canon dans une autre direction. Harris émergea de la boue. Il essaya de se mouiller les lèvres, mais sa langue était devenue sèche. Son visage était humide de transpiration. Il avait d'horribles contractions nerveuses sur tout le visage. Weaver s'agenouilla près de lui.

« C'était le I.R.T. express », lui dit-elle.

Harris la regarda. « Foutu métro. Bon Dieu. A chaque fois ça me file une de ces trouilles. »

Harris tripotait nerveusement le fusil. Weaver l'observa en train d'essayer de faire bouger une petite manette. Il n'y arrivait pas. Ses doigts tremblaient. Il désigna l'A.K. « C'est sur automatique. Ça t'ennuierait de mettre la sécurité? T'as qu'à baisser le levier. » Weaver tendit la main. Elle hésita et ils se regardèrent. Elle baissa la manette.

Leur patrouille les mena vers le sud; ils firent le tour par le côté est du réservoir, sur la piste de jogging qui venait se terminer devant la maison de la porte sud. Ils firent une halte sur un petit pont qui surplombait l'allée cavalière et regardèrent le poste de police calciné de l'autre côté de la transversale de la 85ᵉ rue. Une fois la route traversée, ils escaladèrent la clôture qui se trouvait à l'arrière du parc de stationnement du commissariat et passèrent devant les terrains de basket et la Great Lawn. Ils bougeaient en suivant l'East Drive, dépassèrent le hangar à bateaux et le Lac, puis passèrent devant le Conservatory Water, et à l'ouest du Mall, et enfin devant la Fontaine. Ils observèrent un rang de pigeons sur la longue promenade et Harris se demanda à haute voix si les pigeons avaient faim, maintenant qu'ils ne pouvaient plus compter sur les divers détritus et autres miettes qu'on laissait là, d'habitude.

Quand Harris et Weaver arrivèrent au sud de la transversale de la 65ᵉ rue, le soleil se trouvait déjà derrière les immeubles du West Side. Ils s'arrêtèrent à l'arrière du zoo et contemplèrent le ciel qui prenait des teintes rouges et pourpres. Harris s'engagea sous la Green Gap Arch, enleva son sac à dos et prit ses jumelles. Il guida Weaver jusqu'au remblai de la chaussée d'où l'on pouvait avoir une vue parfaite des immeubles administratifs du zoo et des cages de plein air. Harris fouilla consciencieusement cette zone et surveilla de près trois hommes qui nettoyaient la cage à éléphants. L'éléphant semblait nerveux; il se frottait la trompe sur le mur et sur la clôture métallique.

Harris tendit ses jumelles à Weaver. « Ceux-là ne sont pas des gardiens. »

Weaver ajusta les jumelles : « Comment le savez-vous?

– Ils mettent toujours le même homme sur un animal, pour qu'il s'habitue. Et cet éléphant est prêt à écraser quelqu'un. » Weaver lui rendit ses jumelles et Haris fit le tour du terrain. « Tu sais ce que je devrais faire? Leur balancer une frag, là, sur le snack-bar et regarder l'éléphant les écrabouiller. Ça serait peut-être bien. J'ai découvert, quand je faisais mes recherches sur ce parc, que le gouvernement fédéral avait condamné ce zoo. C'est dégueulasse pour les animaux. »

Harris et Weaver glissèrent silencieusement sur le remblai, jusqu'à se retrouver devant le tunnel. Ils écrasaient de leurs chaussures des bouts de plastique; c'était tout ce qu'il restait de la cabine téléphonique. Harris chuchota quelque chose en essayant de désigner du doigt un bout de terrain découvert et un sentier qui menait au zoo.

« On va creuser quelques trous sur une ligne, près de cet escarpement. On reviendra quand il fera noir et on mettra quelques mines. Au cas où. »

Pendant quelques instants, Weaver ne put s'arracher à la fascination de cette cabine criblée de balles. Harris dut lui dire de le suivre dans le tunnel. Elle s'appuya au mur, tandis qu'Harris sortait son carnet de notes et une bêche pliante de son sac à dos. Il gémit doucement et se pinça la cuisse. Weaver essaya de se décontracter la nuque. Ils étaient tous deux sales et moites, épuisés par cette tension qu'exigeait leur totale concentration.

Quand Weaver le suivit dans le jour déclinant, elle commença à ressentir quelque chose qui n'était pas de l'épuisement. De la peur. Cela revenait sur elle, comme une chose gluante, avec les ombres de la nuit et elle voulait que cela cesse. Elle attendit jusqu'à ce qu'ils se trouvent sous de grands pins d'Autriche, sur une petite colline près du zoo, pour dire : « Ça n'allait pas très fort, quand on était à la cascade, quand ce métro est passé. »

Harris referma son carnet de notes et le posa par terre. « Si tu tiens à le savoir, ce bruit de métro, ça ressemble parfois à quelque chose d'autre.

– Et ça t'arrive souvent? »

Harris déplia la bêche sans répondre.

« Alors?

– Ça arrive, c'est tout. » Il ramassa quelques aiguilles de pin. « Y a des choses, comme un bruit, un visage peut-être, qui me ramènent directement à la jungle. C'est comme un " déclic " et paf! c'est là. Des fois, c'est bien, les souvenirs. Mais la nuit est si étrange. Dormir avec les yeux ouverts. Le corps se débrouille comme il peut. » Il tourna la tête. « Mais t'as pas envie d'entendre ces conneries. »

Weaver se mit face à lui. « Je t'en prie. »

Harris laissa échapper un soupir; il semblait que la tension l'abandonnait. « Une fois, j'ai passé une semaine à l'hosto, à Saigon.

– Tu étais blessé?

– Non. Rien de cela. J'avais une sorte de virus intestinal. Je me souviens de cette nuit où j'étais tellement défoncé, avec un pote médecin, que je me suis injecté 3 cm³ de vodka dans une veine. Tu peux pas imaginer à quel point ça soûle. A 2 heures du matin, j'étais en train de traîner et je suis entré dans la salle des rayons X. Y avait un fluoroscope à l'intérieur, alors j'ai éteint les lumières et j'ai tourné un miroir pour que je puisse me voir; après, j'ai mis le fluoroscope en marche et je me suis mis derrière. J'ai regardé mes os qui bougeaient, ces belles petites choses si délicates qui coulissent dans leurs muscles. C'était incroyable. Après, quand je suis retourné à mon bataillon, j'ai vraiment fait gaffe. Je ne sortais jamais sans avoir fermé mon gilet pare-balles. Mes armes étaient toujours en parfait état de marche; merde alors, j'allais pas prendre des risques. J'étais complètement parano. Et puis ça a disparu peu à peu et j'ai effectué un tournant à cent quatre-vingts degrés. J'ai eu les foies et je me suis dit que la seule façon de ne pas me faire bousiller, c'était de bousiller avant tous ces enculés. Et tu sais quoi? Ça a marché. »

Il commença à s'éloigner une fois de plus.

Weaver eut un geste instinctif – elle s'élança pour lui toucher l'épaule – mais elle hésita. Harris vit sa main et il changea de visage.

« Pas de ça! dit-il.

– Je veux que tu me parles de ce truc. » Weaver se souvint de quelque chose. « Comme les trucs dont tu parlais au téléphone. »

Harris jeta un coup d'œil sur la cabine détruite. « Pas question. »

Mais Weaver ne voulait rien savoir. Elle tenta un timide sourire. « D'accord, je te dirai un truc sur moi, et après ça sera ton tour.

– Me dis rien.

– Je m'appelle Weaver. Valerie Weaver. Et ça, c'est un secret. Je suis de Brooklyn. Mon père était pompier. J'aime faire de la télé. Et toi, tu es d'où?

– De banlieue.

– T'as fait l'université, non? »

Harris éclata de rire. « Et ta prochaine question ce sera de savoir quelles études j'ai faites?

– Bon. Dis-le moi.

– Toxicomanie.

– O.K. Si c'est ce que tu veux. » Weaver donna un coup de pied dans la poussière et s'éloigna. Harris lui coupa la route.

« Bon, tu veux savoir ce qui s'est passé? »

Weaver opina. Elle voulait savoir; chasser la peur à coups de mots.

« Je suis rentré chez moi, commença Harris. 1970. Je sortais juste d'un combat qui avait duré trois jours, je prends l'avion et j'arrive à San Francisco. La liberté. C'était terrible. Une fille m'a vendu une fleur à l'aéroport et tu sais comment elle m'a appelé? Un salaud d'assassin. Rien à foutre. J'ai terminé la fac, trouvé un boulot et c'est tout.

– Attends un peu. Et tout ça, alors? Je veux dire, qu'est-ce qui s'est passé entre le moment où tu es rentré – Weaver marqua une hésitation – et maintenant? Tu as eu des ennuis? »

Harris fit la grimace. « Des ennuis? Mais non, je suis très clair, comme mec. J'étais ingénieur civil. Super boulot. Tu passes la journée à écouter un tas de conneries de la part des architectes et des promoteurs. Lever à 8 heures, et on rentre le soir à 7 heures. Chez moi, comment c'était? De la merde. Des garçonnières. On s'assoit au bord de la piscine et on boit de la bière tout le weed-end. Super bandant. Jim et Betty viennent de rompre. Betty refuse de quitter l'appart. Jim est complètement défoncé et lui et Mike bandent pour une autre nana. Et quinze jours plus tard, il neige; alors viennent ces journées tellement passionnantes à regarder les émissions de foot à la télé et à devenir complètement débile à regarder le championnat. Ah, il est déjà 7 heures. Il faut descendre en ville pour voir un promoteur bousiller le nouveau système de gouttière. Quelle merde! Tout ce truc était tellement emmerdant. » Harris donna un grand coup de bêche dans le sol et se mit à creuser.

Weaver ne le lâchait plus. « Tu aurais pu te trouver un boulot plus intéressant. Pourquoi es-tu resté là-dedans?

– C'était trop compliqué, répondit Harris en continuant de creuser. Ça c'est simple. Comme le Nam.

– Comment peut-on dire que c'est simple de tuer et de tout

216

détruire? Il m'arrive de faire de drôles de trucs, mais jamais je ne pourrais tuer quelqu'un . »

Harris arrêta de creuser et lui fit face. « C'est qu'une partie du truc. » Les mots venaient naturellement à sa bouche, mais il les arrêtait. Pourtant, il se mit à parler en prenant une voix qui se voulait normale. « J'aimais l'armée, moi. J'y suis resté aussi longtemps que j'ai pu.

– Tu veux dire que tu voulais rester là-bas?

– Mais bon Dieu, j'ai même rempilé deux fois. C'était comme si plus on se retirait, plus on s'enfonçait. »

Weaver faisait les cent pas devant lui. C'était trop facile. Il ne lui disait pas tout. Elle s'arrêta et le regarda enlever l'A.K.-47 de son épaule. Elle ne put s'empêcher de lui demander : « Mais tous les types qui étaient au Vietnam ne pensaient pas comme toi, non?

– Te raconte pas d'histoires, va. Y avait un tas de mecs qui voulaient pas partir. Ils se sont sentis concernés jusqu'à la dernière putain de minute.

– Tu peux pas avoir ce genre de sensation dans la rue, si tu y tiens. »

Harris laissa tomber sa bêche. Il se rapprocha d'elle, jusqu'à ce qu'ils soient pratiquement nez à nez. « Non, c'est pas vrai. Si tu voulais ça, fallait rester au Nam ou y retourner. Mais c'était impossible pour la plupart des mecs. » Il la fixa droit dans les yeux. « Pour moi, c'est pas un problème.

– Et pourquoi? lui demanda-t-elle d'une voix faible.

– Parce que *j'y suis*, en ce moment! »

Le ciel s'assombrit, d'abord sur l'East Side, puis sur le West Side. Weaver regardait Harris qui creusait ses trous. Elle était assise au milieu des sapins et ressentait une sensation nouvelle – elle combattait sa peur, tout en redoutant quelque chose de pire encore.

Tard dans l'après-midi, Dix participa à une conférence de presse. Le commissaire principal répondit à presque toutes les questions, mais il en laissa quelques-unes à Dix qui se débrouilla de son mieux; ses réponses étaient superficielles. Il avait l'impression que tout ce qu'il disait se trouvait à la frontière du mensonge et du faux-fuyant. Il essayait à la fois de couvrir le Département et de se couvrir lui-même. Le seul homme qui eût les réponses se trouvait dans Central Park et l'on ne demanda rien à Dix sur les conversations qu'il avait eues avec cet homme. Au lieu de cela, les journalistes concentrèrent leurs tirs en attaques de la police et de la mairie. La presse perdait patience beaucoup plus vite que le public.

217

Quand Dix quitta la conférence de presse, il sut que sa présence y avait été superflue. Il soupçonna quelqu'un de vouloir l'évincer. Le commissaire avait été impossible à joindre après la fusillade sur les toits et Dix avait l'intuition qu'on préparait une autre opération de grande envergure; on devait en être au dernier stade de la mise en place. Le maire était à Albany, la capitale de l'État, discutant de problèmes fiscaux avec des parlementaires, mais il avait appelé Dix en lui demandant d'être présent à cette conférence de presse. Dix se disait qu'il y avait anguille sous roche. Il passa le reste de l'après-midi dans son bureau à répéter la même formule triviale qu'il avait dite à Maitland : Merde au Département de la Police de New York.

Tôt dans la matinée, Dix fut convoqué au poste de commandement mobile. Maintenant qu'on avait pris toutes les décisions, on allait lui faire un topo sur la stratégie du Département. Dix n'ignorait pas non plus qu'on exigeait sa présence pour qu'il assume la part la moins reluisante de son boulot : informer le maire.

Le poste de commandement n'était plus sur Central Park West. On l'avait déplacé sur la 63ᵉ rue est, non loin du zoo. Quand Dix arriva, il eut immédiatement la certitude qu'une intense activité régnait. Les appartements et les chambres d'hôtel qui faisaient face au parc étaient évacués pour la deuxième fois, sur la longueur de plusieurs blocs d'immeubles, au nord et au sud. La 63ᵉ rue est était bloquée par un barrage de police et l'on s'apprêtait à détourner la circulation qui venait de la Cinquième Avenue sur les 66ᵉ et 59ᵉ rues. Tout le pâté de maisons était entouré de véhicules d'urgence.

Dix entra et trouva Keller, Curran et Charlie Meyers en conférence avec un jeune homme aux épaisses lunettes qui portait un costume noir fripé. Ils étaient en train d'étudier une série de diagrammes très compliqués qu'on avait épinglés au mur. Dix les interrompit et Keller le présenta au jeune homme.

« David, je vous présente Kaplan, du service des eaux. »

Dix lui serra la main et remarqua que Kaplan ne regardait pas son interlocuteur; il avait un air de perpétuelle distraction. Dix s'adressa aux autres. « Désolé d'être en retard, messieurs. »

Keller attira l'attention de tout le monde sur les diagrammes. Meyers se servait d'une règle pour pointer un détail et demanda à Kaplan : « Pouvez-vous nous donner des explications sur ces canalisations qui se trouvent dans la partie nord du parc? »

Kaplan remonta ses lunettes sur son nez : « Peut-être qu'il y en a, peut-être qu'il n'y en a pas. »

Curran : « Mais qu'est-ce que vous voulez dire?

— Eh bien, quand ces canalisations ont été mises hors service, il y a près de quarante ans, on les a remplies de sable pour empêcher la formation de poches de gaz. Mais peut-être pas. Certains entrepreneurs étaient malhonnêtes et ils se sont contentés de remplir de sable les extrémités et de les briquer pour économiser. Il nous arrive de découvrir des canalisations dans cet état. » Kaplan traça un cercle autour d'une zone, en plein centre du parc. « Autre exemple ici. Ces vieux aqueducs en maçonnerie, qui font entre un mètre cinquante et deux mètres de haut, ont été abandonnés en l'état quand on a cessé d'utiliser le vieux bassin de retenue des eaux, en 1929. Il est tout à fait concevable qu'une personne qui aurait étudié ces mêmes plans puisse creuser dans un de ces aqueducs, ou une de ces conduites d'égout et qu'elle s'y cache. Et de là on peut avoir accès aux autres tunnels. Mais, comme je viens de vous le dire, je ne sais pas si ces tunnels existent ou non. »

Kaplan remonta les lunettes sur son nez et fit un large sourire.

« Bon Dieu! » dit Curran.

Keller étudia les diagrammes. « Très bien, Kaplan, mais avec ces tunnels qui partent de la Cinquième Avenue, nos hommes pourraient gagner cette position qui se trouve près du zoo.

– Je ne peux que vous redire ce que je vous ai dit ce matin. Je pense que oui. La seule façon d'en être certain, c'est de descendre y aller voir. »

Le commissaire demanda à Kaplan de rester en contact. Après son départ, Keller tendit un dossier à Dix.

« Voici qui permettra au maire de se tenir au courant de l'opération actuelle. Tout est réglé. Nous attendons l'équipement et le feu vert. »

Dix prit soixante secondes pour prendre connaissance du dossier. Il n'avait pas besoin d'y consacrer plus. Il ferma les yeux un moment. Il entendit une voix dans un bar – c'était une voix jeune, rendue moins stridente par l'alcool. C'était une voix pleine d'émotion, fatiguée de toujours mettre en garde, résignée aux formalités. Dix sentit que des vies humaines lui filaient entre les doigts. Il ouvrit les yeux. Il ferma le dossier et s'en remit à la routine.

« Monsieur le commissaire, pensez-vous vraiment que nous ayons épuisé toutes les autres possibilités? »

Keller échangea avec Curran un regard complice. « Si nous prenons en considération ce que nous avons déjà appris et ce que nos enquêtes nous montrent, nous pensons que cette solution est la meilleure qui soit pour attirer les coupables et nous en débarrasser.

– *Les* coupables? » demanda Dix sans même sourciller.

Curran fit tout pour réprimer une remarque méprisante et dit : « Dix, il y a autre chose que vous pourrez faire savoir au maire; nos tireurs d'élite ont confirmé de la manière la plus absolue qu'il y avait plus d'un suspect aux alentours de cette cabine téléphonique que nous avons visée. »

Dix sentit qu'il ouvrait une bouche béante. Il s'assit sur un fauteuil. Il ne savait que dire. Fallait-il qu'il discute leur affirmation, qu'il rappelle l'essentiel de ses conversations avec l'homme du parc ou qu'il s'excuse pour avoir fait perdre du temps au Département avec des théories fumeuses?

Curran savait ce qu'il voulait dire. « Écoutez, Dix; nous ne savons pas s'ils ont voté pour le maire, aux dernières élections. Quoi qu'il en soit, nous vous tiendrons au courant. »

Keller parla alors d'une voix parfaitement neutre. « Voulez-vous nous excuser, David? »

Dix quitta le poste de commandement. Sur la 63ᵉ rue est, un homme avec un fusil automatique lui dit bonjour. Dix connaissait l'homme, il le connaissait même bien, mais il fut incapable de se souvenir de son nom.

Quand il fut 3 heures de l'après-midi, J.T. était vraiment inquiet. Il ne voulait pas gâcher le reportage exclusif de Weaver et il ne voulait pas non plus prévenir la police. Ce n'était pas une vague opinion, mais son expérience qui lui dictait ce choix. Comme il l'avait déjà dit à Weaver, c'est quand on se fait arrêter pour la première fois qu'on sait qu'on n'aime décidément pas les flics. Pourtant, quand il fut 6 heures, et qu'il n'avait toujours pas reçu le moindre signe de vie de Weaver, J.T. considéra sérieusement qu'il fallait qu'il appelle la police. Il ne faisait qu'écouter les radios dans l'appartement de Weaver et il avait capté quelques communications inhabituelles sur la fréquence d'urgence. Il y avait un vrai branle-bas de combat aux alentours de l'East Side, près de Central Park et J.T. était certain que quelque chose se préparait.

Il se retint d'appeler la police et regarda les flashes d'informations de la télé, juste au cas où on aurait parlé de quelque chose d'anormal. Il vit une conférence de presse où les officiels de la mairie noyèrent le poisson avec un art consommé.

Cela lui donna une idée. Il appela le bureau de l'adjoint aux affaires criminelles auprès du maire et insista pour lui parler personnellement. La standardiste lui dit que l'adjoint n'était pas là, mais J.T. lui répondit que Non-stop-News possédait des informations concernant la situation dans Central Park et qu'il serait sage que l'adjoint le rappelât aussi tôt que possible. A 7 : 30, un standardiste appela et J.T. prit un rendez-vous avec l'adjoint au maire dans son bureau de l'Hôtel de Ville. Comme J.T. n'avait pas de carte de presse, il fit appel à Richie qui l'accompagna dans sa visite à David Dix.

Dix écouta leur histoire. Sa première réaction fut d'ordre humain et privé. Il sentit le courage le regagner; il passa en une seconde de la démoralisation à la confiance hautaine. Il eut l'impression d'avoir, seul, ridiculisé, l'ensemble du Département – ce qui ne l'empêcha pas de faire ce qu'il y avait à faire. Il téléphona immédiatement à Keller, au poste de commandement, et le prévint qu'il était possible qu'il y ait un otage dans le parc. Le commissaire lui répondit d'une voix pleine de colère.

« Vous en êtes sûr?

– Positif. Ses collègues sont assis devant mon bureau, à la minute où je vous parle. Elle est entrée dans le parc la nuit avant vos observations.

– C'est la chose la plus dingue que j'aie jamais entendue.

– Je sais, monsieur le commissaire. C'est complètement dingue. Mais cela change considérablement les données du problème.

– Ne quittez pas. »

Dix attendit. Il jeta à J.T. et Richie un coup d'œil au-dessus du bureau. Il se demandait si ces deux jeunes gens représentaient ce qu'allaient être les journalistes du futur et si cette femme, Weaver, une gosse folle à lier, branchée par tous les pores de sa peau à des gadgets électroniques, représentait ce qui allait être le dernier cri du journalisme agressif. Mais il ne leur en voulait pas. On avait si souvent menti à la presse; tout ce qui leur restait, c'était cette chasse aux informations visuelles les plus sensationnelles. La fonction du reporter n'était plus de se documenter et d'analyser, mais simplement d'enregistrer.

Keller reprit la ligne. « David, il est trop tard pour remettre l'opération, à présent. Cette femme peut très bien être morte, à l'heure actuelle. Si quoi que ce soit lui arrivait, j'en prendrais l'entière responsabilité. »

Dix serra le téléphone dans ses mains. « D'accord, monsieur le commissaire, j'en prends bonne note. » Dix dut se retenir pour ne pas donner des coups de poings sur le bureau. Keller n'avait pas fini.

« Une dernière chose, David. Qui que soient ces mômes qui vous ont apporté le tuyau, neutralisez-les jusqu'à ce que tout soit fini. Cela, c'est votre responsabilité. »

Keller raccrocha. Lui aussi savait jouer à la dure.

Dix avait toujours le combiné à l'oreille; il écoutait le grésillement. Il se décida enfin à le reposer. Il se mit à imaginer une lettre de démission; il pensa à appeler son ex-femme pour qu'ils aillent se saouler en guise de célébration. Mais au lieu de cela, il déclara à J.T. et Richie que l'état-major de la police prenait en considération la situation où était leur jeune collègue et que désormais son sort était entre les mains des autorités; il leur dit de ne pas s'inquiéter et d'attendre dans le couloir de son bureau, afin de pouvoir être informés minute par minute; en bref il leur dit un monceau de conneries de la pire eau.

Quand il se retrouva seul à son bureau, Dix atteignit le point ultime de sa rage – il était non seulement furieux contre Keller, mais contre lui-même. Le commissaire l'avait manœuvré à tel point qu'il se retrouvait dans une position intenable et il s'apprêtait à s'engager dans une autre séries d'actions à l'aveuglette. Le seuil d'honnêteté de Dix, même dans la forme considérablement altérée qu'elle peut prendre dans un service public, était en train de disparaître complètement. Il se souvint de Maitland, de celui qui pourrait peut-être mettre dans le mille du premier coup et qui ferait entendre sa voix au-dessus de tout ce charivari. Que le Département joue sa carte, pensa-t-il, qu'ils fassent leur grosse erreur!

Dix se leva. En regardant par sa fenêtre aux lumières au-dessous de l'Hôtel de Ville, il eut une dernière confusion mentale. Pendant un quart de seconde il en vint à s'identifier à l'inconnu de Central Park. Mais il rejeta, dégoûté, cette pensée. Aucune dose de cynisme ou d'autodépréciation ne pouvait l'amener à une aussi grande impasse morale.

Il décrocha son téléphone et appela Maitland pour lui demander s'il avait fait des progrès.

Weaver se réveilla brusquement et ne sut pas où elle était. Une main la bâillonnait. Il y avait un visage noir suspendu devant ses yeux.

« Shuuut, lui dit Harris. Ils sont revenus. » Il s'était enduit le visage de cosmétique de nuit. Il avait de grands yeux exorbités et blancs. Des grenades à fragmentation se balançaient à l'avant de son gilet pare-balles. Il respirait de façon hâtive et saccadée; son corps était parcouru de spasmes d'énergie pure qui voyageaient jusqu'à son bras pour mouvoir sa main qui s'agitait devant le visage de Weaver. Elle sentit une montée de chaleur dans sa poitrine et elle s'assit enfin, complètement réveillée.

Harris la fit passer dans le fortin, au bord de sa base de feu. Il prit un sac à dos et un grand sac de toile et les tira derrière lui jusqu'à Weaver. Elle se mit debout et passa son treillis.

« Dis-moi, lui murmura-t-elle.

– Des mecs qui rampent. » Il lui tendit un tube de cosmétique pour combat de nuit et lui dit de s'en mettre. Tout en la surveillant, Harris ajouta plusieurs chargeurs-bananes à une longue chaîne qui lui pendait au cou. Quand le visage et les mains de Weaver furent recouverts, il

222

reprit le tube et lui donna un grand sac de toile. Surprise de son poids, elle faillit le laisser tomber.

« Allez! Fous-toi ça sur le dos. Je sais que tu peux le porter.

– Qu'est-ce qu'il y a, à l'intérieur? demanda-t-elle d'une voix hésitante.

– Des grenades. »

Weaver ne bougea pas. Elle tenait le sac devant elle. Elle le regarda, puis Harris, le lance-grenades dans sa gaine et ses mains pleines de cosmétique.

Je viens de me peindre en noir, songea-t-elle. Je suis en train de porter un sac de grenades.

Elle lança de nouveau un coup d'œil vers Harris. Voilà un type que le monde entier aurait voulu connaître, mais en vain. Voilà un mystère qui allait peut-être se dévoiler devant elle. C'était la peur qui engendrait l'hésitation; la pensée se transformait en paranoïa. Ne pense pas!

Le poids du sac lui faisait mal au bras.

Et puis, il y avait ce petit truc au sujet de la complicité. Des armes et des grenades... Ne pense pas!

Weaver fit passer le sac sur ses épaules et le cala sur son dos.

Harris sourit. « Pourquoi n'arrêtes-tu pas un peu de battre des paupières? »

Weaver se toucha le front, au-dessus des yeux. Elle se remonta encore davantage les boucles. Harris vérifia le magasin de l'A.K.-47 et souleva le sac de toile. Il prit la direction du passage dans le périmètre de barbelés.

« C'est vraiment ce qu'il y a de mieux, dit-il. Y a rien de meilleur, ça te clarifie complètement la tête.

– Quoi?

– Le contact. »

Weaver sortit de la base de feu sur ses traces. Ils s'accroupirent et se déplacèrent dans les bois et les sous-bois, invisibles dans le noir.

John Hardy et Dewayne Daniels se tenaient en face de l'Arsenal, à l'intérieur de l'entrée du zoo de Central Park. Ils se penchaient sur un trou d'homme béant, attendant les ordres. Sur la Cinquième Avenue, derrière eux, se produisait l'étrange ballet des voitures de patrouille, des véhicules d'urgence et des hommes en tenue de combat. Deux hommes portant fusils automatiques descendirent les escaliers de la Children's Gate Entrance et coururent devant eux pour se perdre dans les ombres du bâtiment. Un officier vint rejoindre l'escouade des Services spéciaux qui venait d'installer une position sur l'allée de larges briques qui menait à l'arrière de l'Arsenal et à la fosse aux phoques à l'intérieur du zoo.

Sur le walkie-talkie de Hardy, une voix demanda si tout le monde était en position. Hardy fut affirmatif. La voix lui dit de se mettre en marche. Daniels et lui jetèrent un regard dans les profondeurs du trou d'homme. C'était comme une entrée de l'enfer et ce, jusqu'à l'odeur. Ils serrèrent les courroies de leurs M-16 et fermèrent leurs gilets pare-balles. Ils entendirent un bruit étrange de machine qui venait de quelque part à leur droite, derrière les arbres de la transversale de la 65ᵉ rue. Hardy leva la tête et prêta l'oreille à ce ronronnement et aux craquements métalliques sur le pavé.

Hardy se tourna vers Daniels : « Ça va pas être de la tarte! »

Daniels alluma sa lampe-torche et ils commencèrent à descendre dans le trou noir et froid.

Daniels pointait le faisceau de sa lampe dans un long et étroit tunnel. Les deux hommes devaient se courber en deux pour ne pas se cogner la tête. En avançant, leurs chaussures s'éclaboussèrent dans un ruisselet de deux mètres. Le bruit de leurs mouvements, de leurs fusils et de leurs gourdes qui frappaient le mur de l'égout résonnait dans le tunnel et se mêlait à l'électricité statique qui émanait du walkie-talkie de Hardy. Au bout d'une centaine de mètres, ils s'arrêtèrent et essayèrent de reprendre souffle dans une atmosphère fétide qui sentait le renfermé. Ils entendirent l'écho de leurs pas et aperçurent une lumière à l'avant. Deux autres officiers des Services spéciaux croisèrent leur chemin et disparurent dans un autre tunnel qui coupait celui où ils étaient.

Hardy et Daniels passèrent par le croisement jusqu'à ce qu'ils arrivent à une petite ouverture dans le mur du conduit. Il y avait une canalisation d'à peu près trois mètres de diamètre qui vidait un mince filet d'eau dans l'égout principal. Hardy sortit un diagramme de son treillis et le porta à la lumière.

« C'est ça.

– Quoi, ça? »

Hardy montra la petite ouverture. « C'est ici que nous sommes censés couper vers la canalisation principale. »

Daniels examina la canalisation. « Là? Même un rat aurait du mal à s'y faufiler. »

Hardy toussa pour recracher de la poussière. « C'est ce qui est écrit sur la carte. »

Daniels prit un air dégoûté. « Tu sais, j'ai demandé au mec des Eaux quand on avait établi ces plans.

– Et qu'est-ce qu'il t'a dit?

– 1864. »

Hardy se cogna la tête au plafond et poussa un juron. « Eh bien, ça promet ! »

Daniels continua : « Il m'a dit que l'administration des Eaux et Forêts avait dû les mettre à jour en 1932. Alors, je lui ai demandé : " Et ils l'ont fait ? " Devine ce qu'il m'a répondu.

– Je crois que je commence à le connaître, ce type.

– Il m'a dit : " Peut-être qu'ils l'ont fait et peut-être que non. "

– C'est bien le mec à qui je pensais. »

Hardy et Daniels revinrent sur leurs pas. Ils suivirent un autre tunnel qui semblait aller dans la même direction. A un moment, celui-ci faisait une boucle et finissait en impasse sous un couvercle. Hardy souleva avec moult précautions le lourd disque de métal et jeta un coup d'œil. Il se trouvait au milieu de la transversale de la 65ᵉ rue. Il prit son walkie-talkie et appela le poste de commandement. Il leur dit que le diagramme n'était pas exact, ce qui ne surprit personne. Ils lui demandèrent d'estimer sa position et lui donnèrent les coordonnées d'un autre trajet. Il disparut dans le trou d'égoutier et replaça le couvercle.

Après une autre demi-heure de faux tournants et de bousculades avec d'autres policiers, après avoir rampé à travers une faille dans la canalisation principale vieille de cinquante ans, Hardy et Daniels arrivèrent à destination.

Daniels braqua sa lampe sur le vieux mur de béton et fit glisser le faisceau lumineux sur les barreaux rouillés d'une grille d'aération, à deux mètres au-dessus de leurs têtes. Il braqua alors la lampe dans la direction opposée. Les deux hommes prirent leurs M-16 sur l'épaule et revérifièrent leurs gilets pare-balles. Ils entendirent des bruits de roulement à la surface du parc. Il y avait des craquements métalliques et le son roulait au-dessus d'eux. Hardy jeta un regard inquiet à la grille d'aération, plia son diagramme et le rangea.

« On y est.

– Sans blague ! »

Hardy prit la lampe-torche et fit bouger les échelons d'acier vers le haut.

« Va te faire foutre ! » lui dit Daniels.

Hardy mit le fusil dans sa main. « D'accord, frère, on tire au sort. »

Daniels leva la main. « O.K., qu'est-ce que t'as ? »

Tous deux lancèrent la main en avant et Hardy lança : « Impair. » Ils avaient tous deux sorti deux doigts.

« Putain ! » se plaignit Hardy ; il tendit la lampe à Daniels. Il essuya la sueur de son front et se dirigea vers les échelons encastrés dans le mur du tunnel. Le premier se cassa dans un nuage de poussière rouge.

Hardy s'apprêtait à le jeter d'un geste de fureur, mais s'arrêta au milieu et le posa sans bruit à ses pieds.

Daniels l'encourageait : « Tu t'souviens, Jay, tout ce que t'as à faire, c'est de tenir la position. T'as pas à sortir plus que les épaules au-dessus du sol. Quand tu seras fatigué, je te remplacerai.

– Y a intérêt! » Hardy escalada les barreaux et poussa lentement la grille. Il vit le ciel noir et les branches des arbres. Il sortit la tête et un air frais et doux vint le caresser. Il leva les bras et essaya de trouver un équilibre en plaçant ses pieds sur les échelons. Il dirigea le canon de son fusil sur Central Park et mit le sélecteur de tir sur automatique.

Hardy tenta de se repérer dans l'obscurité. Il savait qu'il n'était pas loin de l'entrée du zoo, mais il ne voyait rien, à part les arbres. Théoriquement, trois autres policiers devaient être assis sur trois autres bouches d'égout, dans une sorte de demi-cercle qui entourait la colline au nord du tunnel de la Green Gap, mais il ne parvint pas à les voir non plus. Il porta le walkie-talkie à ses lèvres et dit au poste de commandement qu'il était en position. Ils lui confirmèrent que les autres équipes étaient prêtes et attendaient les ordres.

« Dix-quatre. » Dix-quatre, bande d'enculés! Hardy ne savait plus qui étaient les plus dingues – ses supérieurs ou les suspects qu'il attendait pour leur tendre une embuscade à moins de deux cents mètres de la Cinquième Avenue.

Hardy se remit d'aplomb et sentit la transpiration qui coulait dans son entrejambe. Au niveau du torse, il se sentait en sécurité, mais pour ce qui était de sa tête et de ses bras, il devenait complètement paranoïaque. Il contempla les ombres et les coins sombres. Il essaya de ne pas voir des choses dans les arbres. Les criquets faisaient un drôle de tintamarre; quelque part dans l'avenue, on appuya sur un klaxon. Un millier de projectiles vint atterrir sur son visage. Ses oreilles bourdonnèrent et il pensa être devenu sourd. Une grenade n'arrêtait pas de venir atterrir à ses pieds. Il mourut plusieurs fois. Finalement, Hardy oublia ses cauchemars. Il s'appuya sans bruit sur l'herbe et fut avalé par l'obscurité. Son esprit envoyait chaque impulsion directement au doigt posé sur la détente de son M-16.

Harris et Weaver traversèrent la transversale de la 72e rue près du Mall. Ils traversèrent le terrain de sport Rumsey où Harris s'arrêta à la lisière de l'East Drive, étudiant les toits de la Cinquième Avenue à la jumelle.

« Y a plus un seul tireur d'élite sur ces toits. Plus de lumière aux fenêtres. Décidément, il se passe quelque chose. »

Weaver retint sa respiration et se servit de ses coudes pour se replacer le sac plein de grenades au milieu du dos. Elle regardait les pavés d'un air vide. « Tu pourrais écouter.

– Quoi?

– Les radios. » Elle leva les yeux vers lui. « Pourquoi n'as-tu pas un scanner avec toi? Tu pourrais trouver la fréquence du commissariat.

– Le commissariat, je l'ai fait sauter.

– Tu sais bien ce que je veux dire. Tu pourrais tomber sur des messages qui t'intéressent. Tu pourrais piquer la fréquence de la police, et tout le reste.

– J'y ai déjà pensé. Mais ça fait trop de bruit. Ça peut te faire gourer des trucs. Tais-toi à présent. »

Harris inspecta une fois de plus le sommet des immeubles et rangea ses jumelles. Il demanda à Weaver de se déplacer rapidement et ils coururent jusqu'au milieu du parc, puis au Mall; ensuite, ils se dirigèrent vers le sud, traversant la transversale de la 65ᵉ rue entre la Chess and Checkers House et le Wollman Rink. Ils coupèrent par l'est et suivirent l'East Drive, en restant tout près du périmètre de la piste de patinage et s'arrêtèrent enfin dans les buissons qui bordent le chemin qui mène à la Green Gap Arch.

Harris inspecta le sombre tunnel. Il n'y avait ni lumières, ni lampadaires qui brillaient à l'autre bout. Il y en avait toujours eu auparavant. La zone qui se trouvait à l'arrière du zoo, sur la face est du remblai de la route, s'était transformée en un mur noir. Harris sourit. On dirait qu'il s'agit d'une invitation. Il tira un chargeur de son A.K. et le fit entrer avec un claquement sec dans le premier magasin scotché à la chaîne qu'il portait autour du cou. Weaver marchait derrière lui, écrasant des feuilles sur son passage; il se retourna vers elle. Quelque chose, dans son apparence, dut l'effrayer, car ses yeux devinrent immenses et blancs sur le fond noir du cosmétique. Il se rapprocha d'elle et lui murmura :

« N'essaye pas de me lâcher. Les mecs qui sont venus ici vont mettre le paquet. Ils ne seraient pas ici s'ils pensaient que tu avais une seule chance. »

Il entendit sa respiration qui se faisait courte et rapide; les talons de ses grosses chaussures martelaient l'herbe. Il essaya de la faire se concentrer, mais ses yeux restaient fixés sur la terre sombre. Harris lui donna un petit coup de crosse dans le genou et elle tomba à côté de lui. Il s'avancèrent en silence sur le chemin et rampèrent jusqu'au sommet du remblai. Ils traversèrent la chaussée sur le ventre et firent une halte dans les sapins qui se trouvaient de l'autre côté. Ils virent la forme sombre du zoo et un large bosquet d'arbres et de buissons qui saillait d'une colline à leur gauche. Harris déposa le gros sac en toile et s'accroupit contre un sapin d'Autriche. Weaver en fit de même, de l'autre côté du tronc. La voix d'Harris était devenue presque inaudible.

« Ça c'est ce qu'on appelle un P.E.

— Explique-moi, murmura Weaver.

— Un poste d'écoute. T'envoies une équipe hors du périmètre de défense, la nuit, pour écouter les mouvements de l'ennemi. Notre seul problème, c'est qu'on n'a rien derrière nous pour nous couvrir. Dans le genre cinq équipes de feu; ça serait juste bien. »

Harris et Weaver restèrent donc assis en P.E. et écoutèrent. Un quart d'heure passa. Chaque moustique qui passait en bourdonnant, chaque feuille d'arbre qui craquait, tous les bruits assourdis de la ville vibraient dans leurs oreilles comme un marteau sur un baril de pétrole. Harris prit un cachet d'amphétamine pour tordre ses sens jusqu'à une sorte de tolérance bâtarde rétrécissant ainsi cette faille électrique qui existe entre la pensée et l'action à son minimum. C'est le seuil de la survie.

Harris entendit quelque chose. Il crut d'abord que ça venait de l'avenue – une espèce de bourdonnement de moteur. Mais non, ça venait de derrière la colline – la Colline 250. Et ça revenait : un moteur, un drôle de bruit de machine. Harris resta assis, faisant tout pour ne pas suivre sa première impulsion. Il entendit un craquement de branche, c'était une grosse branche qu'on brisait. Il avait le visage de Weaver en face du sien et il lui parla dans l'oreille.

« Installe-toi au pied de la colline. Ne t'éloigne pas. Y a des mines en haut – fais gaffe. »

Ils se courbèrent et se dirigèrent en glissant des pieds vers un point, au pied de la colline. Harris avait mis sac en toile sur ses épaules et portait l'A.K. à la hanche. Il guida Weaver jusqu'à un affleurement rocheux au milieu d'un terrain plat. Ils s'agenouillèrent et Harris embrassa du regard la colline entourée d'arbres. Il s'arrêta de respirer et regarda fixement Weaver. Elle se couvrit la bouche de la main. Les feuilles et les branches craquaient; Harris ressentit une sorte de tremblement sous ses pieds. Weaver lança, dans un murmure : « Qu'est-ce que c'est que ça? »

Harris réalisa soudain quelque chose d'horrible. Il entendit la machine; il entendait cette espèce de pas lourd qui prenait possession du sol de la colline. « Je connais ce bruit, dit-il à haute voix. Oh! bordel! Ça, ça va vraiment nous en foutre plein la tête! »

Harris fit un tour sur lui-même et fit tomber Weaver au passage. Ils s'écroulèrent sur le sol et lui la poussa du genou fermement jusqu'à une faille qui se trouvait au milieu de l'escarpement rocheux. Au même moment, toute la zone fut crûment illuminée par deux projecteurs ultra-puissants qui jaillirent des deux côtés de la grande clairière. Harris fut aveuglé par la lumière, mais il vit en un éclair des hommes qui jaillissaient de trous dans le sol en pointant des fusils automatiques. Il entendit le bruit régulier d'un moteur et fit volte-face en se cachant les yeux; c'était un tank M-48 qui surgissait des arbres à l'extrémité de la colline. Harris faillit flancher quand il vit le tank qui se dirigeait inexorablement vers la Green Gap Arch; l'engin s'arrêta et fit pivoter lentement sa tourelle; un gros canon pointa dans la direction du rocher et de la Colline 250.

Il y eut une série de fortes détonations et des rafales d'armes automatiques balayèrent les rochers et les arbres. Harris s'aplatit près de Weaver en protégeant le sac en toile. Il prit le sac de grenades sur le dos de Weaver, se saisit de son M-79, ouvrit le panneau, engagea une grenade et tira. Il rechargea et tira; il recommença sur le même rythme. L'air et le gaz étaient attirés par succion dans le tube et les grenades partaient vers leurs cibles avec un bruit de souffle puissant. Harris sentait les balles qui sifflaient près de sa tête; puis il entendit une longue série d'explosions sourdes et mates. Les grenades explosèrent, les projecteurs ultra-puissants se brisèrent en libérant un ouragan de petits fragments et tout retourna à une obscurité totale. La fusillade cessa. Harris se retourna et vit un grand éclair de canon. Le tank avait fait feu; la colline explosa en tremblant et une pluie de terre et de débris divers tomba sur le rocher.

Harris essaya de disparaître. Il sentait le corps tremblant de Weaver à côté de lui qui se tordait en hurlant sans pouvoir s'arrêter. Il leva le lance-grenades et tira une nouvelle série. Boum! On cria et il y eut un autre éclair. Un arbre s'écroula et un bout de colline et de rochers s'écrasa sur le sol. Harris tenta de rouler sur lui-même jusqu'à l'autre bout de l'affleurement; Weaver s'était accrochée à lui et ils finirent par ramper dans la boue en s'arrachant les ongles sur une saillie rocheuse.

Un bruit sec. Des lignes de couleurs brillantes se dirigeaient sur eux; les balles traçantes ricochaient sur toutes les surfaces qu'elles pouvaient trouver. Harris se débattait avec le sac en toile, essayant désespérément de se mettre en position de tir.

Le visage de Weaver était devant lui, un visage sombre, comme dans les cauchemars – yeux exorbités, bruits animaux primitifs qui s'échappaient de sa gorge. Il la força à s'écraser sur le sol et leva son AK-47 en étendant le bras au-dessus du rocher. En tenant le fusil au-dessus de sa tête, il vida son chargeur en position automatique. Ses balles traçantes décrivaient des paraboles immenses qui se dirigeaient vers la position tenue par la police. Il tira le magasin d'un coup sec et arracha un autre chargeur de la chaîne et recommença à tirer. Le bruit était assourdissant; il devait y avoir un millier de balles traçantes qui se croisaient dans le paysage. Les arbres étaient déchiquetés et des bouts de pierraille volaient et parfois venaient piqueter le visage de Harris. Il baissa le A.K. et se préparait à recharger le lance-grenades quand la fusillade s'arrêta. Weaver jeta un coup d'œil; ses mains pétrissaient la terre. Et, en entendant ce que Harris entendait, son visage se tordit. Un moteur hurla; le métal se remit à craquer rythmiquement et Harris sut que le tank s'était remis en marche. Il faillit vomir ce qu'il avait avalé ce soir-là, mais il s'en garda bien et dit d'une voix qui exprimait toute la résignation du désespoir : « On est coincé. Il va faire tourner ce tank et nous revenir dessus par le haut de la colline. Il va nous écraser, nous réduire en bouillie. »

Harris s'attendait à ce que les balles traçantes fusent sur lui, mais la fusillade ne reprit pas. Pourquoi? pensa-t-il. Une erreur. Harris avait survécu grâce aux erreurs des autres. Il se mit le sac en toile sur l'épaule et rampa sur l'escarpement rocheux. La marche lourde du tank faisait trembler le sol du parc, comme les enjambées d'un géant qui se rapprochait d'eux. Harris fut parcouru d'une vague horrible, une sensation qu'il avait éprouvée dans le passé. « Viens! » lança-t-il à Weaver entre ses dents.

Elle ne sortit pas des ténèbres. Harris entendit le tank qui faisait mouvement derrière la colline. Il rampa en arrière jusqu'au monticule et la trouva. Il la prit rudement par le bras et la tira en terrain découvert. Ils rampèrent péniblement dans l'herbe. Harris devait se battre avec le sac de toile et avec Weaver qui refusait de suivre. Ils firent halte dans un bouquet de conifères. Weaver lui donna un coup de poing dans le bras et le regarda fixement en essayant de retrouver son souffle. Elle hocha la tête et s'aplatit. Harris lui confia le sac en toile. Il s'étendit et pointa le lance-grenades sur le monticule, à vingt mètres derrière eux. Il se retourna tout en gardant la même ligne de mire et, de l'autre main, pointa son A.K. dans la direction exactement opposée. Il tira. La grenade explosa sur le rocher et des centaines de petites étincelles dansèrent dans la nuit. Immédiatement, la fusillade crépita et les balles traçantes se concentrèrent sur le rocher. Harris regardait le sol. Il vit l'éclair d'un fusil, à une quinzaine de mètres à peine, et il fit feu sans hésitation. Il y eut des cris et Harris et Weaver coururent en direction du bruit. Ils trouvèrent un homme étendu, à moitié sorti d'une bouche d'égout. Harris le fit retomber dans le trou d'un grand coup de pied. Il sortit une grenade à fragmentation et la jeta dans l'égout, juste après la chute du corps. Harris et Weaver se mirent à plat ventre et la grenade explosa en produisant un formidable écho souterrain.

Des rafales de mitraillettes et de mitrailleuses crépitaient en tous sens. Harris essaya de se lever, mais les balles traçantes passaient en sifflant entre les arbres, comme un immense light-show de lasers fous. Il rampa jusqu'à la bouche d'égout. Weaver jeta le sac en toile à l'intérieur et ils descendirent tous deux; ils sautèrent à pieds joints les soixante derniers centimètres qui les séparaient du dur sol de béton.

Leurs respirations s'étaient faites rauques et difficiles et l'écho leur en revenait dans les conduites d'égout. Harris se leva et s'appuya sur le mur. Il se mit le A.K. sur l'épaule, se courba et chercha quelque chose à tâtons. Il attrapa quelque chose par terre et finit par trouver une lampe-torche. Il l'alluma en braquant le faisceau sur le sol. L'air croupi charriait des nuages de fumée et de poussière. Harris avait les mains en sang; à quelques mètres de là, dans le tunnel, un homme mort faisait un tas. Weaver poussa un soupir. Elle se tenait devant le cadavre d'un autre homme. Son corps était criblé de trous sombres qui suintaient. Il avait le visage écrasé dans une petite mare d'eau sale et cette eau était rouge.

Weaver serra les dents, passa au-dessus du cadavre et se mit face à Harris. Ils ne bougèrent ni l'un ni l'autre. Leurs yeux tentaient de percer les ténèbres, mais sans pouvoir rien distinguer. Ils entendirent des rafales d'armes automatiques à la surface. Quand le feu cessa, Harris braqua la lampe sur le sac que Weaver portait au dos et y prit une grenade qu'il chargea dans le lance-engins. Il baissa la lampe, la libéra du lourd sac qu'il glissa sous la grille d'égout. Il en sortit un lance-roquettes LAW et l'arma.

La fumée le fit tousser : « Très bien. Maintenant, je vais me payer ce putain de tank. »

Harris monta jusqu'à l'ouverture de la bouche d'égout et se mit en position de tir, appuyant ses bras sur le trou. Il tira au M-79 et le jeta dans le tunnel. Une grenade au phosphore explosa sur la colline, baignant toute la zone d'une lumière blanche très vive. Il y eut un véritable concert d'armes automatiques. Harris surveillait le tank qui faisait mouvement au centre de la colline, écrasant un jeune pin au passage. Il visa et tira. La roquette, un minuscule missile, s'écrasa sur le côté du tank. Il y eut un hurlement de métal qui se désintègre; le tank s'arrêta et, dans la lueur déclinante du phosphore, Harris vit deux hommes qui escaladaient la tourelle; ils sautèrent du véhicule, et coururent à toutes jambes se réfugier dans l'obscurité des arbres en décrivant des zigzags pour éviter les balles traçantes. Harris laissa tomber le LAW par terre et rentra dans la bouche d'égout. Weaver était contre le mur, la lampe à la main. Elle tremblait et la lumière décrivait de curieux trajets sur le treillis de Harris. Il lui prit la lampe et la posa par terre, près de l'un des corps.

« Donne-moi ce paquet. »

Elle le lui tendit; il chargea le M-79. Des traînées de sueur coulaient de dessous son casque; il s'essuya le visage et le cosmétique noir lui resta sur les mains. Il désigna le trou d'homme, au-dessus de sa tête. « Monte. Allez. Baisse la tête et quand je larguerai les patates, cours vers les rochers et direction le tunnel! »

Weaver monta les échelons de l'échelle d'acier. Elle hésita avant de sortir la tête. Un fusil crépita et une ligne de balles traçantes passa au-dessus de sa tête. Elle sentit qu'il lui donnait un coup de crosse sur les fesses et elle sortit à l'air libre, les lèvres contre l'herbe, s'attendant à chaque seconde à ce que sa tête éclate en morceaux, priant un dieu quelconque de l'aider à s'en tirer, une fois de plus.

Dans l'égout, Harris décida d'enterrer le sac en toile. Il s'apprêtait à escalader l'échelle quand il vit le rayon d'une rampe éclairer le mur du tunnel. La lumière devint plus forte et quelqu'un apparut d'un autre conduit perpendiculaire à celui où il se trouvait. Harris passa la tête à l'extérieur et posa le M-79 à côté du corps recroquevillé de Weaver. Il se baissa de nouveau et se laissa prendre aux barreaux de l'échelle, en faisant tomber l'A.K.-47 de son épaule à sa hanche; il pointa le fusil vers le bas. Il entendit l'écho de pas.

Il vit des hommes qui pénétraient dans le tunnel. C'étaient deux noirs avec des M-16 et Harris comprit en un éclair qu'ils ne le voyaient pas, puisqu'ils braquaient leur torche sur les deux cadavres. Il braqua l'A.K.-47, la main sur la détente, prêt à couper en deux les Noirs d'une courte rafale.

Mais il n'en fit rien. Un instant, il crut que leurs visages étaient, comme le sien, noircis au cosmétique; qu'ils étaient des gens de connaissance; qu'ils étaient ces victimes consentantes de la nuit, les soldats d'une patrouille perdue.

Mais qu'est-ce qu'ils foutaient ici?

Harris ne comprenait plus. Il hésita. La lumière le frappa. Les hommes le virent. Harris se jeta hors du trou; il cassa un barreau rouillé dans sa main et glissa. Il entendit quelqu'un qui hurlait :

« Crève, enculé! »

Harris réussit, dans un dernier effort, à se hisser à la surface. Du coin de l'œil, il vit les deux hommes braquer leurs M-16, se glisser dans le coin du conduit adjacent et ouvrir le feu. Harris se mit en boule et roula sur l'herbe jusqu'à Weaver tandis qu'en bas, les balles ricochaient sur tous les murs des différents conduits. On ouvrit également le feu dans un bouquet d'arbres; mais il n'y avait plus que deux fusils, probablement. Harris tourna la tête et localisa les deux armes. Il refit passer l'A.K. sur son épaule et utilisa le lance-grenades pour expédier trois projectiles dans le terrain sombre qui bordait le zoo. Weaver, effrayée par les explosions, se coucha contre lui. Il l'aida à se relever et ils se mirent à ramper jusqu'au monticule rocheux, suivis d'une nuée de balles traçantes qui volaient au-dessus d'eux et se perdaient dans les buissons. Ils s'agenouillèrent derrière les rochers et Harris rangea le M-79 dans son étui. Il attendit que la fusillade s'arrête. Il entendit quelqu'un qui hurlait de douleur; puis le film se termina et les cris aussi.

Harris saisit l'A.K. à son épaule. Il sentait l'hystérie de Weaver, pressée contre lui, le gagner; elle sauta, prête à aller n'importe où et il dut la retenir. Elle hurla. Bang. Une mitraillette se mit à tirer. Le crépitement en était régulier; Harris sut donc qu'il ne restait plus qu'un fusil. Il rampa sur sa droite, loin du monticule rocheux et ouvrit le feu dans la direction du tireur solitaire. Il vida son chargeur et les balles traçantes décrivirent une parabole dans la nuit. Il rechargea et vida un autre chargeur. Quand il cessa le feu, il n'y avait plus de bruit de l'autre côté. Il tendit l'oreille et perçut des cris lointains qui venaient de l'intérieur du zoo.

Une forme vint s'écraser sur lui; c'était Weaver qui courait comme une folle en direction du tunnel. Harris la suivit et ils passèrent sous la route en se repliant sous les branches basses. Le paysage se brisa; leurs sens furent assaillis par une étrange et sombre géométrie, chaque forme floue, chaque espace cachait une horreur indescriptible.

La peur se mua en vitesse et ils continuèrent leur course, toujours plus vite, incapables de s'arrêter, par la transversale, puis par Willowdell Arch et enfin par le Mall. C'était Weaver qui était en tête et qui ouvrait la route dans cette jungle mystérieuse, confiante à présent, portée par ses jambes presque sans volonté. Elle vit une barrière et des formes métalliques, un petit havre d'humanité au milieu de ce champ de bataille; elle se sentit désorientée, comme le sont tous les soldats, par cette étonnante incongruité. Elle fonça dans la seule ouverture au milieu de cette barrière et s'arrêta net au beau milieu des balançoires, des toboggans et autres portiques du terrain de jeux Rumsey. Elle s'écroula sous une fontaine publique et se secoua la tête sous un fort jet d'eau froide. Harris apparut derrière elle et la regarda boire et s'éclabousser. Soudain, elle se releva, sans dire un mot. Ils tendirent tous deux l'oreille. Dans le lointain, on entendait un incroyable tohu-bohu de sirènes.

Harris leva le poing et hurla : « On les a eus! »

Weaver s'avança vers lui dans la lumière de la lampe. Ses yeux étaient gigantesques, d'énormes globes protubérants. Ses mâchoires étaient tordues par un spasme. Sa langue essayait, mais en vain, d'humecter ses lèvres. Elle resta dans cette position assez longtemps. Sa respiration rauque s'était faite plus régulière. Ses paupières étaient fixes. Les yeux de Harris étaient semblables aux siens.

Weaver recula dans l'ombre. Elle sentit quelque chose qui parcourait son corps à toute vitesse; elle s'engouffra dans une sorte de fuite sauvage et vertigineuse. Elle sentait chacun de ses muscles jouer sur ses os. Elle saisit un bâton qui traînait sur le terrain de jeu et le fit tournoyer en l'air, lui donna des coups de pied; elle essayait de le détruire. Elle donna un grand coup de poing dans une barrière métallique. Elle dansait devant Harris une sorte de danse sauvage et guerrière; il la regarda et, dans les ténèbres, son image se transforma en souvenir.

Waever était de nouveau face à lui, vibrante, électrisée par tous les nerfs de son corps.

« Je me sens drôle », dit-elle finalement.

Harris serra les dents. « Raide def'. On peut pas se défoncer plus.

— Tout est si clair. Tout est si bien. Et cette putain d'adrénaline, ça te fait complètement planer.

— Le meilleur vaisseau spatial de tous les temps! »

Weaver se mit à applaudir, comme une enfant, ce qui déconcerta Harris totalement. « Le contact! Mais c'est incroyable.

— Mais ouais, dit Harris en souriant. Un billet gratuit pour Psychoville, aller simple ou aller-retour, pas d'importance; y a pas de règles, mon pote. »

Weaver ne pouvait plus tenir en place. Elle faisait les cent pas. « Et ces balles traceuses. J'ai jamais rien vu d'aussi beau. J'aime la façon dont elles disparaissent.

— Tu sais ce que ça veut dire? dit Harris tout excité.

— Ça veut sûrement dire que tu as touché quelque chose. » Ce n'était pas la chose à dire.

« Ça veut dire que tu as touché *quelqu'un.* » Le sourire de Harris disparut. Il déposa son sac en toile. Il s'essuya le visage; le A.K. était contre sa cuisse.

La respiration de Weaver redevint anormale. Autour de sa tête, elle voyait des centaines de lignes colorées qui l'embrassaient. « Pas de règles, hein? C'est ça que tu veux. Je le sais, à présent. »

Harris tourna la tête. Ses tempes battaient. « Tu sais rien du tout. »

Weaver lui sauta pratiquement dessus : « Allez! Ne t'arrête pas. Tu ne veux pas t'arrêter, quand même? » Et soudain, Weaver vit une minuscule image TV; elle était infinitésimale, pitoyable; elle eut l'impression d'être nue, de tout voir et ce n'était pas en noir et blanc. C'était en couleurs. Il n'y avait plus qu'une chose à dire : « Je veux faire une autre patrouille. On n'a qu'à passer la nuit à cela. »

Harris recula; dans l'obscurité, il ne voyait plus son visage sale. Il ne voulait plus la voir d'ailleurs, mais sa voix le poursuivait.

« Tu as dû prendre ton pied, tout à l'heure. Ça t'est tombé dessus comme ça. Je l'ai vu. J'ai tout vu. »

Les mots étaient comme des poings invisibles qui frappaient Harris. Il trébucha sur la barrière. Deux yeux blancs apparurent dans la nuit et puis son visage, au-dessus de lui. Il leva le canon du A.K. pour essayer de la repousser. Mais elle continua à s'approcher.

« Oh! c'était bon, dit-elle. Et je l'ai vu. »

Il y avait des voix, à présent, qui parlaient à Harris : elles lui parvenaient de deux visages noirs, d'un sac en plastique; des voix lointaines de pluie qui sortaient d'un trou. Les voix brûlaient la gorge de Harris et lui faisaient avoir honte de ses phantasmes. « T u crois que c'était vrai? Quand tes potes meurent, c'est vrai. Quand ils deviennent raides, les tripes à l'air, à genou dans la boue. »

Harris lui enfonça le canon de son fusil dans la poitrine, la repoussant en arrière. Elle lui lança un regard mauvais. « Ça ne me fait plus peur, à présent », dit-elle.

Harris explosa. Il sursauta et s'éloigna brutalement de la barrière; la seule voix qui parlait, à présent, était la sienne. « Je vais te dire ce qui fait peur, espèce de conne! C'est quand tu es un môme de dix-neuf ans qui joue au baseball et qui va au temple tous les dimanches et qui a des amis et qui est très sociable; et puis, tu lui prends tout ça, tu lui mets un fusil dans les mains et tu lui dis : " Vas-y, tue! " » Harris lui mit le canon contre la tête. Il sortit le chargeur et fouilla dans une de ses poches. Il trouva un autre chargeur qu'il mit en place d'un coup sec. Il poussa Weaver loin de lui et lui dit : « Tu ne crois pas que tu pourrais faire ça? Je veux dire tuer quelqu'un? Je vais te montrer ce que c'est. »

Weaver se cogna dans les balançoires et s'arrêta. Harris approchait. Il lui tendit le fusil et lui cria : « Vas-y, tue! » Il lui mit de force le fusil dans les bras; il la contraignit à le tenir, il lui mit les mains où il fallait, sur la détente et sur le fût. Elle le maniait maladroitement, le canon tourné vers le sol.

Harris lui dit, d'un ton méprisant : « Oh! t'es pas encore au point. Mais c'est tellement fantastique! Il faut que tu ailles voir les gens crever. Bien sûr, tu te sens pas très bien quand tu dessoudes une vieille *mamasan* qui te pointe un épieu sur le ventre, mais t'es tellement loin, tu comprends, tellement loin, que t'en as rien à foutre. Et tu as les mecs qui deviennent complètement dingues en patrouille et qui te hachent menu tout ce qui bouge dans le premier trou perdu, parce que tout ce qui bouge est dangereux. Et trois jours plus tard, quand tu arrives à réfléchir un peu, tu t'aperçois que tu faisais partie de la troupe. " Sans déconner, c'est moi qui ai buté la vieille? " Alors, t'arrives pas à supporter le truc et tu te détestes, mais seulement jusqu'au prochain

contact. " Ah ouais, maintenant je suis clair, les choses sont simples. "
Tout ça va tellement vite. Et c'est bon quand tu vides ton chargeur
dans un môme de dix ans qui vient de buter un pote à toi : mais bon
Dieu, pourquoi il a fait ça? C'est qu'un môme. Qui l'a forcé à faire ça?
Et puis on te dit : " Bon travail, soldat! " et on te file une médaille. Et
très vite, tu te mets à mépriser tous ceux qui ne savent pas ce que c'est
que la haine et la peur, qui ne peuvent pas savoir à quel point tu aimes
ce truc-là et que tout ce qui te fait peur, c'est que ça pourrait *finir*. Que
ce soit un mec qui n'écoute pas, ou qui donne des ordres – tu pourrais
buter *n'importe qui*. C'est tellement simple. Et tu le regardes, cet
enculé, tu le regardes crever, se tordre par terre et pisser son sang,
parce que quand tu avais dix-neuf ans, on t'a dit : " Vas-y, tue! " »

Harris la tira des balançoires. Il la mit en joue, avec le doigt. « Vas-y,
tue. »

Weaver recula, mais il avançait toujours. Il sortit son automatique
.45 et fit entrer la première balle dans le magasin.

« Vas-y, tue. »

Harris la vit trembler et s'avança plus près.

« Vas-y, tue. »

Elle leva le canon de la mitraillette et le pointa sur lui. Il la mit en
joue avec le .45 et la cribla de mots.

« Vas-y, tue. »

Weaver appuya sur la détente du AK-47. Elle recommença, ses bras
tremblant violemment. Elle serra cette détente de toutes ses forces; le
fusil se secouant dans ses mains comme si ses spasmes pouvaient forcer
le jet mortel de feu à sortir du canon. Mais il ne se passa rien. Il n'y eut
ni balles, ni explosion. Il n'y eut que du silence et qu'un doux murmure
étrange. Elle arrêta de bouger. Elle sentit une ondée tiède sur ses
jambes et, en baissant les yeux, vit une grosse tache d'urine qui
grossissait sur son treillis. Une petite mare était en train de se former à
ses pieds. Et quand elle releva les yeux, son visage était devenu un
masque sombre et tordu.

Harris lui arracha le fusil des mains. Il fit sortir le chargeur d'un
coup sec et le remit dans la poche à munitions avec les autres
chargeurs vides. Il fixa le corps humide et tremblant de Weaver; son
visage horrible aux yeux révulsés; ses mâchoires serrées et les muscles
raidis de sa nuque. Il devait avoir vu cela un millier de fois. Il avait
déjà vu ça en se regardant dans sa glace.

Il se passa le AK-47 à l'épaule et dit : « Maintenant que tu planes, tu
redescendras peut-être jamais. »

3

Dix

Ils étaient tous sur Madison Avenue à 2 heures du matin, aussi près que possible, derrière les barrières de la police – oiseaux de nuit et journalistes. D'autres étaient dans leurs appartements, au-dessus de la Cinquième Avenue, dans les rues adjacentes, dans les immeubles de pierre grise. Des milliers de phantasmes étaient en train de se réaliser; des milliers d'individus rêvaient qu'ils gisaient, tout éveillés, sur un champ de bataille, entendant le vacarme d'une lointaine bataille.

Tout fut fini en vingt-cinq minutes. Trois policiers tués, deux grièvement blessés. Cette fois, il n'y eut pas d'images d'hommes terrorisés qui sortaient en rampant des bouches d'égout, ou de flics ensanglantés et de sacs en plastique qu'on chargeait dans des ambulances. Il n'y eut pas de conférence de presse; pas d'interviews de John Hardy et Dewayne Daniels, deux membres des Services spéciaux qu'on dut évacuer de la scène du drame après qu'ils eurent tiré les morts hors du parc. Quand Hardy et Daniels se calmèrent, quand les terribles résidus de peur et d'adrénaline eurent disparu, ils essayèrent de décrire ce visage noir, cet homme en vert, une espèce de spectre qui s'était matérialisé devant eux, comme un de ces mannequins de train fantôme.

Hardy : « Il était là, et puis il a disparu. »

Daniels : « Cet enculé nous a tués. On est morts. Maintenant, ne me posez plus aucune question. »

Et leurs supérieurs ne leur en posèrent plus aucune. Personne ne parlait; on se contenta de faire une déclaration publique pour annoncer que l'opération avait échoué. Les journalistes rentrèrent chez eux. Un petit groupe d'hommes exténués tint une brève réunion à Gracie Mansion, la résidence du Maire. Ils décidèrent qu'il fallait trouver une aide extérieure. Puis, ils rentrèrent eux aussi. Il y avait au moins un homme qui espérait ne pas avoir à contempler la une du *Daily News,* un peu plus tard le matin. Il eut la vision d'un gros titre et d'une mauvaise photographie de Central Park; un cliché pris au téléobjectif, partiellement obscurci par des arbres, d'un tank M-48 détruit. Non, il ne voulait plus voir cette photo. Plus jamais.

J.T. et Richie ne répondirent à aucune question, eux non plus. Quand on les relâcha, on leur spécifia bien de ne rien déclarer à la presse. J.T. dit à David Dix, à un assistant du District Attorney et à d'autres gradés de la police d'aller se faire foutre; de toute façon, Richie et lui ne voulaient pas d'interview et ce, pour l'unique raison qu'ils ne s'en sentaient pas le courage. Ils retournèrent chez Weaver et s'assirent, sans trop parler, écoutant désespérément les radios. Quand le jour se leva, ils ressortirent dans la rue, garèrent la camionnette et se dirigèrent vers la Cinquième Avenue pour se poster devant le zoo.

Les barrières avaient disparu, l'avenue était ouverte. La circulation du matin commençait à se faire dense. Des joggers curieux, des chauffeurs de taxi en goguette et des policiers inactifs discutaient des événements de la veille. J. T. et Richie écoutèrent les commentaires et les spéculations les plus folles. Un homme dit que la Garde Nationale allait investir le parc – et que celui-ci serait ouvert le lendemain. La rumeur courait qu'un groupe de terroristes arabes se cachait dans les égouts de Central Park et qu'ils attendaient le moment approprié pour faire connaître leurs exigences. On disait aussi qu'un joueur avait été transféré pour une petite fortune chez les Texas Rangers. Les Yankees avaient gagné leur match. Les Mets aussi. Il faisait chaud, aujourd'hui. Dans les 30°.

Richie fut écœuré; il se sentait mal. Il dit à J.T. qu'il allait rentrer chez lui, dans son appartement du Queens et qu'il allait marcher en passant devant les hôtels et l'immeuble de la General Motors. En passant devant la grande porte du Parc, à la hauteur de la 59e rue, la Grand Army Plaza, il vit un homme qui installait un tripode sous la statue équestre du général Sherman. Lhomme plaça un télescope sur le tripode. Il y ajouta une pancarte qui disait : TROUVEZ L'HOMME QUI A PRIS CENTRAL PARK 25 C LES 2 MIN. Richie détourna les yeux et regarda les limousines garées de l'autre côté de la rue, devant le Plaza Hotel. Il se frotta les yeux. Il prit un train E à la 53e rue et s'endormit dans le wagon de queue.

J.T. resta quelque temps sur la Cinquième Avenue. Il contempla les roues des voitures qui se cognaient aux couvercles des bouches d'égout. Il se demanda s'il y avait des taches de sang sur les pavés. Il remonta vers le haut de la ville en ne quittant pas Central Park des yeux. Il marcha ensuite dans le sens inverse, mais la circulation lui donna un mal de tête terrible. Ce n'étaient pas les gaz d'échappement qui le gênaient – J.T. était né à New York; les gaz d'échappement le défonçaient presque – mais le bruit des voitures lui avait toujours fait mal aux oreilles. C'était un bruit incessant et sournois. Il pensa qu'un jour, ça allait le rendre fou.

J.T. traversa la Cinquième Avenue à la hauteur de la 63ᵉ rue et resta aussi près du parc qu'il put. Il se mit en équilibre sur le bord du trottoir, fixant ce mur vert d'arbres et de buissons. Il insulta Weaver. Puis il se signa et dit une prière pour elle.

Les deux flics lui tournèrent le dos. Le pauvre gosse devait être fou, pensèrent-ils. Peut-être priait-il pour un policier mort, ou pour la ville. Ils ne voulaient pas le savoir. Quand ils se retournèrent, il était parti.

J.T. alla vers le West Side et prit un bus pour remonter Manhattan. Il voulait rentrer chez lui, comme Richie, et dormir, mais il avait cinq sœurs et une mama qui dépendaient de lui. Aussi sortit-il du bus à la 90ᵉ rue ouest et entra-t-il à l'agence nationale de l'emploi pour remplir un formulaire d'allocations chômage. Après deux heures de queue, il sortit dans la fournaise et resta debout sur Broadway en se demandant comment il allait faire pour retrouver un boulot.

Quand Dix vit Keller, il pensa qu'il était sur le point d'étrangler quelqu'un. Le commissaire montrait les dents. Il s'était assis au bout d'une longue table de conférence derrière laquelle se trouvait la plus grande carte murale de Central Park que Dix ait jamais vue. La carte surplombait Keller; ses yeux cernés semblaient sortir de ce paysage désormais plein de dangers et donnaient à la pièce une atmosphère inquiétante.

Dix rapprocha sa chaise et nota sur un classeur les noms des personnes présentes. Il y en avait qu'il connaissait : le chef Curran, l'inspecteur général Lawrence du FBI et Don Eubank. Dix n'avait pas vu Eubank depuis le jour de l'hôpital; il était pâle et maigre, avec une mentonnière en plastique autour du cou. Il n'était arrivé que quelques instants avant l'heure prévue, avait salué Keller de la tête et s'était pris un siège à l'écart. Il n'avait pas dit un seul mot.

Il y avait trois autres hommes. Keller avait présenté à Dix le général Bryant de la Garde nationale et le lieutenant Mueller, l'aide de camp du général. L'autre homme était assis à l'exact opposé du commissaire Keller et Dix avait déjà décelé quelque chose d'inquiétant dans l'allure de ce personnage. Il portait un costume sombre et ses fins cheveux gris étaient peignés vers l'arrière. Ses yeux bleus perçants observaient la pièce derrière des lunettes cerclées de fer. Avant l'arrivée d'Eubank, Dix était allé parler à Curran et lui avait posé des questions sur l'homme. Curran murmura quelque chose sur les séances de stratégie et Dix avait immédiatement avalé deux pilules.

Keller attendit qu'un assistant ait distribué des verres d'eau et, quand la porte de la pièce fut enfin fermée, s'adressa à l'homme du bout de la table.

« Docteur Warburton. »

Tous les yeux se tournèrent vers le docteur Warburton. Il se racla la gorge. Sa voix était neutre et égale. « Monsieur le commissaire, il serait sans doute préférable que nous écoutions ce qu'ont à dire ces messieurs avant que je vous fasse part de mes suggestions. »

Keller était d'accord : « Chef Curran. »

Dix pensa que Curran avait l'air irrité et mal à l'aise. De toute façon, il se montra succinct. « Mon rapport est simple. La nuit dernière nous avons enregistré d'autres pertes. Nous n'avons rien gagné. Je ne crois plus qu'il y ait un seul moyen d'entrer dans Central Park avec quelques hommes et d'attraper cet homme. Nous pourrions déployer des patrouilles fortement armées, faire mouvement très lentement sur les chemins carrossables pendant la journée, mais nous lui servirions de cibles fixes. »

L'Inspecteur Lawrence l'interrompit. « Mais vous devriez tirer, n'est-ce pas? Une seule erreur, et vous l'avez.

— Allez donc dire ça à mes hommes. » Curran regarda Eubank à la dérobée. Son visage restait de glace. Curran continua. « Écoutez, les trois quarts de ce Parc sont densément boisés. Nous pourrions très bien nous balader là-dedans jusqu'au mois de janvier en marchant sur Dieu sait quoi. Je peux vous dire que ces quatre derniers jours m'ont beaucoup appris. »

Curran fit un signe très discret vers Dix. Jusqu'ici, Dix était satisfait de la façon dont les choses se passaient, mais il savait bien que certaines frictions latentes allaient bientôt remonter à la surface.

Lawrence, lui, n'avait pas fini. « C'est une question de personnel, c'est tout.

— Et jusqu'à combien de pertes êtes-vous prêt à aller?

— Avec votre permission, monsieur le commissaire, demanda-t-il à Keller.

— Continuez », lui dit Keller d'un petit coup de tête.

Lawrence essaya de se donner une figure d'homme d'autorité : « Le Bureau pense que la situation est désormais au-delà des capacités tactiques du Département. » Curran regarda Keller. Keller regarda Eubank. Eubank ne cilla pas. Lawrence continua : « Le Bureau est prêt à vous laisser disposer de l'assistance de son personnel antiterroriste.

— Et qu'est-ce qu'ils feront, dit Curran méprisant, ils engageront Patty Hearst? »

Dix ravala son sourire. Il vit le général Bryant qui regardait par la fenêtre.

Lawrence était patient : « Nous pensons que, grâce à notre entraînement plus sophistiqué, nous serons capables de repousser ce guérillero jusque dans une zone du parc où des unités de la police pourraient l'appréhender. »

Dix baissa la tête et essaya de ne pas écouter. Curran était de plus en plus sarcastique : « Oh! j'oubliais, Inspecteur, vos gars sont immunisés contre les punji sticks? »

Tout était parfaitement résumé dans la formule, pensa Dix. Bravo Curran.

Mais Lawrence continuait, impassible : « Nous avons des engins sismiques largués par avion qui détectent n'importe quel mouvement, dit Lawrence, et le AN/PPS-5, un radar de sol qui a une précision de vingt mètres. Nous avons également toute une variété d'engins infrarouge détecte-personnel.

– Mais où vous croyez-vous, l'interrompit Curran, nous ne sommes pas dans une bourgade perdue, nous possédons tout cet équipement.

– Justement, dit Lawrence en se tournant vers Keller, peut-être avez-vous besoin d'une assistance appropriée pour dépoussiérer un peu ces technologies.

– A mon avis, c'est votre tank qui s'est fait dépoussiérer! »

Dix leva les yeux. C'était le général Bryant qui avait fait ce dernier commentaire, ce qui eut l'effet de mettre un terme à cette vive discussion. Passons aux autres, pensa Dix.

Keller fixait la table. Il attendit quelques secondes avant de répondre à Lawrence.

« Avec tout le respect dû au Bureau fédéral, inspecteur, ce genre d'opération prend du temps. Beaucoup de ces engins ne fonctionnent pas aussi bien qu'on l'espère. Les militaires le savent bien. De toute façon, ce type de matériel est absolument inopérant sur ce type de terrain. Il y a trop de marge d'erreur. Il faudrait que nous détournions les rames de métro. Il faudrait que nous vidions les rues dans un périmètre d'un kilomètre dans toutes les directions et que nous nous assurions qu'elles restent vides. Cela nous demanderait un temps considérable. Nous ne pouvons pas attendre que l'homme du parc commette une erreur. Nous devons prendre une option qui change radicalement les données du problème. »

Keller fit une pause pour boire un verre d'eau. Cela faisait quelque temps qu'il griffonnait quelque chose sur un bout de papier. Dix se pencha et vit : il n'y avait qu'un mot, entouré de cercles : CLAYMORE.

Keller reposa son verre. « Le Gouverneur et le Maire ont eu une conversation, ce matin. On a parlé d'utiliser la Garde nationale. »

Le général Bryant prit la perche qu'on lui tendait. C'était un gros homme avec une grosse voix. « Messieurs. Pas la peine de tourner autour du pot. Nous avons affaire, ici, à une opération militaire pour laquelle je ne vois qu'une des plus vieilles stratégies militaires. On lui a, entre autres, donné le nom de " coup du tigre ". Je vous expose le plan de base : avec des unités de la 42e division d'infanterie Rainbow, nous pouvons établir un cordon de soldats tout autour du parc. Des équipes de déminage précéderont la colonne en des points variés du périmètre. Le cercle se refermera graduellement jusqu'à ce qu'il réalise un contact avec l'ennemi qui se rendra ou sera éliminé. Dans une zone de dimension aussi modeste, ce sera l'affaire d'un seul jour. » Bryant ne se rassit pas, il attendait une réponse; il venait de conclure et s'attendait à un accord.

Dix regardait la table. il vit qu'une fois de plus Keller et Curran regardaient Eubank, mais celui-ci gardait toujours le silence comme si l'effort de parler lui était trop pénible. Finalement, ce fut Curran qui répondit.

« Mon général, que faites-vous du fil de fer barbelé et des pièges? Tout cela va vous ralentir. Supposons que vous soyez forcé de bivouaquer dans le parc pour la nuit? Croyez-moi, vous pourriez subir des pertes importantes. »

Bryant ne fit même pas l'effort de regarder Curran. « Nos hommes sont préparés au combat et nous pourrions répliquer avec une puissance de feu bien plus considérable qu'un ou dix hommes, d'après les éléments que vous m'avez donnés. L'ennemi que nous aurons à affronter est très limité en nombre. »

Keller n'était plus sûr de rien : « Supposons qu'il passe par les égouts pour prendre votre colonne à revers, mon général? Vous pourriez être contraint à le chasser pendant des semaines. Et en plus, nous devrions également procéder à une évacuation des civils autour du périmètre et plus il faut de temps pour mettre en place une opération, plus celle-ci devient compliquée. »

Lawrence ne put s'empêcher d'entrer dans la conversation. « Les équipes du F.B.I. peuvent vous seconder, mon général. »

Bryant répondit : « La Garde nationale s'occupera de la surveillance aérienne. »

Le lieutenant Mueller souriait. « Merci, mon général. Vous vous rappelez Detroit en 67? On avait fait venir les tanks.

– C'est vrai, dit le général. Des tanks sur les avenues adjacentes et sur les transversales.

– Si on a des problèmes, dit le lieutenant Mueller, on pourra arroser au mortier avec les M-2. Portée de dix-huit cent cinquante mètres, monsieur le commissaire, peut tirer toutes sortes de munitions, bombes éclairantes pour la nuit, fumigènes etc., ça pèse dix-neuf kilos. Sacrée arme! Attendez un peu qu'on se serve de ça! »

Le général Bryant était en train de penser : « Nous pourrons faire construire une ligne fortifiée. »

Curran fit non de la tête : « Vous finiriez par vous tirer les uns sur les autres. »

Le lieutenant Mueller n'écoutait même plus. Ils parlaient en même temps. « Mais oui, mon général, le génie peut utiliser nos M-60. S'il y a des fortifications, nous nous servirons du 57 mm sans recul. »

Curran essaya de poser une question : « Qu'est-ce qu'un M-60?

– Une mitrailleuse, dit Lawrence.

– Et les gaz, mon général, vous y avez pensé?

– Quel est le rayon mortel de ces mines à fragmentation?

– Nous avons aussi ces lasers pour écoute de tout bruit, mon général, ils ont été testés sur le terrain et sont prêts à fonctionner. »

Dix eut le sentiment de se noyer dans ces bavardages. Curran s'enfonça dans son fauteuil. Dix finit par élever la voix; il lui fallut crier pour attirer l'attention des autres. Il déclara : « Et combien tout cela va-t-il nous coûter? Il vaut mieux que je vous prévienne tout de suite que le Maire n'acceptera pas ce genre de propositions. " Le coup du tigre "! Mais ça reviendrait à dépenser dix millions de dollars. »

L'intervention de Dix calma tout le monde. Tous gardèrent le silence un moment. Puis, Curran parla, comme s'il était tout seul.

« Ce serait vraiment humiliant d'être forcé de faire appel à la Garde nationale pour déloger un seul voyou. »

Bryant répondit du tac au tac : « Vous avez déjà été humiliés. »

Keller et Curran se retinrent. Dix tenta un regard dérobé vers Eubank. Ses yeux ne s'étaient plissés que d'une façon imperceptible, mais Dix le remarqua et pensa à l'hôpital, à la manière dont Eubank s'était mis à transpirer dans cette chambre à l'air conditionné.

Il y eut un petit mouvement à l'autre bout de la table de conférence. Tout le monde se tourna dans cette direction. Le docteur Warburton s'était levé.

« Puis-je intervenir, monsieur le commissaire? »

Le docteur Warburton fit le tour de la table et se mit devant l'immense carte de Central Park. On fit pivoter les sièges; Keller vint se mettre à côté de la carte. Le docteur Warburton tenait dans la main un petit tube de métal qu'il utilisait comme une règle. Il commença son soliloque.

« Le général Bryant a raison de dire que nous sommes en présence d'une situation qui exige une opération militaire. Si nous mettons de côté les affaires de coût et d'honneur, il nous faudra assumer une telle situation. Si nous tardions encore, ce guérillero s'enterrerait tant et si bien qu'il deviendrait de plus en plus difficile de le déloger. » Le docteur Warburton se tourna vers la carte et y pointa sa règle.

« Central Park a une superficie approximative de trois cent soixante hectares; le terrain y est essentiellement plat et très boisé. Le parc est divisé en six sections pratiquement rectangulaires par des routes transversales en macadam, ici, ici, etc., jusqu'à la 110ᵉ rue au nord. Ceci est un point très important, comme je vais le démontrer dans un instant. Chose importante dont il faut se souvenir : dans toute opération de ce type, l'ennemi doit être capturé ou tué pour réduire les possibilités de réinfiltration. Deuxième point, le rebelle ne se montre jamais. C'est pour cette raison que tireurs d'élite et patrouilles s'avèrent inefficaces. Pour que des patrouilles intensives mènent à bien leur mission, il faut de grosses concentrations de troupes pour le soutien et un engagement à long terme des troupes au sol. C'est pourquoi nous devons à tout prix réduire la zone dans laquelle le guérillero peut espérer trouver un terrain couvert et le forcer à révéler sa position. »

Le docteur Warburton sortit un morceau de papier de sa veste et l'étudia pendant quelque temps. Dix, en le regardant, commençait à se sentir vaguement mal à l'aise. Il ne savait pas exactement pourquoi; sans doute les lunettes cerclées de fer.

Le docteur Warburton continua : « Prenons, à présent, les six zones rectangulaires du parc et commençons par celle que limite la 72ᵉ rue au sud et la transversale de la 79ᵉ rue au nord. » Il délimita précisément cette zone avec sa règle métallique. « Cette zone peut être considérée comme le centre du parc et c'est celle qui possède la végétation la plus dense; nous y trouvons le Lac et le Ramble. Si cette zone pouvait être effectivement sous notre contrôle, cela nous permettrait de couper le parc en deux et d'établir une sorte de zone démilitarisée qui servirait de base de départ et réduirait les possibilités de mouvement de l'ennemi. Les autres sections sont moins boisées; ici, par exemple, la Great Lawn, ici, le Reservoir, et là la Sheep Meadow. Voici le programme que je propose et que nous répéterions dans chaque rectangle jusqu'à ce que le rebelle ait été soit éliminé, soit chassé jusqu'à la dernière section. » Le docteur Warburton s'éclaircit la gorge.

« 01 : 00 – un C-123 que nous avons loué au 42ᵉ Army Air Guard Aviation largue des défoliants ultra-rapides à rayon d'action limité sur un périmètre qui comprend une centaine de mètres autour du Lac et uniquement sur les gros bouquets d'arbres. 06 : 00 – des équipes entrent dans les égouts, par des entrées extérieures au parc et maintiennent des positions à des points stratégiques préétablis, au croisement des artères les plus importantes pour couper tout mouvement ennemi. 07 : 00 – le défoliant a fait son effet. Des véhicules blindés transporteurs de troupes avec des éléments du 42ᵉ d'infanterie de la Garde Nationale pénètrent dans le parc, ici, au croisement de la 72ᵉ et de la 79ᵉ rue, est et ouest, et entourent complètement le périmètre de la section. 08 : 00 – si aucune cible n'est visible, des unités héliportées de l'Army Air Guard commencent à bombarder au napalm. 08 : 30-09 : 00 – des équipes de déminage précèdent les troupes au sol et nettoyent la zone aux alentours de 09 : 30. » Le docteur Warburton baissa sa règle et se détourna du tableau. « Nous répétons ce processus dans chaque section, à moins, bien sûr, d'un coup de chance. Avantages : personnel limité, risques minimum, grand facteur de destruction et rapidité. En moins de dix heures, nous pouvons ainsi nettoyer effectivement trois cent soixante hectares. » Le docteur Warburton se tourna vers la table en souriant. « Je pense que ça devrait également décourager ceux qui pourraient être tentés de recommencer un tel forfait. »

Dix ne respirait plus. Il jeta un regard circulaire sur les autres. Il y avait cinq bouches béantes. Seul Eubank gardait un visage aussi fermé. Une voix faible brisa le silence. C'était celle de Curran.

« Des défoliants? »

Dix pensait à Charlie Meyers; pauvre Charlie.

Curran fixait le sol d'un air vide. « Mais vous... nous ne pouvons pas brûler la moitié du parc. »

Le docteur Warburton affichait un grand sourire. « Nous pourrons le redessiner d'une façon plus logique, en accroissant la sécurité.

– J'aime ça, dit le général Bryant.

– Je trouve ça solide, ajouta le lieutenant Mueller.

– Vous êtes fou », ajouta Dix; le mot lui avait échappé.

Tous les yeux se tournèrent vers lui. Même ceux d'Eubank. Le docteur Warburton jeta un regard mauvais à Dix et laissa tomber sa règle en fer. Keller se leva et se dirigea vers la carte. Dix vit que même le commissaire avait été secoué. Keller tendit la main à Warburton.

« Merci, docteur Warburton. C'est remarquable. Vraiment. Cela permettrait de sauver des vies humaines. Dix ne manquera pas de proposer votre plan au Maire, ainsi que les autres, bien entendu. » Keller se tourna vers la table et s'adressa au groupe. « Merci, général Bryant. Lieutenant. Inspecteur Lawrence. Mon général, avez-vous parlé au gouverneur?

– Oui. Je resterai en ville jusqu'à ce qu'une décision soit prise. Nous pouvons faire venir des troupes de la base de Westchester, comme nous l'avons vu auparavant, et de l'armurerie de la 66ᵉ rue. Nous pouvons compter sur des unités de soutien à la base de Roslyn, hélas elle n'est pas pourvue d'un terrain d'aviation. Si nous faisons effectivement appel à l'Air Guard, nous devrons régler ce problème avec notre Task Force dans les autres bases. »

Keller mit fin à la réunion. Dix lui avait demandé auparavant de rester dans la salle de conférence après les divers exposés, ainsi que de dire à Keller et Eubank d'être également présents. Les quatre hommes restèrent assis jusqu'à ce que les autres soient partis. Keller buvait de petites gorgées d'eau. Curran prit un médicament. Eubank resta dans son fauteuil, à l'autre bout de la table. Dix les laissa tous se remettre un peu. Entre-temps, il installa un projecteur de diapositives. Il fit tomber un écran devant la carte de Central Park. Il sortit de la pièce, se dirigea vers un bureau privé et revint en compagnie de Roy Maitland et d'un autre homme qu'il présenta comme le docteur Hartman.

Dix réduisit les formalités d'usage à leur strict minimum; Maitland et Hartman serrèrent la main de Keller et firent un signe de la tête à Curran et Eubank, le tout sans dire un mot. Dix expliqua qui était Maitland, un colonel des Forces Spéciales, et qu'il était nécessaire de garder la plus grande discrétion sur toute cette affaire. Il donna un petit aperçu, pas trop révélateur, des activités de Maitland et essaya d'expliquer sa présence à la réunion.

Dix éteignit la lumière. Maitland prit la commande du projecteur et Hartman alluma une cigarette; des traînées de fumée flottèrent dans le rayon lumineux qui frappait l'écran blanc. Maitland regardait les minces torsades s'élever et disparaître. Il hésitait. Des voix qui provenaient d'un cimetière de jungle le harassaient de leurs éclats de rire pleins d'ironie. Maitland appuya sur le bouton de contrôle et une diapo noir et blanc apparut. C'était la photo d'un Asiatique très élégant d'une cinquantaine d'années, assis à la terrasse d'un café. L'homme fumait une cigarette et fixait l'objectif. Il ne souriait pas.

La voix de Maitland s'éleva au-dessus du ronron du projecteur : « Tran Chau Dinh. Vietnamien. Sapeur. Une célébrité. D'une certaine façon, c'est lui qui a écrit *le* livre sur la guerre de guérilla à l'époque moderne. Il a combattu dans les rangs du Vietminh dans les années 50. Plus tard dans ceux du Vietcong. Au début des années 60, il a changé de camp et a travaillé pour nous; il entraînait les Forces spéciales du Sud. Après cette époque, il n'y a plus que des rumeurs. La C.I.A. affirme qu'il est repassé du côté de Hanoi à la mort de Diem. Puis qu'il est repassé de notre côté après l'offensive du Tet. Ensuite, le Cambodge. Tran est un hors-la-loi au Vietnam. Ils ne lui font pas confiance. Il vit à Paris. »

Dix ne regardait pas les diapos. Il avait déjà vu l'exposé le matin. Il regardait Maitland. Dans cette pièce sombre, le visage de Maitland était éclairé par en dessous; sa tête se détachait dans le noir comme celle d'un spectre. Le visage devint à la fois plus jeune et plus dur et Dix y lut l'agonie de la peur et de la mort. Il vit un homme dans un bar, à minuit, buvant seul, calmement, parce que même les soldats, même

248

les Marines, voulaient éviter d'avoir à le regarder au fond des yeux. Et quand Dix, saoul, adressa la parole à cet homme, il fit une découverte qui lui fit mal au cœur et qui vicia définitivement ses règles de vie et son idéal. Dix découvrit que cet homme n'avait pas sa place dans un bar; qu'il avait oublié le monde des lois et des idéaux. Le seul désir de cet homme, c'était de retourner à l'horreur et à la simplicité d'une jungle profonde et malfaisante.

C'est dans ce bar que Dix devint le cynique qui allait hanter tant d'autres bars. De temps à autre, il retrouvait Maitland et conversait avec lui. Il avait l'impression de flirter avec le danger, jusqu'à ce qu'il apprenne ce qu'était vraiment le danger au cours du petit mois qu'il passa dans la jungle. Ce qui n'eut d'ailleurs pour effet que d'accentuer encore davantage son cynisme, son trouble et qui, plus que toute autre chose, l'effraya pour le reste de sa vie.

Et à présent qu'il était assis, bien des années après, dans cette salle de conférence, à écouter la voix désincarnée de Maitland, Dix ressentit de nouveau cette frayeur. Il regarda la photo de Tran Chau Dinh. Il eut une impulsion d'écolier. Il aurait voulu se lever de son siège et rallumer la lumière et dire : « Excusez-moi, c'était une erreur, tout ça est trop horrible, trop insidieux », mais il n'en fit rien, parce que c'était lui qui avait eu l'idée de faire venir Maitland. La responsabilité le paralysait; il resta donc assis et vit une autre diapo qui apparaissait sur l'écran.

C'était une photo en noir et blanc de Tran, flanqué de deux autres Vietnamiens plus jeunes et plus petits. Les trois hommes portaient des treillis de jungle sales. Ils étaient dans une clairière entourée de sous-bois épais. Le sol, autour d'eux, était jonché de débris et de cadavres. Un des hommes tenait un objet dans la main et le montrait à la caméra. Maitland grossit. L'homme tenait un bras humain sectionné. Il lui serrait la main avec un grand sourire.

Maitland dit : « L'homme qui est à la droite de Tran se nomme Vo Phan Huong. A sa gauche, Cao Van Thi. Ils sont avec Tran depuis 1961. Eux aussi sont des exilés du Vietnam. Aucun de ces hommes ne fait de politique. Ce sont des experts et ils sont prêts à se vendre. »

Personne ne parla. Ils restèrent assis à regarder les diapos. Dix attendit un peu et ralluma la lumière. Maitland éteignit le projecteur et Dix retourna s'asseoir. Le silence était devenu pesant. Dix regarda les hommes assis autour de la table. Keller et Curran continuaient de regarder l'écran blanc. Eubank regardait Maitland, fixement, intensément.

Dix se tourna vers le Docteur Hartman et lui fit un signe de tête. « Monsieur le commissaire, dit Dix, j'ai demandé au Docteur Hartman de venir nous faire quelques réflexions. Il a déjà travaillé pour nous, sur des profils psychologiques. Dans son cabinet privé, il a déjà traité plusieurs anciens combattants du Vietnam. »

Keller et Curran retrouvèrent leurs esprits. Le Docteur Hartman écrasa sa cigarette et déclara : « Les vétérans du Vietnam utilisaient souvent une phrase que vous connaissez certainement, mon colonel. Quand un homme avait fini son temps et se préparait à partir, à revenir au " Monde " – et il ne fait aucun doute que l'homme était très heureux de rentrer chez lui – ses amis lui disaient : " Tu vas voir que Charlie va te manquer. " Ce qui voulait dire que l'homme en question allait se sentir très seul sans la terrible extase de la bataille, le sens d'avoir un but à atteindre. Aussi horrible que cela puisse paraître, la chose n'était pas dépourvue d'une certaine noblesse. C'est aussi, quand on y songe, une réflexion qui peut nous glacer le sang. »

Dix jeta un coup d'œil vers Maitland. Il regardait par la fenêtre; peut-être n'écoutait-il pas. Le Docteur Hartman continua :

« Nous appelons ce syndrome psychiatrique, le stress à retardement. La plupart des troubles du comportement commencent huit ou dix ans après le retour à la vie civile. Les anciens combattants commencent à souffrir de sensations et d'états mentaux qui ressemblent à s'y méprendre à ceux qu'ils ont connus durant les combats. Il en résulte, dans la plupart des cas, des hallucinations – comme si les anciennes situations vécues durant la guerre se rejouaient. En fait, ce sont plus que des hallucinations. L'ancien combattant retourne littéralement à une réalité ancienne et vit dans cette réalité pendant des périodes de temps plus ou moins longues. Cet état peut se résumer à une compulsion de répétition : un besoin énorme de revivre l'expérience, de la résoudre. Le fait qu'à l'époque de leur service militaire, ces hommes aient été très jeunes, ne fait qu'aggraver le processus. Ils n'ont pas eu d'adolescence normale; ils n'ont pas eu le temps de nouer des liens d'amitiés solides ou d'avoir une liaison durable. Au lieu de cela, ils se trouvent confrontés à un " stress " incroyable. Leur retour aux États-Unis n'a pas contribué à améliorer les choses. Il faut admettre qu'il est extrêmement rare que de telles compulsions se résolvent dans la violence; quant à la situation que nous affrontons aujourd'hui, elle est exceptionnelle. La plupart des vétérans ont réussi à se débrouiller de leurs problèmes. Mais si l'homme de Central Park " est à la recherche de Charlie ", le fait de lui faire affronter trois ex-Vietcongs sera équivalent à lui offrir ses rêves et ses cauchemars. C'est le seul moyen de mettre la main dessus. »

Dix attendait que quelqu'un fît un commentaire, mais il n'y en eut pas. Maitland se tournait sur son fauteuil. Il paraissait satisfait. Dix s'avança et donna ses derniers arguments.

« J'ai parlé avec le chef de la brigade criminelle et il m'a dit qu'ils ont épluché dix mille dossiers militaires pour essayer d'identifier ce type. Le chef m'a affirmé que c'était impossible. Si ce type venait à sortir du parc et à nous échapper, nous serions vraiment dans la merde, messieurs. Il y a aussi cette Miss Weaver qui vient nous compliquer la vie. Un petit groupe serait plus à même de résoudre ce problème. Je ne sais pas, mais en considérant tous les facteurs – coût, risque pour nos hommes, la mauvaise image que nous aurions dans le public à faire entrer des tanks dans Central Park – je crois que ces mercenaires représentent notre meilleur atout. Ce ne sera pas la première fois que nous ferions appel à des spécialistes. Et finalement, je ne sais pas ce qui me fait le plus peur, Tran Chau Dinh ou le Docteur Warburton. »

Curran et Keller échangèrent un coup d'œil. Il y eut un long silence. L'expression qu'avait le commissaire ne fit rien pour accroître l'optimisme, déjà ténu, de Dix. Keller se mit à parler, mais il fut immédiatement interrompu par un horrible son liquide. C'était Eubank.

Tout le monde le regarda. Ses yeux brutaux et vides ne bougeaient pas. Il ne regardait que Dix. Il le contempla ainsi pendant assez longtemps. Il s'éclaircit la gorge encore une fois et les autres se firent tout petits. Il montra l'écran du doigt, ainsi que la carte de Central Park. Sa voix n'était qu'un sifflement douloureux et distordu.

« C'est la seule façon », dit Eubank.

Et ce fut tout. Eubank ne dit rien d'autre. Puis, il toussa une seule fois; c'était une toux dure et humide. Il mit un kleenex à sa bouche et cracha un mince filet de sang perdu dans une glaire jaune. Il toucha délicatement son col orthopédique, se leva et quitta la salle de conférence.

Deux minutes s'écoulèrent. Personne ne bougea. En fin de compte, ce fut Keller qui parla à Maitland. « Le temps, mon colonel. C'est ça notre problème. »

Maitland ramassa ses diapos. « Tran, Vo et Cao attendent à Londres. Ils peuvent être ici dans les cinq heures, prêts à assurer la mission qu'on leur confiera. Je n'ai pas parlé argent avec eux. Je vous laisse le soin des négociations.

– Vous m'avez mal compris, mon colonel, dit Keller. Je vous demandais de m'assurer qu'au cas où nous enverrions ces mercenaires dans le parc, ils pourraient accomplir leur mission en un temps raisonnablement court. »

Maitland soutint le regard de Keller. « Tran Chau Dinh est bien plus qu'un mercenaire, monsieur le commissaire. C'est une légende. »

Keller et Curran remercièrent Maitland et retournèrent à leur travail – un travail qu'ils avaient négligé depuis bientôt cinq jours. Dix et Maitland prirent l'ascenseur et firent quelques pas devant le

Quartier général de la police, sur Pearl Street, dans le bas de Manhattan. Ils voyaient les voitures qui traversaient le Brooklyn Bridge, tournaient au-dessus de l'East River et arrivaient finalement à un pâté de maisons à l'ouest, près de l'Hôtel de Ville.

« Il faut que je parle au Maire, Roy, mais à présent, ce n'est plus qu'une formalité. »

Ils attendirent en silence qu'un taxi vide arrive. Dix voulait dire quelque chose. Il décida qu'il valait mieux pas, puis changea d'avis une dernière fois. « J'espère qu'ils le prendront vivant. »

Maitland regarda Dix d'un drôle d'air et secoua lentement la tête.

« J'en ai marre de couvrir les choses, dit Dix. " Ça pue " comme dit mon ex-femme. J'espère vraiment qu'ils le prendront vivant. Peut-être aurons-nous pu apprendre quelque chose de cette putain de guerre. Une fois pour toutes. »

Maitland lui tourna le dos, l'air dégoûté. Dix voulait s'en aller. Il se sentait mal. Le prendre vivant. Quel fardeau. C'était son ego qui lui faisait la conversation – une culpabilité latente, le désir caché d'être un sauveur. Il en était venu à considérer l'homme du parc comme un symbole de tous les soldats perdus, de la violence et de l'horreur. Dix, quand il faisait appel à ce qui lui restait d'honnêteté, admettait qu'il était partie prenante d'un combat plus que douteux, la reconstitution, en quelque sorte, d'un crime sombre et laid.

Maitland le savait. Au moment même où il appela un taxi, il se retourna vers Dix et lui déclara : « Dave, vous n'avez jamais su si vous étiez un libéral bêlant ou un foudre de guerre. »

Maitland retourna au St. Regis. Il y appela Londres immédiatement. Quand ce fut fait, il paya sa chambre, prit un taxi pour l'aéroport La Guardia et s'envola vers le Texas.

Weaver aurait aimé qu'on l'aide. Elle se tordait dans son sommeil. Elle s'asseyait dans le noir, dans le fortin et contemplait le fil de fer barbelé. Elle dormit encore, assise, et le moindre son – une feuille qui tombait, un animal qui s'approchait de la base de feu – la tirait violemment de son sommeil. Ses jambes se remirent à trembler. Elle frissonna et se mit à parler toute seule, répétant le cauchemar qu'elle venait de faire. Elle se roula en boule sur le sol du fortin et la terre froide la rafraîchit.

Quand elle s'éveilla, le soleil brillait. Il y avait une odeur d'urine qui s'élevait du fortin. Elle rampa dans l'herbe, au-delà des sacs de sable et resta au milieu des caisses et des rouleaux de barbelés. Elle eut mal au cœur et ne désirait plus qu'une chose : que quelqu'un vienne l'aider. Son seul rêve, à présent, était de s'échapper.

Ce fut ce moment que Harris choisit pour descendre de son poste d'observation dans les arbres. Des armes apparurent. On rangea des munitions. On ôta des chargeurs. Harris ne parlait pas, mais ses yeux ne cessaient pas d'observer minutieusement les alentours. Il offrit à Weaver un pantalon de treillis propre. Il prit une amphétamine et tendit la boîte à Weaver. Elle avala une pilule. Elle changea de pantalon et ils sortirent par la brèche dans le fil de fer barbelé, quittant la base de feu pour les grands espaces de Central Park.

Ils allèrent vers le sud. Ils jetèrent un coup d'œil au tank M-48, immobilisé à l'arrière du zoo. Puis, ils firent un tour par le nord, décrivant des cercles complexes autour de la Sheep Meadow et du Lac. Ils patrouillaient sans parler et, partout où ils allaient, Harris, qui devait soupçonner quelque chose, laissait Weaver prendre la tête. Elle était devenue « l'homme de pointe », celui qui est nu, le paranoïaque total dont chaque pas était une maladie mortelle et qui avançait avec une énorme cible sur la poitrine qui semblait dire, « Allez-y, tirez, que nous sachions où vous êtes! » Harris forçait Weaver à avancer dans les zones dangereuses; à travers les couloirs de barbelés et de pièges; près du tank et des mines à proximité de la rue. Il la gardait toujours en vue et l'envoyait accomplir de brèves missions solitaires; son but : chercher l'ennemi et, si possible, l'anéantir.

La journée passa – interminable. Le soleil se traînait vers le West Side. Harris et Weaver continuaient leur chemin, sortant des sentiers et des chemins pour y revenir aussitôt, zigzaguant à travers les routes, entre les 85ᵉ et 97ᵉ rues; ils passèrent devant le Pool et les cascades et les yeux de Weaver scrutaient chaque pouce de terrain. Elle s'accroupissait, rampait et écoutait sans même penser. Elle était prise d'une sensation où la nausée se mêlait au plaisir, comme une droguée. Et les efforts qu'elle déployait n'y faisaient rien; elle éprouvait un violent désir de peur et d'excitation.

Weaver s'arrêta dans les épais buissons sur la piste de jogging qui faisait le tour du réservoir d'eau. Elle embrassa du regard l'immense étendue d'eau qui se perdait vers l'ouest de Manhattan. Le soleil était en train de devenir orange au-dessus des immeubles résidentiels. Il y avait une traînée de vapeur qui le barrait. Sur la surface du réservoir, les arbres se reflétaient dans un scintillement que ne venait troubler que l'ombre qui se formait entre leurs branches.

Weaver s'accroupit dans les sous-bois. Elle contrôlait parfaitement sa respiration, à présent, qui sortait par petits coups, comme celle d'un chat sauvage. Elle était seule. Son visage luisait de sueur dans l'air brumeux et humide. La nausée la reprit. Elle ferma les yeux, mais une jungle noire continuait à s'imposer à elle. Elle se prit la tête dans les mains et essaya de penser à une rue bordée d'arbres, à sa mère, à une bicyclette qui fonce dans Brooklyn.

Soudain, sans un bruit, Harris fut à côté d'elle. Weaver ouvrit les yeux. Harris lui envoyait son haleine en plein visage. Elle se leva et suivit la piste de jogging jusque devant la maison de la porte sud. Elle se laissa aller contre le bâtiment et sentit que la surface des grosses pierres était encore tiède. Il y avait une large baie vitrée qui était recouverte d'une épaisse couche de métal, mais Weaver vit quelque chose dans cette surface réfléchissante. Elle vit un visage – une chose horrible et toute tordue. Ses yeux étaient sauvages, exorbités. Le visage était parcouru de contractions nerveuses.

Elle se détourna brusquement de la baie. Ses jambes tremblaient et elle se mit à pleurer. Harris était debout devant elle. Il n'y avait personne d'autre et ce fut donc Harris qui dut l'entendre pleurnicher.

« Au secours! »

Il tenait le AK-47 en travers de la poitrine et il l'utilisa pour la pousser vers les arbres. « Allez, bouge-toi le cul, on est en patrouille! »

Weaver fit volte-face. « Je ne veux plus la faire, ta patrouille.

– Mais c'est toi qui en avais envie. Tu es juste en train de t'y faire.

– Je déteste ça! hurla-t-elle.

– Pas pour longtemps », répondit Harris en souriant.

Weaver approcha son visage sale si près de celui de Harris qu'elle discernait les taches de vert dans ses yeux. Elle lui dit alors la phrase la plus haineuse à laquelle elle puisse penser : « Il faut que tu sois fou pour aimer ça! »

Harris recula et se cogna à un arbre. Il se mit à parler, d'une voix mal assurée. Mais les mots vinrent.

« Fou? Je suis fou? Tu crois que je suis fou? »

Tout en la regardant, il se laissa glisser sur le tronc d'arbre et se retrouva accroupi. Il fixa le sol, puis releva la tête vers les branchages. Le canon du AK se promenait dans tous le sens et finit par mettre Weaver en joue. Elle bougea un peu pour sortir de sa ligne de tir. Harris ne sembla même pas le remarquer.

« Je vais te dire quelque chose », dit-il. Puis il répéta les mêmes mots. « Je vais te dire quelque chose. » Mais rien ne se passa. Ses paupières tombèrent jusqu'au point où ses yeux furent rapidement clos. Une longue minute passa, puis il se mit à parler.

« J'étais dans les L.U.R.P. *(Long Range Reconnaissance Patrol),* les patrouilles de reconnaissance à long rayon d'action. C'étaient des équipes de quatre hommes. Ils nous emmenaient en hélico en pleine brousse et ils nous lâchaient. Tu entends le bruit de l'hélico qui s'en va et tout devient silencieux et tu sais qu'il n'y a plus personne derrière toi. Je veux dire que si la compagnie était en Californie, ça changerait rien à la situation. Pas d'artillerie, rien du tout, tu comprends? Il n'y a plus que toi et les Viets et Dieu. Tu piges? Une fois, avec mon équipe, on était dans la brousse depuis trois jours – on essayait de repérer un gros bataillon d'A.N.V. En fait, on les a jamais vus, mais ils étaient là. Ensuite, on était sur la route du point de récupération par l'hélico quand on entend quelque chose. Là, tu t'arrêtes et c'est tout – tu essayes de te mélanger à un arbre et tu bouges plus. T'es comme une statue. Si tu pètes, t'es mort. On est resté comme ça pendant trois heures. On les entendait qui faisaient mouvement tout autour de nous. On aurait dit qu'il y avait la moitié de cette putain d'armée nord-vietnamienne. Tu veux savoir ce que c'est d'avoir vraiment la trouille? J'entendais des conversations, des types qui grattaient une allumette pour leur cigarette. Je sentais leurs étrons, tu comprends, tellement ils étaient près. Et puis, on a plus rien entendu du tout. Ils étaient partis. Mais tu peux pas être sûr; jamais. Alors, on a encore attendu trois heures. Essaie de faire ça, un jour, pas bouger un putain de muscle pendant six heures d'affilée. Alors, on se met à bouger et on entend quelque chose qui craque au-dessus de nous. C'était qu'un petit bruit de branche, mais on a tous défouraillé en même temps, tous nos putains de chargeurs jusqu'à ce que les flingues soient vides et que les bras soient encore en train de trembler d'avoir lâché la purée. Personne de blessé, mais on voit des petits bouts de barbaque qui traînent un peu partout et des tripes qui pendent d'un arbre. Tu comprends, fallait qu'on sache. C'était juste pour nous, sinon, on s'en fout. Ça nous a bien pris une heure pour rassembler les morceaux. Je veux dire qu'on a dû grimper aux arbres pour retrouver un bout de tête, mais faut bien que tu comprennes que c'était après trois jours de folie totale. Alors on met tout ça par terre et on essaye d'en faire quelqu'un, enfin, autant qu'on peut. Alors, un de mes potes commence à murmurer un truc, et puis il se met franchement à se tordre de rire. Et on rit tous. C'était tellement drôle, que j'en chialais. Le mec en question, c'était qu'un singe. »

Harris éclata de rire. Rapidement ce devint un rire incontrôlable; puis cela s'arrêta brusquement. Il déposa le AK à ses pieds. Il essaya de s'humecter les lèvres. Il regarda Weaver et ses yeux étaient toujours à moitié fermés. « Fou? » lui demanda-t-il encore une fois.

Harris se laissa glisser; son casque cogna l'arbre. Weaver se rapprocha de lui, en gardant les yeux sur son fusil. Elle pensa d'abord que son visage était trempé de sueur, mais c'étaient des larmes qui coulaient sur ses joues. Soudain il la regarda droit dans les yeux.

« Je te vois, dit-il. Je te vois et y a autre chose. »

Weaver regarda ses propres mains sales et boueuses. Elle referma les yeux et essaya de s'imaginer sur le capot d'une voiture, dans Union Square. Mais la voix de Harris continuait à pénétrer ses pensées.

« Au début, j'ai pensé que ça serait juste comme une interruption. Dans quelques mois, j'allais rentrer chez moi. Avec mes copains. Je redeviendrai le même type qu'avant. Et je suis assis, au fond de ce trou, dans la jungle, je regarde la pluie, et tout devient moche. Tout d'un coup, ça m'est tombé dessus, je ne serai plus jamais le même. Je ne lui ressemble plus du tout. Je ne vais pas pouvoir dire " Salut Maman " et avoir sa voix. J'ai compris qu'on peut pas regarder tomber la pluie et ne pas se souvenir à quel point les choses sont moches. Il y avait un enfer qui existait quelque part. Il existe toujours. C'est un monde, un monde qui vit dans ta tête. Et je suis resté assis dans ce trou et j'ai tout laissé tomber; là, sur place. Merde, j'ai dit, je viens de m'acheter une autre vie. Je suis quelqu'un d'autre. »

Weaver sentait sa gorge qui la brûlait. Les larmes se remirent à couler. Elle aperçut le réservoir à travers les arbres et les hauts immeubles derrière eux. Elle se retourna et regarda derrière elle, dans la direction du sud de la ville et de la Cinquième Avenue; il n'y avait qu'une ligne lointaine de gratte-ciel et de tours d'acier froid. Rien, dans ce paysage, ne la rassurait; rien ne la protégeait. Elle tomba à genoux et tenta de regarder Harris à travers ses larmes. « Je ne veux pas devenir comme ça, dit-elle. Ni ici, ni nulle part. »

Weaver arrêta de pleurer. Elle ne se sentait plus malade.

Harris leva les yeux. Il hocha la tête. « Tout ce que je peux faire, c'est continuer. »

Weaver saisit l'AK-47 qui était par terre. Elle le tendit, droit devant la figure de Harris et le reposa derrière elle. Sa voix était devenue ferme. « C'est pas possible. On n'est pas dans la jungle. Ça pourra jamais être pareil, tu comprends pas? Tu retrouveras jamais ça.

– Je ne sais pas. » Quelque chose trembla sur le visage de Harris et il revit l'homme dans le sac en plastique. « Je sais pas – ça ne marche pas. » Et le rêve le frappa de plein fouet. Ce n'était pas le bon phantasme car il ne pourrait jamais donner naissance à la seule chose dont il avait besoin : cette chose unique et terrifiante qui le forcerait à continuer et qui le ferait toujours descendre davantage dans un monde parallèle, jusqu'à ce qu'il dépasse l'ultime seuil de peur et de haine et qu'il se retrouve lui-même : Bonjour, maman.

L'ennemi dont Harris avait besoin était insidieux, infatigable; ce n'était pas une apparition qui venait et disparaissait. Et à présent, il savait qu'il ne le trouverait jamais.

Ses mains tremblaient. Il se leva, Weaver s'approcha d'un pas. Elle se jeta sur lui et Harris essaya de se cacher derrière l'arbre. « Non, dit-il. Mon corps, c'est ce qu'ils me disaient. C'est une machine à tuer. »

Un réflexe purement humain fit que Weaver posa la main sur le front de Harris. Elle fut rassurée de ce contact tactile; cela voulait dire que dans ce monde vert, au milieu d'une cité sombre, il restait une chance de comprendre un être humain. Il se pouvait qu'il y eût un monde sans lois où ses propres inclinaisons et conditionnements l'aient menée et où la peur et la terreur l'aient séduite pendant un temps bref. Mais là, devant elle, se trouvait l'instrument de cette terreur, un homme si dénué de lois ou de perceptions communes qu'il ne lui restait plus que cette incroyable tentative de régression et de demande d'aide. Tenir cet homme, c'était éprouver les derniers sentiments humains, à mesure qu'ils disparaissaient et elle trouva dans le fait qu'après tout, il y avait toujours quelque chose, une raison d'être rassurée.

Les mains de Weaver tenaient la tête de Harris. Elle lui enleva son casque et le laissa tomber. Elle lui ôta le gilet pare-balles des épaules. Elle défit sa ceinture et déposa le lance-engins M-79 et le revolver. Elle lui enleva sa chemise, puis déboutonna la sienne. Elle pressa ses seins contre sa poitrine.

« Ça va, lui dit-elle. Y a rien de mal à toucher quelqu'un. »

Harris sentit une douce pression sur son poitrail; il laissa sa tête se perdre dans ses cheveux. Il la prit dans ses bras et quand ils furent allongés sur l'herbe et les feuilles, il ne trembla plus. Ses yeux s'étaient apaisés. Ses gestes avaient pris un rythme doux et égal. Il sentait sa peau et les muscles qui se contractaient en dessous d'elle. Il sentit l'intérieur d'elle et elle lui parla; et quand elle poussa un soupir, le son fut à l'intérieur de lui.

Harris sentait le corps d'une femme. Ce n'était pas l'odeur des armes et de la mort. La texture de sa peau, de ses cheveux, lui rappelait quelque chose qu'il avait connu. Et c'était comme avant qu'il voulait la sentir contre lui, la tenir dans ses bras. Son désir n'était pas un rêve torturé, ou un souhait désespéré qui avait l'air honteux et insolite dans la boue et les machines. C'était un désir réel, celui de laisser aller son corps à des désirs qui n'existaient plus que dans sa mémoire.

Harris embrassait Weaver et c'était un sentiment familier. Il mit sa tête dans ses cheveux et se revit, les bras d'une fille accrochés à sa poitrine, l'enveloppant parfaitement, une joue toute douce reposant sur son épaule et le vent qui leur balayait le visage. Harris descendit de moto et fit l'amour à la fille, dans l'herbe.

Weaver dormit dans ses bras. Harris contemplait le ciel au-dessus des arbres. La nuit tomba et il aperçut les traînées de flammes des jets. Pendant un temps très long, il garda les yeux fixés sur la seule étoile que ne faisaient pas pâlir les lumières de la cité. Weaver bougea dans son sommeil. Il lui caressa le visage. Harris dormit paisiblement, les yeux fermés.

A 10 heures du soir, tous les appartements et chambres d'hôtels qui donnaient sur Central Park furent évacués. A minuit, on avait interdit à la circulation automobile ou pédestre, Central Park West, la Cinquième Avenue, Central Park South et la 110ᵉ rue; seules les voitures d'urgences ou de surveillance avaient le droit de les emprunter. A une heure et demie du matin, une camionnette de la police, suivie de deux limousines arrivèrent sur Central Park West et s'arrêtèrent devant l'entrée du parc, à Colombus Circle.

Le commissaire Keller sortit le premier de la limousine; David Dix sortit de l'autre. Un officier de police ouvrit le hayon arrière de la camionnette d'où sortirent Tran Chau Dinh, Vo Phan Huong et Cao Van Thi; ils restèrent debout, près des marches du Maine Monument. Ils portaient tous des treillis camouflés, un casque et un fusil automatique AK-47. Deux policiers déchargèrent plusieurs gros sacs d'équipement en toile et des sacs à dos. Ils aidèrent Tran, Cao et Vo à harnacher leur équipement personnel sur le dos et les épaules. Quand tout fut prêt, Keller précéda les trois hommes sur la petite plaza au-dessous de la statue et s'arrêta devant les barrières qui bloquaient la route d'accès au parc. Deux officiers des Services Spéciaux armés de M-16 se tenaient devant les barrières métalliques; Keller leur demanda d'aller faire un tour. Les deux hommes traversèrent Central Park West, se postèrent devant l'immeuble de la Gulf & Western et fumèrent une cigarette.

Keller regarda les trois Vietnamiens. Le commissaire faisait un bon mètre quatre-vingt-quinze; aucun des autres ne dépassait un mètre soixante. Keller voyait très distinctement Tran, dans la lueur des réverbères. Bien que courbé sous une lourde charge, Tran gardait un visage impassible et froid. Keller jeta un œil au-dessus de son épaule. Dix était sur l'avenue, appuyé à une limousine, contemplant les feux rouges des voitures qu'on détournait de la 58ᵉ rue et de la Huitième Avenue, vers Broadway et le haut de Manhattan.

Keller regarda fixement Dix. Il essaya de passer mentalement en revue ce que tous les policiers pensent dans ces moments-là. Les mobiles. Le commissaire se retourna vers Tran Chau Dinh et lui dit d'une voix calme :

« Oubliez tout ce que l'on a pu vous dire; cette opération n'a qu'un but – trouver l'ennemi et l'anéantir. Vous m'avez compris? »

Tran fit oui de la tête.

Les trois Vietnamiens firent demi-tour et entrèrent dans Central

Park. Keller traversa la route de service et se tint près de la bouche du métro I.N.D. Il essaya de percer les ténèbres au-delà de l'enceinte du parc et regarda les trois hommes s'éloigner sur un chemin qui suivait le périmètre, vers le nord. Il entendit leurs grosses chaussures racler le pavé, mais un métro passa à ce moment. De l'air chaud et un grand bruit de ferraille sortirent des escaliers souterrains et Keller détourna la tête. Quand il regarda de nouveau au-dessus du mur, il ne parvint plus à distinguer les formes camouflées.

Un visage jaillit des sous-bois sombres; un masque noir, frotté de cosmétique pour combat de nuit. C'était Tran Chau Dinh. Ses yeux étroits s'ouvrirent, minuscules étangs de lumière dans l'air humide et chaud. Il regarda vers le sud, parcourut une grande zone découverte et examina les numéros clignotants de l'horloge qui donnait à la fois le temps et la température, détachée sur les toits dans la hauteur du ciel de Manhattan. Pour l'heure : 2 : 10. La température : 28°. Tran commença à se demander s'il faisait toujours aussi chaud à New York.

Il se glissa dans les buissons et fit quelques mètres en suivant une chaîne métallique. Cao et Vo l'attendaient, accroupis sur un rocher. Leurs visages aussi étaient recouverts de cosmétique; leurs casques, comme celui de Tran, étaient décorés de feuilles et de branchages. Cao était en train de vérifier la sécurité sur son lance-engins M-79; Vo, lui, répartissait bien sa charge sur son dos, sac et fusil. Tran regardait à travers la balustrade, une petite pelouse impeccablement tenue et le bâtiment qui s'y trouvait, couvert par de grands arbres. Il tenait une lampe de poche près de sa main et étudiait une carte. La pelouse s'appelait les Bowling Greens; le bâtiment était un stand loué aux divers vendeurs par la ville de New York. Tran éteignit la lampe et se mit l'AK-47 sur l'épaule. Il prit une longue tige de bambou de près de deux mètres de long et fit signe à Cao et Vo.

Ils passèrent par les collines rocheuses et descendirent la West Drive. Ils marchaient lentement, en silence. Tran fouillait le sol devant lui avec la tige de bambou. Ils traversèrent vite la Drive et firent halte dans un bosquet d'arbres, de l'autre côté du sentier qui suivait la route. Tran voyait les lumières des rues et les toits des immeubles résidentiels de Central Park West. Il marcha vers le nord, Vo et Cao derrière lui; ils firent d'innombrables zigzags jusqu'à ce qu'ils approchent de la 72ᵉ rue. Tran s'arrêta, à quelques centimètres d'un sentier qui montait une colline pour rejoindre l'avenue. Il se retourna et fit signe à Cao et Vo; les trois hommes s'accroupirent dans l'herbe. Tran avança un tout petit peu. Il se pencha et se mit à inspecter le sentier. Il y avait un mince fil qui le traversait, à dix-huit centimètres du sol, et qui disparaissait dans les buissons. Tran suivit le fil jusqu'au pied en fer du banc où il était attaché. Il retira le fil avec d'infinies précautions et changea sa direction, suivant le fil à travers l'herbe jusqu'à un remblai de l'allée cavalière, à dix mètres du mur du parc et de l'avenue.

Tran trouva une mine claymore à l'autre bout du fil. Il braqua sa lampe sur l'herbe et posa sa tête contre le sol. Cao et Vo se mirent derrière lui. Tran étudia la mine. Les lettres qui y étaient incrustées disaient : Face à l'Ennemi. Le bout de la mine était dirigé vers la route de la 72ᵉ rue et la Drive.

Tran éteignit la lumière et dit : « *Nhu vay khong tot, khoang da!* »

Cao et Vo sourirent. Tran coupa le fil tout près de la surface plastique de la claymore et les trois hommes montèrent la colline et traversèrent la route de la 72ᵉ rue.

Quand ils passèrent devant l'entrée du parc, vers la 72ᵉ rue, Tran vit plusieurs voitures de police et des hommes en armes. Derrière eux, en fond, se trouvaient d'immenses immeubles résidentiels, le Majestic et le Dakota. Leurs fenêtres étaient sombres. Tran tourna brusquement à sa droite, tout près du centre de la route, et laissa Cao et Vo dépasser une rangée de bancs, descendre une colline boisée, à l'est, puis revenir vers le centre du parc. Il découvrit une autre claymore qui avait été mise en place pour exploser vers le nord, au milieu de la bretelle de la West Drive. Quand ils arrivèrent au bas de la colline, les trois hommes se trouvèrent devant la Drive, une zone découverte suivie d'un gros rideau d'arbres qui empêchait qu'on puisse voir l'est.

Tran ressortit sa lampe. D'après la carte, le Lac se trouvait derrière la ligne d'arbres. Les hommes traversèrent la route et se dirigèrent lentement vers la rive du lac. Ils s'y arrêtèrent et regardèrent au-delà de l'eau. On voyait quelques lampadaires qui se reflétaient à la surface. A leur gauche, il y avait une langue de terre appelée le Hernshead, qui se terminait dans le lac. Tran étudia la carte une nouvelle fois, en mémorisant les formes du lac. Il savait qu'il se trouvait face aux eaux les plus profondes et que vers l'est, vers les lumières, le lac se rétrécissait à la hauteur du Bow Bridge et continuait, comme un large fleuve; vers la Terrace et la Fontaine et se terminait enfin aux hangars à bateaux, près de l'East Drive. Tran décida de suivre la rive par le nord et l'ouest et de contourner l'eau en direction du Ramble.

Ils pataugèrent dans la boue pendant quelques mètres et tournèrent vers la Drive, en évitant de prendre un trajet droit ou direct. Quand ils eurent fait le tour d'un bras d'eau et qu'ils furent arrivés au Hernshead, Tran fit signe à Cao et Vo de s'arrêter dans les épais bois et sous-bois qui bordaient un étroit sentier de la petite péninsule. Il s'avança péniblement dans un massif d'épineux jusqu'à un remblai rocheux et y observa le lac et un stand panoramique qui se trouvait au bout du chemin. Il revint vers Cao et Vo, hocha la tête, et tous trois rebroussèrent chemin de la péninsule à la West Drive. Ils restaient dans les arbres, longeant la route et s'approchèrent de la bretelle de la 77e. Ils s'immobilisèrent tous trois en même temps et s'accroupirent dans les buissons. Il y avait un rouleau de concertina qui barrait la Drive et qui disparaissait dans les buissons, de l'autre côté. Devant le barbelé, gisait la carcasse d'une voiture calcinée de la police, entourée de bouts de verre cassé.

Cao et Vo sortirent leurs A.K.-47. Tran sortit des jumelles de nuit de son sac à dos. Il examina et le fil et le terrain. Vérifiant sur sa carte, il découvrit qu'un petit bras du lac passait sous la Drive, juste au sud du fil de fer. Ils pouvaient descendre vers le lac, entrer dans l'eau et, avec un peu de chance, trouver le point de fixation du concertina. Mais c'était une idée que Tran n'aimait pas beaucoup; il n'aimait pas du tout la position où ils se trouvaient.

Il dit à Cao et Vo : « *Chung ta khong the o day duoc.* »

Personne ne bougea. Tran baissa les jumelles et se mit à genoux, pointant le faisceau de sa lampe sur le sol. Il avança en rampant, mètre par mètre, le nez sur les feuilles et les brins d'herbe. Il nettoya d'un geste lent les feuilles et la terre et trouva une mine à fragmentation. Il regarda plus loin. Il trouva une autre mine, et une autre encore. Plus la peine de se donner du mal. Il comprit que les mines formaient une ligne qui devenait courbe dans les bois, coupant toute approche des barbelés ou toute tentative de les contourner. Cela mettait un point final à l'idée que Tran avait eue de former une position de blocage à un point quelconque de la Drive.

Tran éclaira sa carte. Il étudia les particularités du terrain; il regarda de nouveau les fils de fer barbelé. Tran supposa que ce n'était qu'une des composantes d'une série de points forts stratégiques que des patrouilles agressives n'auraient pas eu de mal à défendre. Tout infiltrateur était, de ce fait, attiré vers ces points forts et sujet à l'anéantissement. Et, cela allait sans dire, l'engagement aurait lieu au point précis qu'aurait choisi l'attaquant.

Tran alla rapidement rejoindre Cao et Vo, en faisant très attention où il posait ses pieds.

Tran murmura : « *Don dai duc.* »

Le visage des hommes se tendit imperceptiblement. Tran dégagea le A.K. de son épaule. Ils allèrent, pliés en deux, jusqu'à la Drive, en empruntant un petit sentier. Tran se jeta à plat ventre, le visage écrasé au sol, et inspecta la surface sous la voiture de police, dans la direction du fil de fer barbelé. Ils coururent sans faire le moindre bruit jusqu'au concertina et s'accroupirent sur le pavé; le verre craquait sous leurs grosses chaussures. Ils suivirent les rouleaux brillants du côté ouest de la route, s'éloignant du lac, là où les rouleaux de barbelé s'incurvaient vers la piste cavalière et le mur du parc. Ils se suivirent en file indienne et ce fut Tran qui monta sur le trottoir, près d'un chemin qui menait à la bretelle d'accès de la 77e rue. Il donna quelques coups de sonde à l'aide de sa longue tige de bambou. L'herbe s'effondra et une sorte de piège à loups garni de bouts de bambou acérés se referma avec un bruit sec sur son bâton.

Les hommes en restèrent interdits. Ils s'assirent sur leurs talons. Cao se retourna et couvrit leurs arrières. Tran tira sur son bambou. Il était empalé entre deux grosses planches garnies de petits crocs en bambou, coupants comme des rasoirs. Les deux planches étaient presque collées. Tran récupéra son bâton : le bout en était éclaté et comme broyé par d'énormes mâchoires. Il leva les yeux et vit comment le rouleau de barbelés descendait jusqu'à l'allée cavalière. Il dit à Cao et Vo ce qu'ils devaient faire et ils revinrent, en suivant le fil, jusqu'au milieu de la route. Vo sortit deux gros matelas du gros sac de toile et les déplia. Cao et lui jetèrent les matelas comme des couvertures, jusqu'à ce qu'ils en aient recouvert le haut du concertina. Cao restait en position de garde tandis que Tran et Vo se servaient de l'épave de la voiture comme d'une échelle et glissaient au-dessus du barbelé jusqu'à la route, qui se trouvait de l'autre côté. Cao les suivit. Ils récupérèrent les matelas et quittèrent la route pour se diriger vers les sous-bois, à l'extrémité nord du lac, près du Bank Rock Bridge.

Ils firent halte sur la rive, juste sous le pont. Ils n'entendaient que leur respiration, qui s'était faite plus forte, et le bruit que faisaient les insectes. Vo déposa les matelas. On voyait des lucioles qui voletaient autour des lampions du pont. Tran braqua sa lampe sur l'eau; la surface en était boueuse et couverte de feuilles. Tran ne pouvait pas en apercevoir le fond. Il planta sa perche dans l'eau; il n'y avait que trente centimètres de profondeur. Les trois hommes s'avancèrent et traversèrent l'eau jusqu'à l'autre rive qui ne se trouvait qu'à une dizaine de mètres. Tran dit à Cao et Vo de l'attendre. Il remonta sur la rive et trouva un sentier qui serpentait à travers un bois épais, mais l'endroit ne lui plaisait guère. Il revint; les autres étaient toujours dans l'eau. Ils suivirent la rive vers le sud jusqu'à ce qu'ils arrivent à une section de terrain qui entrait dans le lac. A vol d'oiseau, juste devant leur position, Tran voyait la péninsule de Hernshead, à trente mètres seulement. Ces deux avancées de terre formaient une sorte de court détroit qui revenait vers la route et le Bank Rock Bridge. Tran aima bien cette position.

Cao et Vo se mirent à sortir leurs provisions et leurs outils; il y avait des pelles démontables, des perches de bambou, des armes et des munitions. Tran redescendit vers l'eau et fit le tour de la petite langue de terre. Il prit ses jumelles et regarda dans la direction où le lac était le plus important. Il vit la ligne d'horizon et l'ovale de la lumière douce qui nimbait le parc, comme un dôme. Il marcha un peu plus vers l'est, examina les feuilles et la gadoue; il escalada les escarpements rocheux et les remblais. Au bout d'une centaine de mètres, il se trouva devant le Ramble obscur. Il trouva un petit ruisseau qu'il identifia, grâce à sa carte, comme étant le Gill, et qui sortait des sous-bois. Il entra dans son lit qui était boueux et plein de pierraille. Les arbres et les gros rochers formaient un mur de chaque côté du Gill. Tran s'engagea plus profondément à l'intérieur du Ramble, cinquante mètres peut-être, et tomba sur un autre rouleau de concertina qui lui bloquait le passage. Il se mit à genoux et inspecta le sol. Il réussit à escalader un peu les rochers, mais le feuillage était si dense et noir qu'il ne voulut pas aller au-delà. Le sol s'aplatissait au-dessus des rochers, aussi donna-t-il un petit coup de lampe pour inspecter la terre autour du concertina. Il vit un fil qui sortait des buissons, juste comme il s'y attendait. Tran éteignit sa lampe et redescendit dans le Gill. Il en avait assez vu.

Tran fit demi-tour pour aller rejoindre Cao et Vo. Ils étaient en train de creuser un bunker sur un bout de terrain qui allait d'un chemin en courbe à la rive du lac. Tran s'assit dans la poussière et alluma une cigarette. Il n'y avait plus qu'à peu près quatre heures avant le lever du soleil. Son intention première avait été de s'enterrer; ensuite, lui et Cao auraient continué à faire des patrouilles de reconnaissance. Mais à présent qu'il avait vu le terrain et ce à quoi il devait faire face, il lui vint une autre idée – mais cela allait lui demander beaucoup de travail.

Il demanda à Cao et Vo de se hâter. Il écrasa sa cigarette. Il regarda le Hernshead, de l'autre côté de la petite avancée d'eau. Grâce aux arbres et aux rochers, la position était bien isolée. Même dans l'obscurité, Tran voyait les énormes graffiti qu'on avait peints sur les rochers qui formaient la rive du Hernshead. Les lettres blanches géantes disaient : JANET. Tran s'assit tranquillement, écoutant les bruits de pelles, les criquets et le murmure de la ville. Il imagina ces lettres blanches qui s'écaillaient, se désintégraient et explosaient sous une grêle de balles.

La lumière du soleil fit cligner des yeux à Harris. Il était étendu sur le dos, mains derrière la tête, en train de regarder Weaver se glisser dans son treillis. Elle s'enleva quelques feuilles des cheveux et vint s'asseoir à côté de lui. Elle n'avait pas boutonné sa chemise et il voyait ses seins qui se balançaient gentiment contre la toile verte. Elle avait le soleil derrière la tête, à l'est, et ses cheveux resplendissaient. Un vent frais souffla du réservoir, derrière les arbres et le pavillon d'entrée. Harris se mit une main devant les yeux pour se protéger du soleil. Weaver lui sourit.

« On a dormi longtemps. »

Harris hocha la tête. Il ne regarda pas sa montre, mais il savait qu'il était autour de 9 h, 9 h 30. Toutes ces journées sans repos avaient fini par l'épuiser complètement. Il n'arrivait pas à se souvenir d'avoir dormi une seule fois. Ou d'avoir rêvé.

Weaver se pencha sur lui pour que les rayons du soleil ne l'atteignent pas. Harris baissa la main. Weaver toucha une cicatrice sur sa poitrine. Harris leva les yeux et regarda, à travers les branches, le ciel bleu légèrement brumeux.

« Pendant l'entraînement, dit-il, ils nous disent de ne pas toujours traîner avec le même pote, de ne pas dormir dans les fortins avec les mêmes copains tous les soirs. Ils disent que c'est pas bien de trop s'attacher à quelqu'un. »

Weaver enleva sa main. Harris se mit sur les fesses. Il avait des feuilles et de l'herbe collées dans le dos. Il les brossa d'un geste de la main et passa son treillis qui sentait le fauve. Il se mit face à Weaver et regarda en direction du réservoir, au-delà de la piste de jogging. Il avait son casque sur les genoux et jouait avec lui. Il ne leva jamais les yeux de l'eau calme qui reflétait les arbres comme un miroir.

« Mais tu sais la seule chose de bien qui me soit arrivé pendant le combat? Mes potes. Les amitiés que j'y ai faites. Et ça se passait si vite. J'ai jamais eu d'amis comme ça. Ils me connaissaient. Ils *savaient.* » Harris se retourna vers Weaver. « Le seul truc qui allait pas, c'est qu'ils mouraient tous. »

Haris se leva. Il tendit la main à Weaver pour l'aider à se redresser. Ils étaient face à face. Harris donna un coup de pied dans les feuilles mortes et mit son casque. Il lui lâcha la main. Il lui parla alors d'un ton très neutre.

« Après avoir refait ce singe, on est parti au point de rencontre. Mais tu vois, les hélicos revenaient chercher les L.U.R.P.s à heure fixe. Ils ne survolaient le terrain qu'une minute, parce que les pistes de fortune, dans la jungle, c'est toujours hasardeux. Si t'es pas là quand ils arrivent, ils t'attendent pas. Ils repartent, quitte à revenir plus tard, après un intervalle donné. Alors, quand on est arrivé au point de rencontre, y avait pas d'hélico. On a attendu. Et puis, on est tombé dans une embuscade. Deux des gars de ma patrouille se sont fait tuer. L'autre est mort un peu plus tard, à l'hosto. »

Weaver fixa Harris; elle vit encore une fois les éclats verts de ses yeux. Elle voulut dire quelque chose, mais s'arrêta aussitôt. Elle remit une de ses boucles noires sous son casque. Il hocha la tête. Deux fois.

Harris se pencha et rassembla toutes ses armes, son sac à dos et son gilet pare-balles, mais il ne les mit pas. Il les noua à une boucle et les porta à la hanche, au bout d'une ceinture en toile. Weaver suivit ses pas et ils prirent le petit pont qui se trouvait devant le pavillon d'entrée et descendirent la transversale de la 85ᵉ rue. Ils allèrent vers l'ouest, dans les grands ormes qui bordaient la route et traversèrent la chaussée à la hauteur du poste de police. Ils marchèrent au milieu des gravats et des murs calcinés. Au fond du parc de stationnement, ils escaladèrent la grille et firent le tour de la Great Lawn par l'ouest.

Le parc était très calme. Comme ils se promenaient dans les petits terrains de base-ball en forme de diamants, Harris réalisa que, quand ils avaient traversé la transversale, il lui avait semblé qu'il n'y avait aucune circulation sur la Cinquième Avenue. Il chassa cette idée. Il continua sa marche, Weaver à ses côtés, et il ne regarda pas une seule fois au-dessus de son épaule ou dans les arbres.

Ils arrivèrent près du Delacorte Theater et gravirent les marches jusqu'au Belvedere. Ils restèrent devant le parapet de pierre, dans l'ombre du château gris et contemplèrent la Great Lawn. Harris fit un tour de 360ᵉ pour surveiller le ciel et le vaste paysage verdoyant. le soleil était doux et il essuya un peu la transpiration sur sa poitrine. Il posa ses armes et mit son casque sur son baluchon.

« Qu'est-ce que tu fais? lui demanda Weaver.

– Eh bien, répondit Harris, pourquoi n'irions-nous pas à Central Park West, voir ce qui se passe?

– Tout ce chemin? dit Weaver en souriant.

– Mais oui, tout ce chemin. » Harris s'éloigna de ses armes.

Weaver fit un signe de tête. Deux fois.

Ils quittèrent le Belvedere, par le sud, passèrent par la station météo détruite par des vandales et arrivèrent à la transversale de la 79ᵉ rue. Weaver était en tête; le chemin était étroit et plein de virages; ils coupèrent par la pointe nord du Ramble. Elle restait sur le chemin en laissant ses mains jouer avec les buissons et les arbustes qui le bordaient. Elle vit qu'ils approchaient de la West Drive et des immeubles de l'avenue. Elle trébucha sur quelque chose. Harris se cogna sur elle et ils tombèrent ensemble. Au moment où leurs corps allaient toucher terre, Harris vit, du coin de l'œil, une forme jaune qui tombait, comme un balancier, sur le chemin. Cela fit un sifflement effroyable au-dessus de leur tête et un grand fracas dans les sous-bois. Ils firent un roulé-boulé, trop stupéfaits pour penser à respirer.

Sur un sapin, à une hauteur de trente centimètres au-dessus d'eux, s'était embrochée une porte malaysienne garnie de punji sticks. L'écorce trempée faisait des couronnes autour des perforations.

Weaver déglutit difficilement. « Je croyais que tu savais où tu avais mis tous ces fameux pièges. »

Harris lui répondit, sans pouvoir dégager ses yeux de la porte de bambou. « Celui-là, c'est pas un des miens. »

4

Tran Chau Dinh

L'air humide de l'aqueduc fit frissonner Weaver. Elle se leva et se mit à faire les cent pas devant un tas de caisses recouvertes d'un plastique. Elle ne voyait pas très bien, dans ce tunnel sombre, et se cogna contre un angle saillant. Elle se rassit. De l'autre côté du tunnel, Harris était assis au centre d'un cercle de boîtes et de caisses. Weaver ne distinguait de lui qu'une forme sombre, dans la lueur pâlotte d'une lampe de poche. Il était complètement courbé, fouillant avec de grands gestes dans son équipement pléthorique. Weaver jeta un coup d'œil à la maçonnerie qui menaçait de s'écrouler sur la tête de Harris et au couvercle qui cachait l'entrée souterraine de l'aqueduc. Il y avait eu un mince faisceau de lumière qui avait filtré par un trou dans le disque de métal, jusqu'au sol du tunnel. Weaver avait observé l'angle de ce rayon se rétrécir, devenir perpendiculaire, puis s'élargir de nouveau. A présent, il n'y avait plus de rayon du tout. Cela faisait dix heures que Weaver et Harris étaient dans cet aqueduc.

Immédiatement après avoir découvert le piège, Harris avait fait effectuer à Weaver une marche forcée jusqu'au tunnel en passant par les sous-bois et les sentiers. Ils étaient descendus et il lui avait demandé d'attendre, de s'asseoir et de ne pas parler. Il n'avait pas décroché un seul mot de toute cette longue et sombre journée et était resté de son côté du souterrain à nettoyer ses armes, à marcher en long et en large, disparaissant parfois pendant de longues minutes dans les ténèbres. Une fois qu'il avait éteint la lampe, ils étaient même restés une heure entière dans une totale obscurité. Après cet épisode, il n'était sorti qu'une seule fois de son cercle de boîtes et de caisses pour donner à Weaver quelques rations alimentaires et un peu d'eau.

Weaver se remit à frissonner. Elle était inquiète. Elle pensa un moment se lever et aller à l'autre bout du tunnel pour parler. Elle y pensa toutes les heures, pendant toute la journée, mais elle n'en fit rien. En fait, elle était plus qu'inquiète; elle avait peur. La porte malaysienne lui avait fait très peur, mais ce n'était pas là le plus effrayant. C'était d'avoir vu à quel point ça l'avait effrayé, *lui*.

Il y eut du bruit à l'autre bout du tunnel. Harris se leva

brusquement. Weaver le vit se déshabiller jusqu'à la ceinture et s'agenouiller devant la lumière. Il lui tournait le dos. Ses mains faisaient d'étranges mouvements sur son visage. Il resta ainsi pendant plusieurs minutes, puis il se rhabilla.

Weaver attendit encore une demi-heure. Elle savait qu'il devait faire noir dehors et elle n'aimait plus du tout la nuit à présent. Une lumière violente la frappa et elle vit Harris qui venait vers elle. Elle entendait l'écho de ses pas dans le tunnel. Son cœur battait la chamade et cela la surprit. Il resta debout au-dessus d'elle et la regarda droit dans les yeux; elle ne soutint pas son regard.

Harris s'était fait des peintures de guerre – il y avait des bandes rouges, vertes et marron qui donnaient l'impression d'un masque primitif et grotesque. Il avait un serre-tête autour du crâne. Il portait son AK-47 à l'épaule, baïonnette au canon.

« Lève-toi! » dit Harris. Weaver ne bougea pas. Il lui répéta son ordre et elle le suivit jusqu'au cercle de boîtes. Il éclaira par terre et lui dit de s'asseoir sur une des boîtes. Sur le sol, autour d'elle, il y avait de longues bandes de munitions, des grenades et une grosse arme qu'elle n'avait jamais vue auparavant.

Weaver soupira. « S'il te plaît, pas ça. »

Harris lui tendit plusieurs tubes de cosmétiques de différentes couleurs.

Weaver tenta sa chance une nouvelle fois. « Arrête, je t'en prie! »

Harris s'enduit un doigt d'une des couleurs. Il tendit la main pour lui appliquer sur le visage. Weaver ne bougeait pas. Elle ne fit rien pour l'en empêcher. Ses yeux étaient pleins de larmes.

« Ne fais pas ça, dit-elle d'un ton plaintif. C'est con. Partons, allons-nous-en ensemble. »

Harris continua à lui peindre le visage jusqu'à ce qu'il fût complètement rayé, comme le sien. Elle ne résista pas. Quand Harris eut terminé, il se mit debout et passa ses holsters avec le .45 et le lance-grenades M-79. Il accrocha plusieurs grenades à fragmentation à son gilet pare-balles et truffa ses poches de chargeurs. Il attacha une gourde à son ceinturon et se passa un sac à dos sur l'épaule. Il se mit l'AK-47 sur l'épaule également. Il enleva la baïonnette qu'il glissa dans un fourreau qu'il portait à la hanche. Pour terminer ces préparatifs, il avala deux amphétamines et mit son casque.

Harris était accroupi devant Weaver. Elle avait les yeux fixés sur le sol du tunnel et son regard était hagard et vide. Harris lui mit un harnais et un sac sur le dos, comme il aurait habillé une enfant. Puis il tira vers lui et lui passa deux bandes de munitions autour du cou. Elles lui pendaient jusqu'à la taille. Elle gémit en se courbant un peu sous la charge. Elle refusait de le regarder. Harris souleva la grosse arme;

c'était une mitrailleuse M-60; ils se dirigèrent vers l'échelle qui menait vers le trou d'homme.

Les lourdes ceintures de munitions faisaient courber la nuque de Weaver et les pointes des balles lui labouraient la chair. Elle se força à lever les yeux. Le visage peint de Harris semblait danser dans le noir. Sur ses bras et son cou, la transpiration scintillait; ses yeux bougeaient en tous sens. Weaver avait la bouche sèche. Un spectre cauchemaresque se matérialisa devant elle. Il y avait une guerre, étrangère, lointaine et incompréhensible qui éclairait le paysage de ses fulgurations. Cela l'attirait et la repoussait en même temps. En voyant Harris, ce masque étonnant et maléfique, elle comprit quelque chose de cette quête sans fin : la guerre comme le cauchemar étaient choses secrètes.

Harris donna un coup de pied dans la lampe qui s'éteignit. Ils escaladèrent les degrés de l'échelle et arrivèrent à la surface. Ils marchèrent courbés; Harris avait replacé le couvercle. Ils se mirent à transpirer abondamment dans l'air humide. Il se passa la courroie de la M-60 autour du cou; il y avait déjà des bandes de munitions engagées dans le mécanisme de mise à feu. La longue chaîne de balles lui cognait les genoux. Il tourna la M-60 pour qu'elle soit en travers de sa poitrine. Il inspectait le terrain sombre; il y avait quelques petits ronds de lumière, issue de rares lampadaires, qui trouaient l'obscurité. Harris aurait souhaité pouvoir faire éclater ces lampes. Il sortit une petite lampe-stylo de la poche de son pantalon et fit courir le mince filet de lumière sur le sol aux alentours du trou d'homme. Il vérifia que tous les fils étaient en place; ceux-ci étaient reliés aux claymores qui protégeaient la zone entourant son arsenal.

Harris rangea sa lampe. Il fit signe à Weaver et ils se mirent en marche sur une étroite bande de terrain découvert, suivirent une rangée d'arbres pendant une cinquantaine de mètres et s'arrêtèrent quand ils virent le barbelé qui entourait la base de feu. Ils restèrent assis en silence pendant quelques minutes. Weaver faisait tout ce qu'elle pouvait pour contrôler sa respiration. Elle fixait le fil de fer barbelé et sentait la peur l'envahir. Ses émotions allaient dans tous les sens et lui chaviraient la tête, mais elle n'avait pas le temps de penser.

Harris sortit la baïonnette de son fourreau. Il était en nage; la M-60, l'AK et tout le reste, c'était vraiment trop pour un seul homme. Il s'avança très prudemment, sondant la terre de la pointe de sa baïonnette, restant toujours de biais par rapport à un sentier qui longeait le barbelé. Les vieilles instructions du manuel résonnaient à ses oreilles. Ne jamais suivre une piste en ligne droite ou en ligne parallèle. Toujours sonder le sol devant soi.

Harris s'arrêta un peu à l'entrée de la base de feu. Il demanda à Weaver de l'attendre – de ne pas bouger d'un pouce. Il se déplaça vivement à travers le barbelé, en ayant soin d'éviter les pièges qu'il avait tendus et se laissa tomber sur le bord du fortin. Rien ne semblait avoir été modifié, mais il ne voulait pas rester dans le périmètre. Il rampa jusqu'à la Yamaha, défit le cadenas et fit rouler la moto dans la brèche du concertina.

Harris et Weaver se dirigèrent vers l'est, en passant par le New Lake et le Belvedere. Ce fut un trajet lent et difficile; Harris poussait la moto pendant quelques mètres, s'arrêtait, repartait, reconnaissait le terrain et revenait chercher Weaver et la motocyclette. Il finit par la cacher dans d'épais buissons qui se trouvaient juste sous l'énorme escarpement rocheux du Belvedere, à quelques mètres de la rive du New Lake. Il sortit son carnet de notes et ses cartes de dessous la selle et les fourra dans son ceinturon. Il camoufla la moto sous des feuilles et des branches, mais laissa les clefs dans le démarreur, au cas où il aurait besoin de l'utiliser très vite.

Harris rejoignit Weaver près d'un chemin qui surplombait la transversale de la 79e rue. Elle essaya de lui dire quelque chose, mais il lui mit la main sur la bouche et lui fit non de la tête. Ils tournèrent au petit escalier de pierre qui sortait de la transversale et Weaver aperçut, juste à cet instant, le scintillement d'un objet métallique. C'était sa caméra et son magnétoscope brisés qui gisaient dans l'herbe. Elle fit une halte sur les marches. Harris descendit jusqu'à la route et attendit. Il la laissa quelques instants contempler son équipement vidéo. Finalement, elle vint le rejoindre. Ils traversèrent au niveau de la caserne des pompiers et pénétrèrent dans les sous-bois jusqu'à ce qu'ils arrivent sur le Ramble.

Ils étaient accroupis près d'une petite colline qui bordait le Gill quand la baïonnette de Harris révéla une petite forêt de punji sticks. Il enleva les brindilles et l'herbe qui entouraient le piège. Il faisait si noir que Weaver ne vit rien; elle s'avança très lentement et se baissa pour regarder les petits pieux acérés et jaunâtres. Elle se tourna ensuite vers Harris. Il la fixait; ou plutôt, il regardait à travers elle. Il lui donna une petite tape du plat de la baïonnette et ils suivirent les rochers, courbés en deux, pour s'engager dans l'eau et la boue. Ils remontèrent en silence par un autre remblai rocheux, sortirent du Gill et s'enfoncèrent dans les buissons de la rive opposée.

A mesure qu'ils progressaient à travers le Ramble, des arbres tordus et des branches basses entravaient leur marche. Ils décrivirent des zigzags par le Gill, traversèrent souvent des ponts minuscules et empruntèrent un réseau complexe de sentiers et de chemins; ils allaient vers le Lac et le Bow Bridge. En une occasion, ils vinrent à proximité de l'eau; ils en profitèrent pour observer la surface lisse à travers les buissons, mais l'eau était trop à l'ouest pour eux. Il y avait quelque chose à l'ouest que l'intuition de Harris redoutait; ils firent donc le tour en revenant sur leurs pas et s'arrêtèrent au bord de l'eau, sous les grandes arches du Bow Bridge.

Un poisson surgit de l'eau. A chaque bruit, Weaver et Harris réagissaient violemment. Ils n'attendirent pas très longtemps pour emprunter le pont. Quand ils furent au milieu, Harris força Weaver à se mettre à plat ventre et ils firent une halte. Au-dessus d'eux, le ciel immense. Il n'y avait pas le moindre souffle d'air. Des gouttes de sueur tombaient de sous le casque de Harris sur sa M-60. Il regarda attentivement la moitié ouest du Lac. Il savait bien qu'il allait devoir faire une patrouille de reconnaissance sur cette rive, mais il avait pris la décision de venir par le sud, plutôt que de la prendre par le Ramble. Toute la région nord-ouest lui semblait trop sombre, trop boisée; dégueulasse. Harris se félicita de cette décision.

Ils quittèrent le Bow Bridge et suivirent la rive du Lac qui serpentait autour de la Cherry Hill, au nord de la West Drive. Ils restèrent toujours près de l'eau. Le terrain leur permettait une progression plus rapide, car seuls quelques mètres de terre et une rangée d'arbres séparaient le lac de la West Drive. Quand ils arrivèrent au Hernshead, le terrain devenait plus difficile; il y avait beaucoup d'arbres et de fourrés et ils durent ralentir le pas. Après le Hernshead, ils sondèrent systématiquement le sol; et ce fut quand ils quittèrent la péninsule qu'Harris s'arrêta brusquement. Weaver se cogna sur lui et fit beaucoup de bruit en essayant de se retenir dans les branches basses. Il y avait un rouleau de concertina à trente centimètres d'eux. La manche de Harris s'était accrochée à une pointe.

Weaver entendit la respiration forcenée de Harris et ce bruit lui fit cligner des yeux. Elle saisit les bandes de munitions et les éloigna de son aine. Elle essaya de s'humecter les lèvres.

« Merde! » murmura Harris. Il sortit le carnet de notes et braqua sa lampe minuscule sur une des pages. Quand il parla, Weaver sentit une décharge d'adrénaline lui monter dans la colonne vertébrale.

« On a changé le barbelé », dit Harris.

Il repassa le carnet dans son ceinturon. Il bougea un peu et un bout de sa chemise resta sur le concertina. Il braqua sa lampe sur le sol et se mit presque le visage dans la poussière. Il passa doucement sa main sur la surface et trouva un fil qui partait de derrière le barbelé. Il éteignit la lampe.

« Le vieux un-deux », marmonna-t-il.

Quand il se retourna, Weaver le prit par le bras. Il y avait tant de peur et de colère dans sa voix qu'elle arrivait à peine à former les mots.

273

Ce n'était plus la peur extatique, l'aventure sauvage et tellement excitante. C'était une nuance de désespoir. Weaver se sentait trahie par ce qui lui arrivait.

« Stop! » lui souffla-t-elle.

Harris jeta un regard sur la main qui lui tenait le bras. Elle l'implora une fois de plus. « Ne fais pas ça. » Elle le saisit par la chemise des deux mains et se mit à le secouer et à lui donner des petits coups de poing. Elle s'arrêta, en fin de compte, réalisant que c'était sans espoir. Ses bras retombèrent de résignation.

Harris lui dit : « Le type qui a fait ça avec les barbelés est sacrément malin. »

Il contempla quelques secondes le visage peint de Weaver. Il grinça des dents et se pencha un peu vers le sol, pour essayer de voir où aboutissait ce fil. Il semblait venir de la route; mais il n'en était pas sûr. Peut-être qu'il ne venait pas du lac. Et les mines? pensa-t-il. Qui sait où elles sont, à présent! Tous ces couloirs avaient été chamboulés. Il ne savait plus vraiment où il mettait les pieds. Et soudain, il comprit une chose particulièrement horrible.

Il était, en ce moment même, dans le couloir de quelqu'un d'autre.

Harris eut un grand mouvement de tête qui surprit Weaver. Il revint sur ses pas. Il voulait revenir par le chemin qu'ils avaient pris à l'aller. Exactement. Il se cogna le genou dans quelque chose et se sentit mal à l'aise. Il écarta de la main un petit arbuste. Un épieu de bambou de trente centimètres de long sortait du sol. Il ralluma sa lampe. Il y en avait partout, plantés comme de jeunes pousses jaunes; il découvrit même qu'il y en avait à proximité du chemin qu'ils avaient pris pour arriver là. Il renifla le bout du bambou près de sa jambe. Il était enduit de quelque chose; ce n'était pas de la matière fécale, malgré l'odeur, mais quelque chose d'autre. Du poison, peut-être.

Harris éteignit la lampe. Il se sentit parcouru d'une vague d'électricité et il serra les poings. Il se sentait gagné par la panique. Il regarda encore le barbelé, les punji sticks. Le Hernshead se dressait devant lui comme un mur sombre. Harris ne pouvait plus s'empêcher de contempler ce mystère; ses yeux cherchaient à comprendre les détails et, peu à peu, sa perception se confondit avec ses réflexes. Harris vit des arbres, au sommet de la colline; il vit une rizière, un fossé, une jungle noire et impénétrable. Le mystère disparut et Harris retrouva une peur froide et familière. Sa bouche se fit complètement sèche. Il sourit. Le paysage l'attendait. Il n'y avait plus rien d'autre à faire.

Harris donna l'ordre à Weaver de le suivre pas à pas. Il rampa, évitant les bambous et réussit à atteindre le Hernshead, de l'autre côté.

Au bout de la péninsule, il y avait un petit sentier, entièrement bordé d'arbres, qui revenait sur lui-même en boucle. A l'intérieur de la boucle, une dense végétation. Harris resta sur le sentier, avançant mètre par mètre. Mais la voie ne recélait aucun danger et il finit par s'arrêter, Weaver aux talons, au bout de la péninsule.

A sa gauche se dressait un grand rocher. Il se mit sur la pointe des pieds et vit qu'il y avait un bras d'eau de l'autre côté du rocher. Harris aperçut la rive sombre à l'ouest du Ramble, de l'autre côté du bras d'eau. Il s'accroupit. Juste en face de lui se trouvait une sorte d'abri de plein air qui servait de poste d'observation et qui se nommait le Ladies' Pavilion. C'était un petit bâtiment, juste assez grand pour qu'une dizaine de personnes s'y assoient et contemplent les beautés du Lac.

Harris murmura à Weaver de ne pas bouger. Il continua à marcher sur la boucle et finit par trouver un chemin perpendiculaire qui allait vers le sud et reliait le Hernshead à un autre pavillon, près de la route.

C'est loin, songea Harris. A ce moment, il vit un arbre qu'on avait abattu et qui bloquait le sentier. Ça n'avait pas l'air très sain. Il s'en approcha avec d'infinies précautions. Il alluma sa lampe et examina le tronc et le sol qui l'entourait; ce serait là que toute personne en danger sauterait instinctivement. Il vit quelques tas de brindilles et de feuilles qui ne lui parurent pas très naturelles. Il dégagea soigneusement l'un des tas et y trouva une mine à fragmentation.

Oh! merde!

Harris éteignit sa lampe et alla rejoindre Weaver. Et merde, pensa-t-il. Weaver et lui pouvaient très bien se mettre à l'eau et nager une vingtaine de mètres pour atteindre l'autre pavillon.

« Viens! » lui dit-il tout bas.

Ils quittèrent le pavillon en rampant et s'accroupirent sous le toit. Weaver s'appuyait à la balustrade qui était à hauteur de poitrine. C'était une œuvre de fer forgé très rococo et le métal s'enfonça dans son dos. Elle voyait l'eau et, dans le lointain, les lumières de Manhattan.

« On va aller dans l'eau », dit Harris. Il souleva la M-60 et se la mit en équilibre sur les épaules, comme un tapis roulé. Juste avant de mettre un pied dans l'eau, il eut un éclair de paranoïa. Il dit à Weaver d'attendre. Il pataugea un peu; l'eau froide entrait dans ses rangers. Il marcha lentement dans le Lac, à plusieurs mètres de distance du pavillon. Il traînait les pieds dans la boue et essayait de sonder le sol. Il s'arrêta et se pencha en avant, mit la main dans l'eau et fit d'étranges mouvements. Il toucha quelque chose. Il saisit la chose soigneusement et la sortit de quelques centimètres au-dessus de la surface. C'était une corde. Il la tira davantage. Elle fit des rides sur la surface de l'eau et cassa la surface du lac jusqu'au pavillon, à plusieurs mètres dans la direction de l'autre poste d'observation.

Bon endroit pour faire une brasse, pensa Harris. Il dit tout haut : « Vicieux. Vraiment vicieux! »

Il y eut alors un sifflement, puis un claquement sec et une petite détonation, comme pour un feu d'artifice. Harris regarda le ciel, stupéfait. Une lueur aveuglante envahit le paysage, illuminant tout le Hernshead. Harris resta sans bouger une longue seconde en regardant la lueur qui tombait lentement. Il laissa tomber la corde, courut dans l'eau et se jeta à plat ventre sur le sol du pavillon.

Une grêle de balles vint déchiqueter le fer forgé de la balustrade dans un grand fracas de ricochets. Weaver s'étala par terre, dans ce qui était à présent devenu un réflexe. Harris roula sur lui-même et prit la M-60 à côté de lui. Les rafales continuaient et gagnaient même en puissance. Harris prêta l'oreille attentivement et sut qu'elles venaient de l'autre côté du bras d'eau. La seule chose à laquelle il pût penser fut de courir se planquer derrière ces rochers.

Il s'était mis à ramper dans les arbres, quand un projectile qui fit un horrible son de soufflerie vint s'écraser dans le Lac. La secousse fut terrible et engloutit presque le pavillon sous une vague d'eau, de gadoue et de fragments divers. Harris sut qu'il ne fallait pas attendre la suite. Il essuya la boue qu'il avait sur le visage et se précipita dans les fourrés. Les balles déchiquetaient les buissons tout autour de lui. Il était cloué au sol, incapable de faire un mouvement, incapable, surtout, de se servir de ses armes.

La violente lumière avait presque disparu. Le Hernshead était redevenu sombre. Il y eut un autre « woosh » et une énorme explosion sur les rochers. Des bouts de métal et de rochers volèrent dans les arbres, coupant branches et feuilles.

Un nerf éclata dans le cerveau de Harris et il se mit à hurler : « J'arrive! »

Il se glissa sur la paroi rocheuse, tremblant de façon incontrôlable. Les rafales continuaient et il y eut ensuite une détonation sèche, au-delà du Hernshead, tour près du fil de fer barbelé. Les explosions se rapprochaient de lui; une averse de fragments tombait sur les feuilles et rebondissait sur les rochers. C'étaient des grenades.

Harris vit quelqu'un qui rampait vers lui. Weaver. Elle s'écroula sur lui et il la mit à l'abri. Deux grenades explosèrent dans l'eau. Harris et Weaver essayèrent de disparaître au moment où un déluge d'eau et de métal s'abattit sur le pavillon. Chacun sentait l'autre trembler. Il s'établit une sorte de télépathie désespérée entre eux où se mêlaient injures et prières.

Les rafales cessèrent. Harris avait les oreilles qui bourdonnaient.

C'était le moment. Il n'hésita pas un quart de seconde. Il fit un roulé-boulé pour dévaler la colline et traverser le sentier. Weaver le suivait: il vit les ovales géants de ses yeux. Ils coururent dans l'eau pour quitter la péninsule et commencèrent une lutte sauvage pour atteindre la rive qui faisait face au pavillon, près de la route.

Harris maintenait la M-60 au-dessus de sa tête. Il s'éclaboussait le visage et les bandes de munitions, par la même occasion. Weaver était devant lui, l'eau lui arrivait à la poitrine; elle martelait l'eau de ses petits poings, essayant désespérément de marcher plus vite. Harris entendit le son d'un projectile qui tranchait l'air; il regarda derrière lui et vit le pavillon se désintégrer. La déflagration lui fit perdre l'ouïe pendant plusieurs secondes. Un gros bout de fer forgé vint crever la surface du lac juste derrière Weaver. Il y eut des gerbes d'eau tout autour d'eux. Les rafales d'armes automatiques reprirent.

Harris et Weaver sortirent du Lac au pas de charge et s'écroulèrent dans le pavillon. Des petites mares s'étaient formées sous leurs jambes; le sol en bois était trempé. Harris criait come un fou, à quelques centimètres des oreilles de Weaver :

« Allez, bande de cons, continuez à tirer! »

Il laissa tomber la M-60 de son cou et prit le lance-engins dans sa gaine. Weaver n'arrêtait pas de se tordre et de gigoter sur le sol, aussi dut-il la maintenir avec le pied. Il s'arrangea pour ouvrir son sac et en sortit les grenades de 40 mm.

Harris parlait vraiment tout seul, à présent : « Allez, foutez-les-moi en l'air, mes chéries. Fragmentez-moi ces salauds en petits morceaux... »

Il s'avança vers la rive, s'agenouilla dans la boue; son corps était protégé par une grosse poutre de bois qui faisait le coin du bâtiment. Devant lui s'étendaient le Lac et le Hernshead. Le claquement régulier d'un fusil automatique envoyait des rafales sur toute l'étendue du Lac et de la péninsule. Harris visa bien sa cible, au-delà du bras d'eau, derrière le Hernshead. Il tira, rechargea, retira, sans s'arrêter. Les grenades volaient au-dessus des arbres. Il entendit les explosions et vit des gerbes de boue et de fragments s'élever. Harris lança toutes les grenades qu'il avait, fouillant comme un hystérique dans le sac de Weaver pour les derniers coups. Quand il eut fini, il n'y avait plus de tir d'armes automatiques, ni d'engins qui traversaient le ciel comme des missiles.

Harris remit le lance-grenades dans son étui. Weaver tremblait en silence et le regardait. Elle s'était réfugiée sous un banc qui reliait les deux poutres de coin. Harris la saisit par le col et la tira à l'extérieur. Ils se sauvèrent du pavillon à toutes jambes. Après avoir rampé à travers un petit bouquet d'arbres, ils se retrouvèrent sur la West Drive.

Harris, qui n'était plus sûr de l'emplacement des mines et des pièges, resta au milieu de la route et courut vers le nord. Weaver le suivait toujours comme son ombre. Elle tomba; elle se releva aussitôt. Les chaussures de Harris claquaient sur le pavé. En passant devant un sombre rideau d'arbres, il tourna brusquement à gauche, vers le Lac. Derrière ces arbres se cachait le Hernshead.

Harris et Weaver approchaient l'intersection de la bretelle d'accès de la 77ᵉ rue et de la West Drive. Harris s'arrêta pile et s'accroupit. Il arrivait à peine à respirer; la chaleur, la peur et le poids de ses armes l'avaient vidé. Les gouttes de sueur lui piquaient les yeux. Weaver se laissa tomber comme une masse à côté de lui. Elle n'arrêtait pas de hocher la tête; c'était comme si elle répondait continuellement à une voix intérieure. Harris essaya de percer les ténèbres qui s'étendaient devant lui, sur la route. Il aperçut la voiture de police abandonnée, mais il n'arriva pas à trouver le rouleau de barbelé qui aurait dû bloquer la route. Il s'avança un peu plus, restant tout près du trottoir, et vit le concertina. Il était un peu plus au nord; on l'avait changé de place et il faisait à présent un angle à travers la route, au-dessus du petit bout de lac qui passait sous la route.

Harris poussa un juron. Il rampa jusqu'à ce bout de la route qui faisait un pont au-dessus du Lac. Il arriva jusqu'à la rambarde. Elle était en béton ajouré en croisillons. Harris pouvait voir à travers les motifs. Il regarda vers l'est. En dessous, il voyait l'eau qui passait sous la West Drive; devant lui, il y avait le petit bras d'eau et au-delà, un bout de terrain complètement noir. Il semblait qu'il y eût un haut remblai sous des arbres touffus, mais la zone était trop sombre pour qu'il en soit sûr. Harris dirigea alors son regard vers le sud, en ligne droite, et découvrit qu'il y avait, juste de l'autre côté du bras d'eau, une péninsule – le Hernshead.

Harris revint au remblai. Mais oui, mais oui, bande d'enfoirés!

Harris sentit quelque chose sur sa jambe. Il sursauta. C'était Weaver. Il la tira vers lui.

« Chut! » murmura-t-il. Il l'examina. Elle semblait être en état de choc. Elle essuyait convulsivement les rayures colorées qu'elle avait sur le visage.

Crac! Harris se coucha instinctivement. Des lignes violemment éclairées qui venaient du remblai traversèrent le ciel pour se perdre sur le pont.

« Oh! merde! » hurla Harris. Weaver hurla aussi. Une volée de balles traçantes vint cingler le béton de la balustrade. Harris repartit en rampant vers la bretelle d'accès de la 77ᵉ rue; ses coudes et ses genoux raclaient le sol et la M-60 lui cognait les côtes. Il trouva, tout près du trottoir, une grille d'égout. Il mit ses doigts dans le métal et tenta de la soulever. Les balles traçantes ricochaient sur la route et sur la voiture de patrouille; elles sifflaient dans les arbres. Harris se jeta à plat ventre. Il vit Weaver qui rampait jusqu'à lui. Les lignes de couleur mortelles se rapprochaient d'elle et faisaient éclater le béton au-dessus de sa tête. Harris essaya une nouvelle fois d'ouvrir la bouche d'égout et il y réussit. Il souleva le couvercle et le jeta plus loin sur l'herbe. Weaver venait vers lui, toujours en rampant. Les tirs s'intensifiaient. Harris contemplait le spectacle et regardait les balles qui volaient partout autour d'eux. Elle finit par arriver à lui; il la tira vers l'ouverture. Elle se laissa tomber, pieds en avant, et atterrit sur un tas de feuilles et de boue, à seulement un mètre cinquante au-dessous de la surface du parc. Harris la suivit. Ils se retrouvèrent l'un sur l'autre, se tordant et criant, leurs corps trempés de sueur pressés contre le ciment humide.

Les rafales diminuèrent d'intensité et cessèrent tout à fait. Harris tendit l'oreille pendant plusieurs minutes. Il essaya d'empêcher ses jambes de se cabrer convulsivement. Il se retourna brusquement et donna un grand coup dans la tête de Weaver qui alla se cogner contre le mur. Elle poussa un gémissement. Harris sentait l'urine.

Il passa la tête par la bouche d'égout. Il rétrécit les yeux et tenta de percer les ténèbres au-delà de la route. Il y avait, dans ce coin-là, l'extrémité du pont; après, un gros arbre, et ensuite une grande clairière. Puis de l'eau. Et après l'eau, le remblai.

Harris se fit passer la M-60 au-dessus de la tête. Il déplia le tripode qui se trouvait au bout du canon et stabilisa les pieds de la mitrailleuse sur les pavés du trottoir. Il prit la bande de munitions sur ses épaules et l'aligna soigneusement sur le sol.

Harris visa à droite du pont, vers la clairière. Il baissa son casque pour qu'il adhère complètement au serre-tête. Une vague de sueur déferla sur son visage peint. Il marmonna de nouveau quelque chose, mais d'une voix rauque et ferme.

« On va les bousiller! »

Tran jeta un coup d'œil au-dessus du fortin. Il regardait l'eau qui passait devant le haut remblai du bunker. Le bras d'eau se rétrécissait et entrait dans un tunnel qui passait sous la West Drive, mais le pont qui le surplombait, la route et le terrain étaient impossibles à distinguer dans l'obscurité.

Tran se retourna et accepta la cigarette que lui tendait Vo Phan Huong. Il se pencha et Vo lui donna du feu. Cao Van Thi mit un chargeur neuf dans son AK-47 et se remit en position de tir, en haut du fortin. Tran aspira longuement la fumée et se frotta les oreilles. Il n'entendait plus rien; il y avait comme un lourd son de cloches dans sa tête. Il portait, en équilibre sur l'épaule, un M-67 90 mm sans recul. C'était un tube assez court, d'à peu près un mètre de long, qui pouvait envoyer une boîte à mitraille dans un rayon effectif de quatre cent cinquante mètres. Le canon pesait environ seize kilos. D'ordinaire, on l'utilisait comme arme antichar, mais on pouvait également s'en servir comme d'un redoutable engin antipersonnel. C'est ainsi que Tran préférait l'utiliser; le canon sans recul l'assourdissait, mais il avait l'avantage de foutre en l'air tout ce qui se trouvait dans sa ligne de tir.

Vo buvait à sa gourde. Il débarrassa un peu le sol du bunker des douilles et des autres détritus. Tran envoyait des ronds de fumée en l'air. Il regarda, au-delà du Lac, le halo de lumière qui flottait au-dessus des immeubles de la ville. Un hélicoptère passa lentement dans le ciel. Cao le vit aussi. Il regarda Tran et ils se sourirent, partageant un vieux souvenir.

Un bruit terrifiant brisa le silence. Un déluge d'eau et de boue tomba sur la tête de Tran. Il se jeta à plat ventre dans le fortin, pressant son corps dans la poussière. Cao et Vo le suivirent et rampèrent vers l'extrémité du large trou. Les rafales ne cessaient pas. Les balles sifflaient partout. Tran écoutait attentivement le son continu des balles qui passaient au-dessus de sa tête et allaient se perdre dans les sous-bois. On continuait à tirer. Il y eut une interruption – on était en train de recharger, pensa Tran – puis, ça recommença. Les rafales pleuvaient, déchiquetant la terre, perçant les arbres.

Cao essaya de lever son AK au-dessus du fortin pour répliquer, mais il dut renoncer. Tran lui fit non de la tête. Les balles continuèrent à pleuvoir longtemps, mais Tran savait que c'était un tir de mitrailleuse, probablement une M-60 de l'Armée Américaine, et que tôt ou tard, le canon serait tellement chauffé à blanc que l'arme s'enrayerait.

Une minute après, le feu cessa. Il y avait un nuage de poussière et de feuilles qui flottait au-dessus du bunker. Les hommes n'entendaient que le bourdonnement de leurs oreilles. Ils brossèrent d'un revers de la main les bouts de terre de leurs treillis. Ils s'assirent en silence et regardèrent le ciel noir et sans étoiles.

Tran s'alluma une autre cigarette. Quand il l'enleva de ses lèvres pour faire tomber la cendre, un bout de papier lui resta sur la lèvre. Il essaya de le chasser d'un coup de langue, mais en vain. Il n'avait plus de salive.

Le radio-réveil de Dix afficha 6 : 30 sur son cadran. Il se tourna dans ses draps et se leva. Il frissonnait : l'air conditionné de sa chambre lui tombait droit dessus. Il se sentait trop fatigué pour bouger. Une voix disait, à la radio, « Vous écoutez W.I.N.S., toutes les nouvelles à toute heure... Le son des armes automatiques et des explosions qui ont éclaté dans Central Park cette nuit s'est tu, à l'heure actuelle; mais la bataille de Central Park continue. Selon l'Associated Press, des sources officieuses ont confirmé que trois mercenaires anciens vietcongs ont été payés par le Département de la Police de la ville de New York pour traquer le soi-disant terroriste guérillero. L'adjoint au Maire, Mr. David Dix, a catégoriquement nié... »

Dix ferma la radio. Il alla se prendre une douche. En se rasant, il essaya de ne pas voir à quel point il avait une mine horrible. Il s'habilla. Dans l'état où il était, il n'était pas question de prendre un petit déjeuner, aussi sortit-il immédiatement de son appartement. Il prit l'ascenseur de service jusqu'au rez-de-chaussée. Il sortit par l'entrée de service. Avant de mettre un pied dans la rue, il jeta un coup d'œil à droite et à gauche, mais il n'y avait ni reporters, ni voitures de presse. Même eux n'en pouvaient plus. Personne n'avait plus envie de l'écouter.

Selon les instructions qu'il avait données la veille, Dix retrouva sa limousine à sept heures précises, au coin de la 65ᵉ rue ouest et de la Troisième Avenue. Ils remontèrent la Troisième Avenue, puis redescendirent par la Seconde, jusqu'à ce que Dix repère un bar sur la 78ᵉ rue est. Le chauffeur attendit à l'intérieur de la voiture que Dix boive ses deux Bloody Mary.

Dix ressortit un peu plus frais. Il demanda au chauffeur de le conduire sur la Cinquième Avenue. Au coin de Madison et de la 72ᵉ, un barrage de police les arrêta. Il y avait des journalistes et des policiers devant la barricade. Dix vit que la 72ᵉ était fermée entre Madison et la Cinquième Avenue; il ouvrit sa glace et dit qui il était. Plusieurs policiers armés de mitraillettes laissèrent passer la voiture, à condition que le chauffeur se gare près de la Cinquième Avenue et que la voiture soit de retour dans deux minutes.

Le chauffeur gara la limousine devant un grand immeuble résidentiel au milieu du bloc. Dix sortit et marcha vers la Cinquième Avenue, en frôlant les murs. Il s'arrêta au coin, face à Central Park.

Après plusieurs jours de canicule, le parc semblait alangui. Le soleil se reflétait dans les feuilles et, dans la brume matinale, faisait une sorte de halo. Dix cligna des yeux et défit son nœud de cravate. L'air avait une qualité d'humidité un peu puante; c'était l'odeur qu'il avait toujours au début d'une chaude journée, mais on voyait des nuages se former au-dessus du West Side et le chauffeur avait prévenu Dix que la météo annonçait des pluies et des orages pour la fin de l'après-midi.

Dix passa la tête au-dessus de l'arête du mur et essaya de voir quelque chose, plus haut sur l'avenue. Tout était calme. Il n'y avait personne dans la rue. On aurait cru un no man's land. Il n'y avait pas de voitures; des petits tas d'ordures étaient restés sur les trottoirs; les mouches bourdonnaient au-dessus des crottes de chiens. Dix avança encore un peu plus la tête. Dans certains appartements du rez-de-chaussée, on avait mis des planches sur les fenêtres. Dix leva les yeux et regarda la façade de l'immeuble. Il vit qu'il y avait des gens sur le toit et il descendit du trottoir pour avoir une meilleure vue. Les gens avaient mis des télescopes sur des pieds, des jumelles de marine et des appareils photo avec téléobjectifs.

Dix retourna à la voiture. Il demanda au chauffeur de l'emmener au poste de commandement mobile sur la 63ᵉ rue est, près de Madison. Ils prirent Lexington Avenue et Dix fut surpris du peu de circulation, si on prenait en considération le fait que tant de rues soient barrées. Certes, il était encore assez tôt, pensa-t-il, mais logiquement il y aurait dû y avoir quelques bouchons. C'est alors qu'il se souvint qu'on était samedi. Il vérifia le jour sur sa montre. Il regarda alors les vitrines des magasins et les piétons qui promenaient leurs chiens.

On était le samedi 27 juillet. Central Park était fermé depuis six jours.

Harris et Weaver passèrent la nuit dans un tunnel sombre et puant, sous la bretelle d'accès de la 77ᵉ rue. En fait, ce tunnel était une sorte de grand arc, d'à peu près sept mètres de haut à son sommet, qui s'arc-boutait sur la partie la plus élevée du mur du parc, sur Central Park West. L'allée cavalière passait sous l'arche et l'air était saturé d'une odeur de crottin en décomposition. Le nez d'Harris avait été agressé par une autre odeur, toute cette nuit. C'était celle de la peur, de la sueur et de la poudre.

Weaver restait à terre, près de lui. Parfois, elle dormait. Sa tête retombait sur ses épaules et ses jambes et ses bras étaient agités de petits spasmes. Elle se réveilla, s'assit et regarda autour d'elle. Chaque fois, Harris la fixait comme s'il ne l'avait jamais vue. Elle lui rendait son regard, intriguée. Vers trois heures du matin Weaver se réveilla en sursaut. Elle parla à Harris d'une voix perdue, en se rapprochant de lui.

« Qui sont ces gens? » demanda-t-elle.

Elle s'étendit immédiatement, sans attendre une réponse, et se rendormit d'un sommeil de plomb.

282

Harris, lui, ne dormait pas. Le sommeil, c'était la mort. Il restait assis sur le gravier mouillé et, quand ses oreilles cessèrent de bourdonner, écoutait les doux bruits de la nuit. Les criquets faisaient un tintamarre toujours plus fort; pas de grand bruit, pas d'orage de métal pour les couvrir. Harris regardait les lucioles qui voletaient autour des grands arbres adossés au mur du parc. Il resta sans bouger deux heures entières, reprenant des forces, respirant à fond jusqu'à ce que ses poumons ne lui fassent plus mal. Chaque heure, toute la nuit durant, il avalait une amphétamine.

Quand il se sentit assez reposé pour bouger les bras, Harris prit l'AK-47 sur son épaule, enleva le chargeur et s'assura que l'arme fonctionnait correctement. Après avoir mis un chargeur neuf, il fit les mêmes vérifications sur le mécanisme et le système de verrouillage du M-79. Il n'avait plus sa M-60. Il avait tiré trop longtemps, poussé l'engin trop loin; finalement, le canon avait pratiquement fondu. Il l'avait abandonnée dans la bouche d'égout, au bord de la West Drive.

A quatre heures du matin, Harris avait recouvré toute sa tension nerveuse. Il laissa le corps recroquevillé de Weaver sur le gravier, sous le tunnel, et fit un tour sur l'allée cavalière. Il se posta dans un buisson, près du mur du parc. C'était comme s'il avait retenu toute la ville de son dos. Il resta une heure dans cette position, les yeux fixés sur le paysage ténébreux qui s'étendait au-delà de la West Drive. Il tenait l'AK devant lui et se parlait tout seul.

Je vous tuerai, vous et votre Dieu de merde.

Juste avant l'aurore, Harris alla réveiller Weaver qui dormait toujours sous l'arche. Il lui fit boire un verre d'eau et prendre une amphétamine. Il la surplombait en surveillant la façon dont ses nerfs se tendaient peu à peu. Malgré cette stimulation artificielle, ses yeux ne perdaient jamais une expression morne et vide. Mais Harris n'en avait rien à faire; tout ce qui importait, c'était qu'elle réagisse.

Quand il pensa qu'elle était prête, ils sortirent de l'arche et commencèrent une randonnée dans l'herbe et les arbustes, en contournant les claymores que Harris avait disposées; ils passèrent devant le concertina et se retrouvèrent sur la West Drive. Ils rampèrent sur la chaussée jusqu'à l'autre bord et s'étendirent sur une colline boisée qui descendait jusqu'au Bank Rock Bridge. De l'autre côté de l'eau, il y avait un gros fourré touffu et un petit monticule.

Harris et Weaver maintinrent leur position, couchés sous les arbres en regardant comment la lumière grise du matin chassait les ombres de la nuit. Les poutres de bois qui soutenaient le pont devenaient visibles. Les arbres et les buissons prenaient forme. Le terrain se matérialisait peu à peu; c'était un endroit terrible et menaçant où personne n'aurait eu la folie de s'aventurer.

C'était pourtant ce que Harris s'apprêtait à faire. Il le fallait, parce qu'il était en train de se tenir en équilibre sur une corde particulièrement peu sûre.

Harris fit glisser la baïonnette hors de sa gaine. Weaver et lui s'accroupirent et s'avancèrent à petits pas vers l'eau; Harris sondait le sol devant eux. Il se mit sur la rive et inspecta le terrain qui se trouvait sous le pont. Rien : ni bombes, ni pièges. Harris étudia alors le mince ruisseau qui coulait sous le pont. Vers sa droite, l'eau s'élargissait jusqu'au bras qui se jetait dans le Lac. A sa gauche, après le pont, l'eau s'arrêtait sous un grand saule pleureur qui se penchait jusqu'à la surface. On apercevait du concertina dans le fond du paysage.

Harris s'appuya aux poutres et regarda bien le saule pleureur. Une horde de tireurs embusqués et imaginaires se cachait dans ses branches. Il regarda alors l'eau qui coulait à ses pieds. On pouvait très bien piéger des ruisselets; il suffisait, par exemple, de poser une grenade sur une rive et d'attacher un fil à l'autre. Harris prit une décision.

Harris monta sur le pont; Weaver le suivit. Les planches de bois craquaient sous leurs pieds. Harris poussa brusquement Weaver dans les buissons qui les attendaient de l'autre côté. Ils ne pouvaient plus s'arrêter, à présent. Il prit la direction des opérations et conduisit la marche sur un sentier qui longeait le cours d'eau, le AK braqué devant lui, le sélecteur de tir sur automatique. Soudain, il aperçut un plan d'eau à travers le feuillage. Harris se jeta à terre, imité en cela par Weaver. On pouvait voir la péninsule de Hernshead de l'autre côté du bras d'eau. Le monticule rocheux brillait dans les rayons rasants du soleil matinal. Il y avait d'énormes lettres peintes sur la roche, mais Harris ne put les distinguer vraiment. La moitié des lettres avait disparu, soufflée par des explosions qui avaient défiguré la pierre.

Harris retint son souffle et rampa sur les coudes. Les feuilles mortes craquaient sous son corps. Une petite colline apparut. C'était un tas de terre et de débris divers sous des arbres cassés et des buissons empilés. Le sol était troué de plusieurs petits cratères. Harris rampa encore quelques mètres et vit un fortin.

Bingo! Harris prit une grenade à fragmentation qui pendait à son gilet pare-balles. Il hésita. Il leva un peu la tête et put voir ce qui se passait au-dessus du fortin, à peut-être vingt mètres devant lui. Il n'y avait personne à l'intérieur.

Normal! se dit Harris. Il se remit sur les coudes. Weaver rampait à ses côtés, en faisant pas mal de bruit.

Harris la regarda droit dans les yeux. Elle ne cilla pas.

Rien ne bougea dans les dix minutes qui suivirent, sauf une fourmi qui grimpa sur la grenade que Harris tenait dans la main. Des gouttes de transpiration tombaient du menton de Weaver; elles étaient de la couleur des cosmétiques. Harris finit par se tourner vers elle. Il lui murmura : « J'aurais aimé pouvoir faire une petite préparation d'artillerie. »

Weaver acquiesça, sans rien dire.

Harris parcourut une nouvelle fois la zone du regard. Il se mit presque debout pour avancer, mais un instinct l'arrêta; c'est ce qui le sauva. Un soupçon immense se distillait dans son esprit; il essaya de le chasser. Il disparut, mais se transforma immédiatement en totale panique. Il ne parvenait plus à penser, à présent. Il laissa à l'adrénaline le soin de faire bouger ses muscles.

Il dit à Weaver, en lui lançant un clin d'œil : « Regarde ça! »

Harris détacha toutes les grenades à fragmentation de son gilet pare-balles – il y en avait quatre. Sans enlever les goupilles, il les lança sur le bord du fortin, afin qu'elles roulent, comme des boules, sur la terre et qu'elles finissent leur course sur un petit tas de feuilles et de brindilles.

Dix secondes passèrent. Quinze. Harris arma l'AK-47. Vingt secondes. Le tas de feuilles bougea. Un homme surgit du sol, des feuilles à son casque; une grenade lui roula sur l'épaule. L'homme hurla et se retourna, un AK-47 dans les mains. Mais son cri fut tranché. Harris le détruisit.

Le corps fut projeté hors du bunker et s'étala dans la boue, face contre terre. Harris vida la moitié de son chargeur dans le corps inerte; les jambes se mirent à trembler et à danser une danse folle et la chair éclata pour se transformer en mousse rouge.

Harris enleva son doigt de la détente. Il ne pouvait plus respirer. Il sauta à pieds joints et courut vers le bunker pour récupérer les grenades. Weaver se leva et marcha calmement vers le corps. Elle regarda les plaies sanglantes; c'était un accident de voiture, un homme qui avait sauté d'un immeuble et qui s'était écrasé sur la chaussée, un homicide. Elle s'accroupit près du cadavre; quand Harris arriva à elle, il remarqua que ses yeux étaient devenus clairs.

Weaver détourna les yeux vers le lac et dit : « Oh! »

Harris attacha les grenades à son gilet pare-balles. Il se tourna vers le cadavre. Il était à moitié recouvert de terre; le fusil était coincé sous la poitrine; le treillis était retroussé sur le cou. Harris mit sa chaussure sous la taille du mort et le retourna d'un coup de cheville.

C'était Vo Phan Huong.

Il en resta bouche bée. Son visage se tordit sous les couches de peinture. Ses yeux s'embrumèrent et un peu de salive apparut aux commissures de ses lèvres.

Weaver leva les yeux vers lui. Elle se sentait mal. Elle avait déjà vu ce visage une fois. Dans une fenêtre du pavillon de la porte sud.

Tandis qu'Harris fixait le mort, toutes les glandes de son organisme se vidèrent. Il y eut une horrible décharge qui le parcourut de la tête aux pieds. Sa peau le brûlait. Il avait mal aux testicules. L'homme avait la tête qu'il fallait.

Harris se tourna violemment vers Weaver et sourit.

« Bon Dieu! C'est un niak! »

Harris venait de trouver un ennemi.

Après la rafale d'arme automatique, Tran et Cao attendirent en silence dans leur position du Ramble. Quand ils constatèrent que Vo ne venait pas, ils en conclurent le pire. Ils revinrent au bunker par des routes séparées, par l'ouest, jusqu'à ce qu'ils se retrouvent sur la rive du lac, à cinquante mètres du remblai. Ils utilisèrent le monticule rocheux comme barrière protectrice pour surveiller la zone du bunker pendant un quart d'heure.

A la surface du lac, des poissons avalaient des insectes. Des oiseaux et des écureuils jouaient dans les arbres. Tran fuma une cigarette. Il n'y avait aucun mouvement près du bunker, sauf une innocente brise d'ouest.

Tran et Cao avancèrent sur le remblai. Tran faisait très attention, mais il était presque sûr qu'il ne se passerait rien. Personne ne serait assez fou pour rester sur une position d'attaque connue après un engagement. Ils l'abandonneraient, comme ils l'avaient fait eux-mêmes, juste avant l'aube.

Sauf Vo. Mais c'était un autre problème.

Ils trouvèrent le corps de Vo, face contre la terre du remblai; il semblait qu'on l'eût tiré hors du fortin. Cao se pencha pour retourner le cadavre mutilé, mais Tran le prit par le bras – un instinct.

Tran trouva une corde dans le gros sac en toile qui était sur le dos de Cao. Il en accrocha un bout à la ceinture de Vo, en prenant soin de ne pas bouger le corps. Il prit l'autre extrémité, la mit à l'intérieur du fortin et sauta avec Cao. Ils se jetèrent à plat ventre dans la boue; leurs visages s'écrasaient sur l'argile humide. Ils s'étendirent de tout leur long et Tran tira fort sur la corde, pour faire rouler le corps de Vo.

Tran et Cao se protégèrent les mains sous leurs gilets pare-balles et attendirent. Au bout de cinq secondes, il y eut une détonation sourde. Des graviers et des bouts de tissu sanglant volèrent dans le fortin.

Quand le nuage de poussière se dissipa, Tran et Cao levèrent la tête et échangèrent un regard.

Tran cracha de la terre et dit : « *Tin khong!* »

Harris et Weaver étaient dans l'arsenal du vieil aqueduc. Le couvercle de la bouche d'égout était ouvert et un gros cylindre de lumière venait frapper le sol entre eux deux. Le visage de Harris resplendissait de couleurs nouvelles. Ses lèvres étaient tendues. Weaver était complètement vidée. Elle s'appuyait à l'échelle tandis que l'air froid du tunnel séchait sa transpiration.

Harris but une gorgée à sa gourde et avala des vitamines. Il exultait. « Tu te rends compte? Des vrais sapeurs viets, comme au bon vieux temps. »

Weaver fit un signe de tête. Elle semblait animée d'une nouvelle résolution. « Tu vas continuer ça?

– C'est mon pote Charlie qu'est revenu. »

Harris prit une bande de munition sur le sol et les passa autour de son cou. Il vérifia toutes ses armes, puis courut au fond du tunnel sombre, emportant au retour un tas de chargeurs-bananes, des grenades à fragmentation et des bombes fumigènes M-18. Il les mit dans ses poches. Il se dressa devant Weaver. Tout son corps était déformé par les munitions et les armes qu'il portait.

« C'est pas fantastique, la technologie? demanda-t-il d'une voix sarcastique. Je t'assure que si on devait faire ça à mains nues, ça serait pas de la tarte. »

Weaver s'éloigna de l'échelle. Sa voix se réverbéra sur les parois du tunnel. « Mais tu ne vois pas que tu vas mourir? Tu ne peux pas gagner. »

Harris la prit par le col de sa chemise et l'envoya voler contre le mur. Dans un dernier accès de fureur qui n'était pas de patriotisme mal placé, mais de sens personnel de la défaite et de mépris de soi-même, il lui cria : « J'en ai eu marre de perdre au Vietnam! »

Il la laissa. Ils ne parlèrent plus. Ils ne se quittaient plus des yeux, pourtant. Au bout d'une minute, Harris lui braqua l'AK dessus et lui montra l'échelle.

« Je ne monterai pas! » dit-elle d'une voix ferme.

Harris lui enfonça le canon dans les côtes. « Très bien. Je vais te dire ce que tu peux faire. Si tu veux te barrer, vas-y. On va sortir par la base de feu. Tu pourras te barrer de là-bas. Je te couvrirai. Et bonne chance! »

Il n'attendit pas sa réponse. Il la poussa encore une fois et, sans se faire prier, elle escalada les échelons jusqu'à la surface, brillamment éclairée par le soleil. Harris la suivait de près et l'arrêta juste au bord du trou.

« Dès qu'on sera sortis, sois rapide. Je ne veux pas que des petits malins me voient faire joujou dans ce coin. »

Ils se courbèrent en deux pour courir, après que Harris eut replacé le couvercle de la bouche d'égout. Ils firent le tour d'un champ de claymores, puis d'un autre, et pénétrèrent dans un petit bois à environ cent mètres de la base de feu. Ils firent halte sous les grands arbres qui entouraient le périmètre.

Harris essaya de voir quelque chose à travers le concertina. Il se sentait nerveux. La seule raison qu'il avait de retourner à sa base de feu, c'était de se refaire une provision de grenades de 40 mm pour son lance-grenades. Il était à court; il n'en restait plus dans son arsenal. En fait, il commençait à être à court d'à peu près tout. Il savait qu'il aurait dû garder des 40 mm dans l'arsenal souterrain. Cela pouvait être une petite ou une très grosse faute.

Harris étudia tous les arbres autour du périmètre. Il surveilla plus spécialement les branches qui cachaient son poste d'observation. A première vue, il ne sentait pas de coup fourré. Il dit à Weaver de l'attendre.

« Dès mon retour, tu pourras te casser », lui dit-il d'une voix presque inaudible.

Comme il entrait dans la base de feu, courbé en deux, Harris découvrit soudain le fond du problème : ce petit voyage n'avait pas été une petite, mais une très grosse bourde. Et quelqu'un se chargea de le lui confirmer sur-le-champ.

Une grenade explosa juste à l'intérieur des barbelés, tout au bout du périmètre. Harris tomba. Ses mains s'ouvrirent et il en laissa tomber l'AK. Il roula sur le sol et saisit le fusil automatique. Une autre explosion et il fut tout couvert de terre. Il essaya de voir. Là, il y avait une boîte de grenades; là, les caisses de munitions et le réchaud. Une rafale passa entre les fils du concertina. Où était ce bunker? Oh, merde! Harris rampait sans rien voir. Du sang lui coulait sur les yeux. Il y eut une explosion dans les arbres, et son poste d'observation fut désintégré. Il tomba sur le sol dans un grand bruit de branches cassées. Les balles entraient dans le tas de caisses, à un pouce au-dessus de la tête de Harris. Il trouva finalement son bunker et se laissa glisser à l'intérieur.

Harris s'assit sur le sol, tremblant violemment. Il leva sa main. Il y avait des ruisselets de sang qui coulaient entre ses doigts. Un tendon sectionné se contractait sur sa peau. Harris gémit. Boum. Des fragments volèrent au-dessus du bunker et vinrent s'écraser avec un bruit sourd dans les sacs de sable. Harris tomba à plat ventre. Les rafales ne cessaient pas. Il enleva son serre-tête et s'en fit un pansement. Il saisit son AK-47 et attendit la suite.

Le mitraillage s'arrêta. Quelqu'un hurla. Harris haussa la tête pour voir. Sa base de feu était dans un drôle d'état. Les caisses étaient éventrées; son fusil à lunette pendait à soixante centimètres de haut dans les barbelés.

Harris entendit une détonation, puis le sifflement d'un projectile. Il s'écroula. C'était comme si l'on avait lâché une bombe. Un arbre craqua et le sol trembla. La plaque d'acier percé qui protégeait le fortin céda; il y avait un énorme trou en son centre. Harris était à moitié enterré. Il rampa jusqu'au bout du bunker, jusqu'à l'ouverture qu'il s'était ménagée par le côté du trou d'homme.

Un autre projectile vint s'écraser à proximité. Le souffle le jeta par terre. Il était presque inconscient. Il ne lui restait plus qu'une seule chance. Il se mit sur ses pieds et trouva une tresse de fils qui pendaient au-dessus des sacs de sable. Il la tira d'un coup sec; il y eut dix explosions consécutives; c'étaient les claymores qui explosaient tout autour du périmètre, envoyant un mur de métal mortel aux quatre coins de Central Park.

Et mille dollars qui partent en fumée, pensa Harris en entrant dans le trou d'homme.

Tandis qu'il avançait dans une totale obscurité, rampant sur les mains et les genoux, l'odeur d'eau stagnante et de poussière lui brûla les poumons; le vacarme des armes diminuait d'intensité dans cet étroit boyau et Harris se souvint d'un vieux conseil qu'on lui avait donné à l'armée.

Ne jamais repasser par la porte de derrière. Il faut toujours s'en aller purement et simplement.

Weaver gisait sur le flanc, dans l'herbe, sous des érables et des branches basses. Elle avait très mal à la tête. Quelque part, dans les arbres, elle entendait les claquements réguliers d'une arme automatique. Elle était au bord de l'évanouissement. Une tache rouge était en train de se former sous son aisselle; elle grandissait toujours davantage et le tissu vert de son treillis commençait à être trempé.

Weaver avait rampé sur un sentier quand tout avait sauté. Prise de panique, elle avait essayé de se frayer un chemin dans les sous-bois. Puis, une nouvelle fois, ç'avait été le déluge. Une sorte d'épingle était venue se planter sous son aisselle, mais la sensation n'avait pas été très douloureuse. Tout autour d'elle, il y avait le bruit de mille faucilles en train de faucher le foin et elle avait été forcée de se cacher dans les hautes herbes. C'est à ce moment qu'elle s'était aperçue de la tache rouge et des petits cercles bleus qui se formaient devant ses yeux. Elle n'en avait pas ressenti de douleur, mais à présent, elle avait mal.

Le fusil ne tira plus. Weaver écouta, mais il n'y avait que ce bourdonnement dans ses oreilles. Elle s'assit un peu. Une tiède rivière de sang coulait de sa manche sur sa main gauche. Elle sentit la nausée qui montait. Elle poussa un soupir et leva les yeux vers les arbres. Elle vit le ciel; la moitié des feuilles de l'érable avaient en effet été fauchées, comme si l'on avait été en novembre.

Des nuages noirs se dirigeaient vers le West Side. Il allait sans doute pleuvoir. Ça ferait du bien, pensa Weaver. Il faisait si chaud.

Quelque chose de brûlant toucha sa joue. Elle sursauta. C'était le canon d'un AK-47. Elle tourna la tête. Un Oriental qui portait un treillis de jungle et un casque décoré de feuilles était accroupi à côté d'elle.

Tran Chau Dinh braquait son fusil sur la poitrine de Weaver. Il lui fit un grand sourire.

Cao Van Thi s'appuyait sur la balustrade qui entoure la Chess and Checkers House. Le petit bâtiment en briques, de forme octogonale, était construit sur un promontoire, dans le sud-est de Central Park. De grands arbres et des collines douces l'entouraient, mais sa situation était suffisante pour que Cao l'utilise comme un excellent poste d'observation. Il prit ses jumelles.

Vers l'ouest, il voyait le Carrousel, près de la transversale de la 65e rue et les terrains de foot sur le terrain de jeu Heckscher. Les terrains de foot étaient, bien entendu, complètement à découvert, aussi Cao ne perdit-il pas trop de temps à les surveiller. Il faisait surtout attention au nord et à l'est, où les choses se compliquaient quelque peu avec toutes ces routes, ces arbres, ces monticules rocheux et ces ponts. Cao surveillait cette zone avec une grande concentration. Il baissa ses jumelles et étudia le paysage à l'œil nu. Cao savait bien que l'œil, sans l'aide d'aucune prothèse de quelque sorte, est souvent un instrument bien plus efficace pour « lire » un terrain. Un jour, il y avait très longtemps, dans les hauts plateaux du Centre, son bataillon avait annihilé une armée entière de montagnards, simplement parce que Cao avait vu un changement d'ombre dans un bois, alors qu'une équipe entière de reconnaissance avec des télescopes, des jumelles et des scanners à infrarouge n'avait rien vu.

Cao fit le tour de la Chess and Checkers House, passant devant des tables de pierre où étaient incrustés des carrés noirs et blancs. De chaque côté des tables, des petits bancs avaient été vissés dans le béton. Deux d'entre eux étaient occupés.

Tran Chau Dinh était assis en face de Weaver. Sur la table, il y avait une gourde et des rations de nourriture. Weaver tournait le dos à la balustrade et, derrière elle, Tran voyait un sentier qui descendait jusqu'à une haute clôture, un mur de briques et la scène et les gradins du Wollman Rink. Quand Cao passa devant lui, Tran lui indiqua du doigt le sentier et Cao descendit les escaliers pour voir ce qui se passait. Tran levait parfois la tête pour voir au-dessus de celle de Weaver. Sa vue de l'East Drive et du zoo était bloquée par des arbres. Il regarda Weaver.

Il y avait un tampon de gaze sous son aisselle. Du sang noir et sec lui couvrait le bras. Elle était très pâle et Tran pensait qu'elle allait s'évanouir, quand ils avaient été forcés d'effectuer une retraite rapide, après l'engagement à la base de feu, mais il avait réussi à arrêter l'hémorragie et elle semblait avoir repris un peu de force. Son regard était clair et éveillé, à présent. Tran se demanda si elle était belle quand elle ne portait pas un treillis puant, de la peinture de camouflage et qu'elle n'était pas à moitié couverte de sang.

Tran ôta son casque et le posa sur la table de pierre. Il lui demanda :
« Vous vous sentez mieux, mademoiselle?

– Non, »

Tran attendait qu'elle finisse sa phrase, mais elle n'en dit pas plus. Il fit sortir une cigarette d'une petite tape sur un paquet qui se trouvait près de la gourde. Weaver remarqua que les cigarettes étaient des Gauloises. Elle le regarda avaler la fumée; tous ses mouvements étaient lents et parfaitement contrôlés. Quand il tourna la tête pour regarder les autres bancs, elle remarqua qu'il avait les tempes grisonnantes. Il était de courte taille et très musclé; ses petits yeux semblaient toujours en alerte. A chaque fois qu'ils se posaient sur Weaver, elle sentait toute la peur qu'elle avait accumulée ces dernières heures remonter en elle.

Tran poussa la gourde vers Weaver. « Vous voulez boire quelque chose?

– Non. »

Tran souffla la fumée. « Nous étions parfaitement au courant de votre présence, mademoiselle. Désirez-vous me dire quelque chose?

– Est-ce qu'on vous paie, pour ça?

– Mais oui, dit Tran avec un grand rire; mon âme a été complètement corrompue par l'argent. »

Weaver avait une boule dans la gorge. « Vous êtes combien? »

Tran fronça les sourcils. Il tira sur sa cigarette. Il regarda lentement le ciel. Au-dessus des arbres, on pouvait voir les grands hôtels de Central Park South.

« Vous savez, dit Tran, quand j'étais enfant, je menais une vie très

291

simple. Mais ces combats incessants nous ont forcés à quitter notre petite rizière pour la grande ville. Beaucoup des gens de mon village se sont habitués à la ville. Moi, je ne m'y suis jamais senti chez moi. C'est là que j'ai fait l'université et que je suis entré dans le Viet-minh, bien que la politique ne m'ait jamais vraiment attiré. » Tran haussa les épaules et regarda Weaver droit dans les yeux. « Mais pour un paysan, c'était une belle promotion. »

Cao apparut sur le sentier et monta les marches jusqu'aux tables. Il continua son chemin et fit le tour des bancs qui se trouvaient de l'autre côté du bâtiment. Tran se versa un peu d'eau de la gourde dans une timbale et but. Il se frotta les yeux. « C'est étrange, mademoiselle, mais Cao et moi, nous ne pourrons plus jamais vivre dans une rizière. Ce n'est qu'un simple carré de terre, une structure éternelle, d'une simplicité dont vous ne devinez pas la profondeur. » Tran écrasa sa cigarette. « Je vais vous dire une vérité précieuse, la seule vraie politique de la terreur, c'est l'ennui. »

Cao émergea brusquement de derrière le bâtiment. Il montra l'ouest. « *Ong duoc.* »

Tran se leva et reposa la gourde. Il prit l'AK-47 de son épaule et inséra un chargeur-banane.

Le cœur de Weaver battait plus vite. « Ne le tuez pas. »

Tran l'ignora et mit son casque.

« Laissez-moi partir, dit Weaver. D'ici, je peux atteindre la rue en quelques minutes. »

Tran fit non de la tête. « Je suis vraiment désolé, mais vous nous êtes très utile. Pourquoi pensez-vous que nous restions assis ici? Nous formons une cible très facile. Cet homme ne prendra pas le risque de vous toucher. Les Américains ont une curieuse échelle de valeurs en ce qui concerne les civils. On peut en massacrer certains, et d'autres, pas. » Tran demanda à Weaver de se lever et dit : « D'ailleurs, une fois que nous en aurons fini avec lui, peut-être que Cao et moi resterons dans ce parc. Vous ne pensez pas qu'ils auraient beaucoup plus de mal encore à nous en faire sortir? »

Tran lui sourit et se tourna vers Cao. « *Ong co muon o lai cho cong vien khong?* »

Tran et Cao éclatèrent de rire.

Quelque part à l'ouest, il y eut une détonation molle; une grenade fumigène explosa sur un côté de la Chess and Checkers House. Un nuage de fumée orange commença à se répandre sur les tables et les bancs. Cao descendit immédiatement par le sentier. Tran saisit Weaver et la fit se coucher. Deux autres grenades fumigènes explosèrent. Des nuages verts enveloppèrent toute la zone. Tran poussa Weaver devant lui et lui fit descendre les escaliers. On n'y voyait rien.

Tran n'apercevait même plus le sol. Weaver s'échappa et disparut dans la fumée. Tran se jeta en bas de la colline et tira deux rafales dans sa direction.

Il y eut un hurlement. C'était la voix de Cao, mais Tran ne pouvait pas le voir. Trois autres engins fumigènes éclatèrent. Des nuages multicolores en sortaient qui créaient un épais brouillard s'étendant du sol au sommet des arbres. Tran descendit la colline en rampant. Il entendit une détonation à sa gauche. Tran se roula en boule. Une grenade à fragmentation explosa et des petites aiguilles étincelantes et tournoyantes sifflèrent dans une fumée d'un violet foncé. Tran se remit debout et courut. Il se cogna à un arbre et tomba. Dans le lointain, il entendit le crépitement d'un fusil automatique. Tran se remit debout et, très lentement, avec un calme incroyable, se mit à marcher, cherchant son chemin à tâtons comme un aveugle, pas à pas dans le bouillard, jusqu'à ce que le bruit des armes et des balles qui sifflaient à quelques centimètres de lui décroisse. Il arriva enfin dans l'East Drive, ensoleillée.

Cao était entièrement recouvert d'un épais manteau vert-orange. A chaque pas qu'il faisait, une bouffée de fumée s'élevait du sol, comme la brume qui flotte sur un étang. Le seul son qu'il entendît était celui de ses chaussures qui écrasaient des brindilles. Il se cogna dans une forme sombre et hurla presque. C'était un arbre. Il s'appuya contre le tronc et reprit un peu sa respiration. Soudain, il y eut un bruit derrière lui. Il fit volte-face et vida la moitié du chargeur de son AK-47 dans la fumée. Les balles se perdirent dans les fourrés, rebondirent sur des surfaces invisibles; leur écho se perdait peu à peu.

Cao se fit tout petit, serrant l'arbre de très près, et tendit l'oreille. Rien. La fumée fit des boucles et voleta; une autre forme sombre apparut. Mais celle-là bougeait, glissant sur le sol avec un ronronnement. Elle disparut immédiatement et, pendant une seconde, Cao pensa que c'était le fruit de son imagination.

Crac! Une rafale se perdit dans les branches de l'arbre sous lequel il était. Il poussa un cri et roula sur le sol, serrant la terre et les feuilles de ses poings. La rafale ne dura que quelques secondes, puis ce fut le silence. Cao sauta sur ses pieds et se mit à courir, dans la fumée, à travers une clairière. Il fit halte et se cacha dans un fourré. Il était entouré d'un nuage jaune. Il essaya de faire en sorte que le moindre son soit sensible à ses oreilles. Il y eut, une fois de plus, un son étrange, comme un moteur en sourdine et le feuillage craqua derrière lui. Il tourna la tête et une chose noire fendit le brouillard.

Une grenade fumigène explosa dans les buissons. Cao tomba en avant et essaya de recracher la fumée violette qui entrait dans ses poumons. Il tira des rafales partout autour de lui, à l'aveuglette. Le chargeur était vide. Il se mit à genoux et engagea un nouveau chargeur. Bang. Il y eut un crépitement à sa droite. Il répliqua; puis s'arrêta. Bang. Une rafale vers son épaule gauche. Il appuya une nouvelle fois sur la détente.

Si seulement il pouvait y voir.

Le feuillage s'ouvrit devant lui. Une forme noire se matérialisa dans la fumée. Elle venait vers lui. Il vit des roues. Un éclair d'adrénaline lui parcourut le corps. Cao tira, vidant presque un chargeur sur les roues. Elles continuèrent d'avancer et Cao se figea quand il vit une moto qui roula jusqu'à ses pieds et tomba sur le côté.

Il n'y avait personne, sur la moto. Cao se pencha. Ses genoux tremblaient. Il vit des pots d'échappement qui avaient une forme curieuse. La fumée volait autour de la selle. Cao vit trois grenades à fragmentation attachées au guidon. Elles étaient dégoupillées.

Cao n'eut pas le temps de hurler ou de prier. Les grenades explosèrent. Il sentit des lames de rasoir chaudes qui pénétraient sa chair; il se sentit voler en l'air. Était-ce son âme? Il retomba dans l'eau fraîche d'une rizière et trouva le repos.

Les deux officiers des Services spéciaux, Weissman et Walker, étaient nerveux. Ils se tenaient devant des barrières de la police, sur Central Park South, là où la Sixième Avenue entrait dans le parc et devenait l'East Drive. Cela faisait deux jours qu'ils étaient là à écouter les bruits lointains de la fusillade et des explosions. Dans la dernière demi-heure, il y avait eu un regain d'activité et les bruits s'étaient tellement rapprochés que Weissman et Walker s'étaient réfugiés derrière le mur d'enceinte de Central Park.

Il y avait eu une série d'explosions et la fusillade s'était arrêtée; ils avaient donc repris leur position près de la Sixième Avenue – non pas parce que Walker le voulait, mais parce que Weissman en avait assez d'attendre, d'écouter le fracas des armes et de se couvrir dès qu'il y avait un coup de feu.

« Merde! » dit Weissman. Il se passa son M-16 à l'épaule. « Qu'ils viennent un peu me tirer dessus! Je te jure que je défouraillerai tout ce que je sais. J'en ai rien à foutre si quelqu'un se chope une balle perdue. Je voudrais que ça finisse, toute cette merde. »

Weissman tourna le dos au Parc et jeta un œil au St. Moritz Hotel, juste de l'autre côté de la rue. Il y avait une voiture non immatriculée qui était garée sous le vélum de l'hôtel. Il y avait deux inspecteurs à l'intérieur, en train de dormir. Weissman hocha la tête. Il regarda vers l'ouest; la rue était vide. Le ciel était devenu très sombre au-dessus de la tour Gulf & Western. Une brise fraîche lui ouvrit les pans de son gilet pare-balles.

« Ça va salement pleuvoir », dit Weissman.

Walker n'écoutait pas. Il faisait son boulot. Il avait entendu un bruit qui venait du parc et tout à coup il vit une main rouge de sang qui agrippait le faîte du mur.

Walker enleva la sécurité de son M-16. Weissman se retourna et vit également la main. Les deux flics se mirent sur un genou et visèrent. Une autre main apparut. Une tête surgit derrière le mur et une femme s'y dressa. Enfin, ça ressemblait vaguement à une femme. Elle portait un treillis trop grand, tout couvert de taches brunâtres et quand elle vit Weissman et Walker qui pointaient leurs fusils sur elle, elle se laissa tomber au bas du mur et se cacha la tête dans les bras.

Walker l'entendit dire quelque chose comme « Je me rends. »

Ils lui posèrent une centaine de questions en cinq minutes. Elle ne répondit à aucune d'elles. Ils pensèrent qu'elle était en état de choc, mais ce n'était pas le cas. Un médecin des urgences s'occupa de son bras. Il avait recommencé à saigner. Quand le médecin eut fini de lui mettre son pansement provisoire, il regarda Keller.

« Il faut l'envoyer tout de suite dans un hôpital, monsieur le commissaire. »

Keller se tenait à côté de Curran, Dix et de plusieurs autres policiers en civil, près de la console radio dans le poste de commandement mobile. Parfois, on entendait une transmission dans un des haut-parleurs – c'étaient des rapports de policiers des Services spéciaux qui étaient stationnés autour du parc.

Keller était furieux : « Je sais que vous êtes bien consciente, Miss Weaver, que vous pouvez être poursuivie. »

Weaver fixait les hommes devant elle. Son visage la brûlait encore; on avait utilisé du savon pour lui enlever les peintures de camouflage qu'elle portait. Sa tête n'arrêtait pas de tomber. Elle était épuisée.

« Très bien, dit Keller au médecin, emmenez-la à l'hôpital. » Le médecin tenta d'aider Weaver à se lever, mais elle refusa de bouger. Il refit une tentative, mais elle se dégagea brutalement.

Dix ferma les yeux et se frotta le front. Il ne voulait plus la regarder. Il ne voulait plus voir les taches de sang sur le tissu camouflé.

Mais il entendit sa voix : « Il était sur le point de sortir du parc. »

Dix ouvrit les yeux. Keller et Curran ne se regardèrent pas. Ils n'échangèrent pas un seul coup d'œil. Il y eut un long silence. Certains des hommes ne savaient plus quoi faire, très mal à l'aise.

Weaver se leva. Elle tendit le poing. « Qui a eu cette idée? »
Personne ne regarda Dix.

Weaver ouvrit la bouche, pour dire quelque chose de très grossier,
mais les mots refusèrent de sortir. Sa main se relâcha et le poing
s'ouvrit. Le médecin l'aida à passer la porte du poste de commandement.

Keller et Curran s'éloignèrent et laissèrent Dix avec les hommes en
civil et les opérateurs radio. Il regarda le sol pendant cinq bonnes
minutes, puis sortit dans la 63ᵉ rue est. Le chauffeur lui tint la porte,
mais Dix lui fit non de la tête et continua son chemin à pied.

Il passa devant Madison Avenue, Park Avenue et tourna dans
Lexington. Il s'arrêta devant Bloomingdale. Il y avait une foule qui
entrait et sortait du magasin. L'avenue était complètement embou-
teillée. Dix acheta un soda à un marchand ambulant. Il se dirigea vers
une cabine au coin de Lex et de la 59ᵉ et appela son ex-femme.

« Allô? Marianne? »

Un express de l'I.R.T. passa sous ses pieds avec un grand
grondement et il attendit que le vacarme soit terminé. Dès qu'il put
entendre, il lui demanda : « Tu veux aller boire un verre quelque part?

– Pourquoi?

– Je viens de plaquer mon boulot. »

Dans la jungle obscure et opaque, l'ennemi avançait. Les yeux
perçants de Harris surveillaient tous ses mouvements.

Harris se tenait absolument immobile dans une petite forêt au nord
de la route de la 72ᵉ rue. Il ne respirait pas; ses yeux ne cillaient pas. A
travers les arbres, il voyait le sommet de la Terrace et, sous les marches
en brique et en granit, le rond de la Fontaine.

Il y eut un éclair. Quelques grosses gouttes de pluie tombèrent sur
les feuilles qui le surplombaient. Une goutte tomba sur son casque,
mais il ne bougea pas. Il y eut un coup de tonnerre. Harris s'accroupit,
se servant du vacarme pour masquer ses mouvements. Il se rapprocha
de l'endroit où les arbres bordaient la Terrace. Il sentait quelque chose.
Au bout d'une minute, il trouva un tas d'excréments. Ils avaient l'air
tout frais et, après s'être penché pour les renifler, Harris sut que
c'étaient des excréments humains.

Ce bon vieux Charlie.

Harris resta complètement immobile, assis sur ses talons, écoutant
la pluie tomber sur les arbres. Cinq minutes passèrent et il sortit la
baïonnette de son fourreau. Il ne portait plus l'étui du M-79; il avait

abandonné le lance-patates dans le terrain de jeu Rumsey. Sans munitions, il ne lui servait à rien.

Harris fixa la baïonnette au canon de son AK-47. Il y eut un autre coup de tonnerre et il se mit à descendre la pente boisée qui menait à la Fontaine, sur la rive du Lac. Il avançait péniblement dans les sous-bois, donnant des coups de baïonnette dans le sol; finalement il aperçut la surface du lac. Au-dessus des buissons, on voyait juste l'ange énorme qui surmontait la fontaine. Harris s'arrêta, bougeant sa tête à droite et à gauche, essayant d'avoir une vue claire à travers la végétation. Il y avait de l'eau dans l'énorme bassin de la Fontaine et sa surface était grêlée de gouttes de pluie.

Harris fit quelques pas en arrière et s'appuya contre un arbre. Il resta immobile pendant longtemps; seuls ses yeux bougeaient pour examiner le terrain. Soudain, son cœur se mit à battre plus vite. Cette chose qui lui arrivait quelquefois, cet instinct, cette assimilation spontanée de la réalité rugit dans le cerveau de Harris. Là, au bord de la plaza, perchée haut dans un arbre, se trouvait une forme sombre. Elle était si étrange, si silencieuse. C'était un homme; un homme avec un fusil; tout là-haut.

Harris sourit. Petit malin.

Harris attendit qu'il y ait un autre coup de tonnerre. Quand cela se produisit il mit le déclic sur automatique. La pluie tombait plus fort. Harris se glissa dans les buissons et rampa jusqu'à la plaza. L'eau dégoulinait du bord de son casque. Il rampa encore. Un éclair. Une pensée stupide lui vint : il y a des gens qui meurent frappés par la foudre, dans Central Park.

Harris se mit en position de tir couché. Il mit bien en joue l'homme dans l'arbre.

Salut, l'ami!

Harris vida la moitié de son chargeur dans l'arbre. L'homme s'écroula des branches; un fusil tomba derrière lui. Harris entendit le son mat du corps qui s'écrasait, suivi d'un tintement de métal.

Harris surgit des buissons et se rua vers le rideau d'arbres. Il vit le corps devant lui. Quand il passa devant la Fontaine, son treillis était complètement trempé. Il faillit glisser sur le pavé.

Il vit le Lac et un léger brouillard qui s'élevait à la surface. Le corps gisait sur le côté. Harris s'arrêta pile. Il donna un coup de baïonnette sous le gilet pare-balles et le corps roula. Harris vit un fantôme.

C'était le cadavre affreusement mutilé de Vo Phan Huong.

Je t'ai déjà tué une fois, toi.

Il y eut un bruit d'eau – mais ce n'était pas la pluie. C'était un bruit différent. Harris se sentit étouffer. Il pivota sur lui-même. Il y avait un bel ange; une apparition de mort. Un homme se tenait sous l'ange, au milieu de la Fontaine. L'eau dégoulinait de son treillis et de son casque. Il pointait un AK-47 sur Harris.

Tran Chau Dinh tira.

L'impact fit faire à Harris un bond en arrière. Son AK laissa partir involontairement une rafale de balles qui vinrent ricocher sur le bord de la Fontaine.

Tran hurla et se laissa tomber dans l'eau. Un nuage rouge se forma sous ses jambes. Il se hissa jusqu'au bord et roula sur le pavé. Il rampa jusqu'aux arbres et disparut dans les sous-bois noirs.

Harris trébucha sur le corps de Vo. Ses côtes le brûlaient sous le gilet pare-balles. Il s'éloigna du corps et entra dans le bois, au prix d'un grand effort. Du sang ruisselait sous sa ceinture. Il ne souffrait pas beaucoup, à vrai dire. Dieu bénisse le plastique, songea-t-il.

La pluie se transformait en déluge. Dans les buissons, on n'y voyait rien.

Harris ne savait pas où il était. Il rampait dans la boue. Il y avait des bruits de pas dans l'eau et des formes semblaient glisser sous la pluie. Il y avait des bruits de respirations et des gémissements et Harris ne savait même plus si c'était lui ou l'autre qui agonisait.

Il y avait des voix, aussi; des jeunes voix, des voix que couvrait le vacarme métallique des armes. Des bras s'agrippaient à des fusils et Harris entendit un singe qui hurlait. Quelqu'un cria.

La jungle le possédait; Harris entendait les hélicoptères, les mortiers, les roquettes et les avions à réaction. Un fusil lui explosa en plein visage et tout disparut dans un long cri de mort.

Weaver roulait dans l'ambulance un-un-cinq. Quand elle passa par la 83ᵉ et Madison, elle entendit un appel radio. Elle s'assit sur son brancard. Le médecin qui lui faisait face lui ordonna de se recoucher. Elle l'ignora et passa la tête entre les deux appuis-tête du siège avant, entre le conducteur et le jeune flic qui devait l'escorter jusqu'à l'hôpital.

Elle cria, couvrant le bruit de la circulation : « Il y a un dix-treize sur Central Park West! »

Le flic et le chauffeur opinèrent. Ils avaient entendu. Ils écoutaient attentivement la suite.

Weaver attrapa la manche du conducteur. « Allez, bon Dieu, on y va! »

Il y eut un autre appel. S.O.D. Blessé grave. Les unités des Services spéciaux étaient priées de se rendre d'urgence à Central Park West et à la 72ᵉ.

Le conducteur et le flic échangèrent un regard. L'ambulance dépassa la 86ᵉ rue.

Weaver hurla, supplia, se fit cajoleuse. Finalement le flic hocha la tête. Le conducteur mit la sirène et appuya sur l'accélérateur. Flic et conducteur étaient également curieux. Ils foncèrent sur Madison. La circulation n'était pas bonne; la pluie avait cessé, mais la chaussée était toujours glissante. Pourtant l'ambulance zigzaguait expertement à travers circulation et feux tricolores. Pas mal, songea Weaver, mais elle n'était pas d'humeur frivole. Elle était inquiète – si inquiète qu'elle ne ressentait même plus la douleur sous son aisselle.

L'ambulance coupa par l'ouest, sur la 110ᵉ rue et passa sans encombres à travers les barrages de police. Elle put rouler librement à travers les rues désertes qui menaient à Central Park West et 72ᵉ rue. Le conducteur dépassa deux voitures de patrouille et s'arrêta sur le côté ouest de l'avenue, juste devant le Dakota.

Weaver regardait par le pare-brise de l'ambulance. Il y avait une foule de policiers et de véhicules dans la rue. Des inspecteurs, le revolver tiré, étaient accroupis derrière les voitures. Au croisement de la route de la 72ᵉ rue et de Central Park West, une rangée d'hommes des Services Spéciaux avait pris position. Ils braquaient tous leurs mitraillettes vers Central Park.

Weaver, le flic et les deux médecins descendirent de l'ambulance. Ils réussirent à atteindre la 72ᵉ rue, en marchant dans des flaques d'eau, jusqu'à ce qu'un sergent en uniforme refuse de les laisser aller plus loin. Ils s'arrêtèrent donc derrière une voiture de patrouille garée sur le trottoir, au coin du Dakota. Un groupe de journalistes et de reporters s'était assemblé derrière le barrage de la 72ᵉ rue.

Plusieurs flics dévisagèrent Weaver. Elle parla avec le sergent. Il lui expliqua que des hommes des Services Spéciaux avaient repéré un homme qui faisait mouvement dans les arbres, tout près de cette colline qui descend jusqu'à la porte du Parc, là où la route faisait un tournant, quand on avait dépassé l'allée cavalière.

« C'était à peu près il y a un quart d'heure. Depuis, on n'a plus rien vu. »

Weaver attendit. Elle eut une faiblesse et dut s'appuyer sur l'un des médecins. Elle entendit le crépitement des appareils photo. Tous les photographes s'étaient mis au coin de l'immeuble et la mitraillaient.

Puis, il y eut un cri. Les hommes des Services Spéciaux se ruèrent vers l'entrée, derrière le mur du parc et se cachèrent sous les bancs de la route. Un homme était en train de sortir du parc, très lentement.

Il semblait avoir beaucoup de peine à tirer quelque chose derrière lui. C'était un corps. Weaver n'arrivait pas bien à voir l'homme. Il se rapprocha et se mit au beau milieu de la route; Weaver le reconnut.

Harris laissa tomber le corps de Tran Chau Dinh sur le pavé de la transversale de la 72e rue.

Trois hommes des Services spéciaux, M-16 braqués sur lui, s'approchèrent de Harris avec précaution. Il n'avait pas d'arme. Il laissait pendre ses mains le long de son corps. Les hommes lui dirent quelque chose et il s'étendit sur le sol, à plat ventre. Ils lui prirent son automatique .45 et le fouillèrent. Puis ils le relevèrent et lui passèrent les menottes dans le dos.

Soudain, il y eut beaucoup d'activité. Tout le monde se dirigeait vers l'entrée du parc. Une ambulance, gyrophare en action, essaya de faire une marche arrière sur la route, mais la foule compacte des policiers et des journalistes l'en empêcha. Weaver jouait des coudes pour se frayer un chemin. Le jeune flic tenta de rester avec elle, mais il la perdit dans la cohue. Les flashes crépitaient. Les caméras vidéo se pressaient pour obtenir un gros plan. Le personnel médical courut vers le cadavre de Tran. Les hommes des Services spéciaux tentèrent de repousser les gens afin que l'ambulance puisse passer. Weaver s'échappa de la foule. Elle aperçut Harris. Un flic en civil l'attrapa par le bras. Les deux policiers qui encadraient Harris s'arrêtèrent; ils attendaient d'avoir la possibilité de bouger. Weaver voulut l'appeler, mais elle se rendit compte, tout à coup, qu'elle ne connaissait pas son nom.

Harris ne la vit pas. Du sang coulait sur la chaussée qui suintait de sous son ceinturon. Un caméraman de la télé joua des coudes et fit un plan rapproché. C'était Marty Gold. Weaver lui cria :

« Non. »

Le policier la maintint. Elle se dégagea et donna un coup de poing dans la caméra. Mais elle la manqua.

Weaver essaya sa dernière cartouche. Elle cria : « Arrête la bande! »

Marty regarda dans sa direction et l'injuria.

Harris tourna la tête et vit Weaver. Les policiers le poussaient dans l'ambulance. Son casque tomba et roula sur la chaussée. Un reporter le ramassa. Weaver le lui arracha des mains. Elle voulait le lui rendre, mais la foule grossissait autour d'elle. Puis elle se calma. Elle pourrait toujours lui rendre le casque plus tard.

Les flics amenèrent Harris à l'arrière de l'ambulance. Juste avant que la porte ne s'ouvre, Harris se retourna une dernière fois et vit Weaver. Il l'appela.

« Hé, lui dit-il avec un sourire, je rentre à la maison. Valérie. »

Carte de Central Park

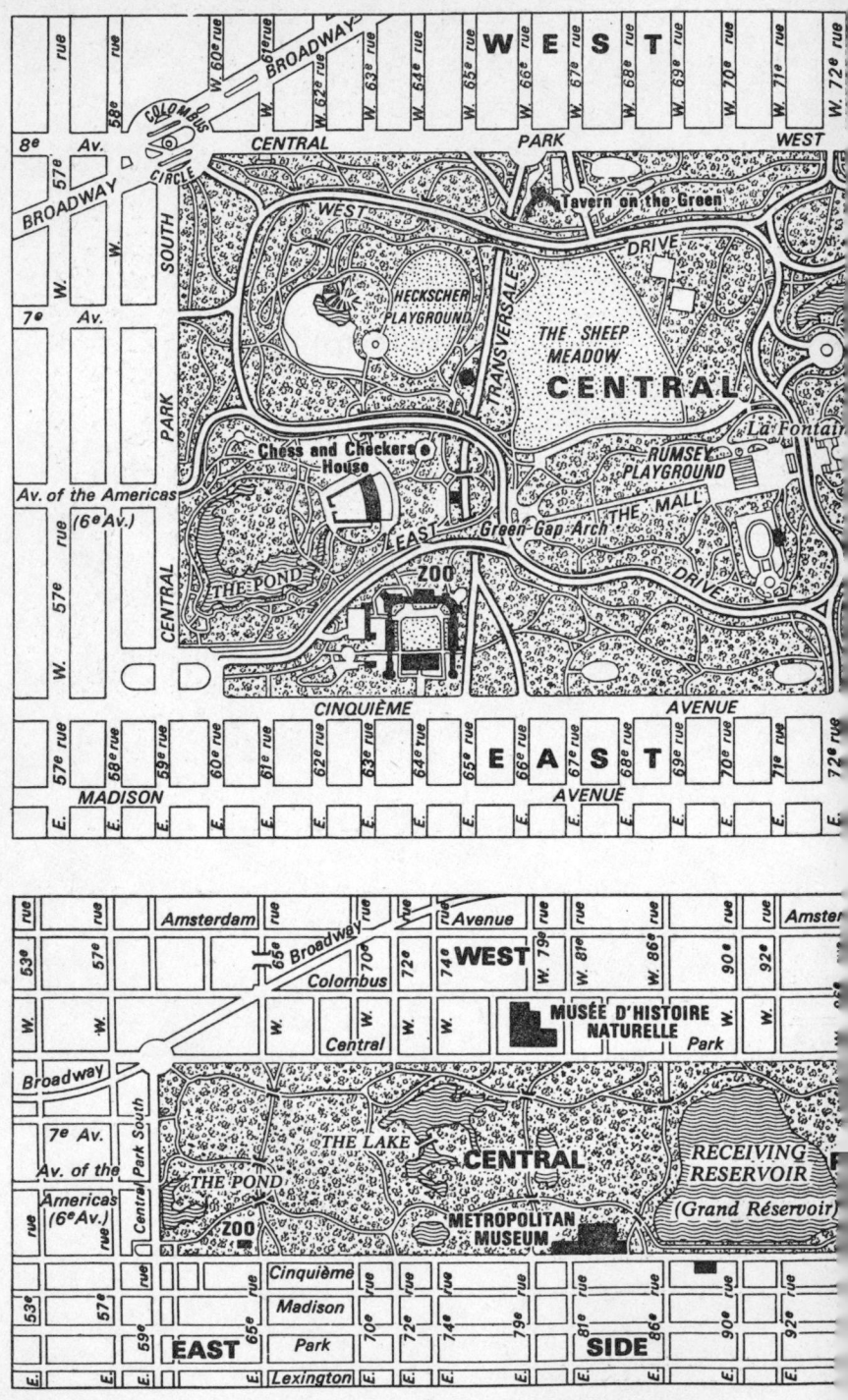

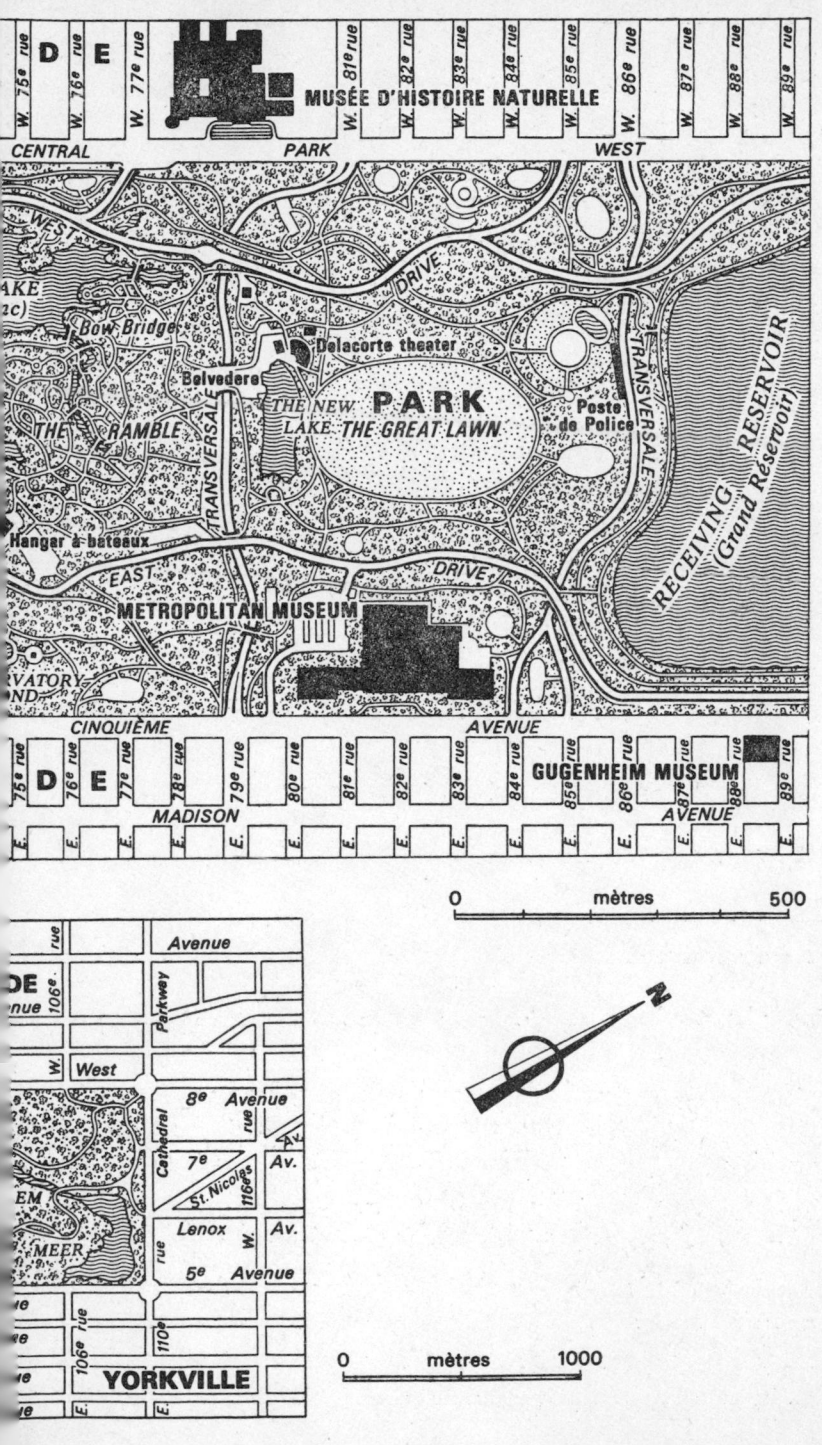

Table

La composition, l'impression et le brochage
de ce livre ont été effectués
par Firmin-Didot S.A.
pour les Éditions Albin Michel

AM

Achevé d'imprimer le 15 janvier 1982
Nº d'édition 7425 – Nº d'impression 9122
Dépot légal février 1982